Das Buch

Samuel Fairbrother hat es mit der Firma seines Vaters zu Reichtum gebracht. Nun erfüllt er sich einen Traum und erwirbt eine große Villa inklusive des gesamten Inventars und einschließlich der Dienerschaft. Roger Maitland, der gebildete und kluge Butler, wird Fairbrothers große Stütze – ein Umstand, der seinem dominanten und herrischen Herrn von Anfang an Probleme bereitet.

Doch bald muß Samuel Fairbrother seinen familiären Schwierigkeiten ins Auge blicken, denn seine Frau, die sich in ihrem neuen Heim nicht heimisch fühlen kann, verläßt ihn und zieht mit ihrem Sohn Howard und den drei Töchtern aus.

Nur Janet, die ihrem Vater charakterlich ähnelt, bleibt bei ihm. Janet wächst zu einer liebenswürdigen und energischen jungen Frau heran, und das gute Verhältnis, das sie von Anfang an zu Roger Maitland hatte, verwandelt sich in tiefe Zuneigung und Liebe. Doch sie müssen ihre Liebe verstecken, da sie Angst vor Samuels Reaktion haben.

Janets Bruder Howard hat sich im Laufe der Jahre zu einem Spieler entwickelt. Als er mit seinen dunklen Geschäften auch seinen Vater in Lebensgefahr bringt, wird es gerade Roger Maitland sein, der ihm zur Seite steht ...

Eine ergreifende Geschichte, die von einer wunderbaren Liebe erzählt, welche alle Standesunterschiede besiegt.

Die Autorin

Catherine Cookson, geboren im nordenglischen Tyne Dock, ist heute eine der beliebtesten und meistgelesenen Unterhaltungsschriftstellerinnen. Sie wurde 1993 von der Königin zur Dame of the British Empire ernannt.

Viele ihrer Romane sind im Wilhelm Heyne Verlag erschienen.

CATHERINE COOKSON

EINE EIGENWILLIGE LADY

Roman

Aus dem Englischen
von Lydia Nahas

PAVILLON VERLAG
MÜNCHEN

PAVILLON TASCHENBUCH
Nr. 02/0246

Titel der Originalausgabe
THE UPSTART

Umwelthinweis:
Dieses Buch wurde auf
chlor- und säurefreiem Papier gedruckt.

Taschenbuchausgabe 09/2002

Der Pavillon Verlag ist ein Unternehmen der
Heyne Verlagsgruppe, München
http://www.heyne.de
Printed in Germany 2002
Umschlagillustration: Kornelia Morgan/
PWA/Len Thursten
Umschlaggestaltung: Nele Schütz Design, München
Gesamtherstellung: Elsnerdruck, Berlin

ISBN: 3-453-21298-3

Teil 1

1898

Herr und Diener

1

Die Droschke gelangte auf die sonnenbeschienene Auffahrt, nachdem sie eine dicht mit Bäumen bestandene Allee durchfahren hatte. Kurz darauf hielt sie an, und Samuel Fairbrother stieg aus. Er drehte sich zu dem Fahrer um und befahl: »Warten Sie hier!«

»Wie lange wird es wohl dauern, Sir?«

Samuel Fairbrother fixierte den Mann streng, ehe er ihn einer Antwort würdigte. »Ich weiß es nicht. Sie werden es schon bemerken, wenn ich wieder da bin. Wären Sie der Fahrer, der mich sonst immer fährt, würden Sie nicht so dumm fragen.« Damit wandte er sich ab. Anstatt geradewegs auf die Tür zuzugehen, musterte er die Fassade des Hauses. In einem Punkt hatte Alice recht: Diese Fassade war so schmucklos wie ein Brett. Er hatte angenommen, daß ein Haus wie dieses eine Fronttreppe besäße, die zu einem sich über die ganze Breite erstreckenden Balkon führte. Alles, was dieses Haus jedoch aufzuweisen hatte, war eine gepflasterte Terrasse, mit der kein Staat zu machen war. Nun, er hatte es schließlich nicht wegen seiner Außenseite gekauft. Es war das Innere gewesen, das Samuel Fairbrother gefallen hatte und noch mehr der niedrige Preis.

Er hatte dieses vorteilhafte Geschäft machen können, weil er schneller gewesen war als die Makler und genug Geld an der Hand hatte, um das Haus mit allem Drum und Dran zu erwerben. Lediglich ein paar Kleinigkeiten hatte die Lady gebeten – wahrhaftig gebeten –, vom Verkauf ausnehmen zu dürfen. Ein weiterer Glücksfall war es gewesen, daß sie nicht nur dringend Geld zur Begleichung ihrer Schulden benötigte, sondern anscheinend auch diesen Ort, unter Zurücklassung der Dienerschaft, so schnell wie möglich verlassen wollte.

Und mit dieser Dienerschaft wollte Samuel sich jetzt, am Tag vor dem Einzug seiner Familie, befassen.

Er streckte die Hand nach dem eisernen Ring aus, der aus der schwarzen, nägelbeschlagenen Tür hervorragte, und drückte; doch die Tür gab nicht nach. Mit einem ungeduldigen Rucken des Kopfes riß er an dem Glockenzug, der an der Wand befestigt war.

Es dauerte etwa eine halbe Minute, bis die Tür sich öffnete. Roger Maitland, der Butler, tat einen Schritt zur Seite, um seinen neuen Herrn eintreten zu lassen. Keiner von beiden sprach. Möglicherweise hatten sie sich während der vergangenen fünf Wochen so oft gesehen, daß ein Gespräch sich erübrigte. Trotzdem, so fand Samuel Fairbrother, wäre es für den Butler ein Gebot der Höflichkeit gewesen, eine verbindliche Bemerkung zu machen, und sei es nur über das Wetter. Schließlich war Mr. Fairbrother der neue Besitzer des Hauses.

Nachdem Maitland die Tür geschlossen hatte, sah er zu, wie so oft in den letzten Wochen, wie Samuel zur Mitte der Halle marschierte, dort stehenblieb und die Treppe hinauf blickte. Er beobachtete, wie der neue Herr den Kopf bewegte, während er mit den Augen der Treppenbiegung bis zum obersten Absatz folgte; er wußte, daß Fairbrother die ganze Galerie, die drei Seiten der Halle umfaßte, in seinem Blick aufnahm.

Der Butler wartete darauf, daß der Mann, wie er ihn bei sich nannte, sich zu ihm herumdrehen und eine nichtssagende Bemerkung machen würde, etwa: ›Na, wie geht's denn so?‹ oder: ›Gibt es etwas Neues zu berichten?‹ Doch heute war es anders. Fairbrother ging, ohne sich umzuwenden, zum anderen Ende der Halle. »Ich muß mit Ihnen sprechen«, sagte er dabei.

Der Butler blieb einen Augenblick reglos stehen, dann folgte er dem Mann in gemessenem Schritt in den breiten, teppichbespannten Durchgang, der zu dem Raum führte, der früher das Lesezimmer seiner Lordschaft gewesen war.

Es ärgerte ihn, daß der Mann sich den rundlehnigen, ledernen Drehsessel heranzog und sich hineinplumpsen ließ.

Maitland bezog einen Standpunkt mindestens einen Meter vom Schreibtisch entfernt und wartete.

Samuel Fairbrother blickte ihn an und ließ ihn warten. Er wußte, was dieser Kerl über ihn dachte, und hatte sich seinerseits eine Meinung über den Butler gebildet. Doch falls alles so laufen sollte, wie er es sich vorgestellt hatte, würde er Maitland brauchen. Nicht aber die gesamte Dienerschaft, o nein. Wie viele Personen waren das überhaupt? Sicherlich zu viele. Er glaubte, bisher etwa zehn gesehen zu haben, und er wollte nicht ihr Versorger sein.

»Wie viele seid ihr?« fragte er jetzt.

»Sprechen Sie von meiner Familie oder vom Personal, Sir?«

Samuel fühlte, wie ihm die Hitze zu Kopf stieg. Mit verkrampften Kinnbacken gab er zurück: »Versuchen Sie keinen Ihrer billigen Sprüche bei mir; die können Sie bei Ihresgleichen in der Küche anbringen. Haben Sie verstanden?«

Der Butler verstand und war zutiefst beleidigt.

Die Hierarchie des Haushaltes, wie er bisher geführt worden war, und Maitlands Nähe zu Seiner Lordschaft hatten ihm den größten Respekt des gesamten übrigen Personals eingebracht, ebenso wie das Vertrauen seiner Lordschaft, der ihm oft eher Vater als Herr gewesen war. Wie oft hatten sie miteinander gesprochen, von Mann zu Mann. Und nun kam dieser Schuhverkäufer, dieser Flickschuster, denn etwas anderes war er nicht... kam daher und redete, als stünde Maitland auf einer Stufe mit dem Küchenpersonal! Noch dazu in solch herabwürdigender Weise! Er konnte den Mann nicht leiden. Fairbrother war ein Emporkömmling, jedermann wußte das. Und morgen wollte er seine Frau und seine ganze Brut in dieses Haus bringen – in dieses Haus, das Maitland liebte und in dem er auf gewisse Weise bisher geherrscht hatte. Doch der Mann da vor ihm wartete auf eine Antwort.

»Es arbeiten elf Angestellte im Haus, und fünf außerhalb.«

»Sechzehn Bedienstete? Äh, nun, so viele brauche ich nicht. Was für Leute sind das?«

Roger Maitland schluckte, dann begann er aufzuzählen: »Da ist die Haushälterin, Mrs. Bright. Dann Mr. Mather, der Kammerdiener Seiner Lordschaft.«

»Ist er noch da?«

»Ja, Sir. Lady Mary hat dafür gesorgt, daß das Personal bis zum Ende des Monats bezahlt wird.«

»Bis dahin ist es noch mehr als eine Woche. Ich dachte, bis morgen wären alle weg.«

»Nein, Sir, bis Ende des Monats ist ausgemacht, damit die Leute Zeit haben, sich etwas Neues zu suchen. Das gilt auch für Miß Price, die Zofe der Lady.«

»Wollte sie nicht mit ihrer Herrin gehen?«

»Ja, das wollte sie. Aber Ihre Ladyschaft und deren Tochter, Lady Irene Boulter, sind mit Lady Irenes Kind für eine Weile ins Ausland gegangen. Auch Miß Moore, das Kindermädchen, ist noch hier. Dann sind da noch Mrs. Wilding, die Köchin, und die beiden Küchenmädchen, Jane Cooksey und Bella Forbes. Miß Sarah Johnson ist Hausmädchen und Miß Florence Furness Zimmermädchen; dann gibt es im Haus noch den Schuhputzer, Jackie Winter. Das Personal für draußen haben Sie, so glaube ich, schon kennengelernt.«

»Ich habe den Reitknecht und einen Gärtner gesehen, mehr nicht.«

»Nun, Sir, es gibt außer dem Reitknecht zwei Gärtner sowie den Kutscher und einen Stallburschen.«

»Na, eines steht fest: Ich kann nicht alle brauchen, weder den Kammerdiener, noch die Zofe oder das Kindermädchen. Das sind schon drei weniger. Und ich sehe nicht ein, warum wir eine Haushälterin brauchen, wenn Sie sich mit Unterstützung meiner Frau um alles kümmern.«

»Ich fürchte, ich werde mich nicht um alles kümmern können, Sir, da ich nicht zu bleiben beabsichtige.«

Samuel starrte Maitland an; dieser starrte zurück.

»Wollen Sie nicht, wie?«

»Nein, Sir.«

»Haben Sie eine neue Stelle?«

»Noch nicht, Sir, aber ich habe noch viel Zeit.«

›Wovon wollen Sie leben? Sie haben sich hier wohl etwas auf die Seite gebracht?‹ wollte Samuel fragen, doch er verkniff es sich. Er war zu dem Schluß gekommen, daß er Maitland brauchte. Der wußte genau, wie ein so großes Haus zu führen war. Fairbrother hatte von Willie Phillips, dem Anwalt des alten Lords, der zufällig auch sein Anwalt war und ihm den Hinweis auf das Haus und die Nöte Ihrer Ladyschaft gegeben hatte, erfahren, daß dieser Maitland hier höchsten Respekt genoß und ihm bei einer Menge Dinge nützlich sein konnte. Und nun stand er da und behauptete, er wolle nicht bleiben. Ganz schön frech, wenn man bedachte, daß er nichts weiter war als ein Dienstbote.

»Warum wollen Sie nicht hierbleiben, wenn Sie keine andere Stelle haben? Ist es deshalb, weil ich fest damit gerechnet hatte? Na los, raus damit! Sie haben ihre Gefühle bisher ziemlich deutlich zum Ausdruck gebracht, wenn auch nicht in Worten. Warum wollen Sie sie nicht aussprechen?«

»Danke, Sir. Ich werde die Gelegenheit gerne ergreifen ...« Maitland hielt einen Augenblick inne und betrachtete sein gewöhnliches, aufgeblasenes Gegenüber, dann fuhr er fort: »Sehen Sie, ich habe in diesem Haus zehn Jahre für Seine Lordschaft gearbeitet, und davor sieben Jahre in seinem anderen Haus, wo ich mit dreizehn Jahren als Kellerjunge anfing. Als ich achtzehn war, stieg ich zum Diener auf. Von da an wurde ich von einem sehr feinen Mann, einem Butler, eingearbeitet, doch leider starb er, als ich zwanzig war. Obwohl ich für eine solche Position noch sehr jung war, gab Seine Lordschaft mir die Chance, mich zu bewähren. Und ich gebe zu, daß ich ihn mir zum Vorbild nahm, da er in höchstem Grade ein Gentleman war, nicht nur seinem Titel nach, sondern auch in seinem ganzen Wesen und ...«

»Nun machen Sie aber einen Punkt! Bis auf den letzten Satz konnte ich Ihnen folgen. Doch jetzt! Ein Gentleman, sagen Sie! Feiner Gentleman, seine Familie in solchem Zustand zurückzulassen, verschuldet bis zur Halskrause. Er hat über Jahre hinweg auf Pump gelebt. Natürlich, er war schließlich ein Gentleman und kein gewöhnlicher Mensch, nicht wahr? Nein, er brauchte einen ganzen Stall voller Dienerschaft, und dazu seine Kutsche, seine Jagdgesellschaften, sein zweites Haus in Dorset, bis die Gerichtsvollzieher dort einzogen. Gentleman! In meinen Augen ist ein Gentleman, wer als solcher handelt, das heißt, wer auf seine Familie achtet und sie nicht in eine Lage bringt, in der sie gezwungen ist, nicht nur das Haus, sondern auch noch jedes Möbelstück darinnen zu verkaufen.« Samuels Arm fegte in einer weit ausholenden Geste über den Schreibtisch, als er fortfuhr. »Wenn Sie gesagt hätten, daß seine Frau eine Lady sei, so hätte ich Ihnen zugestimmt, denn sie war darauf bedacht, jeden Penny seiner Schulden zurückzuzahlen. Doch das konnte sie nur, indem sie ihr ganzes Hab und Gut verkaufte. Und dabei vergaß sie nicht einmal, die Dienerschaft bis zum Monatsende auszuzahlen. Sie war es, die in meinen Augen der Gentleman ist. Und nun, junger Mann, nachdem Sie Ihr Sprüchlein aufgesagt haben, bin ich an der Reihe. Ich bin ein Geschäftsmann. Ich habe es zu etwas gebracht, aber nur durch härteste Arbeit, wie mein Vater und Großvater vor mir. Und wissen Sie was? Meine Mutter wollte mich zu einem Gentleman machen. Als ich dreizehn war, schrieb sie mich in einer dieser vornehmen Schulen ein, die sich nicht zu fein sind, Geld anzunehmen, wenn man keinen Titel vorweisen kann. Doch dann ist sie gestorben. Wäre es nach ihr gegangen, so hätte ich jetzt eine vornehme Schale und hätte mich nicht im rauhen Alltag des Handels vorwärtsbringen müssen. Und Sie würden sich mir gegenüber anders benehmen, wenn ich die richtige Aussprache besäße und großzügige Trinkgelder verteilen würde. Dann hätte es geheißen: ›Ja, Sir. Nein, Sir. Gewiß, Sir.‹ Ist es nicht so?«

Er erhob sich halb aus seinem Sessel, beugte sich vor und stützte die Arme auf die Tischplatte. »Wissen Sie was? Bis zu dieser Minute habe ich es nicht bereut, dieses Haus gekauft zu haben. Doch jetzt scheint mir, daß es ein Fehler war. Denn sehen Sie, ich wollte das tun, was meine Mutter sich gewünscht hatte: meiner Familie ein besseres Leben bieten. Meine Frau war der Meinung, unser Leben sei gut genug. Es hat ihr nichts ausgemacht, hart zu arbeiten, und es würde unseren Kindern auch nicht schaden. Aber nein, als Sohn meiner Mutter habe ich schon gute Schulen für meine Jungen und Mädchenpensionate für meine Töchter ausgesucht. Und soll ich Ihnen noch was sagen? Ich dachte, wenn irgendwer mir bei dieser neuen Lebensart helfen könnte, so wären Sie es. Aber nein, Sie sind sich zu gut, um für jemanden zu arbeiten, der Schuhe herstellt und in seinen Läden billig verhökert. Aber vielleicht wußten Sie nicht, daß ich auch einige Geschäfte besitze, in denen ich handgefertigte Stiefel an den Adel verkaufe? Sie wollen nichts von mir, und ich will nichts von Ihnen. Also gehen Sie mir aus den Augen!«

Im Laufe der Zeit hatte Roger Maitland es sich angewöhnt, Menschen, die keiner höheren Gesellschaftsschicht angehörten, so lange anzustarren, bis diese den Blick senkten. Er hatte festgestellt, daß das eine einschüchternde Wirkung erzeugte; doch jetzt war er es, der zu Boden sah und heftig blinzelte. Er erhob die Augen erst, als er sich umdrehte und langsam zur Tür ging.

Samuel ließ sich in den Sessel zurückfallen.

Alice hatte recht. Er hatte eine Dummheit begangen. Was in Gottes Namen, so hatte sie gefragt, sollten sie mit vierunddreißig Zimmern anfangen? Zwar war in einigen davon die Dienerschaft untergebracht, und einige befanden sich im Anbau, doch blieben immer noch mehr als zwanzig, die zu heizen und zu reinigen waren. Auch wenn jedes Kind sein eigenes Zimmer bekäme, so wären das nur acht, dazu ein Zimmer für ihn und Alice, also neun. Und die Arbeit, die so ein Haus machte!

Über diese Arbeit hatte er mit diesem unangenehmen, eingebildeten Menschen sprechen wollen. Alice hatte gesagt: »Kläre alles, bevor ich morgen ankomme, denn ich möchte wissen, woran ich bin.«

Nun wußte er selbst nicht, woran er war. Doch eines stand fest: Er würde nicht in die Küche gehen, um herauszufinden, wer gehen und wer bleiben wollte. Er wollte nach Hause.

Samuel erhob sich aus dem Sessel und sah sich in dem getäfelten Raum um. ›Wird dies jemals ein Zuhause?‹ fragte er sich. Er wußte keine Antwort darauf.

2

»Was habe ich dir gesagt?« meinte Alice. »Es war ein Fehler.«

»Aber das Haus gefiel dir.«

»Ja, von innen.«

»Nun, du wirst schließlich innen leben und nicht draußen, Frau. Man wird eben Blumenbeete anlegen müssen, um den Rasen etwas aufzulockern.«

»Aber wie sollen wir das Ganze in Ordnung halten, wenn die Dienerschaft kündigt? Denn Maggie, Annie und Kate haben sich von Anfang an entschieden, hier bei meiner Mutter zu bleiben.«

»Du könntest deine Mutter überreden, mit uns zu kommen und die drei mitzunehmen. Du mußt es nur richtig anfangen.«

»Keine Chance. Mutter möchte ein wenig Ruhe und Frieden. Sie wird froh sein, uns loszuwerden. Sie wird nicht jünger.«

»Wenn das so ist, kannst du sie doch im Anbau unterbringen und dich um sie kümmern.«

»Wovon redest zu eigentlich? Meine Mutter geht nirgendwo hin, wo sie nicht hin möchte. Sie ist nicht so leicht zu überreden wie ihre einfältige Tochter. Ha!« Alice drehte sich um und sah ihren Mann an. »Überredet? Eher vor vollendete Tatsachen gestellt!« Ihr Gesichtsausdruck veränderte sich, und mit leiserer Stimme fuhr sie fort: »Warum tust du das, Sam? Was treibt dich? Du weißt doch selbst, daß du nicht zum Landjunker taugst. Es ist, als wärst du mit deinem bisherigen Lebensstil unzufrieden. Du meinst, die Leute müssen dich nehmen, wie du bist. Und du bist zu stur, um einzusehen, daß du dich übernimmst.« Sie schüttelte nachdenklich den Kopf. »Manchmal kann ich dich nicht verstehen, Sam. Dein Vater war nie so, und dein Großvater auch nicht, soweit ich ihn kannte. Du schlägst aus der Art.«

»Bist du fertig?«

»Ja, für den Augenblick. Aber ich könnte noch viel sagen, über deinen Charakter und über andere Dinge.«

»Du kannst mir ruhig alles an den Kopf werfen, was du im Sinn hast. Dann endet der Tag wenigstens so, wie er angefangen hat.«

Alice wollte antworten, als ein lauter Wortwechsel, scheinbar genau über ihrem Kopf, ihren Blick zur Decke lenkte. »Schon wieder diese beiden!« rief sie ungehalten. »Gott sei Dank beginnt am Montag wieder die Schule!«

»Laß dich nicht ablenken. Mach weiter. Was wolltest du sagen?«

»Dafür haben wir später noch genügend Zeit.« Damit marschierte sie aus dem Zimmer. »Janet, Eddie!« rief sie.

Auf der Treppe begegnete ihr der zehnjährige Howard, ihr ältester Sohn. »Mam, kann ich zu Barney gehen?«

Alice blieb einen Moment lang stehen und betrachtete ihn. »Nein, das kannst du nicht. Es ist bald Zeit für den Tee, und du mußt noch packen. Ich wette, du hast noch nicht mal angefangen.«

Der Junge wandte sich ab, und Alice ging schnell die verbleibenden Stufen hinauf. »Eddie, Janet! Hört auf mit dem Krach!«

Am breiten Treppenabsatz stieß sie eine Tür auf und trat

ins Zimmer. Dort sah sie ihre älteste Tochter, neun Jahre alt, und ihren zweitältesten Sohn. Das Mädchen kniete auf dem Jungen. Eine Hand hatte es um die Kehle des Knaben geklammert, die andere war zum Schlag erhoben. »Guter Gott!« rief Alice. »Was machst du da?«

Das Mädchen ließ den Bruder los und wandte das Gesicht der Mutter zu. »Er hat Seiten aus meinem Tagebuch herausgerissen und den Rest hat er bekritzelt. Ich werde ihn umbringen, jawohl!«

»Geh mir aus dem Weg!« Alice schob das Mädchen beiseite, zog ihren Sohn vom Boden hoch und packte ihn an der Hemdbrust. »Bist zu verletzt?« fragte sie.

Mochte Master Edward Fairbrother auch Schmerzen haben, so lag doch ein Grinsen auf seinem runden Gesicht. »Ich bin beinahe gestorben, Mam. Sie hat versucht, mich umzubringen.«

»Und eines Tages schaffe ich es auch!« rief seine Schwester.

»Still, du! Mit dir befasse ich mich später. Und was dich angeht« – Alice schüttelte den Jungen – »dir wird eines Tages noch etwas zustoßen. Du wirst schon sehen, wohin deine Streiche führen! Warum hast du es getan?«

Das Grinsen wich aus Edwards Gesicht, als er bitter antwortete: »Weil sie denkt, sie wüßte alles, und weil sie geschrieben hat, daß sie einmal in einer Bibliothek arbeiten wird. Bloß, weil die Lehrerin uns auf dem Ausflug nach Newcastle in dieses muffige Gebäude gebracht hat. Janet hält sich für klug, weil sie den Titel von Büchern kennt. Aber gelesen hat sie keines! Sie ist eine Angeberin!«

»Das reicht! Wenn *du* mehr lesen würdest, hättest du vielleicht auch ein paar vernünftige Gedanken in deinem Kopf. Groß genug ist er ja.«

Alice drehte sich auf dem Absatz zu Janet um und wies auf die Tür: »Raus!«

Janet stapfte hinaus. Sie schüttelte den Kopf mit dem dunklen Haar, während sie über den Flur ging und die Tür des Zimmers öffnete, das sie mit ihren jüngeren Schwestern, der fünfjährigen Alicia und der vierjährigen Jessica, teilte. »Wir sind fast fertig mit Packen«, teilten die beiden ihrer Mutter mit, die Janet gefolgt war. »Hört jetzt auf damit und geht hinunter. Euer Vater ist da und möchte euch sehen«, sagte Alice kurz.

Die beiden trabten davon und warfen die Tür hinter sich zu. Alice musterte Janet eindringlich. »Schau mich nicht auf diese Weise an, Mädchen!« befahl sie. »Oder sonst irgend jemand. Du machst dich damit sehr unbeliebt, nicht nur bei Eddie, sondern auch bei deinen anderen Geschwistern. Verstehst du mich? O ja, du verstehst mich sehr gut, denn du bist deinem Alter voraus.« Mit weicherer Stimme fuhr sie fort: »Warum tust du das? Warum mußt du immer kämpfen und alle beherrschen wollen?«

»Weil ich nach Dad komme.«

Diese Worte, laut und deutlich ausgesprochen, erschreckten Alice. Sie hatte sich nie vorgestellt, daß eines ihrer Kinder sich Gedanken über den Charakter seines Vaters machte, und in ihrem jetzigen erregten Gemütszustand schien es ihr plötzlich wie eine Erleuchtung: Sie hatte sich nie die Zeit genommen, mehr als die körperlichen Bedürfnisse ihrer Kinder zu befriedigen. Sie hatte sich um ihre Ernährung, ihre Kleidung und ihre Gesundheit gekümmert und hatte darauf geachtet, daß sie auf eine vernünftige Schule gingen. Anderseits hatte sie sich wiederum nicht so sehr mit ihrer Bildung beschäftigt wie Sam. Es war bei ihm zu einer Besessenheit geworden. Ach, warum war das Leben so schwierig! Und nun kam ein neuer Lebensabschnitt in diesem großen Haus auf sie zu. Warum sah er nicht ein, daß er dort fehl am Platz war, daß er einfach nicht hinpassen würde? Erwartete er, Freunde unter dem Landadel zu finden? Sicherlich nicht – mit seinen Manieren und seiner Geradlinigkeit. Diese Geradlinigkeit hatte ihn sogar in seiner eigenen Klasse einige Freunde gekostet. Natürlich war Offenheit an sich nichts Verkehrtes, doch er übertrieb es, und mit zunehmendem Alter wurde es immer schlimmer.

Zwar hatte sie diese Züge seines Charakters gekannt, bevor sie Samuel geheiratet hatte. Sie hatte ihn sozusagen sehenden Auges genommen. Und im großen und ganzen war er ihr ein guter Ehemann; sie hätte an einen schlechteren geraten können. Das versuchte sie jetzt ihrer Tochter zu vermitteln: »Du weißt gar nicht, Janet, welches Glück du hast, so einen Vater zu haben. Er denkt an nichts anderes, als für euch zu arbeiten und euch den Weg zu ebnen, damit es euch gutgeht.«

»Ja, und daran, noch mehr Geschäfte zu kaufen und sein Stiefel-, Schuh- und Pantinen-Imperium zu vergrößern.«

»Wo um alles in der Welt hast du das denn gehört?«

»Von Dad selbst. Ich hörte, wie er einmal zu dir gesagt hat: ›Eines Tages werde ich ein Stiefel-, Schuh- und Pantinen-Imperium besitzen.‹«

Alice biß sich auf die Lippen und versuchte sich zu erinnern. Tatsächlich, dies waren Samuels Worte gewesen. Sie hatten über die Eröffnung eines neuen Ladens in Middlesbrough gestritten. Einen neuen Handelsweg hatte er es genannt. Und als Alice gefragt hatte, wann er je zufrieden wäre und ob elf Geschäfte nicht ausreichten, hatte er geantwortet: »Ich war schon immer für gerade Zahlen, ob es jetzt um Schuhe oder um Bälger geht. Ich habe acht Kinder, das ist eine gerade Zahl. Aber ich will noch zwei«, hatte er lachend hinzugefügt, »und ich will zwölf Geschäfte ... vierzehn, sechzehn, achtzehn, zwanzig.« Und dann hatte er das mit dem Imperium gesagt.

Alices Stimme zitterte ein wenig, als sie Janet antwortete: »Dein Dad hat nur Spaß gemacht.«

»Mam, er macht niemals Spaß. Hat er je mit uns gespielt? Nicht mal mit den Jungs ... er spielt nie, nicht wahr?«

Staunend bemerkte Alice, daß Tränen in die Augen ihrer Tochter stiegen. Dieser Tochter, die sonst nie weiche Gefühle zeigte, die seit frühester Kindheit älter schien als ihre Jahre.

Sie hatte sie nie weinen gesehen, nicht einmal, wenn sie sie auf die Finger schlug. Alice streckte die Arme aus und zog den steifen kleinen Körper ganz eng an sich. »Na, na!« sagte sie beruhigend, streichelte über das dunkle Haar und richtete die beiden Zöpfe, die über die Schultern des Kindes fielen.

Es war wundervolles Haar, nicht ganz schwarz, aber eigentlich auch nicht braun. Hier und da lag ein rötlicher Schimmer darüber. Es war Janets großer Pluspunkt, denn sie war kein hübsches Kind: Ihr Gesicht war schmal, all ihre Züge schienen sich in die Länge zu dehnen. Ihre Augen saßen in ovalen Höhlen, ihre Nase war lang und dünn, ihr Mund breit, und obwohl er deutliche Konturen aufwies, war er weit davon entfernt, schön zu sein. Das ganze Gesicht stand in starkem Gegensatz zu den Gesichtern der drei anderen Mädchen. Alicia, Jessie und Fannie waren hübsch, hatten rundliche Gesichter und Grübchen in den Wangen. Sie würden eines Tages sehr attraktiv sein, während ihre liebe Janet – es war das erste Mal, daß sie sie in Gedanken als liebe Janet bezeichnete – nur zwei Vorzüge besitzen würde: ihr Haar und ihren Verstand. Natürlich konnte sich auch ihr Körper noch entwickeln, doch das ließ sich jetzt noch nicht beurteilen.

Alice zog ein Taschentuch aus der Manschette ihres Kleides und wischte Janets Gesicht ab. Leise sagte sie: »Wir zwei müssen uns aussprechen, wenn wir mal Zeit haben, ja?«

Janet nickte. »Ja, Mam, gerne.«

»Na gut.« Alice legte den Arm um Janets Schultern und führte sie zur Tür. »Dein Dad wird bald wieder ausgehen, und wenn er weg ist, kommst du in mein Zimmer und hilfst mir, meine letzten Kleinigkeiten einzupacken. Würdest du das tun?«

»Ja, Mam.«

»Jetzt geh und such die beiden anderen und sag ihnen, sie sollen weitermachen. Und dann gehst du in die Küche und sagst Maggie, daß ich jetzt eine Tasse Tee vertragen könnte.«

Alice lehnte am Geländer und sah zu, wie ihre Tochter die Treppe hinabging – nicht rennend oder schreiend, wie es die anderen getan hätten, sondern wie jemand, der tief in Gedanken versunken ist. ›Er macht niemals Spaß, er spielt nie mit uns‹, dachte Alice. Sie drehte sich abrupt um und ging über den Korridor zu ihrem eigenen Zimmer.

Es war gerade acht Uhr abends. Die Kinder waren im Bett oder wenigstens in ihren Zimmern, mit Ausnahme von Howard und Janet. Howard war im Spielzimmer und packte seine Eisenbahn ein, die bisher ein Drittel des Raums eingenommen hatte. Annie hatte ihren freien Abend, und Maggie und Kate waren in der Küche. Als es an der Tür läutete, befand sich Janet zufällig in der Halle, also ging sie hin und öffnete. Ein Mann stand davor. Sie erkannte ihn wieder. »Bitte, kommen Sie herein.«

Als Roger Maitland eintrat, sagte sie: »Ich werde meine Mutter holen. Sie ist oben.« Sie wollte sich eben in Bewegung setzen, als Maggie aus der Küche herbeikam. »Würden Sie Mutter sagen, hier sei ein ... ein Gentleman. Sie ist bei Großmutter.«

»Ich möchte bitte mit Mr. Fairbrother sprechen«, ließ sich der Gentleman vernehmen.

»Mein Vater ist nicht da.«

»Oh.«

Janet wandte sich wieder an Maggie. »Würden Sie Mutter bitte Bescheid sagen?«

Maggie hatte den Besucher noch nie gesehen, doch aufgrund der Art seiner Kleidung, seiner Aussprache und wie er dastand, war sie sicher, einen Gentleman vor sich zu haben. Daher eilte sie die Treppe hinauf, während Janet den Herrn fragte: »Würden Sie bitte hereinkommen und hier warten?«

Roger Maitland folgte dem Mädchen in ein gemütliches, aber augenscheinlich viel benutztes Wohnzimmer. Der Raum war groß und mit soliden Möbeln ausgestattet;

genau, wie es in einem Einfamilienhaus in den Vorbezirken von Fellburn, das von einer Mittelklassenfamilie bewohnt wurde, üblich war. Maitland hatte allerdings etwas Protzigeres erwartet.

»Morgen werden wir einziehen«, sagte Janet.

»Ja«, antwortete er und sah auf das Mädchen mit dem ernsthaften Gesicht nieder. »Freuen Sie sich schon darauf?«

Janet dachte eine Weile nach, ehe sie antwortete. »Ich glaube schon. Es ist ein hübsches Haus. Es hat, was man ... Atmosphäre nennt.«

Roger Maitlands Augenbraue hob sich kaum bemerkbar. »Wie alt sind Sie?«

»Neun, beinahe zehn.«

Neun, beinahe zehn, und da sprach sie über die Atmosphäre eines Hauses. Ihr Vater hatte nichts von Atmosphäre gesagt, und Maitland glaubte, auch die Mutter, soweit er sie von den wenigen Treffen kannte, sei nicht die Frau, die sich viel mit der Frage nach der Atmosphäre eines Hauses abgäbe. Vermutlich war sie nur an dem üppigen Platz für ihre Brut interessiert. Er lächelte dem Mädchen zu. »Es freut mich, daß Sie das denken. Ich glaube auch, daß es Atmosphäre besitzt. Es ist über zweihundert Jahre alt, wissen Sie?«

»Ja, ich habe darüber gelesen.«

Wieder zog er die Augenbrauen hoch. In diesem Augenblick öffnete sich die Tür, und Alice trat ein. »Oh, hallo, Mr. ...« – sie hielt kurz inne, ehe sie weitersprach – »Mr. Maitland.« Sie wußte nie genau, wie sie diesen Mann anreden sollte.

»Guten Abend, Mrs. Fairbrother. Es tut mir leid, Sie zu stören. Sie sind sicher sehr beschäftigt, doch ich hätte gerne mit Ihrem Gatten gesprochen.«

»Er muß jeden Moment zurückkommen; er ist bei einer Besprechung, die bis nach halb sieben dauern sollte. Und nun«, sie blickte zur Uhr auf dem Kaminsims, »nun ist es schon acht. Möchten Sie sich nicht setzen und auf ihn warten?«

Maitland blieb stehen und hielt den Blick auf Alice gerichtet. Sie verstand und setzte sich, worauf er sich ebenfalls niederließ und in beiläufigem Ton bemerkte: »Ihre Tochter erzählte mir, daß sie sich darauf freut, in dem großen Haus zu wohnen.«

»O ja, ja.« Alice sah Janet an und fuhr fort: »Wir freuen uns alle darauf. Ich hoffe nur – nun, ich hoffe, daß alles gut abläuft. Sie wissen, was ich meine?«

Maitland ließ sich Zeit mit seiner Antwort. »Ja, ich glaube zu wissen, was Sie meinen, Mrs. Fairbrother.«

Alice sah zum Fenster. »Ich höre eine Droschke. Das wird mein Mann sein. Janet, geh und sag deinem Vater, daß hier ein –« sie zögerte – »ein Gentleman auf ihn wartet.«

Nachdem Janet das Zimmer verlassen hatte, wandte Roger Maitland sich an Alice und sagte leise: »Viele würden in meinem Fall die Bezeichnung ›Gentleman‹ für unangebracht halten, da ich gewöhnlich mit ›Maitland‹ angesprochen werde; doch glauben Sie mir, Mrs. Fairbrother, ich bin äußerst dankbar, daß Sie mir diese Bezeichnung zubilligen.«

Alice fühlte wie die Röte in ihre Wangen stieg. Maitland wäre überrascht gewesen, hätte er ihre Gedanken lesen können. ›Arme Seele‹, dachte sie, ›was für eine Lage ist das; nicht Fisch, nicht Fleisch.‹

»Ach, da bist du ja.« Sie erhob sich schnell, als Samuel eintrat. Er ging langsam, in nahezu aggressiver Haltung, zu dem offenen Kamin und lehnte sich an den Sims. »Nun?« wandte er sich an seinen Besucher. »Sie sind gekommen, um mit mir zu sprechen?«

»Ja, Sir, deshalb bin ich hier.«

»Nur frisch drauflos ... oh, eine Minute.« Er hatte bemerkt, daß Janet ihm gefolgt war. »Du hast sicher noch was zu tun.« Samuel wartete, bis sie das Zimmer verlassen hatte, wobei sie die Tür nicht allzu sanft hinter sich schloß. Erst dann wandte er sich wieder an Maitland. »Schießen Sie los.«

Roger Maitland warf einen Blick auf Alice, doch als sie den Raum verlassen wollte, streckte Samuel die Hand aus.

»Bleib, wo du bist, Frau. Was er mir zu sagen hat, kannst du ebensogut hören.«

»O Sam!« flüsterte sie protestierend. Samuels Antwort war jedoch in keiner Weise ein Flüstern. »Hör auf mit ›o Sam‹!« rief er. »Das ist das Ende eines Tages, den ich aus verschiedenen Gründen sicher nicht so schnell vergessen werde. Also bleib da. Und Sie«, er deutete auf den Mann, von dem er sich Hilfe bei seinem neuesten Vorhaben erhofft hatte, »Sie erzählen mir jetzt, warum Sie hier sind. Sind alle schon verschwunden, bevor ihre Zeit abgelaufen ist? Ist das Haus leer? Heraus damit!«

Roger Maitland sog tief den Atem ein, bevor er ruhig antwortete: »Ich bin gekommen, Sir, um mich für mein Benehmen heute nachmittag zu entschuldigen. Ich habe meine Grenzen überschritten. Ich vergaß, wer ich bin, und wer Sie sind. Und was immer ich auch gedacht haben möge, Sie hatten ein Recht auf Höflichkeit in dem Haus, das jetzt das Ihre ist. Und darf ich hinzufügen, daß ich mehr als gewillt bin zu bleiben, wenn Sie über meine vorherige Entscheidung, Sie zu verlassen, hinwegsehen würden.«

Es war ganz still im Zimmer, nur im Kamin knackten die glühenden Kohlen. Samuel griff nach dem Schürhaken und stocherte darin herum, dann hing er ihn wieder an seinen Platz. Nach einer Weile drehte er sich zu dem jungen Schnösel – denn das war Maitland für ihn – um und meinte: »Na gut, ich gebe zu, daß es Sie einiges gekostet haben muß, hierherzukommen und die weiße Flagge zu zeigen. Doch haben Sie bedacht, wie Sie mit mir als Herrn zurechtkommen? Mit jemandem, der kein Gentleman ist, mit jemandem, der zugibt, daß er sich im vornehmen Leben so wenig auskennt, daß er einen Führer braucht, der ihm zeigt, wo's langgeht? Haben Sie sich das überlegt?«

»Ich kann nur sagen, Sir, daß ich Ihnen gegenüber ebenso loyal sein werde, wie ich es Seiner Lordschaft gegenüber war. Seine Lordschaft mag nicht soviel Hilfe benötigt haben, aber trotzdem ...«

»Da, jetzt fängt er schon wieder an!« Samuel blickte Alice an und wies mit anklagendem Zeigefinger auf Maitland. »Er hält mir meine Unwissenheit vor. Und so wird es die ganze Zeit sein!«

»Nun«, sagte Alice, und der Anflug eines Lächelns erschien auf ihrem Gesicht, »das tut dir vielleicht ganz gut. Aber, aber, Sam!« Nun war sie es, die die Hand erhob. »Ich glaube, Mr. Maitland ...«

»Er wird nicht mit Mister angesprochen, nur mit Maitland. Ist es nicht so?«

»Ja, Sir, nur Maitland.«

Samuel starrte Alice an, als diese fortfuhr, indem sie seinen Blick erwiderte: »Wie du sagtest, war es sehr mutig von *Mr. Maitland*, hierherzukommen und sich bei dir zu entschuldigen. Und ich bin sicher, daß ihr euch mit der Zeit besser verstehen werdet; denn in einem Krieg werden auf beiden Seiten Fehler gemacht. Und jetzt entschuldige mich, ich muß nachsehen, ob dein Abendessen fertig ist. Gute Nacht, Mr. Maitland.«

»Gute Nacht, Madam.« Maitlands Worte klangen sanft wie ein Streicheln, und mit ihrem Klang im Ohr schritt Alice aus dem Zimmer, so vornehm wie nur irgendeine Lady, und überließ die beiden Männer sich selbst.

»Sie müssen nicht glauben, daß Sie es sich dort bequem machen können. Der Herr im Haus bin ich.«

»Das bezweifle ich nicht, Sir.«

Wieder war es still, dann fragte Samuel: »Was ist mit den anderen?«

»Nun, Sir, sie würden alle gerne bleiben, mit Ausnahme der Haushälterin, die sich zur Ruhe setzen möchte.«

»Ich hoffe, sie hat genügend Mittel, um sich zur Ruhe zu setzen.« Die Bemerkung war sarkastisch, doch Maitland reagierte nicht darauf. Er sagte lediglich: »Ich denke, sie wird zurechtkommen. Sie will bei ihrer Schwester wohnen. Und sie war immer sparsam.«

»Nun, dann ist das wohl erledigt, wie?«

»Ja, Sir.«

Samuel drehte den Hals in seinem steifen Kragen hin und her. »Wenn Sie nicht Sie selbst wären, hätte ich Ihnen einen Drink angeboten. Aber das wäre nicht korrekt, wie, Maitland?«

War es ein Lächeln, das auf Maitlands Gesicht erschien, als er antwortete? »Ich habe ein derartiges Angebot Seiner Lordschaft niemals abgelehnt, Sir. Obwohl Portwein nicht mein Lieblingsgetränk ist, habe ich immer mitgehalten.«

»Bei Gott! Sie sind ein merkwürdiger Mensch.« Samuel wiegte bedächtig den Kopf, während er den Mann betrachtete, der in sein Leben getreten war, um es in gewisser Weise zu ordnen, wenn auch nicht neu aufzubauen. »Nun«, fragte er, »und was trinken Sie gern?«

»Am liebsten Whisky, Sir, pur.«

»Ist das nicht ein Wunder? Wir haben etwas gemeinsam. Kommen Sie mit ins Eßzimmer. Es gibt hier keinen Keller, nur eine Kammer. Übrigens, ist es nicht eine Schande, daß der Keller dort leer war?«

»Er war nicht ganz leer, Sir.«

Samuel drehte sich unter der Tür um. »Nicht? Ich habe nichts gesehen.«

»Das konnten Sie auch nicht, Sir, denn es waren nur noch etwa dreißig Flaschen von guter Qualität übrig. Alte Jahrgänge, wissen Sie, Sir. Als Seine Lordschaft starb, waren zehn davon angebrochen. Die restlichen überließ Ihre Ladyschaft mir, für ... für geleistete Dienste. Ebenso überließ sie mir die goldene Uhr samt Uhrkette Seiner Lordschaft und goldene Manschettenknöpfe. Damit keine Mißverständnisse entstehen, bat ich Ihre Ladyschaft, es schriftlich festzuhalten. Im übrigen, Sir, da es sich bei dem Wein hauptsächlich um Rotwein handelt, stelle ich ihn Ihnen gern zur Verfügung.«

Samuel stützte seinen Arm an den Türrahmen, lehnte den Kopf dagegen und brach in so lautes Gelächter aus, daß die beiden Küchenmädchen aus der Küche herbeistürzten,

Howard aus dem Spielzimmer, Janet vom Ende des langen Flurs, wo sie gewartet hatte, um einen Blick auf den Gentleman zu erhaschen, wenn er das Haus verließe, und Alice aus dem Zimmer ihrer Mutter, die mit einer Erkältung zu Bett lag. Sie alle standen da und schauten verständnislos auf die beiden Männer – der eine mit geradem Rücken und ernstem Gesicht, der andere, wie sie ihn nie zuvor gesehen hatten: Tränen lachend. Und nacheinander, nachdem sie ihren Unglauben überwunden hatten, fielen sie in das Gelächter ein, ohne zu wissen, worüber sie lachten. Nur eines wußten sie – daß sie nie zuvor Samuel Fairbrother in so fröhlicher Stimmung erlebt hatten.

3

»Du hast dich durchgesetzt, was Howard angeht – er wird ein Internat besuchen, aber wozu das gut sein soll, weiß ich nicht. Ich verstehe dich nicht, Samuel Fairbrother. Gerade du hast doch immer diese Jüngelchen verachtet, die aus solchen Schulen kommen, und jetzt zahlst du viel Geld dafür, daß Howard einer von ihnen wird. Und, laß es dir gesagt sein, es ist dein Geld, das ihm die Aufnahme ermöglicht.«

»Da erzählst du mir nichts Neues, Frau. Aber wozu verdiene ich all das Geld?«

»Damit du dich wichtig fühlen kannst.«

»Denkst du wirklich, das wäre der Grund?« Samuels Stimme wurde leise.

»Im Grunde, ja.«

»Nun, ich kann deine Meinung nicht ändern. Du hast immer gesagt, du wüßtest, was du willst, und ich weiß auch, was ich will, denn ich tue nichts ohne Grund. Janet wird in diese Klosterschule gehen, denn bisher ist sie das einzige unserer Kinder, bei dem sich ein mehr als mittelmäßiger Verstand erkennen läßt.«

»Mein Gott! Hast du mit Alicia, Fanny und Jessica eine Prüfung angestellt? Alicia wurde gestern sechs. Natürlich ist sie schon erwachsen; sie sollte außer Haus gehen und etwas Großartiges tun, sich vielleicht für die Interessen der Frauen und ihr Stimmrecht einsetzen. Und natürlich sind die Jungs, Eddie, James und Harry, alle Hohlköpfe.«

»Ja«, lächelte Samuel, »da könntest du recht haben. Du hast fast immer recht.«

Alice setzte sich auf das rüschenbesetzte Himmelbett und seufzte tief. »Sam, ich habe immer behauptet, du wärst in einer bestimmten Form gegossen, die sich nicht mehr ändern ließe. Doch seit du in dieses Haus gekommen bist, oder eher, seit du es zum ersten Mal sahst, ist irgend etwas mit dir geschehen.« Samuel stand vor dem Spiegel und zerrte an seinem Kragen in dem Versuch, ihn niederzuknöpfen. »Ach ja, habe ich jetzt feinere Manieren?« brummte er.

»Das wäre herrlich. Im Gegenteil, ich glaube, du polterst jetzt noch mehr herum als früher. Nein, was sich geändert hat, sind deine Ansichten über die Familie. Weißt du was? Du hast dich nie mit den Kindern abgegeben, nicht mit einem von ihnen. Vor einiger Zeit sagte Janet zu mir, mit Tränen in den Augen, daß du nie mit ihnen spielst.«

Samuel gab ein scharfes Geräusch von sich, als sein Kopf herumfuhr und der Knopf ins Knopfloch schlüpfte. »Du siehst überrascht aus«, sagte Alice. »Das solltest du nicht, denn, wie du einmal anläßlich einer unserer ... intellektuellen Diskussionen bemerktest, hast du die Kinder mir überlassen und gesagt, es sei meine Aufgabe, sie zu gebären und aufzuziehen. Du gabst mir dafür die Mittel an die Hand, und damit war die Sache für dich erledigt. Das war nach Harrys Geburt. Ich glaube, damals hörte ich auf, dich zu lieben.«

Es wurde still. Samuel war gerade dabei, den Arm in die Weste zu stecken. Er starrte seine Frau eine Weile an und zog sich dann das Kleidungsstück über die Schultern. »Habe ich recht gehört?« fragte er.

»Ja, Sam, das hast du.«

Er ging langsam auf Alice zu und blieb auf Armeslänge vor ihr stehen. Leise fragte er: »Willst du damit sagen, daß ich dir gleichgültig geworden bin?«

»Nein, Sam, das will ich nicht. Du bist mir nicht gleichgültig. Aber bis dahin war ich in dich verliebt. Ich sah die Sonne aus dir scheinen. Für mich warst du immer ein ungestümer Mensch, jemand, der sich bemühte, vorwärtszukommen. Doch an diesem Tag wurde mir bewußt, daß der Weg, den du gehst, und die Meinung, die du von dir selbst hast und die andere von dir haben sollten, dir viel wichtiger sind als ich und meine Bedürfnisse, oder die deiner Kinder, die ich für dich aufzog.«

»Mädel, du siehst das ganz verkehrt.«

»Nein, Sam, nein. Ich kenne dich. Du warst dreißig, als du mich geheiratet hast. Und die Läden, die du damals hattest, haben dir ein hübsches Sümmchen eingebracht, genug, um ein angenehmes, wenn auch kein luxuriöses Leben zu führen. Doch als ich einmal zu dir sagte, bevor wir heirateten: Meine Mutter stand allein und wäre einsam, wenn ich ginge. Würde es dir etwas ausmachen, eine Weile bei ihr zu leben? ... Nein, es hat dir nichts ausgemacht. Nein, denn wir mußten keine Miete zahlen und hatten drei Dienstboten, nein, es hat dir nichts ausgemacht. Es gab dir Zeit, dich in diesem oder jenem Komitee zu engagieren. Du wurdest Mitglied in der Händlervereinigung. Doch das war dir nicht genug. Du mußtest Geld verdienen, noch mehr Geld. Und das Mittel dazu war, Geschäfte und noch mehr Geschäfte zu eröffnen.«

»Stimmt«, gab Samuel zurück, »und mehr Männer und noch mehr Männer zu beschäftigen, so daß sie runter von der Straße waren und sich ihren Lebensunterhalt verdienen und ihre Bälger füttern konnten. Ich wollte nur Geld scheffeln, wie? Ich wollte mich wichtig machen, nicht wahr? Und vergiß nicht, daß man mich nicht nur gebeten, sondern gedrängt hat, Stadtrat zu werden, damit ich als Bürgermeister kandidieren könne. Und habe ich es nicht abgelehnt?«

»Ja, das weiß ich. Doch der wahre Grund war, daß dir dieses Amt nicht genug Zeit gelassen hätte, deine Geschäfte auszudehnen. Du wolltest ihre Führung niemand anderen überlassen. Du hast nie jemandem getraut und mußtest alles selbst kontrollieren. Und so ist es bis auf den heutigen Tag, und so wird es sein bis zur Stunde deines Todes!«

Alice stand vom Bett auf und fuhr fort: »Doch in der Zwischenzeit wirst du deine Söhne und Töchter in einer Weise erziehen, die weit über ihrem Stand liegt. Und das ist ein Fehler, Samuel Fairbrother. Wir haben Beispiele gesehen hier in dieser Stadt. Und das waren nicht nur Leute, die auf modische Schulen geschickt wurden, sondern auch solche, die es zu etwas gebracht und darüber vergessen haben, daß sie hier geboren wurden. Besonders im Bogs-End-Gebiet. Für sie ist das jetzt die beste Ecke von Newcastle, und sie sind zu beschäftigt, um ihre alten Bekannten zu besuchen, oder sie auch nur auf der Straße wiederzuerkennen. Und mit dir wird es genauso geschehen!«

»Großer Gott!« Samuel wischte sich den Schweiß von der Stirn. »Warum passiert mir das alles? Letzte Woche wolltest du keine Kinder mehr haben, weil dir acht genug sind; und jetzt bin ich eine gedankenlose, aufgeblasene Null. Und all das wurde mir eröffnet, weil ich meine Tochter auf eine Klosterschule schicken möchte. Außerdem, laß dir das gesagt sein, freut sie sich darauf.«

»Die sind katholisch dort.«

»Natürlich sind sie katholisch. Aber es gibt auch protestantische Schüler, und zwar aus den besten Familien in der Stadt. Und warum? Weil der Unterricht besser ist. Und sie lernen noch etwas anderes dort.«

»Ja, alles über den Papst, und Rosenkränze und Ave Marias, und Gott weiß was.«

»Nichts davon. Ich habe mit der Mutter Oberin gesprochen und mit dem Priester, und ich sagte, ich will nicht, daß meinem Kind so etwas eingetrichtert wird. Und weißt du was? Der Priester lachte. Er wieherte wie ein Pferd.«

»Natürlich lachte er. Die sind schlau, schlau genug, um aus Janet eine Nonne zu machen.«

»Ha! Janet mit ihrem Verstand – eine Nonne? Genausogut könnte die Mutter Oberin zur Nackttänzerin werden. Jedenfalls« – er zog sein Jackett an – »komme ich zu spät zur Besprechung.«

»Ja, natürlich, die Besprechung!«

»Genau, die Besprechung, die mir ein weiteres Geschäft einbringen wird. Da ich mich nicht um meine Familie kümmere, muß ich mich für etwas anderes interessieren, nicht wahr? Ich wünsche Ihnen eine gute Nacht, Mrs. Fairbrother. Und besten Dank für die Unterhaltung. Ich werde darüber nachdenken, sobald ich Zeit habe.«

Er marschierte aus dem Zimmer und warf die Tür krachend hinter sich zu.

Maitland stand wartend in der Halle, mit einem Mantel über dem Arm. »Es ist bitter kalt heute abend, Sir«, sagte er. »Ich glaube, Sie werden einen Schal benötigen.«

Er half Samuel in den Mantel, reichte ihm den Schal, der über einer Sessellehne hing und gab ihm zum Schluß noch den steifen Hut. Dann öffnete er die Tür. »Ich hoffe, Sie haben einen angenehmen Abend, Sir«, sagte er.

Samuel verharrte kurz auf der Stufe und knurrte: »Der Abend könnte so angenehm werden, daß ich nicht wiederkomme.«

»Oh, Sie werden wiederkommen, Sir; da habe ich keine Befürchtung.«

Während Samuel den Vorplatz überquerte, wo die Droschke wartete, fragte er sich, weshalb er sich diesem Maitland näher fühlte als seiner eigenen Familie, seine Frau eingeschlossen ... Sie war nicht mehr in ihn verliebt, wie?

Maitland schloß die Tür erst, nachdem er seinen Herrn in die Droschke hatte einsteigen sehen.

Als er danach durch die Halle zum Eßzimmer ging, begegnete ihm Florence Furness. »Haben Sie sich um das Feuer im Zimmer der Herrin gekümmert, Florence?«

»Ich wollte es«, antwortete sie zögernd, »aber die beiden haben da drin so laut geredet, wissen Sie, daher bin ich nicht hineingegangen, sondern habe nach den Kindern gesehen. Soll ich noch mal gehen und nachschauen?«

»Nein, nein. Warten Sie, bis die Herrin herunterkommt.«

»Ja, Mr. Maitland.«

Florence ging in die Küche und geradewegs auf die Köchin zu, die am Tisch stand und kaltes Fleisch auf einem Beistelltischchen arrangierte. »Da oben sind die Fetzen geflogen«, flüsterte sie ihr zu. »Ich habe ihn aus dem Schlafzimmer kommen sehen. Er hat die Tür zugeknallt und sah aus wie der Teufel persönlich.«

»Hast du was gehört?« fragte Mrs. Wilding und hielt in ihrer Beschäftigung inne.

»Nichts, außer daß er gebrüllt hat.«

Das Küchenmädchen, das an einem Seitentisch Erbsen schälte, kicherte. »Er schreit immer, ein komischer Mann.«

»Du redest nur, wenn du gefragt wirst, Bella Forbes!« schalt die Köchin. »Und wenn wir deine Meinung über den Herrn wissen wollen, werden wir dich fragen.«

Das Mädchen, eingeschüchtert wie immer, ließ den Kopf hängen und fuhr mit ihrer Arbeit fort, während die Köchin sich wieder an Florence wandte. »Wo ist er?« fragte sie, wobei sie Maitland meinte.

Florence antwortete flüsternd: »Er war auf dem Weg zum Eßzimmer oder zur Bibliothek. Aber ich glaube, daß die Herrin gleich herunterkommen und ihn nach seiner Meinung zu den Neuigkeiten fragen wird. Ich bin nämlich sicher, daß der Streit um Miß Janets Klosterschule ging. Ich bitte dich, sie gehören doch nicht einmal der Kirche von England an. Sie gehen in überhaupt keine Kirche. Naja, das tat Seine Lordschaft natürlich auch nicht. Aber das war etwas ganz anderes. Es hat sich viel verändert, nicht wahr?«

Die flache Brust der Köchin hob und senkte sich, während sie tief ein- und ausatmete. »Ja, das hat es wohl, aber es könnte schlimmer sein. Die Herrin läßt uns freie Hand, was ich nicht erwartet hatte, und sie ist nicht neugierig. Und sie spart nicht am Fleisch; es gibt jetzt noch mehr als zu Zeiten Ihrer Ladyschaft, das mußt du zugeben.«

»Ja, aber sie läßt nicht die gleichen Gerichte kochen. Das Essen ist jetzt schlichter.«

»Na, und was soll daran verkehrt sein?« Die Köchin wies auf den Beistelltisch, der mit Scheiben von Schweine-, Rind- und Hammelfleisch bedeckt war, die mit petersilienverzierten, hartgekochten Eiern garniert waren. »Ich hoffe nur, daß es dem gnädigen Herrn fein genug ist.« Sie schürzte die Lippen und wies mit einer Kopfbewegung zur Tür. »Er ist sehr pingelig mit ihren Mahlzeiten, genauso wie zu Zeiten Seiner Lordschaft; auch wenn es nur um einen kalten Imbiß auf einem Tablett geht.«

»Weißt du, er kommt mir dieser Tage ein wenig verloren vor.«

»Das ist kein Wunder. Er vermißt Mrs. Bright und Mr. Mather, und natürlich Miß Moore. Irgendwie waren sie alle von der gleichen Art, haben gemeinsam gegessen und sich unterhalten.«

»Ja, du hast wohl recht. Jedenfalls scheint er seine ganze freie Zeit entweder auf seinem Zimmer oder in der Bibliothek zu verbringen. Ich glaube, daß er den Wechsel stark zu spüren bekommt ...«

Maitland, das Objekt ihrer Unterhaltung, befand sich in der Bibliothek. Er stand am Kamin. Doch lehnte er nicht mit dem Rücken zum Feuer, wie sein Herr es zu tun pflegte, sondern blickte in die Flammen. Den Arm hatte er auf den marmornen Sims gestützt, ein Fuß ruhte auf dem filigranen Kamingitter, das die Feuerstelle umgab.

Die Haltung des Butlers war von ihm abgefallen. Er sah entspannt, aber nachdenklich aus, und es gab genug, vorüber er nachzudenken hatte. Was ihn in diesem Augenblick bewegte, war die Frage, ob er bleiben oder gehen sollte. Er hatte an diesem Morgen einen Brief von Lady Irene, der Tochter Ihrer Ladyschaft, erhalten. Das Schreiben war aus Amerika. Eigentlich waren es zwei Briefe. Der andere war von Ihrer Ladyschaft selbst, doch beide hatten den gleichen Inhalt: Wollte er nicht zu ihnen nach Amerika kommen und dort wieder die gleiche Position einnehmen? Lady Irene, die nun seit zwei Jahren verwitwet war, stand kurz vor der Eheschließung mit einem reichen amerikanischen Geschäftsmann. Aufgrund des erst kürzlich erfolgten Todes Seiner Lordschaft sollte es eine stille Hochzeit werden. Doch Lady Irenes künftiger Gatte wollte einen neuen Hausstand gründen, und beide Frauen schrieben, daß sie entzückt wären, wenn Maitland kommen und den Haushalt leiten würde. Das Gehaltsangebot war überwältigend, verführerisch – beinahe das Vierfache von dem, was er hier erhielt. Nur ein Narr würde ein solches Angebot ablehnen, und Maitland betrachtete sich nicht als Narren. Trotzdem – und das war die große Frage, die sich ihm stellte – trotzdem ... Was hielt ihn hier? Warum zögerte er? Dies hier war eine recht gewöhnliche Familie, sogar eine sehr, sehr gewöhnliche Familie, und doch gleichzeitig so festgefügt, besonders das Familienoberhaupt; ein Mann, der sich nach oben gekämpft hatte, ehrgeizig und doch in seiner Herkunft verwurzelt. Diese Verwurzelung drückte sich in seiner Stimme und seiner Haltung aus, und doch war er entschlossen, seine Familie auf der Gesellschaftsleiter weiter nach oben zu bringen, obwohl dies im Augenblick gegen die Prinzipien seiner Frau zu sprechen schien. Da war sie, eine noch recht junge Frau, etwa in Maitlands Alter, vielleicht ein Jahr älter. Sie hatte acht Kinder geboren, sah aber trotzdem noch ziemlich gefällig aus. Man konnte sie hübsch nennen, aber Stil besaß sie nicht, wohingegen Ihre Ladyschaft und Lady Irene sogar in Rupfensäcken noch attraktiv erscheinen würden. Mrs. Fairbrothers Kleid, obwohl der Mode entsprechend mit Keulenärmeln und engem Mieder ausgestattet, hatte einen Rock, der beinahe den Boden fegte. Das war etwas, was Maitland nie verstehen würde – die Bekleidung einer Frau unterhalb der Knie. Obwohl der Rüschensaum aus der Mode war, waren die Röcke immer noch zu lang, besaßen keinen unterscheidbaren Punkt; sie schienen ihre Position im Leben zu unterstreichen. Trotzdem war Alice eine freundliche und fürsorgliche Frau, auch wenn ihre Zunge etwas zu scharf war. Doch andererseits brauchte sie die, um ihrem Ehemann standzuhalten. O ja, mit diesem Ehemann mußte man rechnen. Und dann gab es noch die Kinder. Würden sie ihm fehlen, wenn er ginge? Ja, das würden sie. Mit Lady Irenes kleiner Tochter hatte er nie viel zu tun gehabt. Sie wurde von der Kinderschwester in ihrem eigenen Stockwerk betreut. Das Kind war in ein Trauerhaus hineingeboren worden, denn sein Vater war eine Woche vor der Geburt bei einem Jagdunfall ums Leben gekommen. Doch die Kinder seiner neuen Herrschaft waren von anderer Art, natürlich. Sogar, wenn sie in diesem Haus zur Welt gekommen wären, hätten ihre Eltern sie nicht so isoliert aufwachsen lassen. Und doch beabsichtigte ihr Vater jetzt, sie so lange abzusondern, bis sie zivilisiert genug wären, in Gesellschaft ihrer Eltern zu essen, und danach wollte er sie auf eine exklusive Schule schicken.

Er richtete sich auf, als die Tür sich öffnete und Janet eintrat, die sich aber noch auf der Schwelle zu jemandem im Flur umwandte. »Komm, komm!« rief sie und zerrte ihren Bruder ins Zimmer. »Er möchte Sie etwas fragen«, sagte sie zu Maitland. »Geht das oder sind Sie gerade beschäftigt?«

»Nein, Miß Janet. Zu Ihren Diensten.«

»Es ist wegen der Schule, auf die er gehen soll. Er macht sich Sorgen.«

Maitland wandte sich dem Jungen zu, der vor drei Tagen seinen elften Geburtstag gefeiert hatte. »Worüber machen Sie sich Sorgen, Master Howard? Setzen Sie sich doch.« Er wies auf einen Sessel. »Ich meine immer, man kann sich besser unterhalten, wenn man sitzt. Sie nicht auch?« Die letzten Worte waren an Janet gerichtet, doch sie antwortete nicht. Sie setzte sich einfach auf einen der lederbezogenen Stühle, während ihr Bruder sich einen ähnlichen Sessel heranzog und sich hineinkauerte. Da er nichts sagte, fragte Maitland: »Was möchten Sie wissen?«

Der Junge blinzelte auf seine Hände hinab, die er zwischen die Knie preßte, und sagte dann: »Ich will nur wissen, wie es dort ist. Stoßen sie einen herum? Ich meine, die anderen, größeren Jungs? Ich habe eine Geschichte gelesen ...«

»Ach, eine Geschichte!« Maitland wedelte mit der Hand. »Vergessen Sie, was Sie über Schulen gelesen haben. Auf der Schule, die Sie jetzt besuchen, geht es doch sicher auch gelegentlich ein bißchen rauh zu? Und Sie haben bestimmt schon ein paar Raufereien mitgemacht. Erinnern Sie sich an den Riß in Ihrem Kinn und an das aufgeschürfte Knie? Soviel ich damals gehört habe, hat Ihr Gegner ein blaues Auge davongetragen.«

Howard grinste, doch schnell nahm sein Gesicht wieder den besorgten Ausdruck an, als er fragte: »Stimmt es, daß man gezwungen wird, eiskalt zu baden, und daß das Essen fürchterlich schlecht ist?«

»Was die eiskalten Bäder betrifft, so ist das lächerlich. Doch was die Mahlzeiten angeht, werden sie bestimmt nicht so sein, wie Sie es von zu Hause gewöhnt sind.«

Er lächelte den Jungen an und dachte, ein schlechteres Essen würde ihm sicher nicht schaden, denn der Knabe war zu dick. Er war zwar groß für sein Alter, doch hatte er Übergewicht.

Janet meinte: »Mam wird dir jede Woche Freßpakete schicken.«

»Aha!« Maitland wackelte mit dem Zeigefinger. »Es gibt Vorschriften, wie viele Vorratspakete ein Schüler empfangen darf. Ich glaube, eines pro Monat. Aber ich bin sicher, daß er sich schnell an das Essen und den ganzen Schulablauf gewöhnen wird.«

Er wandte sich wieder an den Jungen. »Soviel ich gehört habe, handelt es sich um eine sehr gute Schule. Sie hat einen guten Ruf. Und in gewisser Weise haben Sie viel Glück gehabt, dort einen Platz zu erhalten. Ich haben von Jungen gehört, die lange warten mußten, bis sie aufgenommen wurden.« In Wirklichkeit hatte er nie davon gehört. Er wußte nur, daß Geld Türen öffnete, und daß dieses Geld den Jungen in eine bekannte Erziehungsanstalt beförderte, in die er aufgrund seiner Intelligenz nie hätte eintreten können. Ja, wenn es sich um seine Schwester gehandelt hätte ...

Howard stand auf. »Würden Sie sich bitte um meine Eisenbahn kümmern, Mr. Maitland, und aufpassen, daß Eddie sie nicht in die Finger bekommt. Er würde sie Stück für Stück in die Schule mitnehmen und sie eintauschen.«

»Das würde er bestimmt nicht tun.«

»O doch, das würde er. Er hat erst gestern gesagt, daß er für drei Lokomotiven und einen Satz Drehgestelle einen pferdelosen Wagen bekommen könnte.«

»Machen Sie sich keine Sorgen, Master Howard. Ich werde Ihre Eisenbahn unter Verschluß halten.«

Gleichzeitig dachte er: »Was sage ich da?« Wenn er nur noch eine Woche bliebe, wäre die Zeit schon knapp. Er mußte kündigen, vielleicht für den nächsten Monat.

Howard lächelte ihn an und warf einen Blick auf seine Schwester, bevor er aus dem Zimmer rannte.

Janet machte keine Anstalten, ihrem Bruder zu folgen. Sie blieb sitzen und blickte Maitland aufmerksam an. »Er möchte schon in diese Schule gehen, wissen Sie?« sagte sie zu ihm. »Es ist nur die Aufregung, bevor es wirklich losgeht.«

»Glauben Sie, daß er das wirklich will?«

»O ja. Vielleicht nicht auf diese besondere, aber überhaupt auf ein Internat. Dort wird er sich besser fühlen. Er hat nämlich Angst vor Dad ... vor Vater.«

Maitland sah das Mädchen stirnrunzelnd an. Er hatte sich in den Wochen, seit sie im Haus war, an ihre Offenheit gewöhnt, doch manchmal fand er sie erschreckend, wie gerade eben. Für ihr Alter war sie sehr gescheit. Er fragte: »Weshalb glauben Sie, Howard hätte Angst vor seinem Vater?«

»Na, die meisten Leute haben doch Angst vor ihm, oder? Wenn er gerade nicht brummt oder brüllt, ignoriert er einen. Als wäre man gar nicht da.«

»Oh, Miß Janet«, begann Maitland und wollte sagen, daß sie sicher einen falschen Eindruck von ihrem Vater habe. Doch ihre Beschreibung war so zutreffend, daß er nur lächeln konnte. »Nun, wie es scheint, haben *Sie* keine Angst vor ihm.«

»Nein, habe ich nicht, obwohl er sich nie wie ein Vater benimmt. Jedenfalls nicht wie andere Väter. Mr. Atkinson zum Beispiel unterhält sich oft mit seinem Sohn Fred. Natürlich ist der schon sechzehn, aber trotzdem, Mr. Atkinson hat immer mit ihm gesprochen, als würde er ihn ...« – ihr Gesicht verzog sich vor Konzentration – »nicht für blöde halten. Und sie gehen gemeinsam zu Cricket-Spielen. Dad hat Howard nicht ein einziges Mal irgendwohin mitgenommen. Mutter schon. Aber das ist nicht dasselbe für einen Jungen, und Howard hat sich das zu Herzen genommen. Eddie macht das nichts aus. Sie kennen Eddie, er ist ein Schlitzohr.« Sie lächelte wieder. »Nichts und niemand kann Eddie ärgern. Aber Harry ist anders. Ich glaube, er ist wie ich, finden Sie nicht auch?«

»Nein, ich würde nicht sagen, daß er ist wie Sie. Er ist still und eher schüchtern, während Sie, Miß Janet, weder das eine noch das andere sind.« Er lächelte sie an. Janet nagte an ihrer Unterlippe, ließ den Kopf hängen und wiegte ihn hin und her. Es war die erste kindliche Handlung, die er bislang bei ihr gesehen hatte.

Ihr Kopf war immer noch gesenkt, als sie fragte: »Sie werden doch nicht von uns weggehen, nicht wahr?«

Maitland erschrak. Er fragte nicht: ›Was meinen Sie? Wie können Sie das wissen?‹ Sie konnte denn Brief nicht kennen, nein. Er schloß seine privaten Unterlagen immer in der obersten Lade seiner Kommode ein, und der Schlüssel dazu hing an seiner Uhrkette. Er steckte einen Finger zwischen seine Westenknöpfe und tastete nach dem Schlüssel. Janet würde nie in seinem Zimmer herumschnüffeln. Das sah ihr gar nicht ähnlich.

Sie blickte zu ihm auf. »Ich habe letzte Nacht von Ihnen geträumt.« Als Maitland nicht antwortete, fuhr sie fort: »Es war ein sehr merkwürdiger Traum, ganz verworren. Ich hatte meine neue Schuluniform an und den Strohhut auf, der dazugehört und den ich nicht leiden kann. Ich kam in die Halle gerannt, in der Gepäckstücke standen. Und Sie waren elegant angezogen. Naja, das sind Sie ja immer, aber Sie trugen Reisekleidung. Doch das Merkwürdigste war, daß Vater an der Wohnzimmertür stand. Erinnern Sie sich, wie er damals den Arm gegen den Rahmen gelehnt und den Kopf darauf gestützt hatte, und wie er gelacht hat? Genauso stand er wieder da. Aber er lachte nicht. Er war ganz still.« Mit halboffenem Mund hielt sie plötzlich inne. Sie konnte Maitland nicht den Rest ihres Traumes erzählen, das wäre zu peinlich, ja erschreckend gewesen, denn es ging darin nicht um sie, hatte nichts mit ihr zu tun. Oder doch? Sie nagte heftig an ihrer Unterlippe und blickte den Butler unverwandt an.

»Sie sind ein sehr seltsames kleines Mädchen, Janet«, sagte er, ohne ein ›Miß‹ vor ihren Namen zu setzen.

»Weshalb? Warum bin ich seltsam? Ich mag nicht seltsam sein.«

»Ich wollte sagen, es war seltsam, so etwas zu träumen.«

»Wirklich? War es eine Prophezeiung? Denken Sie daran, uns zu verlassen?« Als Maitland nicht antwortete, flüsterte Janet: »O nein, Maitland!« Diesmal war sie es, die das ›Mr.‹ wegließ, das sie sonst immer benutzte. »Gehen Sie nicht! Bitte, gehen Sie nicht! Das würde alles kaputtmachen. Durch Sie ist alles so anders geworden, sogar Dad. Er würde mich nie auf diese Klosterschule schicken, wenn Sie nicht wären.«

»O nein, damit habe ich nichts zu tun, glauben Sie mir.«

»Vielleicht nicht mit der Klosterschule, aber daß ich überhaupt auf eine bessere Schule gehen darf. Außerdem«, sie nickte ihm zu, »es müssen Sie gewesen sein, denn ich erinnere mich, wie Sie Vater von Colonel Stacey erzählten, der in Rowan Manor auf der anderen Seite der Stadt lebt. Sie sagten, er hätte zwei Töchter, und beide besuchten die Klosterschule, und die eine wäre von dort aus zu einem Ort namens Garters in Cambridge gegangen.«

Darüber mußte Maitland lachen. »Garters ist nicht ganz richtig; es ist ein Damenkolleg, und der korrekte Name ist ›Girton‹.«

»Da haben wir's. Vater muß den Gedanken von Ihnen haben.«

»Das glaube ich nicht, Miß Janet.« Maitland hatte inzwischen wieder die Haltung des Butlers angenommen. Dies schien ihm die einzige Möglichkeit, sich gegen dieses ungewöhnliche kleine Mädchen zu schützen.

Während er ihr unhübsches Gesicht betrachtete, stellte er sich vor, wie sie in zehn Jahren als eigensinnige, gebildete Frau aussehen würde – eine jener Frauen, wie sie bereits jetzt auf dem Vormarsch waren. Und Janet würde sicher eine ihrer Anführerinnen sein. Er fühlte sich erleichtert, als die Tür aufging und ihre Mutter eintrat. »Ach, hier bist du, Janet. Dein Abendessen ist fertig.« Alice hielt die Tür weit offen, so daß Janet hindurchgehen konnte. Sie folgte ihrer Tochter jedoch nicht, sondern schloß die Tür wieder und ging auf Maitland zu, der das Feuer schürte. »Hat sie mit Ihnen wieder über ihre Uniform gesprochen?«

Maitland klopfte sich die Asche von den Händen und wandte sich zu ihr um. »Nein, Madam, außer daß ihr der Strohhut nicht gefällt, er sieht zu sehr nach einem Matrosenhut aus.«

»Die ganze Uniform gefällt ihr nicht. Wissen Sie, was sie gesagt hat?« Alice lächelte breit. »Sie sähe darin zu jung aus! Stellen Sie sich das vor!«

Maitland lächelte ebenfalls. »Später einmal wird sie zurückblicken und sich danach sehnen, wieder so jung zu sein.«

»Ach, da bin ich nicht sicher. Sie ist ein sehr seltsames Mädchen, Maitland. Vielleicht ist seltsam nicht das richtige Wort. Eine Zeitlang dachte ich, sie wäre keiner sanfteren Gefühle fähig. Doch ich hatte unrecht.«

»O ja, Madam, sie ist durchaus sanfter Gefühle fähig, und diese täuschen über ihren scharfen Verstand hinweg. Ich frage mich, wie sie ihn eines Tages einsetzen wird.«

»Ich vermute, daß sie Lehrerin für das eine oder andere Fach wird. Sie kann gut rechnen und war bisher immer die Klassenbeste im Buchstabieren und Aufsatzschreiben.«

Während er seine Herrin ansah, diese noch junge, gutaussehende Frau, die selbst keine herausragenden Eigenschaften besaß, auch nicht, was Intelligenz betraf, wiederholte er für sich: ›Sie kann gut rechnen und war immer die Klassenbeste im Buchstabieren und Aufsatzschreiben.‹ Es hätte ihn nicht überrascht, wenn Alice hinzugefügt hätte: ›Nun, ich bin froh, daß sie damit ihre Reizlosigkeit aufwiegen kann.‹

»Mein Howard wird mir fehlen«, meinte Alice. Ich sehe nicht ein, warum Mr. Fairbrother ihn nicht auf eine Tagesschule in der Nähe gehen lassen kann. Zum Beispiel in Newcastle, dann könnte er wie Janet jeden Abend nach Hause kommen. Doch dieses Internat liegt zwanzig Meilen entfernt in Richtung Durham. Man braucht einen halben Tag, um dorthin zu kommen. Wissen Sie etwas über diese Schule, Maitland?«

»Nur, daß sie einen guten Ruf hat.«

Sie war schon fast im Gehen begriffen, als sie sich noch einmal umdrehte. »Hat der Sohn Seiner Lordschaft, der so früh gestorben ist, diese Schule besucht?«

»Nein, soweit ich weiß, ging er nach Marlborough. Das war, ehe er zur Universität ging. Doch aus dieser Schule, wissen Sie, kommen viele junge Männer, die anschließend nach Oxford oder Cambridge gehen. Und wer weiß, vielleicht wird Master Howard auch einmal zu ihnen gehören.«

Warum sagte er so was? Doch warum nicht? Geld könnte dem Jungen durchaus einen Studienplatz an einer Universität verschaffen. So etwas geschah immer wieder. Alice lachte und sah Maitland an. »Wissen Sie, Maitland, einige Leute würden Sie sicher als Spaßvogel bezeichnen.«

»Als Spaßvogel, Madam?«

»Ja, jemand, der andere auf den Arm nimmt.«

»O nein, Madam, so etwas liegt mir überhaupt nicht. Ich würde niemanden auf den Arm nehmen.«

»Nun, Sie wissen doch selbst, daß Howard nicht gerade eine Leuchte ist. Wenn es Janet wäre – bei ihr wäre das gar nicht unmöglich. Aber Howard – auf eine Universität gehen? Nein.«

»Madam«, gab Maitland mit ernster Stimme zurück, denn ihm war bewußt, daß er übertrieben hatte, »alle Schüler in allen guten Schulen dieses Landes sind nur dort, weil ihre Eltern dafür bezahlt haben.«

»Stimmt das?«

»Ja, das stimmt.« Maitland sagte sich, daß er damit gar nicht so weit von der Wahrheit entfernt war. Schließlich hatte Seine Lordschaft oft erwähnt, daß viele Freunde seines Sohnes einen Verstand besaßen, der so trübe war wie der Londoner Nebel.

»Wissen Sie«, sagte Alice, »es ist sehr tröstlich, Sie im Haus zu haben. Ich kann mir nicht vorstellen, wie es ohne Sie wäre.« Sie schluckte, ehe sie fortfuhr: »Ich nehme an, daß Ihre Ladyschaft und deren Tochter derselben Meinung waren. Sie halten die Räder am Laufen, sozusagen. Mr. Fairbrother würde sagen, Sie sind für den Job geschaffen. Sie wissen, was ich meine.«

Maitland antwortete nicht. »Ich habe mich nicht richtig ausgedrückt«, fügte Alice verlegen hinzu, »ich drücke mich nie richtig aus ...«

»Es ist in Ordnung, Madam, ich habe Sie verstanden und betrachte es als Kompliment.«

Sie machte eine kleine Geste der Zustimmung, bevor sie eilig aus dem Zimmer ging. Als sie weg war, nahm Maitland wieder seine nachdenkliche Position vor dem Kamin ein. Er konnte in der jetzigen Situation das Haus nicht verlassen. Und was es ihm verbat, war nicht seine neue Herrin, sondern deren kleine Tochter. Trotzdem blieb eine anklagende Stimme in ihm. Warum, fragte sie, warum wirfst du die Chance deines Lebens weg?

4

»Mr. und Mrs. Peter Hallberry, Dale Cottage, Brandon Park; Fellburn«, las Samuel Fairbrother auf der Karte, die er in der Hand hielt. Er sah Maitland an. »Kennen Sie diese Leute?« fragte er.

»Ich weiß nur, daß sie gelegentlich hier zu Besuch waren.«

»Sie haben sich ziemlich viel Zeit gelassen, sich vorzustellen.«

Maitland antwortete nicht sofort. Vermutlich war den Hallberrys wieder das Geld ausgegangen, also versuchten sie, es sich auf die für sie einzig mögliche Art zu verdienen. »Sie besitzen gute Verbindungen«, sagte er, »sie sind geübt darin, Türen zu öffnen.«

»Türen zu öffnen? Verbindungen knüpfen, meinen Sie?«

»Ja, bei den richtigen Leuten.«

»Und ich wette, daß sie das nicht umsonst tun.«

Als Maitland nichts erwiderte, sagte Samuel: »Gut, gut. Man trifft alle möglichen Leute. Was haben Sie ihnen gesagt?«

»Ich sagte ihnen, daß Mrs. Fairbrother ausgegangen sei und nicht so bald zurückkäme, da sie ihre kranke Mutter besucht, und daß ich ihr und Ihnen ihre Grüße übermitteln würde ... etwas in dieser Art.«

»Ja, ich kann es mir vorstellen. Nun, sie sind die ersten, die zu uns kommen. Was sollen wir tun?«

»Ich glaube, es wäre angebracht, sie zum Dinner einzuladen. Sie hatten erst kürzlich davon gesprochen, ein Dinner für Ihre Freunde zu geben. Soweit ich mich erinnere, fügen sich die Hallberrys überall gut ein. Und wenn ich einen Vorschlag machen dürfte, Sir: Es gibt zwei weitere Familien, denen Sie eine Einladung senden könnten. Natürlich besteht die Möglichkeit, daß sie nicht angenommen wird, doch eine Absage würde sehr höflich formuliert sein, besonders von Colonel Stacey und seiner Gattin. Ich darf hinzufügen, daß es sehr freundliche Leute sind, ebenso wie Mr. und Mrs. Pearman.«

»Abel Pearman? Ich habe ihn ein- oder zweimal im Club getroffen. Ich glaube nicht, daß er ablehnen würde. Haben Sie auch den alten Knaben – ich meine, Seine Lordschaft – besucht, als er noch lebte?«

»O ja. Mrs. Pearman war mit Ihrer Ladyschaft befreundet, doch das war, als hier noch häufiger Vergnügungen stattfanden. In späteren Jahren war die Freundschaft nicht mehr so eng. Trotzdem machten sie gelegentlich Besuche.«

»Und Sie meinen, ich sollte diese drei einladen und sie meinen Freunden vorstellen?«

»Ich glaube, Sir, einer Ihrer Freunde, Ihr Rechtsberater, kennt die drei Herren gut. Er war oft zum Dinner hier. Natürlich hat damals Ihre Ladyschaft für Abwechselung auf der Gästeliste gesorgt. Sie suchte immer Leute aus, die gut zueinander paßten.«

»Und was geschieht bei Dinnerparties? Was macht man vor dem Essen, oder nach dem Essen?«

»Es werden Getränke serviert, und man unterhält sich. Das war der Zeitpunkt, wenn die Gastgeberin den alten Gästen die neuen Gäste vorstellte. Und wenn sie kein gutes Gedächtnis hatte, konnte es peinlich werden! Ich glaube, damals wurde es üblich, daß der Butler die Namen der Gäste ausrief. Doch diese Sitte scheint langsam wieder auszusterben … und ich darf bemerken, daß ich Gott dafür danke.«

»Es würde Ihnen also keinen Spaß machen, die Namen der Gäste auszuposaunen?«

»Nein, das war zum Glück in diesem Haus nicht üblich. Man kündigte der Familie die Mahlzeiten an. Doch wenn Bälle oder Dinners stattfanden, war es üblich, daß die Gäste jeweils zu zweit hereinkamen. Und manche sprachen so leise, daß man ihre Namen nicht verstand und sie falsch aussprach, o je!«

»Und wie, glauben Sie, wird es diesmal ablaufen?«

»Ich denke, wenn die Gäste einmal im Wohnzimmer sind, stellen sie sich selbst vor. Meistens ist es so. Das ist jetzt so üblich. Etwa eine halbe Stunde nach Ankunft des letzten Gastes werde ich das Dinner ankündigen. Sarah und ich werden servieren, während Florence die Schüsseln aus der Küche und wieder zurück trägt. Und ich glaube, es wäre bei dieser Veranstaltung angebracht, den jungen Winter in eine Uniform mit Weste zu stecken und ihn die Gentlemen zu dem Zimmer führen zu lassen, wo sie ihre Hüte und Mäntel ablegen können, während Florence das für die Damen übernimmt.«

»Augenblick mal, eine Uniform, sagen Sie, für den Jungen?«

»Ja, das ist etwas, worüber ich noch mit Ihnen sprechen wollte. Sehen Sie, die Arbeitskleidung des Personals wird jährlich erneuert; zumindest einer der Arbeitsanzüge oder -kleider. Die blauen Baumwollanzüge halten etwa zwei oder drei Jahre.«

Samuel schnitt eine Grimasse. »Und ich soll das bezahlen?«

»Ja, Sir, das wird erwartet. In Haushalten wie diesem versteht es sich, daß ein Dienstbote Unterkunft, Verpflegung und Uniform gestellt bekommt. Deshalb ist auch in vielen Häusern die Entlohnung so gering.«

»Geringe Entlohnung? Meine Güte! Diese Mädchen verdienen zweimal soviel wie ich, als ich achtzehn war.«

»Das ist möglich, Sir; doch es reicht nicht, um die benötigten Uniformen zu kaufen, wozu noch zwölf Schürzen, vier gestärkte Häubchen und drei Paar Ärmelrüschen kommen.«

Samuel blies die Backen auf und fuhr sich mit den Fingern durch das Haar. »Warum haben Sie mir das nicht früher gesagt?«

»Ich dachte, Sie wüßten das, Sir.«

»Wissen? Ich kenne mich in solchen Sachen nicht aus, Maitland. Außerdem bin ich ein Trottel, ein Narr, ein Verrückter gewesen, dieses Haus und alles was dazugehört zu kaufen. Wer liefert diese Kleidung? Stanmore?«

»O nein, Sir; sie wurde immer hier gefertigt, zumindest für das weibliche Personal; Mrs. Talbot kümmert sich darum. Sie hat hier als Näherin angefangen, als sie noch ein junges Mädchen war, und wurde dann Schneiderin.«

»Sprechen Sie von der Frau des Reitknechts, der im Pförtnerhaus wohnt?«

»Ja, Sir, Mrs. Kate Talbot. Sie ist eine sehr gute Schneiderin.«

»Sie stehen sich gut mit Talbot, wie?«

»Ja, Sir, er hat mich sozusagen unter seine Fittiche genommen, als ich meinen Dienst begann. Er war seit seiner Jugendzeit bei Seiner Lordschaft.«

Samuel ging im Zimmer auf und ab. Endlich blieb er vor Maitland stehen. »Ich lebe zwar jetzt in diesem Haus, aber ich habe nicht die geringste Ahnung, was darin vorgeht. Tatsächlich ist mir hier jeder fremd, meine eigenen Kinder eingeschlossen.«

Er starrte Maitland an, als erwarte er eine Antwort von ihm. Als dieser schwieg, rief er: »Nun, ist das nicht so? Sie sind sich doch nicht zu gut, die Wahrheit einzugestehen, also frage ich Sie: Ist das nicht so?!«

»Dagegen gibt es ein Mittel, Sir, zumindest was Ihre Familie betrifft: Widmen Sie ihr ein wenig mehr Zeit.«

»Zeit? Ich habe keine Zeit, Mann! Ich muß mich um die Fabrik kümmern, und um elf Läden. Das ist ein ständiger Kampf, Maitland. Ein Geschäftsmann muß heutzutage auch ein Industriekapitän sein. Geschäft ist Krieg. Man muß sich gegen jeden wehren. Früher konnte man einen Handel mit einem Handschlag besiegeln. Als mein Großvater das erste Geschäft gründete, hat er nicht nur Sohlen geflickt und Pantinen geschnitzt, sondern auch Schuhe und Stiefel angefertigt, falls er entsprechende Aufträge bekam. Ich bin dann immer mit ihm zur Gerberei gegangen, wo er die Häute aussuchte. Dann hing er sie draußen neben die Ladentür, so daß die Kunden, die genug Geld für ein Paar Schuhe oder Stiefel besaßen, sich das Leder aussuchen konnten. Er war ein Künstler in seinem Fach. Er konnte nicht einmal seinen Namen schreiben, aber niemand forderte ihn auf, einen Vertrag mit einem Kreuz zu unterzeichnen. Man reichte sich die Hand, und das Geschäft galt. Doch heutzutage muß man sich absichern, indem man nicht nur seinen Namen unter einen Vertrag setzt, sondern diesen auch noch mit Wachs siegelt. Doch mein Großvater besaß drei Läden, als er starb, obwohl alle drei zusammen leicht in dieses Zimmer gepaßt hätten. Er war ein guter, ein ehrlicher Mann. Wenn jemand innerhalb von drei Monaten seine reparierten Schuhe nicht abholte, versuchte er herauszufinden, warum. Wenn Kinder barfuß liefen, war das nicht weiter schlimm. Doch ein Mann ohne Schuhsohlen konnte keine weiten Wege zur Arbeit gehen. Damals gab es massenhaft Streiks, und es kam beinahe zum Aufruhr um das tägliche Brot. Die Arbeitshäuser waren überfüllt. Wenn ich sehe, wie gut es mir geht, denke ich manchmal an meinen Vater. Denn auch, als er bereits drei Geschäfte hatte, gönnte mein Großvater sich und seiner Familie nur eine ordentliche Mahlzeit am Tag, und die bestand aus einem kleinen Brocken Fleisch und jeder Menge Kartoffeln. Als dann in Irland die Hungersnot ausbrach, kürzte er auch noch die Kartoffelration. Allerdings«, fügte er mit einem Grinsen hinzu, »kann ich mich nicht erinnern, daß er je einem der Iren, die es bis hierher geschafft hatten, eine Kartoffel abgegeben hätte. Ich erinnere mich, daß ich manchmal selbst Hunger litt, und das nicht, weil meine Eltern etwa zu wenig Geld hatten. Nein, es war, weil sie sich an eine bestimmte Ordnung hielten. Meine Eltern mußten bei meinem

Großvater wohnen, denn das sparte Miete, und das war die Ordnung, die man einhielt. Ich habe dieses Muster durchbrochen, als ich heiratete, denn ich wohnte bei der Familie meiner Frau. Und das hat dem Geschäft nicht geschadet, im Gegenteil ... aber was quatsche ich da eigentlich? Ich weiß, was Sie denken! Gewöhnlich wie Dreck, das denken Sie doch, oder? Gewöhnlich wie Dreck!«

Maitland antwortete steif: »Sie sind kein guter Gedankenleser, Sir. Ich dachte nämlich, warum hört er nicht auf, sich selbst zu bekämpfen?«

»Was?«

»Sie hörten, was ich sagte, Sir.«

»Ja, das habe ich. Warum ich nicht aufhöre, mich selbst zu bekämpfen? Da täuschen Sie sich, mein Junge. Ich kämpfe, aber gegen andere, nicht gegen mich selbst. Ich weiß, wer ich bin. Ich weiß, was ich will. Ich verschwende keine Zeit damit, mich selbst zu bekämpfen.« Samuel reckte den Kopf vor. »Wissen Sie, gegen wen ich heute gekämpft habe?« Er wartete nicht auf Antwort. »Gegen die Japaner habe ich gekämpft, genau, gegen die. Und fünfzehn andere kämpften an meiner Seite. Zumindest machen wir Pläne, wie wir uns gegen sie wehren. Überrascht Sie das?«

»Gewissermaßen ja, Sir.«

»Was wissen Sie über Japan?«

»Wenig, Sir.«

»Diese Japaner sind heutzutage die besten Imitatoren. Sie brauchen etwas nur zu sehen, und schon sind sie in der Lage, es zu kopieren. Dann exportieren Sie es und verkaufen es für ein Drittel unseres Preises.«

»Kann man das nicht unterbinden, Sir?«

»Unterbinden, Mann? Haben Sie schon mal was über Handelsfreiheit gehört? Einer von uns hat mitbekommen, daß die Japaner in der Lage sind, die gleichen Schuhe wie wir zum halben Preis herzustellen. Und warum? Durch Sklavenarbeit. Wenn es ein Land gibt, vor dem man sich in acht nehmen muß, dann ist das Japan. Sehen Sie nur, was sie in China angerichtet haben. Stellen Sie sich vor, wie groß China ist, und wie klein Japan. Man könnte meinen, daß eine Wespe keinen Elefanten umwerfen kann, aber genau das haben die Japaner fertiggebracht.«

Samuel ging um den Schreibtisch herum und setzte sich. Mit leiserer Stimme fuhr er fort: »Ich war soweit, die Fabrik zu erweitern und zu den Schuhen auch noch Handtaschen herzustellen. Das hatte ich schon lange im Sinn, doch dann kam Ryland zu diesem Treffen und brachte eine Handtasche mit, die in Japan hergestellt war. Es war ein elegantes Stück Arbeit, von guter Qualität, und hätte in einem seiner Läden um die fünf Pfund gekostet. Doch diese Tasche hatte er in einer Londoner Seitenstraße gefunden, wo sie nur fünfundzwanzig Shilling kostete. Diese Kerle können alles kopieren, was ihnen unter die Augen kommt, sagte er. Und bald wird es nichts mehr in diesem Land geben, was sie nicht nachmachen könnten. Nur eines brauchen sie nicht zu kopieren, meinte Ryland« – Samuel kicherte gezwungen – »und das ist der Geschlechtsverkehr. Der ist sowieso nicht transportierbar ... O Schande, Schande. Sie sollten mal Ihr Gesicht sehen, Mann. So etwas wäre sicher nie über die Lippen Seiner Lordschaft gekommen, wie?«

Maitland brauchte einige Sekunden, um zu antworten. »Sie wären überrascht zu hören, was alles über Seiner Lordschaft Lippen kam.« Er mußte sich zurückhalten, um nicht zu sagen, daß Seine Lordschaft solche Dinge mit Witz und nicht mit grobem Humor vorgebracht hätte.

»Vermutlich haben Sie recht. Merkwürdig, wenn ich mir vorstelle, daß ich noch vor kurzem nichts über irgendwen in diesem Haus wußte. Ich kenne meine Geschäftspartner bis zu einem gewissen Punkt, aber über Seine Lordschaft habe ich in den vergangenen drei Monaten mehr erfahren, als es in einer lebenslänglichen Geschäftsbeziehung möglich gewesen wäre. Er war ziemlich klug, wie?«

»Er besaß einen guten Verstand, Sir. Aber er war zu großzügig und hatte einen schwachen Willen.«

Samuel Fairbrother lehnte sich in seinem Drehsessel zurück und bewegte ihn langsam hin und her. »Mein lieber Schwan! Sie bohren ziemlich tief. Ich hoffe, daß niemand Sie eines Tages auffordert, meinen Nachruf zu schreiben.«

»Das wird niemals geschehen, Sir. Wer mit solchen Sachen zu tun hat, würde bezweifeln, daß ich überhaupt schreiben kann. Ihnen komme ich bewandert vor, weil ich mich in der Haushaltsetikette auskenne, doch wer Nachrufe drucken läßt, wie jene in der *Times* oder den *London Illustrated News*, hat eine sehr geringe Meinung von meiner Stellung im Leben.«

Als Samuel leise anfing zu lachen, fragte Maitland: »Finden Sie das erheiternd, Sir?«

»Ja, in der Tat, denn es zeigt, daß Sie ein Mensch sind. In Ihrem Innersten sind Sie genauso empfindlich wie ich, wenn man Ihren Beruf geringschätzt.« Er beugte sich vor, stützte die Unterarme auf den Tisch und streckte den Kopf vor, wie er es gern zu tun pflegte. »Wissen Sie was, Maitland? Sie verstehen es immer wieder, mich aufzuheitern, und heute ist es Ihnen besonders gut gelungen. Denn wissen Sie, tief drinnen sind wir Brüder ... Ich möchte was trinken. Holen Sie mir einen Whisky, und bringen Sie gleich zwei Gläser mit. Und wenn Sie zurückkommen, erzählen Sie mir, was wir bei dieser Dinnerparty essen werden, außer einem Brocken Fleisch und einem Haufen Kartoffeln.«

Teil 2

1907

Janet

1

»Ich werde es dir bestimmt zurückzahlen, Großmutter.«

»Das glaube ich dir, mein Kind; aber ich frage dich noch einmal: Wozu brauchst du es? Du bist noch nie eine Verschwenderin gewesen. Und für Bücher brauchst du nicht so viel Geld, obwohl ich kürzlich in einem Schaufenster eines sah, das ein ganzes Pfund kostete. Sixpence ist das höchste, was ich für ein Buch ausgebe. Also«, ihre Stimme wurde sanfter, »also, Mädel; ist es für Howard? Noch mehr Ärger?«

Janet senkte die Augen, dann erklärte sie: »Heute früh kam ein junger Mann von seiner Schule. Howard sah ihn und bat mich ihm zu sagen, er sei nicht zu Hause. Es stellte sich heraus, daß er während der letzten Semester dreißig Pfund von ihm ausgeliehen hatte ...«

»Mein Gott! Dreißig Pfund? Wenn es nach mir ginge, sollte der Kerl das Geld aus Howard herausklopfen, denn irgend jemand wird das über kurz oder lang sowieso tun. Sag Howard, er soll zu deinem Vater gehen und ihn um den Betrag bitten.«

»Oh, Großmutter, das gäbe Mord und Totschlag. Außerdem hat Howard im Grunde seines Herzens immer noch Angst vor Dad.«

»Und das ist gut so, denn vor irgend jemand sollte er Angst haben. Wenn man ihn so reden hört, könnte man meinen, er fürchte sich nicht einmal vor Gott dem Allmächtigen. Überhaupt, warum fragt er nicht deine Mutter? Er war doch immer ihr Herzenssöhnchen.«

»In letzter Zeit nicht mehr so sehr, Großmutter. Und ich glaube, aus dieser Quelle hat er schon so viel geschöpft, daß sie versiegt ist.«

»Und jetzt bist du seine letzte Zuflucht. Es muß ziemlich schlimm um ihn bestellt sein, wenn er zu dir kommt.« Mrs.

Mason schnitt ihrer Enkelin eine Grimasse. »Du bist schließlich nicht die zugänglichste aller Frauen. Du wirst erst achtzehn, aber manchmal habe sogar ich Angst vor dir.«

Janet klopfte ihrer Großmutter nicht allzu sanft auf den Rücken. »Ist schon recht, wirf mich zu Boden!« rief diese in gespieltem Ärger.

»Nun, Großmutter, ich bin überhaupt nicht unzugänglich. Wenn du jemand Unzugänglichen sehen möchtest, dann geh zur Mutter Oberin.«

»Ah ja. Wie geht's der Bande dort?«

»Ach, ich muß dir unbedingt einmal von meinem letzten Gespräch mit ihr und Schwester Monica erzählen.«

»Dazu ist jetzt die beste Gelegenheit.«

»Nein, Großmutter, ich muß gehen.«

»Du bleibst da. Hier kommt Kate mit einer heißen Schokolade.« Sie wies auf eine kleine, ältliche Dienstmagd, die ein Tablett mit zwei dampfenden Kakaotassen und einem Teller voller gebutterter Schnitten hereintrug. Sie stellte das Tablett ab und betrachtete Janet. »Meine Güte, wie Sie gewachsen sind, Miß Janet. Jedesmal, wenn ich Sie sehe, sind Sie ein paar Zentimeter größer.«

»Sei nicht blöde, Weib!« rief ihre Herrin. »Du hast sie in den letzten Jahren mindestens einmal pro Woche, wenn nicht zweimal, gesehen. Würde deine Beschreibung stimmen, müßte Janets Kopf jetzt bereits zum Schornstein hinausragen.«

»Ihre Großmutter ist eine fürchterliche Frau, Miß Janet.«

»Das weiß ich, Kate. Ich habe auch jahrelang unter ihr gelitten.«

»Geh mir aus den Augen, Weib!« Auf diesen Befehl hin ging Kate lachend zur Tür. Als sie draußen war, brummte Mrs. Mason: »Sie war nie besonders helle im Kopf. Konnte Mittwoch nicht von Sonntag unterscheiden. Seit einigen Jahren durchläuft sie eine zweite Kindheit ... jedesmal gewachsen, wenn sie dich sah!«

»Nun, nicht jedermann kann eine Geistesgröße sein. Und

ein bißchen zurückgeblieben muß sie ja wohl sein, um es die ganze Zeit bei dir auszuhalten.«

»Jetzt halt aber mal die Luft an, junge Miß. Ich bin kein beschränktes, nutzloses altes Weib. Ich kann meine Hände immer noch gebrauchen, und wenn es sein muß, auch meine Füße.«

»Ja, und vor allem auch deine Zunge.«

»Stimmt, und diese Zunge fragt dich nach der Unterhaltung, die du mit diesen frustrierten Klosterfrauen hattest.«

»Ich sagte dir schon, daß sie nicht frustriert sind. Sie sind glücklicher als die meisten Menschen und, mit einigen Ausnahmen, auch gutmütiger.«

»Ich vermute, diese Ausnahme heißt Schwester Benedicta, die sich nicht zu gut ist, auch mal eine Ohrfeige auszuteilen. Aber«, ihre Stimme senkte sich zu einem verschwörerischen Flüstern, »erzähl mir jetzt alles. Ich wette, sie gaben dir gute Ratschläge für die Zukunft, wie du zu einer frommen Betschwester werden kannst, und, falls du das nicht schaffst, wie du zu Gott um Vergebung beten sollst.«

»Ja, in etwa, Großmutter«, lachte Janet. »Die Mutter Oberin saß da wie immer mit gefalteten Händen und sah mir direkt in die Augen. Sie sagte: ›Du willst also Bibliothekarin werden?‹ Und ich antwortete: ›Ja, Mutter, das möchte ich.‹ Und sie: ›Das ist eine große Verantwortung, denn es wird dir die Möglichkeit geben, die Gedanken vieler Menschen zu lenken. Es wird an dir sein, die Jugend, mit der du in Kontakt kommst, in die richtige Richtung zu leiten. Doch das kannst du nur, wenn deine eigenen Gedanken rein, freundlich und friedfertig sind.‹«

»Da verlangt sie aber ganz schön viel. Ich meine ...«

»Sei still, Großmutter, und hör zu, wenn du wissen willst, wie es weiterging. Die Mutter Oberin sagte zu mir: ›Du warst eine hervorragende Schülerin.‹« Janet schwelgte einen Augenblick in der Erinnerung und fuhr fort: »Jetzt kommt's: ›Wir hatten gehofft, daß du dich unserer Denkweise annäherst, und, wenn du auch nicht dem Orden beitrittst, so doch zumindest die Anziehungskraft unseres Glaubens fühlst. Doch Gottes Wille geschehe, und wie es scheint, hält er für dich eine andere Aufgabe bereit.‹«

»Ha, die Missetaten deines Bruders zu decken!«

»Bitte, Großmutter.«

»Nun, wie dem auch sei, was hat sie noch gesagt? Denn ich bin sicher, daß das noch nicht alles war.«

»Nein. Sie segnete mich und wünschte mir alles Gute im Leben. Das gleiche tat Schwester Monica, wenn auch auf ganz andere Weise. Sie ist nämlich die liebenswürdigste, aber auch taktloseste Person auf der ganzen weiten Welt. Sie sagt von sich selbst, sie sei die Frau, die Gott vergaß zu erleuchten. Sie meint damit, daß sie nicht klug sei. Dabei ist sie eine wundervolle Englisch- und Musiklehrerin. Da stand sie jedenfalls, während meiner letzten Minuten in der Schule, in der ich glücklich war, hielt meine Hand und schüttelte sie. ›Es war eine Freude‹, sagte sie, ›dich zu unterrichten, denn ich brauchte eigentlich nur deine Wißbegier zu befriedigen. Nun gehst du hinaus in die Welt, aber ich mache mir keine Sorgen um dich, jedenfalls nicht, was die größte Gefahr betrifft. Du weißt, ich spreche von Männern. Ginge es um deine Schwester Alicia mit ihrer Schönheit und Spritzigkeit, so würde ich jetzt anders reden. Doch Gott hat dein Ansehen zu deinem Wächter gemacht. Vielleicht bist du jetzt nicht glücklich darüber, doch mit den Jahren wirst du erkennen, daß es dich vor vielen Gelegenheiten zur Sünde geschützt hat. Deshalb gehe mutigen Herzens in die Welt hinaus, mein Kind!‹«

»Gott im Himmel! Das hat sie doch nicht wirklich gesagt?«

»Doch, Großmutter. Außerdem besitze ich einen Spiegel. Und eines will ich dir sagen: Ich bin froh, daß ich nicht aussehe wie Alicia. Wenn ich zwischen Verstand und Schönheit wählen müßte, würde ich den Verstand wählen.«

»Wovon sprichst du, Janet? Du besitzt Schönheit.«

»Oh, Großmutter!« Ihr Vater hätte nicht lauter protestieren können …

»Und schrei mich nicht an. Du hast wundervolles Haar und sehr schöne Augen.«

»Aber mein Gesicht ist zu lang, meine Lippen zu gerade und meine Nase zu spitz.«

»Das ist doch lachhaft! Es gibt Tausende mit langen Gesichtern, die trotzdem schön sind. Und deine Lippen sind nicht zu gerade. Es stimmt, deine Nase ist dünn, aber das ist besser, als wenn sie breit und wie aufgestülpt wäre. Doch was du nicht besitzt, ist gesunder Menschenverstand, denn sonst würdest du öfter lächeln und freundlicher dreinschauen; und du dürftest dich nicht so steif bewegen, das macht dich älter und läßt die Leute glauben, du blicktest auf sie hinab. Befolge meinen Rat, und du könntest eine Schönheit sein.«

»Es stimmt nicht, Großmutter, daß ich auf jemanden hinabblicke ... naja, jedenfalls nicht auf viele.«

»Ja, nur auf ein paar, aber gerade diese zählen. Ich habe dich gesehen, wenn du dich unbeobachtet glaubtest: Du könntest Alicia jederzeit in den Schatten stellen. Und du hast dich mit den Jahren verändert. Als Kind warst du reizlos, das stimmt, aber du hast etwas Interessantes an dir, auch wenn du ein strenges Gesicht machst. Und was diese blöde Nonne betrifft ...«

»Großmutter! So etwas solltest du nicht über eine Frau sagen, die sich Gott geweiht hat.«

»Ich sage über diese gottgeweihten Frauen, was ich will, genauso wie über jedermann, der sich so taktlos benimmt. Jedenfalls wären sie nicht da, wo sie sind, wenn sie Verstand besäßen oder sich nicht vor der Welt fürchten würden, oder keine enttäuschte Liebe hinter sich hätten.«

Janet mußte lachen. »Es ist schon seltsam, daß alle, die selbst keine Katholiken sind oder noch nie mit ihnen gearbeitet haben, so merkwürdige Vorstellungen über sie entwickeln. In dem Konvent leben zwölf Nonnen und die Mutter Oberin. Acht Nonnen sind Lehrerinnen, die vier anderen besorgen die Hausarbeit. Es sind liebenswerte Geschöpfe, sie führen ein hartes Leben, und sie bekommen kein Geld dafür.« Sie beugte sich zu ihrer Großmutter vor und wiederholte langsam: »Und sie bekommen kein Geld dafür. Stell dir vor, du müßtest sieben Tage in der Woche arbeiten, nur für dein täglich' Brot. Und von diesen sieben liegst du praktisch drei Tage auf den Knien. Deine armen Knie könnten das nicht aushalten, nicht wahr? Oh, was für eine schreckliche Vorstellung!«

»Es reicht! Laß uns zur Normalität zurückkehren und zu unseren eigenen Sorgen. Zum Beispiel zu deinem Bruder. Es ist lange her, daß ich ihn bei mir als meinen Enkel bezeichnet habe. Jedesmal, wenn er mich besucht, will er etwas; sonst bekäme ich ihn überhaupt nicht zu Gesicht.«

»Nun, wirst du mir jetzt die zwanzig Pfund leihen?«

»Ich dachte, es wären dreißig?«

»Ja, aber zehn Pfund habe ich selbst und ... und ich werde dir alles zurückzahlen, o ja.« Janet wackelte mit dem Zeigefinger vor dem Gesicht ihrer Großmutter.

»Und wie lange, glaubst du, wird das dauern, da du pro Woche nur fünf Shilling Taschengeld bekommst?«

Janet blickte zur Seite. »Ich kenne jemanden, der mir zu Weihnachten immer ein Geldgeschenk macht.«

»Ach, mein Mädchen, dieser Jemand könnte heuer seine Gewohnheit ändern. Auf so etwas solltest du dich nie verlassen. Gerade du mit deinem Verstand müßtest das wissen.«

»Ich weiß, ich weiß. Aber ich rechne damit, daß manche Menschen ein gutes Herz besitzen.«

Mrs. Mason stemmte sich mühsam aus ihrem Sessel und ging langsam zum anderen Ende des Zimmers, wo ein Sekretär stand. Sie suchte einen Schlüssel aus einem kleinen Bund heraus und öffnete damit eine Schublade unter der Schreibplatte. Darin standen zwei kleine schwarze Blechdosen. Aus einer davon zählte sie zwanzig Ein-Pfund-Noten ab; danach verschloß sie den Sekretär wieder und verstaute die Schlüssel an ihrem Platz. Das Geld gab sie Janet. »Sag ihm«, befahl sie, »dies sei das letzte Mal, daß er von einer von uns beiden Geld bekommt, und daß ich, wenn so etwas wieder vorkommt, nicht zögern werde, es sofort seinem Vater zu erzählen. Vergiß es nicht. Er wird sich nicht länger hinter deinem Rockzipfel, oder meinem, oder dem deiner Mutter verstecken, wenn ich es verhindern kann. Es wird ein schlechtes Ende mit ihm nehmen, und ich fürchte, daß ich das noch miterleben muß.«

»Bitte sag so etwas nicht, Großmutter. Es ist nicht seine Schuld. Man hätte ihn nie von zu Hause weg auf diese Schule schicken dürfen. Das hat ihm Flausen in den Kopf gesetzt, denen er nicht gewachsen ist.«

»Merkwürdig, daß du ihm so die Stange hältst. Ihr wart doch früher wie Hund und Katz'.«

»Das sind wir immer noch.«

»Na gut, geh jetzt nach Hause.« Mrs. Mason zeigte auf das Fenster. »Es fängt schon wieder an zu schneien. Wickle dich gut ein, du bist doch nur Haut und Knochen. Aber dir ist nicht zu helfen, wie?«

»Bis jetzt nicht, Großmutter.« Janet beugte sich vor und küßte die runzlige Wange. Bevor sie ging, sah sie sich noch einmal in dem Zimmer um. »Ich fühle mich immer so gemütlich in diesem Zimmer. Ich denke zurück und weiß, daß ich hier immer glücklich war, wenn ich vor dem Kamin sitzen konnte. Er macht schön warm und zieht ordentlich. Bei uns im Wohnzimmer raucht der Kamin wie ein Dampfschlot, wenn der Wind aus der falschen Richtung weht. Für mich war das große Haus nie ein Zuhause. Dies hier ist mein Daheim. O Großmutter, warum sind wir damals weggezogen?«

»Weil euer Vater ein Wichtigtuer ist, darum. Deine Mutter wollte nicht gehen. Und das Haus hat sie verändert. Ich weiß nicht, was in letzter Zeit mit ihr los ist. Allerdings wußte ich das auch oft nicht, solange ihr noch hier gewohnt habt, sie war manchmal so gereizt. Streiten sie sich?«

Janet nahm ihren Mantel von der Stuhllehne. Sie streifte ihn über und zog den Pelzkragen eng um den Hals. Dann setzte sie ihren kleinen Filzhut auf. Erst danach antwortete sie mit leiser Stimme: »Nicht mehr als gewöhnlich. Aber wenn Dad redet, klingt es ja immer, als würde er streiten. Das weißt du doch.«

»Ja. Aber sein Gebrüll hat mir gefehlt, nachdem ihr weg wart. Übrigens, nimmst du die Straßenbahn?«

»Nein, ich bin mit dem Fahrrad da.«

»Mit dem Fahrrad! Bei diesem Wetter?«

»Als ich kam, hat es nicht geschneit, der Himmel war klar.«

»Dann ab mit dir, bevor der Schnee dichter wird, sonst landest du noch im Straßengraben.« Mrs. Mason legte die Hand auf den Arm ihrer Enkelin. »Komm bald wieder, ja?«

»Ja. Und vielen, vielen Dank.« Die alte Frau nahm Janet fest in den Arm, als diese sie nochmals auf die Wange küßte.

Während Janet die stille Straße mit den freistehenden Häusern, bekannt als Sweetbank Gardens, entlangradelte, dachte sie: ›Ich würde auf der Stelle zurückkommen, um mit Großmutter zu leben, wenn da nicht dieser eine Grund wäre, der dagegen spricht‹ … Doch nicht einmal in Gedanken gestand sie sich diesen Grund ein, der sie hinderte, in das Haus zurückzukehren, in dem sie zur Welt gekommen und glücklich gewesen war.

Als sie sich dem Tor näherte, sah sie Howards Freund, Nicholas Denvers, daneben stehen. Auch er hatte ein Fahrrad, doch es lehnte in einiger Entfernung an der Mauer.

Als Janet abstieg und auf ihn zuging, grüßte er sie. »Hallo, Janet.« Sie antwortete: »Hallo, Nicholas. Warum wartest du hier? Bist du nicht im Haus gewesen?«

Er senkte den Blick. »Howard sagte, er würde mich um zwölf Uhr hier treffen. Jetzt ist es schon halb eins. Aber ich muß ihn sprechen.«

Janet starrte ihn einige Sekunden an. »Ist es wegen Geld?« fragte sie dann.

Sein Kopf ruckte, als er antwortete. »Ja … ja. Er wollte es sofort bei Ferienbeginn zurückgeben. Ich muß es haben;

ich sitze in der Klemme, sonst würde ich nicht drängen.« Er wurde aufgeregt. »Weißt du, Janet, das ist nicht fair von ihm. Er versprach, mir das Geld gestern zurückzugeben. Ich hatte es für ihn besorgt, als ich zu Hause war. Und jetzt muß ich dafür geradestehen. Ich weiß nicht, was mein Vater tun wird, wenn er herausfindet, daß ich es nicht habe. Ich bekomme vierteljährlich Unterhalt von ihm, das ist alles. Er ist da sehr genau. Und unglücklicherweise geht es nicht nur um die zwanzig Pfund; ich habe selbst auch ein wenig spekuliert. Naja«, er grinste schwach, »ich habe auf ein Pferd gesetzt …«

»Wieviel hat Howard von dir geborgt?«

»Zwanzig Pfund.«

Janet öffnete überrascht die Lippen und biß dann die Zähne zusammen, während sie ihre Handtasche öffnete. Sie nahm das Bündel Banknoten heraus, das ihre Großmutter ihr gegeben hatte, und überreichte es ihm. »Hier, da hast du, was er dir schuldet.«

»O Janet, danke. Vielen Dank. Du weißt nicht, wie erleichtert ich bin.«

Nicholas steckte das Geldbündel in seine Hosentasche. »Howard wird mir im nächsten Semester sicher fehlen, aber …« er grinste, »dafür wird es vermutlich etwas ruhiger bei uns werden.« Sein Grinsen wurde noch breiter. »Und ich glaube nicht, daß Daisy lange brauchen wird, um ihre Zuneigung auf mich zu übertragen.«

»Daisy? Wer ist Daisy?«

»Oh-oh.« Das Grinsen verschwand. »Hat er nicht erzählt, warum so ein Aufstand gemacht wurde? Ich meine … warum er hinausgeworfen wurde?«

»Nicht alles«, brachte Janet mühsam hervor.

»Naja, es war wegen des Kampfes.«

»Ich weiß, daß es um einen Kampf ging; aber um was wurde gekämpft?«

»Nun, um Daisy, wie ich sagte. Sie ist die Tochter des Pedells, doch sie gehörte Bainbridge. Du weißt, was ich meine.

Sie spielte ein doppeltes Spiel und hat beiden Briefe geschrieben. Aber Bainbridge ist eben schon im Seniorjahr und hatte sozusagen die erste Wahl. Es hätte trotzdem noch alles glattgehen können, aber dann nannte er Howard einen trotteligen Emporkömmling. Da ist Howard durchgedreht. Das war seine dritte Rauferei in diesem Semester, und der Schulleiter hatte ihn schon verwarnt. So ist es passiert.«

Janet sog tief die Luft ein. »Aber wofür brauchte er so schnell zwanzig Pfund?« fragte sie.

»Um einen Buchmacher auszuzahlen, einen ziemlich lästigen Kerl, der damit drohte, sich das Geld von Howards Vater zu holen.«

Janet blickte den jungen Mann an. Sie wollte ihr Fahrrad durch das Tor schieben, überlegte es sich jedoch anders. »Was geschah mit Bainbridge? Wurde er auch gefeuert?«

»Nein«, antwortete Nicholas, »denn mit ihm hatte es schon seit einiger Zeit keinen Ärger gegeben, und Howard konnte natürlich nicht damit rausrücken, worum der Streit gegangen war; keiner von beiden konnte es.« Dann sagte er noch etwas zu Janet. »Natürlich rechnete Howard nicht damit, daß der Direktor ernst machen würde, sonst hätte er doch etwas gesagt, und dann wäre Bainbridge auch dran gewesen. Andererseits, vielleicht auch nicht, denn Bainbridges Familie ist sehr bekannt.«

Janet sah Nicholas lange an. Zwei Schneeflocken fielen auf ihr Gesicht, und als sie sie wegwischte, wirkte die Geste beinahe drohend. Der junge Mann drehte sich um, lief zu seinem Fahrrad und fuhr davon.

Auch Janet stieg aufs Rad und radelte die düstere Auffahrt entlang zum Platz vor dem Pferdestall. Da das Stalltor halb offenstand, fuhr sie geradewegs hinein. Das Rad kam quietschend zum Stillstand, als Janet ihre Schwester gewahrte, die bei Jackie Winter stand, dem ehemaligen Stiefelputzer, der vier Jahre zuvor den Platz von Bert Long, dem früheren Stallburschen, eingenommen hatte, als dieser in ein anderes Haus wechselte.

Winter war ein stämmiger junger Mann, inzwischen zwanzig Jahre alt, mit welligem Haar und frischer, gesunder Gesichtsfarbe.

Janet sah die beiden an und fragte ihre Schwester: »Was machst du hier?«

»Nichts. Ich habe nur geholfen, Neptun abzureiben.«

»Es ist nicht deine Arbeit, Neptun oder irgendein Pferd in diesem Stall abzureiben. Geh ins Haus!«

Das jüngere Mädchen zuckte mit den Schultern und rauschte an Janet vorüber. »Das sage ich Mam. Ihr macht es nichts, wenn ich bei den Pferden mithelfe. Sie weiß, daß ich Pferde liebe und ...«

»Geh ins Haus!« wiederholte Janet und lehnte ihr Fahrrad unsanft gegen die Stallwand. Dann wandte sie sich dem jungen Burschen zu. »Wenn Sie feststellen, daß Sie die Arbeit bei den Pferden nicht allein bewältigen können, sollten Sie meinen Vater um eine Hilfe ersuchen.«

»Na hör'n Sie, Miß!« gab Winter zurück, worauf Janet einen schnellen Schritt auf ihn zutat. »Hören Sie auf, meine Schwester oder sonst jemanden dazu zu ermutigen!«

»Sie braucht keine Ermutigung, Miß. Ich will damit sagen, daß sie immer von selbst kommt. Ich kann sie nicht davon abhalten. Es ist ihr Haus.«

»Sie können Sie davon abhalten, genauso wie Sie sich von Bella fernhalten können. Bella hat ein schlichtes Gemüt« – sie wollte nicht ›einfältig‹ sagen –, »und sie glaubt, Sie meinten es aufrichtig. Aber die Bedeutung dieses Wortes kennen Sie doch gar nicht. Ich warne Sie jedenfalls, wenn Sie sich noch einmal mit meiner Schwester erwischen lassen, dann werde ich meinen Vater davon in Kenntnis setzen.«

»Sie können in Kenntnis setzen, wen Sie wollen, zum Teufel. Sie sind nicht mein Boß, un' mein Leben geht Sie nix an. Un' wenn Sie mich warnen, dann warne ich Sie auch. Glauben Sie man nicht, ich wär blöde. Un' wenn wir grad dabei sind, sag ich Ihnen noch was, un' Sie können das Ihrem Vater gern weitersagen: Ich bin auch nichts Schlechteres als Sie.

So!« Damit marschierte er hinaus, so dicht an Janet vorbei, daß sie ums Haar gegen einen Strohballen gefallen wäre.

Sie kreuzte die Arme über der Brust und sah dem Burschen mit zusammengekniffenen Augen nach. In diesem Moment wäre sie am liebsten ein Mann gewesen. Sie stellte sich vor, wie sie ihm nachrennen, ihn packen und die Faust zwischen seine Augen schmettern würde.

Sie hatte Winter noch nie gemocht; er war ein schleimiges Individuum. Sie hatte gesehen, wie er Bella begrabscht hatte, und mehr als das. Janet war vom rückwärtigen Weg her gekommen, und da lagen die beiden im langen Gras neben der hohen Mauer, die den Küchengarten begrenzte. Ein Korb Himbeeren hatte daneben gestanden. Die zwei hatten Janet nicht gesehen, und sie hatte sich, mit hochrotem Kopf und flauem Magen, zurückgezogen. Ihrer Mutter erzählte sie nichts davon und auch sonst niemandem; sie wußte, wenn er bei Bella zu weit gegangen wäre, würde dies zu gegebener Zeit von selbst ans Licht kommen.

Dieser Zwischenfall war jetzt über ein Jahr her, und nun schien auch Alicia von Winter fasziniert zu sein. Janet zweifelte nicht, daß dies eine Phase war, die bald vorübergehen würde. Doch was redete sie sich da ein? Sie befand sich selbst seit langem in einer Phase, die nicht vorbeigehen wollte. Doch ihre und Alicias Gedanken und Wünsche waren sehr verschieden, und wer konnte wissen, was Alicia in dieser Phase zustieß.

Janet rückte Hut und Kragen zurecht, als wären sie irgendwie in Unordnung geraten. Sie mußte ihrer Mutter Bescheid sagen; nicht wegen Bella, aber wegen Alicia. Alicia mußte gebremst werden, und wenn Janet nichts unternahm, würde sie sich vielleicht später schuldig fühlen.

Doch dann fragte sie sich, warum ausgerechnet sie alle losen Enden in diesem Haus zusammenfügen sollte. Erst war es Howard, nun Alicia. Was taten eigentlich ihre Eltern? ... Ja, was? Sie schienen von ihren eigenen Streitigkeiten völlig in Anspruch genommen.

Als Janet die Halle betrat, kam gerade Sarah Johnson mit strahlendem Gesicht die Treppe herab. In der Hand trug sie einen leeren messingnen Kohlenbehälter. Sie sagte: »Wir bekommen Schnee zu Weihnachten, Miß. Ich mag es, wenn es zu Weihnachten schneit.« – »Sogar, wenn Sie dann mehr Kohlen nach oben schleppen müssen, Sarah?« fragte Janet.

»Ach, das macht mir nichts aus, Miß, es hat ja auch seine guten Seiten: Uns wird schön warm. Möchten Sie was Heißes trinken, Miß?«

»Nein, danke. Ich hatte schon eine Schokolade bei meiner Großmutter.«

»Ich wette, Mrs. Fairbrother und die Kinder werden es nicht ablehnen, wenn sie nach Hause kommen.«

»Sind sie noch nicht zurück?«

»Nein, aber der Herr ist schon da.« Sie ging nahe an Janet heran und flüsterte: »Er ist auf dem Dachboden. Ich glaube, er versteckt etwas ... Geschenke!«

»Wirklich?« Janet blickte überrascht drein, und Sarah nickte eifrig. »Ich sah ihn zur Seitentür hereinkommen und die Hintertreppe hinaufgehen. Er trug einen Beutel und mehrere Päckchen. Wenn es wird wie letztes Jahr, dann wird es ein gutes Weihnachten. Wir hatten eine so nette Party, erinnern Sie sich, Miß?«

»O ja, ich erinnere mich. Übrigens, wo ist Howard?« Janet brachte es nie fertig, vor der Dienerschaft von ›Master‹ Howard zu sprechen.

»Ich glaube, Master Howard ist im Billardzimmer, Miß.« Die Salontür ging auf, und Sarah drehte sich um. »Ach, da ist Mr. Maitland. Wissen Sie, wo Master Howard ist?«

»Er ist entweder in der Bibliothek oder im Billardzimmer. Ist Ihnen kalt, Miß Janet? Im kleinen Wohnzimmer brennt ein hübsches Feuer. Möchten Sie vielleicht etwas Warmes trinken?«

»Danke, jetzt nicht; ich habe schon Sarahs Angebot abgelehnt.« Sie reichte Maitland Hut und Mantel und begab sich über den Korridor zur Bibliothek. Als sie feststellte, daß dort niemand war, ging sie weiter zum Billardzimmer. Dort fand sie Howard, der am Fenster stand und hinausblickte. Als er sie hereinkommen hörte, drehte er sich um.

»Hast du es?« fragte er.

»Ja.«

»Gut.« Er blies die Backen auf und stieß dann die Luft wieder aus. »Gott sei Dank«, seufzte er und streckte die Hand aus, die Janet jedoch übersah. »Wieviel war es, sagtest du?« fragte sie.

»Das weißt du doch: dreißig Pfund.«

»Du lügst! Und nicht nur, was das Geld angeht, sondern über alles. Du warst stets ein Lügner und wirst immer einer bleiben!«

Howard wich zurück und zischte: »Was schreist du so herum? Wovon redest du?«

»Ich rede davon, daß du Nicholas zwanzig Pfund schuldig warst, nicht dreißig. Und was hast du Vater über die Rauferei in der Schule erzählt? Oh, ich sehe dich vor mir, wie du vor ihm standest, mit gesenktem Haupt, und sagtest, es sei wegen ... und wie hübsch du ihm vorgestottert hast, du hättest es für seinen guten Namen getan.« Sie erhob ihre Stimme und schrie jetzt fast: »Niemand hat Dad irgendwas genannt. Der Bursche hat *dich* einen Emporkömmling geheißen, und nicht nur das, sondern sogar einen trotteligen Emporkömmling. Und worum ging der ganze Streit überhaupt? Um dein Herumgeschmuse mit der Tochter des Pedells.«

»Woher weißt du das?« grollte Howard. »Davon stand nichts in dem Brief, den Vater vom Schuldirektor bekommen hat.«

»Nein, da stand nur drin, daß du wegen deines rüpelhaften Betragens hinausgeworfen wurdest. Du bist ein feiger Lügenbold ...«

Howard warf einen schnellen Blick zur Tür und zischte: »Sei ruhig, oder ich sorge dafür, daß du still bist. Wofür hältst du dich eigentlich?«

Er packte sie grob an der Schulter. »Laß mich los!« schrie

Janet. Sie hob instinktiv die Hand ließ sie klatschend auf Howards Wange sausen.

Im nächsten Moment schüttelte er sie wie ein Terrier eine Ratte; doch gerade, als er seine Hand zum Schlag erhob, ertönte eine Stimme von der Tür her: »Wagen Sie es nicht, das zu tun!«

Janet fühlte sich gegen die Kante des Billardtisches geschleudert. Sie hielt sich an dem Tisch fest, um nicht zu Boden zu sinken. In ihrem Kopf drehte sich alles. Sie hörte Maitlands Stimme etwas sagen, was sie nicht verstand, dafür hörte sie Howards Antwort um so deutlicher. »Sie ist ein hinterhältiges Biest!« schrie er, »überall mischt sie sich ein, und wenn ich sie schlagen will, dann tue ich es auch. Halten Sie sich da raus!«

Maitland betrachtete den Achtzehnjährigen, der bereits die Größe und Statur eines erwachsenen Mannes hatte. Die Abneigung gegen ihn war seiner Stimme deutlich anzumerken, als er sagte: »Da befinden Sie sich im Irrtum. Es geht mich sehr wohl etwas an, wie die Menschen in diesem Haus sich benehmen. Ich betrachte es durchaus als meine Angelegenheit, sie davon abzuhalten, sich wie Flegel aufzuführen.«

»Wen nennen Sie Flegel? Sie sollten sich in acht nehmen! Sie nehmen sich in diesem Haus ohnehin schon zuviel heraus. Was glauben Sie überhaupt, was Sie sind? Nichts weiter als ein Diener, ein Knecht, Abschaum!«

Der Schlag gegen das Kinn traf Howard völlig überraschend. Hätte er nicht einen schweren Sessel zu fassen bekommen, wäre er zu Boden gefallen. Er stand einen Moment gekrümmt da, dann schüttelte er den Kopf und richtete sich auf. Mit wutverzerrtem Gesicht sprang er Maitland an. Der jedoch hatte den Vorteil, mit dem Rücken zum Billardtisch zu stehen. Während er Howards Schläge abwehrte und gleichzeitig seine Fäuste gegen diesen einsetzte, bemerkte in der Hitze des Gefechts keiner von beiden, daß sich inzwischen Zuschauer eingefunden hatten. Sarah und Florence schrien, und über dem Keuchen, dem Geräusch der Schläge und dem Geschrei donnerte plötzlich ein »Allmächtiger Gott!« Samuel war hinzugekommen, zerrte seinen Sohn beiseite und schrie den Butler an: »Sind Sie verrückt geworden? Was soll das? Wissen Sie, was Sie da getan haben?«

Maitland antwortete keuchend: »Ja, das weiß ich, Sir ... und ich kenne die Folgen. Bitte nehmen Sie meine fristlose Kündigung entgegen; ich werde das Haus sofort verlassen.«

Samuel fixierte ihn einige Sekunden unbeweglich; dann sagte er: »Gut, aber erst will ich der Sache auf den Grund gehen.«

Er sah sich um, als er Alice eintreten hörte, die noch ihren Mantel anhatte. »Da bist du ja. Ein schöner Schlamassel, das. Schick sie raus. Raus!« Er wedelte mit den Händen und scheuchte die beiden Dienstmädchen und seine jüngeren Töchter, die ihrer Mutter gefolgt waren, aus dem Zimmer.

Alice sah zu, wie Maitland versuchte, mit einem Taschentuch das Blut zu stillen, das aus seinem Mund floß. Dann blickte sie ihren Sohn an, dessen Wange unter dem Auge einen dunkelroten Fleck aufwies. »Was im Himmel geht hier vor sich?« Howard betastete sein Gesicht. »Ich wollte mit der da reden. Wir haben uns ...« er nickte zu Janet hinüber, »wir haben uns gestritten und ...«

»Wir haben nicht gestritten«, unterbrach ihn Janet. »Wir haben gekämpft, und du hast mich geschüttelt, als wolltest du mich umbringen!«

»Ja, nachdem du mich geschlagen hast.«

»Und warum habe ich dich geschlagen? Sag's ihnen, los!« Sie machte eine weit ausholende Armbewegung. »Sag einmal in deinem Leben die Wahrheit!« Janet wandte sich an ihren Vater und rief: »Maitland kam herein und hat ihn erwischt. Da beschimpfte Howard ihn als Diener und Knecht und ...«

Samuel sah Maitland an, senkte den Kopf und wandte sich ab. Doch Alice fragte ihre Tochter: »Warum habt ihr euch so gestritten? Worum ging es? Es muß etwas Schwerwiegendes gewesen sein.«

»Na, frag ihn doch, Mam. Ich bin gespannt, ob er die Wahrheit sagt.«

Ihr Vater drehte sich zu Howard und rief: »Ja, komm her! Laß es uns hören, und zwar die Wahrheit!«

Howard starrte erst seinen Vater an, dann seine Mutter und zuletzt Janet. »Mit dir werde ich eines Tages noch abrechnen, du wirst schon sehen!« rief er ihr zu.

Sein Vater packte ihn beim Revers. »Noch solch ein Wort, und ich werfe dich aus dem Haus. Verstanden? Jedenfalls werde ich dir ein Ultimatum stellen, aber dazu kommen wir später. Jetzt will ich erst mal die Wahrheit hören.«

Er rupfte an Howards Jackett. Der Kopf des Jungen zuckte, und sein Körper schien zu zittern ...

»Es ... es war nichts, Dad. Du kennst sie und ihre scharfe Zunge«, sagte er und bemühte sich, überzeugend zu klingen. »Wir haben nur gestritten.«

»Ich glaube, ich kann Licht in die Angelegenheit bringen, Sir«, ließ Maitland sich vernehmen.

Samuel ließ Howard los und wandte sich Maitland zu. »Nun, dann mal los.«

»Es ging um Geld. Er hatte dreißig Pfund Schulden. Er bat mich, sie ihm zu leihen, doch ich lehnte es ab, da ich ihm im Lauf der Jahre schon einige geringere Beträge geliehen und nicht zurückbekommen hatte. Also wendet er sich an seine Schwester, und diese – da bin ich sicher, weil sie eine solche Summe nicht besitzt – geht heute morgen zu ihrer Großmutter und bittet sie um das Geld, vermute ich. Master Howard, Sir, neigt zum Glücksspiel.«

»Allmächtiger Gott!« Samuel stierte mit offenem Mund seinen Sohn an, der mit hängendem Kopf dastand. Dann wandte er sich an Janet. »Hast du Großmutter um das Geld gebeten?«

»Ja, das habe ich.«

»Und sie hat dir die dreißig Pfund gegeben, einfach so?«

»Nein, Dad, nicht einfach so. Aber sie gab mir zwanzig. Zehn hatte ich selbst. Aber dieses hinterhältige Individuum« – sie wies mit dem Zeigefinger anklagend auf Howard – »schuldete Nicholas nur zwanzig. Nicholas wartete vor dem Tor. Ich gab ihm das Geld.«

»Sprichst du von Nicholas Denvers?« fragte Alice.

»Ja, Mam.«

»Du liebe Güte, so etwas! Die Denvers müssen jeden Penny zweimal umdrehen, ehe sie ihn ausgeben; soweit ich weiß, mußten sie alles zusammenkratzen, um Nicholas aufs Internat schicken zu können. Von wo könnte er zwanzig Pfund herhaben?«

»Die Tatsache, daß er Angst hatte, sein Vater könnte davon erfahren, sagt wohl alles, Mam.«

Samuel ging langsam auf seinen Sohn zu. »Am liebsten würde ich dich ungespitzt in den Boden rammen.« Howard machte schnell einige Schritte rückwärts. Alice eilte auf die beiden zu und schrie ihren Mann an: »Genug, das reicht!«

»Jawohl, das reicht, Frau, aber jetzt ist es zu spät. Sein ganzes Leben lang hast du ihn beschützt. Ich hätte ihn schon vor Jahren meine Gürtelschnalle kosten lassen sollen, aber du hast dich immer dazwischen gestellt. Er ist doch noch ein Junge, hieß es. Er hat es nicht so gemeint. Das ist nur seine kindliche Art. Jetzt ist es vielleicht schon zu spät, ihm diese Art auszutreiben; doch ich werde es versuchen, bei Gott! Seit er krabbeln kann, kennt er nichts anderes als seine eigenen Wünsche und Bedürfnisse.«

»Ach, du hast ja schnell vergessen, warum er von der Schule flog. Weil er sich für dich eingesetzt hat!« rief Alice.

»Das hat er nicht.« Janets Worte klangen wie Pistolenschüsse. Die Eltern drehten sich um und sahen Janet an, die ihr Gesicht mit den Händen bedeckte und aus dem Zimmer laufen wollte. Die Stimme ihres Vaters rief sie zurück: »Hiergeblieben!« Wie ein gut trainierter Hund blieb sie auf der Stelle am anderen Ende des Billardtisches stehen. Sie nahm die Hände vom Gesicht und hielt sich am Tisch fest.

»Was meinst du mit: ›Hat er nicht‹?« wollte Samuel wissen.

Sie drehte ihm den Rücken zu und murmelte: »Nichts, nichts. Das hat nichts damit zu tun.«

»Schau mich an!«

Als sie nicht reagierte, ging Samuel zu ihr und drehte sie herum, faßte sie unter das Kinn und sah ihr in die Augen. »Na los, sag's mir.«

»Nein, Dad, nein. Quäl' mich nicht. Mir ist nur die Zunge durchgegangen, es hat nichts zu bedeuten.«

Samuel blieb einen Augenblick still, dann meinte er: »Er muß etwas ziemlich Schlimmes angestellt haben, wenn du nichts sagen willst.«

»Nein, es war nicht so schlimm.« Sie konnte ihrem Vater nicht sagen: ›Howard wäre es niemals eingefallen, sich für deinen Namen einzusetzen, es wäre das letzte, was er tun würde, denn er hatte immer Angst vor dir. Er hatte nie ein gutes Wort für dich.‹ Nein, das konnte sie ihm nicht sagen, denn sie wußte, daß sie ihren Vater damit tödlich verletzt hätte.

»Nun«, sagte Samuel, »wenn du nicht willst, dann eben nicht. Aber ich werde schon noch dahinterkommen. Ihr kennt mich. Na, geh' jetzt, und nimm deine Mutter gleich mit.« Er streckte die Hand nach Alice aus und fuhr ungewohnt leise fort: »Kümmere dich um das Kind. Siehst du nicht, daß sie zittert?« Dann wandte er sich mit seiner üblichen Kommandostimme Howard zu. »Und du gehst nach oben in dein Zimmer, ich komme gleich nach und stelle dir dieses Ultimatum, von dem ich gesprochen habe; aber erst bringen wir noch diese Angelegenheit ins reine. Und versuch nicht, davonzulaufen, denn ich würde dich zurückholen. Ich würde dich sogar zurückzerren. Überhaupt, wo könntest du schon hin? Du bist nicht einmal in der Lage, dir dein Brot als Imbißverkäufer zu verdienen. Raus jetzt, raus! Mir aus den Augen!«

Mit einer weitausholenden Geste schien er Howard aus

dem Zimmer zu fegen, der auf dem Weg nach oben seine Mutter und seine Schwester überholte.

Nun war außer Samuel nur noch Maitland anwesend. »Ist die Verletzung an Ihrer Lippe tief?«

»Ich weiß es nicht, sie sitzt innen.«

»Nun, Sie sollten gehen und Ihren Mund auswaschen. Doch zuvor – muß ich Ihre Kündigung ernst nehmen?«

»Sir, ich habe Ihren Sohn nicht nur geschlagen; so, wie ich mich fühlte, hätte ich ihn am liebsten umgebracht.«

»Und das, weil er Sie als Diener bezeichnet hat?«

»Nein, Sir, denn ich bin ein Diener. Es war die Art, wie er es getan hat. Außerdem war sein Betragen mir gegenüber in den letzten Jahren alles andere als höflich, weil ich es abgelehnt hatte, ihm noch mehr Geld zu leihen – was er so leihen nannte.«

»Wieviel haben Sie ihm jedesmal gegeben?«

»Zweimal handelte es sich um je einen Wochenlohn, und ich erwartete natürlich, daß er Rückzahlung leisten würde. Davor hatte ich ihm schon gelegentlich zehn Shilling geliehen. Doch das ist gleichgültig. Ich kann nur sagen, Sir, daß ich den Vorfall nicht bedaure.«

»Was, wenn er Sie zu Boden geschlagen hätte? Er ist kräftig für sein Alter, und, wie man von der Schule erfahren hat, schnell bereit, seine Fäuste einzusetzen.«

»Er hätte mich nicht zu Boden geschlagen, Sir. Sie wissen es vielleicht nicht, aber ich besuche schon seit Jahren an meinem freien Wochentag eine Sporthalle in Newcastle. Eine Arbeit wie die meine fördert eine gewisse körperliche Schlaffheit. Dem wirke ich entgegen.«

Samuels Augen öffneten sich weit vor Staunen. »Sie boxen?« fragte er.

»Ein wenig, unter anderem wie Turnen, Gewichtheben ...«

»Kaum zu glauben! Nach all diesen Jahren sind Sie mir immer noch ein Rätsel. Ich war schon überrascht, als ich erfuhr, daß Sie mit den Talbots zum Tanzen gehen.«

»Ich wüßte nicht, weshalb Sie das überraschen sollte, Sir. Ich hatte Ihnen erzählt, daß die Talbots seit langer Zeit meine Freunde sind; seit damals, als ich meinen Dienst bei Seiner Lordschaft antrat.«

»Nun, tanzen, boxen, stur sein – die Lage hat sich jedenfalls ziemlich zugespitzt. Mein ältester Sohn entpuppt sich als Schnorrer und Lügner und als Raufbold dazu. Übrigens – wollte er Janet wirklich schlagen?«

»O ja, Sir. Er erwürgte sie beinahe, und ich hätte in jedem Fall so gehandelt, wie ich es tat; unabhängig von meinen privaten Gefühlen.«

»Wollen Sie wirklich gehen?«

»Nein, Sir. Aber die Situation ist untragbar. Das sehen Sie doch ein?«

»Nein. Wir hatten einen kleinen Aufruhr im Haus, aber wir werden die Wogen auch wieder glätten. Wenn Sie hierbleiben, werde ich darauf achten, daß Howard sich ordentlich benimmt. Gehen Sie jetzt, und kümmern Sie sich um Ihre Lippe. Und überdenken Sie Ihren Entschluß, denn ich möchte, daß Sie bleiben. Sie managen das ganze Haus – und mich beinahe dazu, wenn ich gerade mal hier bin. Ich müßte alles verändern, wenn Sie gehen, und das will ich nicht. Ich habe mit meinen Geschäften außer Haus genug am Hals. Also, überlegen Sie sich's, ja?«

Maitland gab keine Antwort, sondern ging schweigend und gemessenen Schrittes zur Tür. Samuel ließ sich in den nächsten Sessel fallen, beugte sich vor und stützte die Ellenbogen auf die Knie. Was jetzt, fragte er sich. Ein kleiner Familienaufstand, hatte er gesagt. Doch diese Aufregung war noch gar nichts gegen das, was ihm noch bevorstand. Und er mußte handeln, auf die eine oder andere Weise.

2

Samuel war aus dem Haus gegangen, um in die Fabrik zurückzukehren. Er änderte jedoch seine Absicht, bog in eine Seitenstraße ein und von dort wiederum in die Hauptstraße, wo er eine Trambahn bestieg. Er stieg erst aus, als diese an der Haltestelle gegenüber den Gaswerken am Ende der Stadt anhielt.

Die Straße, die sich vor ihm erstreckte, war von grünen Feldern gesäumt und führte auf eine Farm zu, die man in der Entfernung ausmachen konnte. Nach kurzer Zeit erreichte er einen Pfad, der die Gaswerke umrundete und zurück nach Brampton Hill führte.

Diesen Weg schlug Samuel ein. Er kam an einem Wohngebiet und einem Wäldchen vorüber und blieb schließlich vor einem Häuschen stehen, dessen Garten – mit Ausnahme eines Weges, der zur Vordertür lief – völlig überwuchert war.

Er wollte eben einen Schlüssel in die Tür stecken, als an einem Erkerfenster ein Kopf erschien. Der Kopf verschwand wieder, die Tür ging auf, und Samuel wurde von Geraldine Hallberry begrüßt. »Endlich! Ich dachte, du wärst im Ausland«, sagte sie.

»Ja, und beinahe wäre ich immer noch dort.« Er küßte sie auf die Wange; dann warf er seinen Hut auf einen Sessel und zog den Mantel aus. »Wo ist Henderson?« fragte er.

»Sie ist in die Stadt gegangen, um ihrer Schwester in Scarborough zu telegrafieren, daß sie sie über die Feiertage besuchen wird.«

»Feiertage? Ich dachte, du fährst erst zu Neujahr nach London.«

»Ich habe es mir anders überlegt«, antwortete Geraldine und führte ihn in ein kleines Wohnzimmer.

»Wozu diese Eile? Warum die Änderung?« wollte Samuel wissen.

Sie antwortete erst, nachdem sie es sich auf einem Sofa in der Nähe des Feuers bequem gemacht hatte. »Machst du dir einen Begriff davon«, fragte sie und sah ihn an, »wie es ist, allein dazustehen? Seit der arme Peter vor drei Jahren von uns gegangen ist, habe ich ...«

»Ach!« Samuel stand mit dem Rücken zum Feuer, die Hände unter den Rockschößen. »Plötzlich ist er der arme Peter. Mir war bisher nicht bewußt, daß du seinen Verlust betrauerst.«

»Na ja, unter diesen Umständen wäre das doch ziemlich taktlos gewesen, findest du nicht? Er war auf jeden Fall ein guter Gesellschafter. Mit Peter wurde es nie langweilig. Du erinnerst dich doch, nicht wahr?«

»Jaja«, nickte Samuel. »Ich erinnere mich. Er konnte wirklich amüsant sein. Doch woran ich mich noch besser erinnere, ist, daß er der unverfrorenste Beutelschneider war, der mir je über den Weg gelaufen ist. Er hat mich mehr gerupft als sonst wer. Und ich zögere nicht, ihn auch einen Erpresser zu nennen, denn das war er, mit allen Wassern gewaschen. Ich bezweifle nicht, daß er keine Sekunde gezögert hätte, mich bloßzustellen, wenn ich nicht zahlungswillig gewesen wäre. Er hätte nicht einmal davor zurückgeschreckt zu behaupten, ich hätte seine Frau vergewaltigt.«

»Sei doch nicht so nachtragend, Sam. So etwas hätte er nie getan. Und er hat dich nicht erpreßt. Du hast ihm einige Male aus schwierigen Situationen herausgeholfen, das war alles.«

»Ha, in diese sogenannten Situationen kam er mindestens einmal im Monat. Schau«, er setzte sich neben Geraldine auf die Couch und legte den Arm um ihre Schultern, »was soll das alles? Du weißt, daß ich jeden Preis für dich gezahlt hätte; ich tat es gerne und würde es wieder tun.«

»Ach, Sam.« Sie küßte ihn lange und ausgiebig. »Wieviel Zeit hast du?«

»Ungefähr eine Stunde, dann muß ich zurück. Zu Hause war allerhand los. Den Gipfel bildete ein Faustkampf zwischen Maitland und meinem Sohn.«

»Ein Kampf? Willst du sagen, Maitland hat deinen Jungen geschlagen?«

»Ich weiß nicht, wer angefangen hat, aber als ich dazukam, hatten beide blutende Gesichter, und mein Junge hat ein blaues Auge, das nach einem rohen Steak schreit.«

»Aber Maitland?«

»Ja, Maitland ... der ist nicht zu durchschauen. Wer hätte gedacht, daß er boxen kann? Normalerweise steht er da, als würde es ihm schwerfallen, sich auch nur zu bücken. Aber wie er mir erzählte, besucht er an seinen freien Tagen die Sporthalle in Newcastle. Und das ist nicht alles. Er geht zum Tanzen in die Stadthalle.«

»Maitland? Der ist wirklich der perfekte Butler, und ich weiß, worüber ich spreche. Ich habe dutzende kennengelernt, aber Maitland übertrifft alle. So höflich, so charmant, so korrekt in jeder Hinsicht, und dazu noch gutaussehend. Er fiel mir zum ersten Mal richtig auf, als wir damals zu dieser Dinnerparty kamen, als du so unbeholfen warst und zwei linke Hände zu haben schienst. Und Alice war noch schlimmer, fast bewußtlos vor Angst. Peter und ich waren die einzigen bedeutenden Gäste, denn die Staceys hatten abgesagt, und die Pearmans waren schließlich nur, na ja, Bauunternehmer. Ich weiß noch, wie ich in mich hineinkicherte, als ich mir vorstellte, daß Seine Lordschaft völlig indigniert von oben zusehen würde. Und, weißt du, auch die Dinnerpartys, die du seither gegeben hast, hatten, im Gegensatz zu denen von Peter und mir, keinerlei Klasse.«

Der Satz, mit dem Samuel auf die Füße sprang, hätte einem Athleten zur Ehre gereicht. Mit blitzenden Augen sah er auf Geraldine hinab. »Zum Teufel, ich verstehe einfach nicht, warum ich für dich fühle, was ich fühle. Du bist das taktloseste und verletzendste Miststück auf Gottes weitem Erdboden. Und ich kann dir sagen, daß ich mich sehr gut an jenes Dinner erinnere, und daran, daß ich dich von dem Augenblick an nicht ausstehen konnte, an dem du Vera Pearman das Wort abschnittest. Alles in allem kommt Vera aus einer weit besseren Familie als du.«

»Das bezweifle ich, mein Lieber. Ihr einziger Anspruch

auf Herkunft besteht darin, daß ihr Vater und Großvater Regierungsmitglieder waren. Meine Vorfahren dagegen lassen sich bis ins siebzehnte Jahrhundert zurückverfolgen. Sie haben ihr Blut im gesamten Norden für ihre Prinzipien vergossen, und einer ist sogar dafür gehängt worden. Und das ist ein Grund, um damit anzugeben, denn schließlich kommt es darauf an, wofür man gehängt wird. Auf jeden Fall bist du heute ziemlich empfindlich, was ich sehr unangenehm finde, da ich dich um eine kleine Extrahilfe bitten wollte. Ich möchte zu den Carters fahren. Sie sind zur Zeit auf dem Land und veranstalten ein Treffen zu Weihnachten, und ich habe sie doch schon so lange nicht mehr gesehen. Ich habe von Mrs. Carter vor einiger Zeit einen Brief bekommen, in dem sie fragte, was aus mir geworden sei. Also habe ich ihr geantwortet, und nun habe ich eine Einladung von ihr erhalten.«

»Davon weiß ich nichts, und die Carters kenne ich nicht.«

»Der Brief kam erst gestern, mein Lieber, und du warst seit drei Tagen nicht mehr hier. Und die Carters kennst du nicht, weil du dich nie mit ihnen abgegeben hast. Sie sind entfernte Verwandte von mir, Cousins vierten Grades oder so. Sie sind erst vor kurzem ans große Geld gekommen. Ich glaube, er ist an der Börse.« Sie hob den Blick und sah Samuel an. »An der Börse«, wiederholte sie. »Du kennst doch die Börse, Lieber, nicht wahr?«

»Hör auf! Hör sofort auf!«

Geraldines Verhalten veränderte sich plötzlich, ebenso wie ihre Körperhaltung. Sie setzte sich kerzengerade auf und sagte: »Ja, ich werde damit aufhören. Ich werde aufhören, unausstehlich zu sein und will den Dingen ins Auge blicken, ganz geschäftsmäßig. Du kannst mich nicht länger hinhalten, Sam. Letztes Jahr um diese Zeit sagtest du, du würdest nur noch einige Monate verstreichen lassen, um danach mit deiner Frau zu sprechen. Du glaubst mir vielleicht nicht, da du alles über mich zu wissen meinst, aber meine gegenwärtige Lage gefällt mir überhaupt nicht und hat mir nie gefallen. Ich will keine ausgehaltene Frau sein. Solange Peter am Leben war, war das anders. Was immer die Leute auch hinter vorgehaltener Hand über uns tuschelten – wir hatten Zugang zu jedem Haus in der Grafschaft. Genauso wie du dachten auch andere, wir hätten Klasse, wir seien amüsant. Wir konnten aus einer langweiligen Party eine gelungene machen. Mit einer Witwe steht die Sache anders. Um schlagfertig zu sein, braucht man einen Partner, besonders wenn die Schlacht der Worte auf dem Kampfboden des Witzes ausgetragen wird. Es ist seltsam, wenn man Witwe wird, so sind die Freunde, die bei der Beerdigung als erste kondolieren, auch als erste aus deinem Leben verschwunden. Sie haben plötzlich so viele Verpflichtungen, und es scheint, daß man nicht mehr in ihren Kreis paßt. Oder sie hören Gerüchte, daß die Witwe sich mit einem Bürgerlichen zusammengetan hat. Schon gut, schon gut!« Sie machte eine abwehrende Geste. »Man könnte meinen, der Gebrauch dieses Wortes sei ein Vorrecht des Königshauses, doch es wird von allen Leuten von Adel benutzt. Ich weiß, daß es dumm und ungerecht ist, doch von da oben betrachtet, fallen die meisten Geschäftsmänner unter diese Kategorie.« Sie deutete mit dem Daumen nach oben. »Es ist gleichgültig, ob diese Junker keinen Penny besitzen, ob sie ihren Dienstboten den Lohn schuldig bleiben und sogar der Dorfkrämer sie nicht mehr anschreiben läßt – sie sind der Adel.«

»Adel!« Samuel drehte sich um und spuckte ins Feuer, ein vulgäres Gebaren, das Geraldine zusammenzucken ließ. Wütend starrte er sie an. »Egel, Blutsauger, wasserköpfige Nullen!«

»Das sind sie zweifellos von deinem Standpunkt aus, Sam. Doch hast du dich gefragt, was du für sie bist? Du, der du ihnen zu nahe gekommen bist, zumindest mit deinem Haus? Sie nennen dich einen Emporkömmling.«

»Oh, das überrascht mich nicht im geringsten, Mrs. Hallberry.« Er betonte ihren Namen. »Mein Sohn flog gerade von der Schule, weil er jemanden schlug, der mich so nannte. Ich weiß, was die von mir denken, aber das tut mir nicht weh. Was mir weh tut, ist«, er kam so nahe an sie heran, daß sein Bein gegen ihr Knie drückte, »daß du ebenso denkst. Ich war gut zu dir, Gerry; manchmal schäme ich mich sogar, weil ich zu dir tausendmal freundlicher bin als zu Alice. Sie hat von mir nur Kinder bekommen, sonst nichts. Und auch die haben nicht viel von mir gekriegt. Aber für dich habe ich mich aus dem Fenster gelehnt, das stimmt doch?!«

»Ja, aber nur, weil deine Frau dir klar zu verstehen gab, daß sie keine Kinder mehr möchte. Tatsächlich, so hast du mir selbst gesagt, hattest du, als wir uns kennenlernten, deine ... deine ehelichen Rechte schon seit Jahren nicht mehr in Anspruch genommen. Also kam ich gerade recht, wie? Und auch mir gefiel es, denn gleichgültig, was Peters sonstige Vorzüge oder Fehler waren, darin war er nicht besonders gut. Ich mußte meine Bedürfnisse immer bei anderen stillen, was mir nicht einmal immer Spaß gemacht hat, bis du kamst. Und ich möchte es weiterhin mit dir genießen, Sam, wirklich.«

Sie streckte die Hand nach ihm aus. Er nahm sie und setzte sich wieder neben Geraldine, die fortfuhr: »Aber ich möchte eine gesellschaftliche Position, Sam. Also denk darüber nach, und entscheide dich, denn wenn ich nach Neujahr wiederkomme, möchte ich wissen, wo ich stehe.«

»Und wenn du immer noch am selben Platz stehst, was dann?« fragte Samuel mit leiser Stimme.

»Das werde ich dir sagen, wenn ich deine Entscheidung kenne. Bis dahin«, sie strich mit den Fingern zärtlich über seine Wange, »möchtest du mit mir ins Bett gehen?«

Samuel sah sie lange an, ehe er antwortete. »Merkwürdig, zum ersten Mal werde ich nein sagen. Denn wenn ich einmal in deinem Bett liege, bin ich für den Rest des Tages nicht mehr herauszukriegen; und gerade heute muß ich nach Hause gehen.« Er nahm ihr Gesicht zwischen seine Hände. »Was ist es nur«, fragte er mit heiserer Stimme, »das jeden

Mann so zu dir hinzieht? Denn ich weiß, daß es schon andere vor mir gab. Du bist nicht wirklich schön, weißt du, aber du bist faszinierend, und dein Körper«, seine Hand glitt über ihre Brust, »da, wo dein Geschlecht sich zeigen sollte, ist fast nichts vorhanden; du bist flach wie ein Pfannkuchen, vorne und hinten. Also, was ist es?«

Sanft gab sie zurück: »Es ist mein Verstand.«

»O nein, denn manchmal hasse ich dein Gerede. Aber ich sage dir, was es sein könnte: Es ist dein Geruch.«

Sie rückte ein wenig von ihm ab. »Mein Geruch? Meinst du mein Parfum?«

»Nein, nein. Der Geruch einer Frau hat nichts mit Parfum zu tun. Er geht von ihr selbst aus, wie bei einer läufigen Hündin.«

Geraldine stieß ihn von sich. »Wenn es etwas gibt, Sam, was ich an dir nicht ausstehen kann, so ist das deine Roheit, besonders wenn es um körperliche Dinge geht.«

»Oje, oje. Das ist mir neu. Das hat dir doch sonst nichts ausgemacht.«

»Nun, es heißt aber nicht, daß es mich nicht geärgert hat.«

»Ach, zur Hölle!« Er erhob sich von der Couch. »Das ist einer von diesen Tagen, an denen nichts richtig läuft. Ich gehe lieber. Doch vorher gebe ich dir noch dein Weihnachtsgeschenk.« Er marschierte aus dem Zimmer, nahm seinen Mantel vom Stuhl und zog ihn an. Dann holte er aus der Manteltasche ein kleines Päckchen und legte es auf den Beistelltisch. Geraldine beobachtete ihn von der Wohnzimmertür aus. »Mach es erst zu Weihnachten auf, ich möchte von deiner Dankbarkeit nicht überwältigt werden.«

»Sam.«

Er setzte seinen Hut auf und drehte sich zu ihr um. »Würdest du ...?« fragte sie. »Ich hasse es, dich zu bitten, aber ich werde Auslagen haben für die Reise, Trinkgelder geben müssen und so weiter. Du kennst das.«

»Nein, ich will verdammt sein, wenn ich das kenne.« Trotzdem steckte er die Hand in die Innentasche seines

Mantels und zog ein Scheckbuch heraus. Er ging an ihr vorbei zum Schreibtisch, nahm den Federhalter, der in einem Tintenfaß steckte und hielt einen Moment inne. »Fünfzig, das reicht.«

»O Sam, zweihundert, bitte. Ich nage fast am Hungertuch.«

Er richtete sich gerade auf. »Wie kann das sein? Ich gab dir erst zu Beginn des Monats hundert Pfund.«

»Ich muß leben, ich muß Miete zahlen und Hendersons Lohn, die außerdem noch frißt wie ein Scheunendrescher. Bitte, bitte, Sam, zweihundert.«

Er beugte sich wieder über das Scheckbuch, kritzelte schnell etwas hinein, riß das Blatt heraus und gab es ihr. Geraldine warf einen kurzen Blick darauf. »Ich danke dir, Sam«, sagte sie und warf sich an seinen Hals.

»Frohe Weihnachten, Liebling! Und versprich mir, daß wir das nächste Weihnachtsfest zusammen verbringen werden, nur wir beide. Und sag nicht wieder, es ginge nicht wegen der Kinder. Howard wird schließlich bald neunzehn, und deine schlaue Tochter wird eine Bibliothek leiten, oder alle Bibliotheken in diesem Lande, wenn man dir glauben darf. Deine jüngeren Kinder werden bei deiner Frau bleiben. Und deine Jungs könnten bis dahin bei der Armee oder der Marine sein. Jedenfalls werden sie dich nicht mehr brauchen, aber ich brauche dich, also bring' mir gute Nachrichten im neuen Jahr, ja?«

Sie küßte ihn noch einmal und begleitete ihn zur Tür. Zum Abschied strich sie mit dem Finger über sein glattrasiertes Kinn und seine Lippen. Samuel drehte sich wortlos um und ging durch den Garten.

Am Tor blickte er zum Haus zurück, doch die Vordertür hatte sich bereits geschlossen.

Samuel hatte kaum sein Haus verlassen, als Alice sich zum Zimmer ihres Sohnes begab. Dieser saß auf der Bettkante und preßte die Hand aufs Ohr. »Was ist passiert?« fragte

Alice. »Was schon«, gab Howard zurück, »er hat mir eine Ohrfeige verpaßt.«

»Was hast du erwartet? Du bist doch noch glimpflich davongekommen, nach dem, was du in letzter Zeit angerichtet hast. Du hast deine Aussichten auf eine Karriere ziemlich verdorben. Und ich frage dich jetzt – schau mich an! – was war der wirkliche Grund, daß du von dieser Schule geflogen bist? Janet scheint es zu wissen und hat es beinahe verraten. Also was war es?«

»Es war wegen einer Rauferei.«

»Das weiß ich; wir alle wissen es. Das teilte uns auch der Schulleiter mit. Doch worum ging es bei dem Kampf? Du sagtest, jemand hätte dienen Vater einen Emporkömmling genannt, und das war der einzige Grund, daß dein Vater nicht schlimmer mit dir umgesprungen ist.«

Howard erhob sich vom Bett. »Was ich dir jetzt sage, weißt du ohnehin schon: Wenn er in der Hölle schmoren müßte, würde ich nicht ein gutes Wort für ihn einlegen, geschweige denn eine Schlägerei anfangen, weil jemand ihn einen Emporkömmling nennt. Nein, ich war es, den jemand einen trotteligen Emporkömmling nannte, und das nur, weil ich sein Nuttchen poussiert habe.«

»Weil du was?! Wovon redest du?«

»Von der Tochter des Pedells, Mam. Sie war für jeden zu haben.«

»Mein Gott, Junge! Gut, daß dein Vater das nicht erfahren hat, sonst hätte er dich umgebracht.«

»Ja, das weiß ich, denn er ist ein doppelzüngiges Großmaul und ein Heuchler. Er hätte mich für etwas umgebracht, was er selber tut ...«

Alice fixierte ihren Sohn, der mit zurückgeneigtem Kopf dastand, als wolle er einen Schlag abwehren. Sein Mund stand halb offen, die Augen waren ausdruckslos.

Alice fragte ruhig: »Was wolltest du damit sagen?«

Howard ließ den Kopf hängen. »Nichts, Mam. Ich habe nur ...«

»Du warst dabei, etwas auszuplaudern. Also los, sag es. Was weißt du, von dem du glaubst, ich wisse es nicht?«

»Du weißt es, Mam?« In Howards Stimme schwang Überraschung mit.

»Ich weiß eine Menge. Aber ich möchte wissen, was du weißt und wie du dazu gekommen bist.«

»Es war durch Nicholas. Er hörte seine Eltern darüber reden. Es ging um Dad und dieses Flittchen ... diese Mrs. Hallberry. Sein Vater sagte, daß sie ... ein Verhältnis hätten und du seist ...«

»Blind?«

»Nein, Mam, sondern daß man es dir erzählen sollte.«

Alice sah ihren Sohn lange an, bevor sie wieder sprach. Doch was sie sagte, überraschte Howard. »Warum befreundest du dich mit solch weichlichen Individuen wie Nicholas Denvers? Er ist ein Speichellecker. Das mußt doch sogar du bemerken.«

Howard wiegte die Schultern, als wolle er sich trösten. »Mam«, sagte er, »du hast ja keine Ahnung, wie es dort war. Es war so schwer, Freunde zu finden. Die meisten haben auf mich herabgesehen, weil ich nicht die richtige Aussprache hatte – damals. Man ist vom ersten Augenblick an abgestempelt. Manche Lehrer waren ganz in Ordnung, aber es gab einen, dem ich am liebsten aus dem Weg gegangen wäre. Er hat meinen Namen immer so spöttisch ausgesprochen.« Howard stellte sich in Positur, schürzte die Lippen und sagte: »›Ah, Fair ... brother.‹ Nie werde ich den Tag vergessen – ich war noch nicht lange dort –, als er die ganze Klasse dazu brachte, mich auszulachen. Er sagte: ›Heute sprechen wir über die Industrie. Und wir werden bei der Herstellung von Holzpantinen beginnen, da diese die niedrigste Form der Fußbekleidung darstellen. Dann gehen wir zur Herstellung von Accessoires, zum Beispiel Herrengamaschen, über. Vielleicht können Sie uns dabei behilflich sein ... äh, Fair ... brother?‹ Wenn ich an diesem Tag ein Messer gehabt hätte, Mam, hätte ich es nach ihm geworfen.«

Zu Howards Überraschung kam kein Wort des Bedauerns aus dem Mund seiner Mutter. Statt dessen fragte sie nur ruhig: »Und was hat Nicholas sonst noch über deinen Vater und Mrs. Hallberry erzählt?«

»Nichts. Nur daß er sie in ihrem Häuschen am Brampton Hill Way besucht.«

»Seit wann weißt du das?«

»Nicht lange.«

»Wie lange?«

»Kurz bevor die Ferien begannen.«

»Ich verstehe, sonst hättest du es mir sicher auf die eine oder andere Weise beigebracht.«

»Nein, Mam, das glaube ich nicht. Ich würde dir nicht weh tun wollen. Du warst immer gut zu mir. Ich hatte nur dich, wohin ich gehen konnte, wenn Dad mir – seit meiner Kinderzeit – das Fürchten beigebracht hat.«

»Warum haben die anderen keine Angst vor ihm? Die Kleinen fürchten sich nicht. Sie lachen nur, wenn er brüllt.«

»Ich konnte nie über ihn lachen, Mam. Ich konnte von Anfang an nur lügen, weil ich Angst vor ihm hatte.«

Alice wandte sich von ihm ab und ging zur Tür. »Ja, und das ist das Problem, Howard. Du hast dir das Lügen angewöhnt, und er weiß es«, sagte sie im Hinausgehen.

Howard rief ihr nach: »Was wirst du tun, Mam?«

»Das ist meine Angelegenheit. Du wirst es bald genug erfahren.«

Sie ging in ihr eigenes Zimmer. Dort blieb sie schweratmend stehen. Warum fühlte sie sich so schrecklich? Wußte sie nicht schon seit einiger Zeit, daß es da eine andere Frau gab? Und sie hatte erraten, wer es war, schon seit dieses Miststück von einer Frau ihre Besuche hier im Haus eingestellt hatte. Alice hatte sie von Anfang an als hochnäsige Schnepfe eingeschätzt, die hinter allem her war, was sie konnte ... ja, was sie kriegen konnte. Wieviel hatte sie Samuel wohl gekostet über die Jahre? Alice wollte es wissen, denn er war in den letzten Jahren immer sparsamer mit dem Haushaltsgeld geworden. Und das nicht, weil es geschäftlich mit ihm bergab ging. Er hatte zwar zwei Läden schließen müssen, da sie sich nicht rentiert hatten, aber seine Geldsäcke waren immer noch prall gefüllt. Trotzdem wußte sie nicht, wie groß sein Vermögen war. Vor vielen Jahren hatte er mit ihr noch über Geld gesprochen, doch das hatte bald aufgehört. Es war ihr gleichgültig gewesen, denn er hatte sie gut versorgt. Alles, worum sie sich kümmern mußte, war das Aufziehen der Kinder gewesen. Und das war vielleicht ihr Fehler gewesen.

Wie auch immer, die Zeit war reif für eine Veränderung. Doch was, wenn sie ihn auf den Kopf zu beschuldigte und er alles leugnete? Die Beweise würde sie in seinem Scheckbuch finden. Doch das hielt er in einem Schreibtisch in seinem Arbeitszimmer unter Verschluß. Die Schlüssel trug er immer mit sich herum. Unzählige Male hatte Alice gesehen, wie er den Schlüsselbund beim Umziehen von einem Anzug in den anderen tat.

Sie stand noch eine Weile überlegend da, dann rannte sie aus dem Zimmer über die Seitentreppe hinauf auf den Dachboden. Dort gab es eine Rumpelkammer, in der auch eine große Schachtel aufbewahrt wurde, die ein Sortiment verschiedener Schlüssel enthielt. Sie hatte schon dagestanden, als die Fairbrothers hier eingezogen waren, und auch der Schreibtisch in Samuels Zimmer stammte von dort. Es konnte also durchaus ein Schlüssel darunter sein, der paßte. Alice hob den Saum ihres Kleides und kniete sich auf die Unterröcke. Dann wühlte sie in den Schlüsseln, bis sie eine Reihe kleinerer herausgesucht hatte, von denen einer vielleicht in das entsprechende Schloß passen würde.

Wieder im Arbeitszimmer, verschloß sie vorsichtshalber die Tür hinter sich. Dann machte sie sich an die Arbeit, versuchte einen Schlüssel nach dem anderen, bis endlich, als sie die Hoffnung beinahe aufgegeben hatte, der zehnte Schlüssel so leicht in das Schloß glitt, als wäre er kürzlich erst geölt worden. Bevor Alice die erste Schublade öffnete, richtete sie sich kerzengerade auf und holte tief Luft, wie ein Taucher, der sich anschickt, in tiefes Wasser zu springen.

In der Lade befanden sich lediglich Schriftstücke der einen oder anderen Art, die wahrscheinlich mit den Geschäften zu tun hatten. Im zweiten Schub fand sie nur Rechnungen. Alice überflog sie; es handelte sich um Einkaufsbelege über Lederschlaufen, Nägel, Farben und ähnliches. Erst als sie die dritte, unterste Schublade aufgezogen hatte, atmete sie wieder tief ein; dann ließ sie sich auf die Knie nieder, denn vor ihr lagen Dutzende von Scheckabschnitten sowie ein kleines rotes Notizbuch.

Sie nahm das Notizbuch, blätterte es auf und las den ersten Eintrag: ›20. Februar 1893 – John Ashton £ 200 geliehen.‹ Von dem Eintrag ging eine rote Linie zu einer Notiz auf der gegenüberliegenden Seite: ›Zurückgezahlt Dezember 1894 – keine Zinsen.‹ Weiter unten auf der Seite stand: ›10. Juni 1897 – Phillip Coombes £ 400 mit 2,5 % Zinsen.‹

Diesem Eintrag stand nichts auf der gegenüberliegenden Seite gegenüber, doch sie wußte, daß Sam Anteile an Coombes' Lebensmittelgeschäften besaß, vermutlich hatte er sie statt der Rückzahlung erhalten. Darunter, im selben Jahr, war festgehalten, daß er Michael Riley £ 50 zinslos geliehen hatte. Sie hob die Augen von dem Buch. Riley war Gerber gewesen, leitete jetzt aber die Fabrik. Der Eintrag auf der gegenüberliegenden Seite wies darauf hin, daß dieses Darlehen erst vier Jahre später zurückgezahlt worden war. Sie blätterte Seite um Seite in dem Büchlein um. Da gab es Notizen über den Erwerb von Geschäftsräumen ebenso wie über weitere verliehene Beträge. Dann entdeckte sie den Namen Peter Hallberry mit einem Eintrag aus dem Jahr 1903: ›Die Summe von £ 300 verliehen‹, gefolgt von einem gleichlautenden Eintrag aus dem Jahr 1904. Dann nichts mehr bis Dezember 1905: ›G – £ 500.‹

Alice blätterte die Seiten jetzt schneller um und las: ›G – £ 200‹, und ›G – £ 300‹, und auf einem separaten Blatt: ›£ 100 monatlich an G‹ mit einem Zusatz: ›G – £ 200.‹ Auf der mit 1906 datierten Seite waren noch andere Schuldner aufgeführt, sonst gab es nichts mehr, außer einer leeren Seite mit der Überschrift ›G‹. Weitere Eintragungen waren nicht zu finden.

Alice klappte das Buch zu und blieb auf den Absätzen hocken. Mit leerem Blick starrte sie auf das rote Ding, das da auf ihrer Handfläche lag. Sie konnte es nicht glauben. So viel Geld, während sie Sam oft daran erinnern mußte, daß sie Geld brauchte, um die Kinder einzukleiden. Er hatte es ihr nie verweigert, aber immer hatte sie ihn darum bitten müssen. Und hatte er ihr je ein Geschenk gemacht, das mehr als zehn Pfund wert war? Nie! Nicht während ihrer ganzen Ehe. Oder hatte er ihr einmal einen Blumenstrauß mitgebracht, oder sie mit irgendeiner Kleinigkeit überrascht? Alles, was er ihr gegeben hatte, waren Kinder; und auch das hatte er für sein eigenes Vergnügen getan und nicht etwa, weil sie sich eine so große Familie gewünscht hatte. Was sollte sie jetzt tun?

Als hätte sie jemand getreten, sprang sie auf die Füße. Wie bestätigend nickte sie; sie wußte jetzt, was sie zu tun hatte.

Sie steckte das rote Notizbuch in ihre Rocktasche und verschloß den Schreibtisch wieder. Es war jetzt nicht mehr nötig, die Bankauszüge durchzusehen; in diesem Büchlein stand alles Nötige schwarz auf weiß.

In ihrem Zimmer angelangt, tat sie das Buch in ihre Handtasche. Dann fing sie an, methodisch den Frisiertisch auszuräumen, holte Taschentücher, kleine Schmuckstücke und ähnliches heraus. Doch als sie die oberste Schublade der großen Kommode ausleeren wollte, hielt sie inne. Nein, das konnte warten. Erst mußte sie unbedingt noch mit Maitland sprechen.

Die Gelegenheit zu einer privaten Unterredung bot sich erst, nachdem Samuel zurückgekehrt war. Er kam schnaufend aus der Kälte herein, wobei sein Atem in der warmen Halle eine Dunstwolke bildete. Anders als sonst entledigte er sich seines Mantels nicht in der üblichen forschen Weise, sondern schien sich Zeit zu lassen. Und da Maitland nicht da war, um ihm den Mantel abzunehmen, faltete er ihn sorgfältig in der Mitte und legte ihn über einen Sessel. Danach öffnete er die vier Knöpfe seines Jacketts und die beiden obersten seiner Weste und begab sich zum Salon. Er blickte nur flüchtig hinein, um festzustellen, daß sich nur sein Sohn Harry darinnen befand, der auf dem Teppich hockte und in einem Heftchen las. »Weißt du, wo deine Mutter ist?« fragte Samuel.

»Nein, Dad. Äh ... vor einer Weile kam sie aus der Küche und ging nach oben.«

Samuel schloß die Tür wieder und ließ seinen Blick über den breiten Korridor bis zu seinem Arbeitszimmer und dem Billardraum wandern, um sich dann zu sagen, daß Alice sich hier wohl gewiß nicht aufhielt. Also ging er nach oben in ihr gemeinsames Schlafzimmer. Und dort war sie. Sie stand vor dem Wandschrank und nahm gerade ein Kostüm heraus. Nachdem sie Samuel einen schnellen Blick zugeworfen hatte, schloß sie die Schranktür und legte das Kostüm aufs Bett. Sie hatte ihm den Rücken zugekehrt, als er sie ansprach: »Alice, ich muß mit dir reden.«

»Ach ja? Und worüber? Über etwas Besonderes?«

Samuel schluckte. »Ja, ich ... es ist etwas Besonderes. Es betrifft uns beide. Schau her ...« Er ging auf sie zu. Sie hatte sich noch immer nicht umgedreht, als er fortfuhr: »Du weißt, daß es zwischen uns schon seit langem nicht mehr so ist wie früher. Du weißt das, und du hast gesunden Menschenverstand.«

Alice fuhr herum, wobei ihr Ellenbogen Sams Brust so hart streifte, daß er nach Luft schnappte. »Bevor du anfängst, mir zu erzählen«, schrie sie ihn an, »worüber *du* sprechen willst, werde ich ausnahmsweise einmal zuerst reden. Und ich fange damit an, indem ich dich einen schmutzigen, doppelzüngigen, verkommenen Taugenichts nenne! Und außerdem bist du genau das, was jedermann über dich sagt: ein Emporkömmling! Ja, du steigst auf, aber die Leiter, auf der du kletterst, ist schmierig. Und eines Tages werde ich sehen, wie du herunterfällst, mein Junge.« Damit steckte sie die Hand in die Tasche und hielt ihm das kleine rote Notizbuch vor die Augen. Es gewährte ihr eine große Befriedigung zu sehen, wie die rötliche Gesichtsfarbe langsam von Samuels Wangen wich. Als er nichts weiter herausbrachte, als ein »Äh, ja ...«, äffte sie ihn nach: »Äh, ja! Hundert Pfund im Monat! Und Schecks über einhundert, zweihundert, dreihundert, fünfhundert, für diese nichtsnutzige, dreckige Hure!«

»Jetzt hör mal zu, Alice.«

»Komm mir ja nicht so, Samuel Fairbrother. Das ist vorbei! Dein Gepolter und Gebrüll und Brustvorrecken schüchtert mich nicht mehr ein. Hörst du? Und es hat mich schon seit langem nicht mehr beeindruckt. Aber ich habe gearbeitet und die Kinder aufgezogen, während du Tausende von Pfund an diese Hure verschwendet hast. Was hast du mir je geschenkt? Nichts von Wert: eine billige Brosche, eine Kette aus falschen Perlen.«

Samuel, der sich die ganze Zeit das Kinn gerieben hatte, trat einige Schritte zurück. »Na und?« fragte er. »Was hast du erwartet? Du hast es so gewollt.« Er deutete auf das Bett und fuhr fort: »Seit wie vielen Jahren liegst du in diesem Bett und kehrst mir den Rücken zu? Und was passierte, wenn ich mal meine Hand auf deine Hüfte legte? Du hast mir die Fingernägel hineingegraben wie ein wildes Tier. Und denke einmal daran zurück an die Zeit, lange bevor dies hier begann – zumindest von meiner Seite aus –, als du zugabst, mich nicht mehr zu lieben. Es waren deine eigenen Worte, die ich nie vergessen werde: ›Ich habe aufgehört, dich zu lieben.‹ Und das ist Jahre her, Alice, Jahre. Ich war ein Mann in den besten Jahren, und ich hatte Bedürfnisse. Und ich kann dir jetzt auch sagen, daß Geraldine nicht die erste war, die diese Bedürfnisse befriedigt hat. Aber sie ist über Jahre hinweg gut zu mir gewesen, während du mich angeblickt hast, als wäre ich irgendein ekelerregendes, widerliches Ding. Nacht um

Nacht lag ich in diesem Bett und fühlte mich wie ein Aussätziger. Was geschehen ist, hast du dir selbst zuzuschreiben. Und es stimmt, ich habe Geraldine gut versorgt, denn das war eben ihr Lebensstil.«

»Sei still! Halt endlich dein großes Maul! Ihr Lebensstil! Sie ist eine Nutte.« Alice hob das Buch hoch über ihren Kopf. »Dieses Buch zeigt, daß du mit ihr schon zugange warst, als ihr Mann noch lebte, ja, daß du ihn praktisch für ihre Dienste bezahlt hast. Er war ein Tropf, und sie nichts anderes als eine adlige Hure. Ja, knirsche nur mit den Zähnen. Ich weiß nicht, was du mir sagen wolltest, aber ich kann es mir gut vorstellen, und daher sage ich es dir zuerst: Du willst vermutlich eine Trennung, aber ich will mehr – die Scheidung. Ich habe Beweise.« Sie stopfte das Buch in ihr Mieder. »Und bei Gott, ich werde sie benutzen!«

Samuel schwieg. Die Angelegenheit war übel, aber Alice spielte ihm in die Hände. Sie fuhr fort: »Da das jetzt wohl geklärt ist, können wir über die Kinder sprechen. Ich werde die Mädchen und Howard mitnehmen, denn wenn er hierbliebe, hätte er keine gute Stunde mehr. Ich kenne dich. Wir werden vorübergehend zu meiner Mutter ziehen. Nur für kurze Zeit, denn sie wird nicht mehr erfreut sein, uns bei sich zu haben, als wir uns freuen würden, dort bleiben zu müssen. Was ich also sofort tun werde, ist, mich nach einem Haus umzusehen ... nach einem Wohnsitz, der meiner gesellschaftlichen Position entspricht, die sich im Laufe der Jahre gehoben hat. Verstehst du? Und du wirst mir wöchentlich eine Summe auszahlen, die ausreicht, um die Kinder und mich zu unterhalten. Habe ich mich verständlich ausgedrückt, Sam?«

Es dauerte eine ganze Minute, bis Samuel antwortete. »Ja. O ja, das hast du. Und jetzt bin ich dran. Gut, du kannst deine Scheidung haben, denn das wäre auch mein Vorschlag gewesen, aber du hast es mir leichter gemacht. Viel leichter, nachdem du die Initiative ergriffen hast. Einmal im Leben hast du gesagt, was du wolltest. Aber laß mich dir eines klarmachen: Unsere Trennung wird auf jeden Fall Gesprächsstoff liefern; das ist mir egal. Aber ich möchte einen Handel mit dir abschließen. Du hörst auf, dein Gift gegen Geraldine zu verspritzen; ich werde dann dafür sorgen, daß du für den Rest deines Lebens gut versorgt bist. Aber wenn du mit der schmutzigen Wäsche an die Öffentlichkeit gehst, wirst du um jeden Penny kämpfen müssen. Ich meine es ernst. Dein Unterhalt würde nicht mehr als ein Almosen sein, und der für die Mädchen ebenfalls. Keine Klosterschule mehr für sie. Es gibt jetzt städtische Schulen, und du warst sowieso immer gegen die katholische Erziehung, also würde dir das nicht soviel ausmachen. Doch was den Hauskauf betrifft und die Möblierung – nun, da würden wir uns eher in der Hölle begegnen. Laß alles ruhig vonstatten gehen und halt' deine Klappe, dann kannst du bis ans Ende deiner Tage ein bequemes Leben führen. Sonst ... ich denke, du hast mich verstanden. Und du kennst mich, nicht wahr, Alice? Wenn ich mir etwas vorgenommen habe, führe ich es auch aus. Es liegt also bei dir.«

Später wußte keiner von beiden mehr, wie lange sie da gestanden und einander angestarrt hatten. Samuel bewegte sich als erster. Er ging zur Tür, wandte sich aber noch einmal zu Alice um. »Du sagtest, du willst die Mädchen mitnehmen. Ich möchte aber Janet hierbehalten, bis ich andere Entscheidungen getroffen habe ... Ich brauche eine *weibliche*«, dieses Wort betonte er besonders, »Hand hier im Haus. Janet ist recht vernünftig, und falls Maitland geht, muß hier jemand das Regiment übernehmen. Und sie wird es besser machen als du; denn du hast bis heute noch nicht gelernt, wie man einen Befehl erteilt. Und noch was: Meine Unterhaltszahlung wird sich nicht auf dein Herzenssöhnchen erstrecken. Er ist achtzehn und damit alt genug, seinen Lebensunterhalt selbst zu verdienen. Wenn ich gescheit gewesen wäre, hätte ich ihn in den vergangenen zwei Jahren in der Fabrik arbeiten lassen. Aber jetzt will ich ihn weder dort noch in meinen Läden noch überhaupt irgendwo um mich haben.

Er muß für sich selbst sorgen. Bring' du es ihm bei, dann wird er den Schlag nicht so hart empfinden. Aber du wirst es noch schwer mit ihm haben, denn er ist ein Lügner und Betrüger. Ich weiß es nicht genau, aber soweit ich es bei der Szene im Billardzimmer mitbekommen habe, ist er nicht von der Schule geflogen, weil er *meinen* Namen verteidigt hat. O nein, ich bin kein Narr. Jedenfalls weißt du jetzt, woran du bist.« Er machte eine letzte Geste mit der Hand, als wolle er etwas wegwischen. Dann ging er hinaus und warf die Tür hinter sich zu, noch ehe Alice Zeit fand, tief Luft zu holen und ihm hinterherzurufen: »Dein Sohn haßt dich!«

Während Samuel die Treppe hinabeilte, knöpfte er Weste und Jackett zu. Er griff seinen Mantel vom Sessel, warf ihn über, setzte seinen Hut auf und wollte eben zur Vordertür hinausstürmen, als Maitland in die Halle trat. Samuel sah ihn an, als wolle er etwas zu ihm sagen, überlegte es sich jedoch anders und verließ wortlos das Haus.

Dieses Mal nahm er nicht die Tram, sondern setzte sich ganz offen in eine Droschke, und als er ausstieg, rannte er beinahe den Gartenweg entlang, um Geraldine seine freudige Nachricht zu überbringen.

Die Haustür war abgesperrt. Nachdem er dreimal daran geklopft hatte, ging er zum Wohnzimmerfenster. Er konnte jedoch nichts sehen, da die Vorhänge zugezogen waren. Geraldine konnte noch nicht weg sein; sie wollte doch erst am nächsten Tag fahren.

Samuel umrundete das Häuschen, probierte die Hintertür und versuchte erfolglos einen Blick durch das Küchenfenster, das von innen mit Jalousien bewehrt war. Er schaute auf seine Uhr. Es war noch keine zwei Stunden her, daß er das Häuschen verlassen hatte. Er sah zum Kohlenschuppen hinüber und zu den Pferdeboxen, die einmal Kuhställe gewesen waren und den Hof eingrenzten, und kam sich völlig verlassen vor.

Er war nicht mehr der Mann, der eine Fabrik besaß; er war nicht der Eigentümer mehrerer Läden; er hatte keine; er besaß eigentlich auch keine Familie; und er hatte auch keine Geliebte. In diesem Augenblick stand er inmitten einer endlosen Leere, und er war nicht einmal in der Lage, sich selbst zu fragen, weshalb ihm dies alles zustieß.

Niedergeschlagen wie ein Mann, der unerwartet einen großen Verlust erfahren hat, ging er langsam wieder zur Vorderseite des Häuschens, den Gartenweg entlang und stieg in die Droschke.

In der Tür zum Schlafzimmer ihrer Mutter, die Arme ausgestreckt und die Handflächen gegen die Türrahmen gepreßt, stand Janet und starrte Alice an, die ihr gegenüber vor dem Ankleidetisch saß. Neben Alice stand Howard, auf der anderen Seite hatten sich Alicia und die jüngeren Kinder gruppiert. Ihre Mutter hatte ihnen soeben mitgeteilt, daß sie ihren Vater verlassen und mit Howard und den Mädchen bei Großmutter wohnen würde, während Janet und die Jungen bei Samuel bleiben sollten. Janet konnte es kaum fassen, und doch hatte sie im hintersten Winkel ihres Verstandes so etwas schon lange kommen sehen. Sie schlief auf demselben Korridor wie ihre Eltern und wußte, was die anderen nicht wußten: daß in vielen Nächten, tatsächlich seit Jahren in jeder Nacht, ihr Vater in einem separaten Zimmer schlief.

Sie war froh, daß sie dableiben durfte, doch gleichzeitig fühlte sie sich von ihrer Mutter zurückgewiesen. Ihre Mutter hatte sie nicht gefragt, ob sie bleiben oder mitkommen wolle. »Dein Vater wird andere Anordnungen treffen«, hatte Alice ihr gesagt, und Janet hatte gefragt: »Was für Anordnungen, Mam?« und hatte zur Antwort erhalten: »Das wirst du bald genug erfahren.«

Die kleine Fanny begann zu weinen. »Na, na«, tröstete Alice sie, »da gibt es nichts zu weinen. Wir ziehen zur Großmutter. Du hast Großmutter doch gern, und sie dich auch. Außerdem bleiben wir dort nicht für lange, wir bekommen ein neues Haus.«

»Wo?« fragte Alicia dazwischen. »Das weiß ich noch

nicht«, gab Alice zurück, »aber ich werde ein hübsches aussuchen.«

Die Jungen hatten sich bisher ganz still verhalten, doch jetzt fragte Eddie leise: »Muß das alles geschehen, Mam? Müssen wir uns trennen?«

»Ja, zumindest vorläufig. Ihr drei Jungen werdet ja bald mit der Schule fertig sein, jedenfalls du, Eddie, und James. Doch wir sind ja nicht aus der Welt. Ihr könnt kommen und mich besuchen. – Was wolltest du sagen, Janet?«

»Nichts, nichts«, erwiderte Janet, als gingen sie die Ausführungen ihrer Mutter nichts an. Sie fegte aus dem Zimmer, während in ihrem Kopf die Worte ihres Vaters hämmerten – ›bis ich andere Anordnungen treffe‹.

Was bedeutete das? Oh, sie wußte, was das bedeutete. Es hieß, daß er eine andere Frau hatte. Aber wer? Wen gab es in ihrem Bekanntenkreis? In ihrem Kopf rief sie die Bilder aller Frauen ab, die zu Besuch ins Haus kamen. Dann schüttelte sie den Kopf; diese Frauen waren entweder fett oder über das mittlere Alter hinaus.

In der Halle angelangt, blickte sie um sich, als fühlte sie sich fremd. Ihr war kalt bis ins Herz. Sie drehte sich um, lief den Korridor entlang und betrat die Bibliothek.

Ein Feuer flackerte im Kamin, ansonsten war der Raum dunkel bis auf das entferntere Ende, wo eine Glastür in den Wintergarten führte. Sie wollte sich gerade neben dem Feuer niederlassen, als sie meinte, jemanden über den Korridor kommen zu hören. Vermutlich war es eines der Dienstmädchen. Da ihr jedoch zum Weinen zumute war, wollte sie von niemandem gesehen werden. Sie ging also schnell in den Wintergarten, blieb aber abrupt stehen, als sie dort Maitland vorfand, der die Spitzen einer großen grünen Topfpflanze in der Nähe der Wohnzimmertür beschnitt. Maitland hielt in seiner Tätigkeit inne und sah zu Janet hinüber. Sie entschloß sich, zwischen den großen Blattpflanzen und den Holzgestellen weiterzugehen. Der Butler sprach sie an. »Was gibt es, Miß Janet?«

Janet streckte die Hand aus und hielt sich an einem der Gestelle fest. Nach Worten suchend, bewegte sie die Lippen. Schließlich sagte sie: »Ich ... ich kann es nicht glauben.«

»Was können Sie nicht glauben?« Maitland legte die Blattschere beiseite. »Haben Sie Probleme?«

»Wir haben alle Probleme. Sie ist ... sie geht ... Mutter geht. Sie ... sie nimmt Howard und die Mädchen mit und läßt mich und die Jungen zurück. Sie sagt, ich muß hierbleiben und den Haushalt führen, weil Sie uns vielleicht verlassen würden. Werden Sie das?« Sie wartete nicht auf Maitlands Antwort, sondern redete weiter, während ihre Worte sich fast überstürzten: »Ich ... ich wollte doch anfangen, in der Bibliothek zu arbeiten, oder eine Lehrerinnenausbildung machen. Warum müssen sie sich trennen? Und falls Dad jemanden ins Haus bringt ... wieder heiratet, meine ich ...« Sie konnte nicht weitersprechen und ließ den Kopf hängen. Dann begann sie wieder: »Oh, Maitland, warum geschehen solche Dinge?«

»Ich weiß es nicht, Miß. Wenn man es sich leicht machte, könnte man sagen, so ist eben das Leben. Aber das ist keine richtige Antwort. Menschen tun so etwas aus Gründen heraus, die nur sie selbst betreffen, und sie denken dabei nicht an die Auswirkungen auf andere. Aber sorgen Sie sich nicht, versuchen Sie zumindest ...« Er unterbrach sich, da die Wohnzimmertür aufging und sein Name gerufen wurde. »Maitland? Sind Sie da, Maitland?«

Janet wich einen Schritt zurück; Maitland jedoch antwortete ruhig, während er zum Wohnzimmer ging: »Ja, Madam? Kann ich Ihnen helfen?«

Alice war zum Ausgehen angekleidet. Sie legte die Handflächen aneinander und ging einen Schritt auf Maitland zu. »Es ist geschehen«, sagte sie.

Als wüßte er nicht, worum es ging, gab er zurück: »Wovon sprechen Sie, Madam?«

»Ach, Maitland, stellen Sie sich nicht blind. Sie wußten, es würde geschehen. Sie wissen alles, was in diesem Haus vor sich geht und auch, was jeder in diesem Haus fühlt.« Mit weitgeöffneten Augen sah sie ihm ins Gesicht. »Ich lasse mich scheiden, Maitland, und Sie wissen weshalb: wegen dieser Schlampe, Geraldine Hallberry. Sie haben Sam damals gewarnt, als die beiden zum ersten Mal zu diesem Dinner kamen. Sie deuteten an, daß der Kerl vermutlich Geld borgen wollte. Und hat er es geborgt? Sie wären überrascht, aber vielleicht auch nicht. Hunderte von Pfund hat das Pärchen aus Sam herausgekitzelt, und das bis zu dieser Woche. Ich schäme mich dafür – und doch, warum sollte gerade ich mich schämen?«

»Nein, Madam, es gibt nichts, wofür Sie sich schämen müßten.«

»Oh, Maitland«, Alice schüttelte den Kopf, »lassen Sie doch das ›Madam‹ beiseite. Lassen Sie uns offen zueinander sein. Sie gehen, nicht wahr, und ... und Sie fühlen seit langem, wie es um mich steht.« Ihre Augen waren noch immer weit geöffnet, und auf ihren Lippen lag ein feuchter Glanz. »Sie müssen es doch fühlen ...«

»Madam, ich möchte nichts dazu sagen, um Ihnen keine Peinlichkeit zu bereiten. Und denken Sie an meine Stellung.«

»Ich pfeife auf Ihre Stellung!« Alices Stimme, obwohl immer noch leise, nahm einen heiseren Ton an. »Wir haben doch miteinander geredet, oder nicht? Oft und oft, nicht als Butler und Herrin, sondern als ein Mann und eine Frau. Wir sind im gleichen Alter, das wissen Sie doch. Sie müssen keine Stellung annehmen, wenn Sie hier weggehen; wir werden uns etwas einfallen lassen.«

»Madam!« Maitlands Ton wurde laut und gebieterisch. »Ich werde diese Stellung nicht aufgeben. Ihr Gatte mag nicht alle Vorzüge eines sogenannten Gentleman besitzen, und er mag Sie betrogen haben, doch ist dies kein ungewöhnliches Vorkommnis; es geschieht in vielen Familien. Doch sein Vertrauen in mich ist so groß, daß ich es niemals enttäuschen würde. Ich bedaure es zutiefst, Madam, daß Sie mich mißverstanden haben, wenn wir uns unterhiel-

ten. Ich habe mit Ihnen nie über etwas anderes gesprochen als über Haushaltsangelegenheiten, kleine Fragen der Etikette und ähnliches. Bitte, Madam«, er streckte die Hand aus, berührte Alice aber nicht, »ich bitte Sie, regen Sie sich nicht auf. Ich betrachte es als eine große Ehre, daß Sie mich als ... als guten Freund betrachten, aber ...«

»Halten Sie den Mund!« Obwohl Alice diese Worte flüsternd hervorstieß, hallten sie wie ein Echo in Janets Kopf, die sich im Wintergarten mit einer Hand an ein Holzgestell klammerte und mit der anderen verzweifelt an ihrem Haar riß. Ihr Körper bebte, während sie innerlich aufstöhnte und wünschte, ihre Mutter würde endlich aufhören, würde endlich gehen, bevor sie vor Scham im Erdboden versinken müßte. Wie konntest du nur! rief sie in Gedanken ihrer Mutter zu, und doch saß im hintersten Winkel ihres Bewußtseins die Erinnerung an jenen Traum ... an jenen Traum ihrer Kinderzeit, den sie verdrängt hatte, denn er zeigte ihr einen Flur voller Gepäckstücke, die Maitland gehörten; und ihre Mutter, herausgeputzt, die ihre Taschen obenauf warf und ihre Arme um Maitlands Nacken schlang und ihn leidenschaftlich küßte ...

Das Zuschlagen der Tür brachte sie jäh in die Gegenwart zurück. Sie löste sich von dem Regal. Jemand mußte das Wohnzimmer verlassen haben. Maitland konnte es nicht gewesen sein; niemals würde er eine Türe derart heftig zuwerfen.

Sie brauchte einige Minuten, bis sie die Kraft fand, sich ins Wohnzimmer zu schleppen. Dort saß Maitland auf einem Stuhl, den Körper vorgeneigt und den hängenden Kopf zwischen seinen Händen. Janet konnte ihm jetzt nicht in die Augen blicken.

Sie drehte sich um und stolperte durch den Wintergarten zur Bibliothek zurück, und von dort in die Halle, wo eben Edward von draußen hereinkam.

»Wo ist Mam?« fragte sie ihn.

Edward deutete mit dem Daumen über seine Schulter:

»Sie ist zu Großmutter gegangen.« Dann stieß er einen langen Seufzer aus. »Was hältst du davon?«

Als Janet schwieg, ging Edward auf sie zu und fragte leise: »Hast du es kommen sehen, Janet?«

»Nein.«

Gemeinsam gingen sie den Korridor entlang in das Billardzimmer. Dort nahm Edward ein Queue und stocherte ziellos nach einem der Bälle, ehe er sich wieder zu Janet umdrehte. »Für dich wird es am härtesten werden«, stellte er fest. »Wir drei Jungen werden meistens in der Schule sein, aber du steckst hier fest – mit Dad und wem auch immer ...«

Seine Stimme verlor sich. Janet war überrascht. Sie und Eddie hatten nie besonders viel füreinander übrig gehabt, und doch sorgte er sich jetzt um sie.

»Mam ist wie ein Sturmwind hinausgefegt«, sprach er weiter. »So habe ich sie noch nie erlebt. Sie hatte mir zuvor erzählt, daß sie zu Großmutter gehen würde; aber nachdem sie aus dem Wohnzimmer kam, hat sie kein Wort mehr gesprochen. Es schien, als hätte sie Maitland gekündigt, was ich mir aber andererseits kaum vorstellen kann, weil sie sich doch immer so auf ihn verlassen hat. Außerdem: Wenn er geht, mußt du dich allein um das ganze Haus kümmern. Glaubst du, du würdest das schaffen?«

›Er geht nicht‹, wollte Janet sagen, doch statt dessen meinte sie nur: »Ich weiß es nicht.« Dann fuhr sie in einer Weise fort, die Edward bisher an ihr nicht gekannt hatte. »Ich weiß nicht, was ich fühle, Eddie; es ist so schrecklich. Und das ist erst der Anfang. Wie geht es dir?«

»Ganz genauso; es hat mich kalt erwischt. Und sie sprach von Scheidung, nicht bloß von Trennung. Das gibt einen Skandal. Es muß eine andere Frau im Spiel sein. Weißt du, wer es ist?«

»Mrs. Hallberry.«

»Guter Gott! Ha, dieses hinterhältige Biest. Und sie ... na ja, sie ist was Besseres, du weißt, was ich meine. Überhaupt nicht von Dads Art, würde ich sagen. Was, wenn er sie heiratet?« Er wartete nicht auf Janets Antwort, sondern sprach weiter. »Ich werde sowieso nicht mehr da sein. Wenn er sie tatsächlich heiratet, werden Jimmy und ich auf jeden Fall zur Marine gehen. Ich könnte nicht mit ihr in einem Haus wohnen, auch wenn ich deswegen die Schule abbrechen müßte. Und dir geht es sicher genauso. Doch andererseits wäre es auch eine Erleichterung für dich: Du könntest dann doch in deiner Bibliothek arbeiten und bei Großmutter wohnen. Das würde Großmutter gefallen; ihr beide habt euch doch immer gern gehabt.«

Janet betrachtete ihren Bruder erstaunt. Nie hätte sie gedacht, daß er so aufmerksam wäre. Sie hatte ihn immer für eine Nervensäge gehalten.

»Werden die Mädchen dir fehlen?« fragte er weiter. »Ich weiß, daß du Howard nicht vermissen wirst, ebensowenig wie ich und die zwei anderen. Er sollte in die Armee eintreten; das würde ihn vielleicht zurechtbiegen. Aber werden dir die Mädchen fehlen?«

Janets Antwort war aufrichtig. »Nicht so sehr, wie du, Jimmy und Harry mir fehlen würdet, wenn ihr gehen müßtet.«

Edward lächelte sie an. »Ist es nicht seltsam? Weißt du noch, wie wir immer gerauft haben? Einmal hast du mich beinahe erwürgt – mehr als einmal, aber ich hatte es verdient. Immer habe ich mir etwas ausgedacht, womit ich dich ärgern konnte. Aber weißt du, warum?« Er grinste über das ganze Gesicht, während er auf Janets Antwort wartete, die jedoch nicht kam. Er fuhr fort: »Weil ich gemerkt hatte, daß du klug warst. Du hattest eine Menge im Kopf, und ich war eifersüchtig. Aber du hast es auch mich und jedermann fühlen lassen, daß du klüger bist, nicht wahr?«

Janet lehnte zusammengesunken am Billardtisch. Die Anspannung war aus ihrem Körper gewichen, während sie ihrem Bruder zuhörte, der sich ihr in einem ganz neuen Licht zeigte.

»Tja«, sagte er, »solche Dinge geschehen, aber essen muß man trotzdem. Kommst du mit zum Tee?«

»Nein, Eddie, noch nicht. Iß du nur. Ich will noch ein wenig auf mein Zimmer gehen.«

Etwa eine Stunde später hörte sie die Stimme ihres Vaters vor ihrer Zimmertür. »Bist du drin, Janet?« Sie sprang vom Bett, richtete ihr Kleid und strich sich die Haare aus der Stirn. Sie faßte sie im Nacken zusammen und befestigte sie mit einer Spange. Dann öffnete sie die Tür.

»Ja, Dad?«

»Bist du beschäftigt?«

»Nein, Dad.« Sie hielt ihm die Tür weit auf, und er trat in das erleuchtete Zimmer, wo er sich umsah, als wäre er zum ersten Mal hier. Und er mußte sich eingestehen, daß es wirklich lange her war, seit er es zuletzt betreten hatte.

»Alles in Ordnung?« fragte er.

»Ja, Dad.«

Samuel ging zu Janets Bett und packte das Messinggestell, als wolle er es schütteln. Dann ließ er es wieder los und drehte sich zu Janet um. »Was hältst du davon?«

»Das ist eine alberne Frage. Sag mir lieber, was du davon hältst, du bist schließlich die Ursache von allem, was geschehen ist.«

»Ach ja! Frauen an die Front, wie? Du solltest bedenken, daß alles zwei Seiten hat. Du warst noch nie verheiratet; du weißt nicht, wie das ist. Aber immerhin bist du eine Frau von achtzehn Jahren und hast genug Ahnung, um zu wissen, daß Kinder nicht vom Küssen kommen. Und ein Mann braucht es ... nun ... geliebt zu werden und ein bißchen verwöhnt, und nicht tagtäglich seine schwachen Punkte auf dem Tablett serviert zu bekommen. Ich kenne meine schwachen Punkte, auf manche von ihnen bin ich sogar stolz, weil sie mich nämlich dahin gebracht haben, wo ich heute stehe, besonders was das Geschäft angeht. Man braucht die Zähigkeit eines Ochsen, wenn man da draußen überleben will.

Aber das ist nicht alles. Ein Mann braucht eine Frau. Laß dir das gesagt sein, Mädel, und denk daran: Ein Mann braucht eine Frau, die mehr ist als nur die Mutter seiner Kinder, das habe ich durch Erfahrung gelernt. Jedesmal, wenn eine Frau ein Kind empfängt, nimmt sie ihrem Mann etwas weg, was sie ihm nie wieder zurückgibt. Sie gibt es dem Kind, und der Mann steht als Verlierer da. Das wichtigste in ihrem Leben wird dann das erste Kind, dann das zweite, dann das dritte. Was bleibt am Ende für den Mann? Nichts. Es sei denn, die Frau ist klug und gibt den Kindern den Platz, der ihnen zusteht: den Platz hinter dem Mann. Weißt du, Janet, es ist komisch – verdammt komisch sogar –, daß wir die Herrschaftskinder bedauern, die mit ihren Kinderschwestern oben in den Mansarden leben und ihre Eltern erst kennenlernen, wenn sie alt genug sind, sich selber die Nase zu putzen. Denn dort hat die Frau mehr Zeit, sich um ihren Mann zu kümmern, und sei es nur, um die Gastgeberin für seine Freunde zu spielen, oder mit ihm zu reisen, wohin seine Geschäfte ihn führen. Ja, ein oder zwei Dinge wissen sie wirklich besser, die von der Oberklasse. Sie vernachlässigen ihren Nachwuchs und werden dafür von ihm respektiert.«

»Du hast deinen Nachwuchs auch vernachlässigt, Dad.«

»Was sagst du?«

»Ich sagte, das hast du auch getan. Du hast dich doch nie mit uns abgegeben. Nie hast du mit uns gespielt. Als wir in dieses Haus kamen, war ich gerade zehn; und ich kann mich nicht erinnern, daß du mich einmal in deine Arme genommen oder mir auch nur einen Gutenachtkuß gegeben hättest. Nicht ein einziges Mal. Nein, es ist nicht alles Mams Schuld.«

Samuel setzte zweimal zum Sprechen an, doch es gelang ihm nicht. Da drehte er sich wieder um und ergriff das messingne Bettende. Er starrte auf das Gaslicht, das unter den Lampenschirmen leise zischende Geräusche von sich gab. Dann, als handelte es sich um eine wichtige Angelegenheit, die seine volle Aufmerksamkeit erforderte, ging er zur Lampe und schraubte den Gasstrahl niedriger und dann sofort wieder höher, was das zischende Geräusch beendete.

Schließlich wandte er sich Janet zu. »Wie man sich bettet, so liegt man; willst du das damit sagen?«

»Nein, Dad. Ich möchte nur klarstellen, daß Mam nicht an allem schuld ist.«

»Das habe ich nie behauptet. Aber gleichzeitig, und das möchte ich betonen, bin ich auch nicht der Alleinschuldige. Wenn es euch vorkam, als vernachlässigte ich euch, so lag das am Geschäft. Für den Anfang schienen einige gutgehende Läden ausreichend, aber ich habe bald gemerkt, daß man an einem Tag vier oder fünf kleine Geschäfte besitzen und, grob gesprochen, am nächsten Tag vor dem Nichts stehen kann.«

Janet und ihr Vater sahen sich einige Sekunden lang in die Augen, dann fragte Janet leise: »Wie lange dauert eine Scheidung, Dad?«

»Ich weiß es nicht genau, aber ziemlich lange ... ein Jahr, vielleicht auch zwei oder noch mehr.«

»Wirklich?«

»O ja, so eine Scheidung geht nicht so schnell über die Bühne. Da wird eine Menge schmutzige Wäsche gewaschen und in aller Öffentlichkeit aufgehängt. Siehst du, Alice muß beweisen, daß ich ein böser Bube bin, und sie muß Namen nennen. Und sie hat den Beweis, ja, den hat sie. Deine Mutter ist schlau: Sie hat sich den Beweis verschafft, bevor sie den Mund aufgemacht hat.«

Auf Janets fragenden Blick hin fuhr er fort: »Sie muß irgendwie meinen Schreibtisch aufgebrochen und das kleine Buch gefunden haben, wo ich meine privaten Transaktionen notiert hatte.«

»Das hat Mam getan?«

»Genau das. Aber schimpf' nicht auf sie; sie hatte einen Verdacht und wollte ihn bestätigt sehen. Und das ist ihr gelungen! Es ist eine schlimme Geschichte.« Er wischte langsam mit der Hand über sein Gesicht. »Aber eines habe ich ihr klargemacht: daß sie dich nicht kriegen würde. Ihr blauäugiges Jüngelchen kann sie gerne mitnehmen, aber nicht dich. Irgendwie ähnelst du auf seltsame Art Maitland. Du bist jemand, den ich brauche ... ohne den ich nicht auskomme.«

»O Dad!« Zum ersten Mal in ihrem Leben legte Janet die Arme um den Nacken ihres Vaters, und er drückte sie fest an sich. »Na, na, es kommt schon alles wieder in Ordnung. Du wirst schon sehen«, murmelte er beruhigend. Er hielt sie ein wenig von sich ab und blickte mit feuchten Augen in ihr tränenverschmiertes Gesicht. »Ich hätte wahrscheinlich hinzufügen sollen ›mit Gottes Hilfe‹.«

Janet zwang sich zu einem Lächeln. »Ja, Dad«, stimmte sie zu, »mit Gottes Hilfe – und Maitlands.« Auf diese Bemerkung hin fing Sam zu lachen an, zog seine Tochter noch mal an sich und küßte sie. Dann lief er aus dem Zimmer.

Janet blickte eine Weile unverwandt auf die Tür. Dann warf sie sich wieder auf das Bett, wühlte das Gesicht in ein Kissen und schluchzte hinein – nicht, weil ihre Mutter das Haus in Schande verlassen hatte, nachdem sie sich einem Butler an den Hals werfen wollte, sondern weil ihr Vater sie zum ersten Mal, seit sie zurückdenken konnte, in seine Arme genommen und geküßt hatte.

3

In diesem Jahr hatte keine fröhliche Weihnachtsparty stattgefunden. Im Gegenteil, es war eine schwierige und sorgenvolle Zeit gewesen, auch für das Personal, das inzwischen Bescheid wußte und fürchtete, bald für dieses widerwärtige Weibsstück – wie die Köchin Mrs. Hallberry bezeichnete – arbeiten zu müssen. Mr. Maitland war äußerst zurückhaltend in seinen Auskünften und sprach am liebsten gar nicht von dieser Angelegenheit, es sei denn, um die Angestellten daran zu erinnern, daß dies eine Sache der Herrschaften sei und daß es sich für das Personal nicht gezieme, darüber zu klatschen. Sarah Johnson brachte hingegen erregt die Meinung zum Ausdruck, daß es sehr wohl Sache des Hauspersonals sei, für welche Herrin es arbeite. »Doch«, so fügte sie hoffnungsvoll hinzu, »vielleicht kommt es ja gar nicht soweit, denn schließlich ist diese Mrs. Hallberry ein recht flatterhaftes Stück.«

Jeder im Haus wußte, was Samuel Fairbrother heute vorhatte, denn außer einem neuen Bowlerhut trug er einen erst kürzlich erstandenen Mantel mit Pelzkragen und dazu einen Spazierstock und schwarze Ziegenlederhandschuhe. Einen Spazierstock pflegte er schon seit einiger Zeit mit sich zu führen, schwarze Ziegenlederhandschuhe hatte man allerdings bisher noch nie bei ihm gesehen.

Sein üblicher Droschkenkutscher brachte ihn zu dem Häuschen. Bevor Samuel ausgestiegen war, hatte er ihn angewiesen, ihn nach einigen Stunden wieder abzuholen. Nachdem er jedoch etwa die Hälfte des Gartenweges zurückgelegt hatte, fiel ihm auf, daß die Vorhänge im Erdgeschoß noch immer zugezogen waren. Daher rief er über die Schulter zurück: »Warten Sie noch eine Minute ... warten Sie!« Er näherte sich dem Haus, ging zur Hintertür und betrachtete prüfend die Nebengebäude. Geraldine hätte gestern, am dritten Januar, zurückkommen sollen, und heute war bereits der vierte. Noch dazu war sie einen Tag früher zu den Carters abgereist, als sie vorgehabt hatte.

Samuel ging zurück zur Droschke und ließ sich nach Hause kutschieren. Dort angelangt, entledigte er sich seiner neuen Kleider und legte einen weniger modischen Anzug an, um seine Fabrik zu besuchen ...

Nachdem er dreimal vergeblich den Weg zu Mrs. Hallberrys Häuschen zurückgelegt hatte, begann er sich ernsthafte Sorgen zu machen. Außerdem schien es ihm, als würde er sich, zumindest vor seinem Personal und dem Droschkenkutscher, lächerlich machen.

Am nächsten Morgen war er auf, lange bevor die Post gebracht wurde. Doch es war kein Brief von Geraldine dabei, und er wußte nicht, wie er sich mit ihr in Verbindung setzen konnte. Er wußte lediglich, daß sie bei irgendwelchen Leuten namens Carter zu Besuch war. Er hatte nicht daran gedacht, sich von ihr die Adresse geben zu lassen.

Während der nächsten zehn Tage ging er durch ein Fegefeuer. Und dann kam ein Brief. Er trug ihn nach oben in das Schlafzimmer, das er so lange mit Alice geteilt hatte und ließ sich auf dem kleinen Sessel vor dem Frisiertisch nieder, auf dem sie damals gesessen und zu ihren Kindern von der Trennung gesprochen hatte.

Samuel zwängte seinen Zeigefinger in das Kuvert und riß es auf. Mit zitternden Händen holte er das rosenfarbene, duftende Blatt Papier heraus und las:

»Liebster Sam,
diesen Brief zu schreiben ist mir sehr schwergefallen. Doch ich erkenne jetzt, daß er vom Beginn unserer Beziehung an vorbestimmt war. Ich für meinen Teil stelle fest, daß die Jahre mir zur Bürde werden: Charme braucht die Unterstützung der Jugend; und ich weiß aus Erfahrung, daß sich einer einsamen Witwe mittleren Alters immer mehr Türen verschließen. Im Grunde ihres Herzens ist jede Frau eine Tigerin, die ihr Männchen mit Zähnen und Klauen verteidigt – besonders Witwen gegenüber, und das um so mehr, wenn diese Witwe auch noch eine besondere Eigenschaft besitzt: Charme. Also, lieber, lieber Sam, aus reiner Selbstverteidigung habe ich beschlossen, mich gegen die eben aufgezählten Schrecken durch die Heirat mit einem alten Freund, der gerade bei den Carters zu Gast ist, zu wappnen. Er hat sich nach vielen Jahren, die er in Indien verbracht hat, ins Privatleben zurückgezogen. In Indien habe ich ihn vor vielen Jahren auch kennengelernt. Er hat vor einiger Zeit seine Frau verloren, so konnten wir gemeinsam unser Schicksal be-

weinen und haben dabei entdeckt, daß wir immer noch eine Menge gemein haben ... wie auch schon vor vielen Jahren, als ich noch jung und er nicht mehr ganz so jung war. Natürlich ist er nun erst recht nicht mehr jung, er hat mir schließlich zwanzig Jahre voraus. Doch er spricht dieselbe Sprache wie ich. Du weißt, was ich meine. Daher werden wir bald im stillen unsere Hochzeit feiern und anschließend den Kontinent bereisen.

Ich bin überzeugt, daß Du, wenn Du länger darüber nachdenkst, Dich über mein Glück freuen wirst. Und, lieber Sam, glaube mir, wenn ich Dir versichere, daß ich Deine Freundlichkeit mir gegenüber in all den Jahren zu schätzen weiß, obwohl ich sagen darf, daß ich versucht habe, Dich auf meine Weise dafür zu entschädigen. Wegen des Häuschens habe ich bereits einen Makler verständigt. Trifft es sich nicht gut, daß Du es nicht für mich gekauft hast?

Und nun mußt Du auch die arme Alice nicht aufregen, denn Scheidungen hinterlassen immer einen widerlichen Geschmack im Mund. Meinst Du nicht auch?

Wünsche mir Glück, Sam, ich wünsche es Dir auch.

Meine wärmsten Grüße an Dich.

Geraldine«

Der Brief entglitt Samuels Fingern und fiel auf das gläserne Tablett. Er blickte in den Spiegel und sah sein Bild. Die winterliche Sonne schien durch das Fenster und erhellte eine Hälfte seines Gesichtes. Samuel betrachtete diesen Mann, dessen eines, helles Auge ihn anstarrte, während das andere, in tiefem Schatten liegend, in seinen Schädel zurückzusinken schien. Die eine Gesichtsseite erschien schwarz im Vergleich zur anderen, bleichen. Er sah einen weit geöffneten Mund, in dem die Zunge, zum Teil grauweiß belegt, sich sinnlos hin- und herbewegte. Das Gesicht, das er erblickte, schien deformiert zu sein, einem grotesken Narren zu gehören – einem Narren, dessen Herz niemand kannte, ein Herz, das zerbrechen wollte. Doch sein Herz brach nicht, es wurde in kleine Fetzen gerissen, nicht nur wegen des Betrugs, sondern auch wegen der Verachtung, die aus diesem Brief troff. Diese Verachtung hatte sein Herz all seiner Hüllen beraubt: zuerst der Hülle, die der Welt den Geschäftsmann zeigte; danach der Hülle des Mannes, der sich nichts bieten ließ, dessen Wort Befehl war, im Geschäft und zu Hause; und zuletzt der Hülle des Aufsteigers, der dem Aufstieg nicht gewachsen war. Was übrigblieb, war eine nackte Kreatur, deren Minderwertigkeit nur sie selbst kannte.

Es erhob sich in Samuel eine finstere Wut, die nur durch körperliche Gewalt ein Ventil finden konnte. Er ballte die Faust zu einem blutleeren Hammer und rammte sie mit aller Kraft in das Gesicht, das ihm entgegenstierte.

Ein Schrei entfuhr ihm, als das Blut über das berstende Glas spritzte, über das rosenfarbene Briefpapier und über sein Gesicht und sein Hemd. Er drückte die immer noch geballte Faust an seine Brust, stöhnte laut und, ohne zu bemerken, daß ein Glassplitter sich in sein Kinn bohrte, brach er über dem Frisiertisch zusammen.

Florence Furness, das Stubenmädchen, war nach oben gekommen, um in dem Zimmer aufzuräumen. Sie machte auf der Schwelle kehrt und lief schreiend die Treppe hinab. »Mr. Maitland, Mr. Maitland!«

Ehe sie noch hervorsprudeln konnte, was sie gesehen hatte, rannte Maitland, immer zwei Stufen gleichzeitig nehmend, schon nach oben. Florence folgte ihm. Als Maitland ins Schlafzimmer kam, saß Samuel vor dem zerbrochenen Spiegel und versuchte, seine blutige Hand mit einem Taschentuch zu umwickeln.

»O Sir, Sir! Kommen Sie.« Der Butler schob seine Schulter unter Samuels Achsel und stemmte ihn hoch. Er führte ihn zu einem Lehnstuhl und befahl Florence: »Bringen Sie mir eine Schüssel Wasser und einige Handtücher und Bandagen, schnell!« Dann zog er seine Hausjacke aus, die bereits blutbefleckt war, und rollte die Hemdsärmel hoch.

Das Blut floß reichlich aus den zerschlagenen Knöcheln, und als Maitland versuchte, die Finger geradezurichten und die Hand auf ein kleines Polster zu legen, das er vom Bett genommen hatte, stieß Samuel ein gequältes Stöhnen aus.

Das Wasser, das Florence inzwischen geholt hatte, färbte sich sofort rot, als die Hand eingetaucht wurde. Erst als Maitland die Finger sanft auf eine Unterlage aus gefalteten Handtüchern gelegt hatte, murmelte Samuel: »Vermutlich gebrochen.«

»Ja, Sir, das ist möglich. Sie werden einen Arzt brauchen.« Er wandte sich an Florence. »Gehen Sie schnell hinunter in den Hof und sagen Sie dem ersten, den Sie dort vorfinden, er möge Doktor Campbell holen. Sagen Sie, es sei dringend.«

Als Florence durch die Halle zu der grünbespannten Tür lief, die zur Küche führte, öffnete sich diese und Janet trat herein.

»Oh, Miß, ich ... ich muß schnell den Doktor holen für Ihren ... für den Herrn.«

»Für meinen Vater? Was ist passiert?«

»Er ... er hat sich an der Hand verletzt.«

»Wo ist er?«

Florence, die weitergelaufen war, rief über die Schulter zurück: »Oben im Schlafzimmer. Mr. Maitland ist bei ihm.«

Janet riß sich den Mantel von den Schultern, während sie die Treppe hinaufrannte. Als sie im Schlafzimmer ihrer Eltern ankam, blieb sie einen Augenblick stehen und betrachtete die Szene: den zersplitterten, blutbespritzten Spiegel; die rotfleckigen Handtücher auf dem Fußboden; das Gesicht ihres Vaters, farblos, außer an der Stelle, wo ein kleines rotes Rinnsal von seinem Kinn tropfte; und Maitland mit einer Schere, gerade dabei, den Ärmel von Jacke und Hemd ihres Vaters bis zu dessen Schulter aufzuschlitzen.

»Was ist passiert, um Himmels willen? Dad! Was ... was ist los?«

Janet wollte die Hand nach ihrem Vater ausstrecken, doch

Maitland sagte schnell »Reichen Sie mir eines dieser Tücher«, und deutete hinter sich. Sie sprang zum Tisch, nahm ein Handtuch und brachte es ihm.

»Reißen Sie es in der Mitte durch.«

»Bitte?«

»Ich sagte, reißen Sie es in der Mitte durch.«

In einer anderen Situation hätte Janet vermutlich gesagt, ›Sprechen Sie bitte nicht so mit mir‹, doch diesmal gehorchte sie sofort. Das starkgewebte Tuch widerstand jedoch ihren Anstrengungen, so daß Maitland es ihr aus der Hand nahm, einen Knick in den Saum machte und das Tuch mittendurch riß. Er nahm die eine Hälfte, wickelte sie zu einer Kordel und band sie fest um Samuels Oberarm. »Das wird sich ein wenig eng anfühlen, Sir, aber es wird die Blutung stoppen.«

»Was … was ist geschehen?« fragte Janet.

»Ihr Vater ist ausgerutscht und gegen den Spiegel gefallen.«

»Ausgerutscht und …?«

Etwas in Maitlands Blick ließ Janet verstummen. Langsam ging sie auf den Spiegel zu. Ihr Vater war ausgerutscht und dagegengefallen. Was für eine lächerliche Behauptung. Sie starrte auf das zerbrochene Glas. Die Sonne hatte sich in einem Splitter gefangen, der einen Lichtstrahl über Janets Gesicht sandte.

Gerade als sie Maitland sagen hörte, »Holen Sie Handfeger und Kehrblech und entfernen Sie das Glas, Sarah«, entdeckte sie das rosenfarbene Blatt Papier.

»Liebster Sam«, stand da. Ein Teil der dritten Zeile war mit Blut verschmiert, doch der Rest des Briefes war noch ziemlich gut zu lesen. Janets Augen flogen über die Worte, und sie murmelte: »Oh, lieber Gott! Oh, Dad!« Sie hatte den Inhalt des Briefes sofort erfaßt. Sie faltete das Blatt und steckte es in den Umschlag, den sie in die Schublade des Frisiertisches legte.

»Achten Sie auf das Glas, Miß«, sagte eine Stimme hinter ihr. Sie gehörte jedoch nicht Sarah, sondern Florence. »Ich werde die großen Scherben aufheben, sie sind zu groß für das Kehrblech. Sarah holt es gerade.«

Janet wandte sich von dem Frisiertisch ab und ihrem Vater zu, der stammelnd zu Maitland sagte: »Einen Drink. Holen Sie mir einen Drink.«

»Ja, Sir. Aber ich glaube, Sie sollten jetzt keinen Whisky trinken. Ich werde Ihnen einen kleinen Brandy holen.« Er wischte sich mit einem sauberen Tuch die Hände ab und sagte leise zu Janet: »Bleiben Sie bei ihm. Ich bin gleich wieder da.«

Janet legte die Hand auf die Stirn ihres Vaters und strich ihm das Haar aus der Stirn. Samuel deutete mit seiner gesunden Hand auf die beiden Stubenmädchen. »Schick sie raus.«

Janet beugte sich zu ihm hinab. »Sie fegen nur das Glas auf, Dad. Sie werden gleich weg sein.«

»Da ist ... da ist ein Brief auf dem ...«

Janet berührte sanft seine Wange und sagte: »Ist schon gut. Ich habe ihn weggeräumt.«

Samuel sah seiner Tochter in die Augen, dann seufzte er und ließ seinen Kopf in die gepolsterte Lehne zurücksinken.

Als Maitland wiederkam, hatten die beiden Mädchen das Zimmer bereits verlassen. »Trinken Sie das, Sir«, sagte er und streckte Samuel ein Glas entgegen. Samuel warf einen fragenden Blick darauf. »Milch?«

»Ja, aber kräftig gespritzt. Es ist die beste Art, Alkohol zu sich zu nehmen, wenn man unter Schock steht.«

Schock? O ja, Samuel hatte einen Schock erlitten, aber nicht nur durch diesen Brief, sondern durch das schreckliche, grausige Gefühl, das ihn überwältigt und dazu gebracht hatte, sich die Hand zu brechen. Samuel wußte instinktiv, daß die Hand gebrochen und mehr als nur ein Finger beschädigt war, denn der Schmerz, den er empfand und der sich bis zur Schulter hinaufzog, war grausam. Doch sogar dieser Schmerz war nichtig gegenüber dem Gefühl, das ihn verursacht hatte. Allmächtiger Gott! Wenn sie diese Worte nicht geschrieben, sondern zu ihm gesprochen hätte, hätte er sie sicherlich umgebracht. O ja, er wußte, daß er Geraldine auf der Stelle getötet hätte, denn ein Mann konnte nur ein bestimmtes Maß an Demütigung ertragen.

Samuel trank sein Glas leer, um sein Quantum Brandy zu bekommen. Er fühlte sich schrecklich schwach. Ihm war zumute, als würde er gleich wie eine Frau in Ohnmacht fallen.

Er schloß die Augen und murmelte etwas. Maitland verstand ihn. »Es dauert nicht mehr lange, Sir«, sagte er. »Winter ist zu ihm hinübergeritten. Falls er nicht selbst da sein sollte, so wird sein Assistent kommen, der auch ein guter Arzt ist. Die Blutung hat nachgelassen, Sir; aber versuchen Sie nicht, Ihre Hand zu bewegen.«

Als ob Samuel auch nur irgend etwas hätte bewegen können. War es das, was man einen Schock nannte? Er hatte sich noch niemals gewünscht, tot zu sein, doch in diesem Augenblick wäre es ihm völlig gleichgültig gewesen, wenn er gestorben wäre. Niemals hätte er geglaubt, daß eine Frau ein solches Biest, ein solcher Teufel sein konnte. Drei Jahre lang hatte er dafür gesorgt, daß sie ihren Lebensstandard beibehalten konnte. Und was hatte er dafür bekommen? Gelegentlich eine Stunde im Bett, wenn er sich hatte davonschleichen können. Und oft war sie nicht willig gewesen, auch das zu gewähren: Sie war unpäßlich, oder sie tat so etwas nie vor dem Mittagessen. Was in drei Teufels Namen hatte er in ihr gesehen? Sie hatte ihn fasziniert wie eine Schlange, und er hatte sie geliebt. Aber war das Liebe? O ja, er wollte sich nichts vormachen, er hatte sie geliebt. Doch konnte man jemanden lieben, der einen geringschätzte? Und sie hatte ihn geringgeschätzt und hatte ihn das unzählige Male fühlen lassen, auf ganz unterschwellige Weise. Und wenn er sich gewehrt hatte, war sie gekränkt gewesen und hatte gesagt, sie könne seine Einstellung nicht verstehen, da sie schließlich nur rede, wie sie es gewohnt sei und wie alle redeten, mit denen sie es zu tun habe. Ja, das war eines ihrer Mittel gewesen, den Unterschied zwischen ihnen beiden herauszustellen – Beleidigungen, lächelnd ausgesprochen;

Beleidigungen zwischen sanften Küssen, zwischen katzenhaftem Anschmiegen und Schnurren. Was war los mit ihm? Er blinzelte und murmelte: »Doktor?«

»Was treiben Sie? Schon am Morgen was getrunken und dann in den Spiegel gefallen, wie? Na, lassen Sie mich mal sehen. Aber erst müssen wir die Druckkompresse abnehmen.«

Obwohl Doktor Campbell das Handtuch ganz vorsichtig von Sams Oberarm entfernte, konnte dieser ein schmerzhaftes Schnaufen nicht unterdrücken.

»O je, hat der Spiegel Sie mit einem Schmiedehammer erwischt? Du liebe Güte!« Der Arzt wandte sich an Maitland und sagte: »Würden Sie bitte hierherüber kommen und sein Handgelenk so fest wie möglich ergreifen?«

Als dies geschehen war, prüfte der Arzt die Knochen der vier Finger. Er nickte Maitland zu, das Handgelenk loszulassen und die Hand wieder auf das Tuch zu legen. »Ich fürchte«, sagte er, »das bedeutet Hospital. Sie haben da drei Finger, die ich hier nicht ausreichend verarzten kann. Die Gelenke des Ring- und Mittelfingers sind gebrochen, wahrscheinlich ein Splitterbruch. Beim Zeigefinger bin ich mir nicht sicher, aber er sieht ganz verdreht aus. Ich fürchte, es wird einige Zeit dauern, bis Sie mit dieser Hand wieder ein Glas halten können. Haben Sie noch Ihre Kutsche?«

Da Samuel nicht antwortete, sondern sich mit geschlossenen Augen zurücklehnte, sprach Maitland für ihn: »Seit einiger Zeit nicht mehr, Sir. Der Herr nimmt meistens eine Droschke. Er mietet immer dieselbe.«

»Dann rufen Sie sie am besten sofort. Ich werde Doktor Crabtree im Hospital benachrichtigen. Und bringen Sie mir bitte ein Stück Leinen, um eine Schlinge für seinen Arm zu machen, und ein Stück Holz, um seine Hand zu stabilisieren. Danach können wir gehen.«

Es dauerte zwanzig Minuten, bis es soweit war. Im Hinausgehen wandte sich der Arzt noch einmal an Samuel: »Ich werde morgen vorbeischauen, um zu sehen, wie es Ihnen geht. Bis dahin ist die Hand gerichtet und Sie sind wieder zu Hause und können sich hier pflegen lassen.«

Draußen auf dem Treppenabsatz fragte er Maitland: »Wie ist es passiert?«

»Das weiß ich nicht genau, Sir. Eines der Mädchen rief mich hinauf, und da lag er, blutverschmiert, vor dem zerbrochenen Spiegel. Es scheint mir klar zu sein, und Ihnen sicherlich auch, wie seine Finger in einen solchen Zustand kamen.«

»O ja, das ist deutlich genug: Er hat in den Spiegel geschlagen. Aber warum? Wissen Sie es?«

Maitland blickte den Arzt unschuldig an. »Nein, ich habe keine Ahnung, Sir. Ich kann es nicht verstehen.«

»Nun, da steckt etwas dahinter. Jedenfalls sind diese Finger in einem schlimmen Zustand. Er kann von Glück sagen, wenn er sie je wieder bewegen kann. Aber andererseits«, er lächelte, »er braucht schließlich für seinen Lebensunterhalt nicht zu arbeiten, wie?« Dies war eher eine Feststellung als eine Frage. Maitland gab keine Antwort darauf; bei sich dachte er jedoch, wie seltsam es war, daß die Menschen so wenig voneinander wußten. Wenn es jemanden gab, der arbeitete, so war es dieser Mann da oben, der wieder einmal eine Ablehnung hatte erfahren müssen, um mit solcher Unbarmherzigkeit gegen sich selbst zu kämpfen.

Oben in dem Zimmer winkte Sam Janet zu sich. Sie saß auf einem Stuhl in seiner Nähe, doch auf seinen Wink stand sie auf und beugte sich zu seinem Gesicht hinab. »Wo ist er ... der Brief?« hörte sie ihren Vater flüstern.

»In der obersten Schublade des Frisiertisches.«

»Nimm ihn ... nimm ihn dort heraus und ... und schließ' ihn in meinem Zimmer ein. Würdest du das tun?«

»Ja, Dad, ja. Mach dir keine Sorgen darüber. Denk nicht mehr daran. Es ist vorbei. Sie ist nicht den Schmutz unter deinen Nägeln wert.«

Sam sah staunend auf seine Tochter, dieses korrekte, steife Mädchen, das eben gesagt hatte, Geraldine sei nicht den Schmutz unter seinen Nägeln wert. Aus ihrem Mund klang das merkwürdig. Wenn er hätte lächeln können, so hätte er es jetzt getan, er hätte sogar gelacht. Doch nein, er glaubte nicht, je wieder lachen zu können. Denn von diesem Tage an, ganz gleich, was er tat, würde ihm immer vor Augen stehen, was er wirklich war, wie alle ihn nannten: ein Emporkömmling. Und er wußte, daß er ein Mann ohne Mumm in den Knochen war. Seine Großmutter hätte ihn einen Angeber gescholten, und sein Großvater eine Memme.

Als hätte sie seine Gedanken gelesen, meinte Janet: »Du wirst bald wieder obenauf sein, Dad. Du wirst es ihnen allen zeigen, ihr und allen anderen, und Mam. O ja, Mam und allen anderen. Sie hätte dich nie verlassen dürfen.«

Sam wollte schreien. Sei still, Mädchen, sei still! In seinem Hals steckte ein Kloß. Lieber Gott, laß mich nicht weinen, das könnte ich nicht ertragen. Nicht das.

»Sind Sie bereit, Sir? Glauben Sie, Sie können stehen? Bis wir unten sind und Sie warm eingepackt haben, wird die Droschke da sein. Werden Sie mit Ihrem Vater zum Hospital fahren, Miß Janet?«

»Ja. Lassen Sie mich nur meinen Mantel holen; er liegt da drüben. Ich war gerade nach Hause gekommen, als ich es hörte.« Sie nickte und lief in das angrenzende Zimmer, zog den Mantel über und setzte den Hut auf, ohne sich die Zeit zu nehmen, sich in dem Garderobenspiegel zu betrachten. Eine äußerst unweibliche Handlungsweise, bemerkte Maitland bei sich.

Samuel wollte sich mit Maitlands Hilfe aus dem Sessel erheben, nickte jedoch noch Janet zu, die auf seiner anderen Seite stand. »Tu mir den Gefallen, bevor du nach unten gehst, ja?«

Janet antwortete: »Ja, Dad. Ich mach's gleich.«

Maitland schien an diesem Austausch nicht interessiert. Er schob seine Hand unter Samuels gesunden Arm und hievte seinen Herrn hoch. Obwohl Samuel beteuerte, seine

Hilfe nicht zu brauchen, ließ Maitland ihn nicht los, sondern führte ihn aus dem Zimmer.

Sobald sie draußen waren, schoß Janet zum Frisiertisch, zog die Schublade auf und nahm den Brief heraus. Sie steckte ihn in den Umschlag, und diesen wiederum in ihre Manteltasche. Dann lief sie in ihr Zimmer und schloß das ›Geheimfach‹ in ihrem Sekretär auf, wo sie auch ihr Tagebuch aufbewahrte. Bevor sie den Brief jedoch hineinlegte, zog sie ihn aus dem Umschlag und las ihn Wort für Wort. Als sie damit fertig war, hätte sie das Papier in ihrer Hand am liebsten zerknüllt oder in kleine Fetzen gerissen. Statt dessen tat sie das Schreiben wieder in das Kuvert, das sie dann in der Schublade deponierte. Zuletzt drückte sie auf einen Knopf, die Lade ging zu und verschmolz, unsichtbar bei einer oberflächlichen Betrachtung, mit dem umgebenden Holzwerk.

In der Halle war Maitland dabei, Samuels gesunden Arm in seinen Mantel zu stecken. »Wünschen Sie, daß ich auch mitkomme, Sir?« fragte er. Sam dachte einen Moment lang nach. »Nein, danke. Bleiben Sie hier und halten Sie die Stellung.«

»Das werde ich tun, Sir; seien Sie unbesorgt.«

Die Droschke kam so nahe wie möglich an die Vordertür. Nachdem Samuel und Janet sich darin niedergelassen hatten, wies Maitland den Fahrer an: »Fahren Sie vorsichtig.«

Der Droschkenkutscher sah zu ihm hinab. »Ich passe schon auf; überlassen Sie das nur mir.«

Erst als die Droschke außer Sicht war, machte Maitland die Vordertür zu. Als er sich umdrehte, stand Florence hinter ihm und fragte: »Was sagen Sie dazu, Mr. Maitland?« – »Ich weiß es nicht«, gab er zurück, »ich könnte Sie das gleiche fragen, denn Sie wissen mehr darüber als ich. Sie haben ihn gefunden.«

»Ja, das stimmt.« Sie kam näher. »Und eines kann ich Ihnen sagen, Mr. Maitland: Ich bin sicher, es ging um den Brief, den er bekommen hat. Er hat seit Tagen auf einen Brief gewartet. Sie waren gerade oben, als der Postbote kam, und der Herr hat die Post durchgesehen, ehe ich sie in die Finger bekam. Und dort war er, auf dem Frisiertisch.«

»Was war auf dem Frisiertisch?«

»Der Brief. Ich konnte einen Blick darauf werfen, ehe Miß Janet ihn in die Schublade tat. Dort liegt er wahrscheinlich immer noch.«

Maitland blickte ihr streng in die Augen. »Wenn Sie glauben, Florence, daß er noch dort liegt, so sollten Sie ihn dort lassen und nicht versuchen, die Schublade zu öffnen oder weiter nach der Sache zu fragen. Haben Sie verstanden?«

Sie zuckte mit dem Kopf, als wollte sie sagen ›Ha!‹. Statt dessen antwortete sie: »Ja, Mr. Maitland, ich verstehe.« Damit wandte sie sich ab und ging wieder an ihre Arbeit.

Maitland begab sich auf sein Zimmer und zog Jackett und Hemd aus. Er goß kaltes Wasser in ein Becken und wusch Hände und Arme bis zu den Ellenbogen. Nachdem er ein sauberes Hemd und ein anderes Jackett angezogen hatte, hob er die blutigen Sachen auf und ging damit in die Küche. »Mrs. Wilding, würden Sie sich bitte darum kümmern, daß diese Sachen zur Reinigung gebracht werden?«

»Ich könnte sie für Sie mit dem Schwamm abreiben, Mr. Maitland.«

»Das ist sehr freundlich, aber ich fürchte, dabei werden die Flecken nicht herausgehen.«

»Übrigens, wie geht es dem Herrn?«

»Nicht besonders gut, Mrs. Wilding. Ich vermute, daß nicht nur seine Fingerknöchel gebrochen sind, sondern daß er auch unter Schock steht. Er muß sehr schwer gegen den Spiegel gefallen sein.«

Mrs. Wilding sah dem Butler direkt in die Augen. »Ja, ganz sicher. Bei seiner Größe und seinem Gewicht ist das kein Wunder.«

»Da haben Sie ganz recht, Mrs. Wilding. Jedenfalls wird bis zu seiner Rückkehr alles wie gewohnt weitergehen.«

»Ja.« Sie sah Maitland immer noch an. »Aber es ist schon

merkwürdig im Haus ohne die Herrin, nicht wahr, Mr. Maitland?«

Maitland erwiderte ihren Blick und schien die Antwort sorgfältig abzuwägen. »Ja, es ist, wie Sie sagen. Doch wir müssen alle zur Kenntnis nehmen, daß nun gewissermaßen Miß Janet die Zügel in die Hand genommen hat. So jung sie auch ist, sie hat einen vernünftigen Kopf auf ihren Schultern. Der Herr glaubt, daß sie der Aufgabe gewachsen ist.«

»Ja, Mr. Maitland, ich bin sicher, sie wird sich zurechtfinden ... nach einiger Zeit. Aber ich dachte, daß sie berufstätig sein und in der Bibliothek arbeiten wollte?«

»Nun, das kann sie immer noch. Doch das liegt noch in der Zukunft. Wir können nur abwarten, Mrs. Wilding, nicht wahr? Nur abwarten.«

»Ja, Mr. Maitland, mehr können wir nicht tun. Mehr kann niemand tun.«

»Ganz recht, Mrs. Wilding, ganz recht!«

Die Köchin wandte sich wieder ihrer Arbeit zu, und Maitland verließ die Küche.

Er ging geradewegs die Treppe hinauf in das Schlafzimmer seines Herrn. Dort ging er zum Frisiertisch und öffnete die Schublade. Als er sie leer fand, nickte er zufrieden. Sie hat getan, worum er sie bat, dachte er. Aber ich würde zu gerne sehen, was dieses Biest ihm geschrieben hat, was ihn dazu veranlaßt hat, seine Faust mit solcher Wucht in den Spiegel zu rammen, daß er seine Knöchel gebrochen und den Spiegel in tausend Scherben zerschlagen hat. Er nickte und dachte, daß es letzten Endes vielleicht ein geringer Preis war, den Samuel für ein Leben gezahlt hätte, das eine einzige Qual gewesen wäre ... eine raffinierte Qual, wie nur Frauen wie Mrs. Hallberry sie auszuteilen verstanden.

Teil 3

1911

Die Erbschaft

1

Sam kam gerade rechtzeitig aus seinem Schlafzimmer, um seine Tochter auf der Treppe zu sehen, die gerade ein Paar graue Handschuhe überstreifte. »So, so! Was wird wohl dein Boß zu diesem Aufzug sagen? Grau von Kopf bis Fuß, nicht einmal eine schwarze Binde!«

»Dad, die Bibliotheksangestellten sind sicher die einzigen, die noch Schwarz tragen. Der König ist tot, lang lebe der König! Außerdem, wenn die Rennen in Ascot trotz der Trauerzeit ausgetragen werden, so ist mein Aufzug völlig unwichtig.«

»Aber, Mädel«, er drohte scherzhaft mit dem Zeigefinger, »vergiß nicht, sie waren alle in Schwarz, in tiefstem Schwarz.«

»Ein Haufen Heuchler.« Janet stieg vor ihm die Treppe hinunter und blieb dann stehen, um den letzten Knopf an ihrem Handschuh zuzuknöpfen.

»Trotzdem, Mädel, du mußt daran denken, daß du im öffentlichen Dienst bist. Was wird die Stadt dazu sagen?«

»Was soll sie sagen? Das einzig Schwarze außerhalb der Bibliothek ist der Ruß auf den Schornsteinen.«

Darüber mußte Samuel lachen. »Nun, ich freue mich schon zu hören, wie Mr. Stanford dich empfängt ... und nicht nur Mr. Stanford, sondern auch Miß Rose Stillwater. Du liebe Zeit! Was wird Miß Stillwater sagen?«

»Hör mal zu, Dad. Ich muß dir etwas Ernstes sagen, und zwar bald. Ich werde später mit dir darüber sprechen, und du mußt mir zuhören.«

»Etwas Ernstes?« Das Lächeln verschwand aus seinem Gesicht. »Geht es um deine Mutter?«

»Nein, nicht direkt.«

»Was soll das heißen, nicht direkt? Los, heraus damit!«

»Ich habe jetzt keine Zeit, Dad. Ich werde zu spät kommen, und das«, lächelte sie, »zusammen mit meinem Aufzug, könnte alles mögliche bewirken, falls ich nur eine halbe Minute nach der festgesetzten Zeit die Bibliothek betrete.«

Während des kurzen Gesprächs war Maitland in die Halle gekommen und öffnete die Vordertür für Janet. Als sie an ihm vorübergingen, fragte er: »Darf ich Sie zum Dinner erwarten, Sir?«

»Nein, heute nicht, Maitland. Ich werde später essen, gegen sechs.«

»Sehr wohl, Sir. Es ist ein wundervoller Tag.« Die letzte Bemerkung war an Janet gerichtet, und sie gab zurück: »Ja, nicht wahr? Übrigens, sagen Sie der Köchin, daß ich das Dinner auch erst am Abend einnehmen werde. Sie soll mir mittags nur einen kleinen Imbiß vorbereiten.«

»Sehr wohl, Miß.«

»Wenn du fürchtest, zu spät zu kommen«, bemerkte ihr Vater, »dann steig zu mir in den Wagen, und Talbot wird dich in fünf Minuten bei der Bibliothek absetzen.«

»Das wird er nicht. Ich fahre lieber mit dem Fahrrad; es ist sicherer und ich bleibe nicht im Verkehr stecken.« Janet lächelte ihren Vater an, dann drehte sie sich um und lächelte auch Maitland zu. Er erwiderte das Lächeln und beobachtete, wie sie zum Hof ging. Ihr langer Rock schwang um ihre schmalen Hüften, ihre Schultern waren gerade und den Kopf trug sie aufrecht. Der Klang der Kurbel, mit der Talbot das Automobil anwarf, brachte seine Augen zurück zu seinem Herrn, der wartend dasaß. Maitland blieb stehen, bis sein Herr grußlos in den Wagen eingestiegen und seinen Blicken entschwunden war.

Er schloß die Tür nicht sofort, sondern blieb im Eingang stehen, bis Janet auf dem Fahrrad an ihm vorüberkam. Doch wie ihr Vater schien sie ihn nicht zu bemerken, und auch Maitland machte keine Anstalten zu einer Verabschiedung. Seit sie ihre neue Stelle in der Bibliothek angetreten hatte, stand er jeden Morgen unter der Tür und sah zu, wie sie davonradelte, und jedesmal mußte er sich zwingen, ihr nicht zuzuwinken, wie man es bei jemandem tat, den man sehr schätzte.

Nachdem er die Tür wieder geschlossen hatte, begab er sich in die Küche. Mrs. Wilding saß am Tisch und trank den letzten Schluck aus ihrer Teetasse. Sie stand nicht auf, sondern sah ihn nur fragend an. »Sind sie beide weg?«

»Ja. Und der Herr wünscht seine Hauptmahlzeit erst am Abend, ebenso wie Miß Janet; aber sie möchte mittags einen Imbiß.«

»Ha! Bald wird es überflüssig sein, überhaupt etwas Anständiges zu kochen.«

»Nun, wir sind ja auch noch da.« Maitland lächelte sie an, doch sie ruckte nur mit dem Kopf. »Ja«, meinte sie, »und wir werden immer weniger. Wer hätte gedacht, daß Jane mit ihren fünfunddreißig Jahren noch heiraten würde? Es würde mir nichts ausmachen, wenn sie sich verbessert hätte; aber ich habe ihr gesagt, sie würde schnell merken, daß sie auf die falsche Karte gesetzt hat. Wo er doch Maurer ist und nie weiß, ob er zwei Tage hintereinander Arbeit findet. Und von Mr. Fairbrothers Jungen ist nur noch Master Harry da. Ich wette, sobald er mit der Schule fertig ist, wird es keine zwei Monate dauern, bis er auch zur Marine geht.«

»Oh, das bezweifle ich. Nein, ich glaube nicht, daß Master Harry eine Neigung zu tiefem Wasser hat. Wie er von sich selbst sagt, nimmt er sogar sein Bad nur unter Protest.«

»Hat er das gesagt?« Die Köchin grinste.

»Ja, und erst letzte Woche habe ich ihn genau das gefragt: ob er auch zur Marine gehen wolle. Er hat geantwortet, er kenne seine Grenzen. Und die lägen bei einem Paddel, einem Eimer und einem Spaten.«

»Ist nicht wahr!«

»Doch. Er ist ein sehr stiller Junge, aber er hat Sinn für Humor. Übrigens«, Maitlands Stimme wurde leise und er beugte sich zur Köchin vor, »wie macht sich eigentlich Bella?«

Mit ebenso leiser Stimme gab Mrs. Wilding zurück: »Sie werden es nicht glauben, wie das Mädel sich verändert hat, seit Jane weg ist. Es ist, als wäre ihr plötzlich doch noch etwas Verstand zugewachsen. Sie werkt herum, und keine Arbeit ist ihr zuviel.«

»Nun, Mrs. Wilding, wenn Bella sich so viel Mühe gibt, sollte sie die Position des Küchenmädchens bekommen, und für die Spüle sollten wir ein neues Mädchen anheuern.«

»Ja, damit bin ich völlig einverstanden. Wenn ich ihr das sage, wird sie verrückt vor Freude.«

»Ja, sagen Sie ihr das, Mrs. Wilding.« Er wollte sich eben abwenden, doch die Köchin war noch nicht fertig mit ihren Überlegungen. »Das Haus ist sehr still geworden, finden Sie nicht? Nachdem vor drei Jahren die Bombe geplatzt war, ist es irgendwie ... na ja, gealtert, anders kann ich es nicht ausdrücken. Haben Sie etwas von dem anderen Haus gehört, Mr. Maitland?«

»Nein. Nur, daß es ihnen allen gutgeht.«

»Ich habe die Herrin seit – wie lange ist das her –, seit zweieinhalb Jahren nicht mehr gesehen. Nicht, seit sie damals hereingeplatzt ist und es diesen großen Aufruhr gab. Sind Sie je daraus schlau geworden, Mr. Maitland?«

»Nein, Mrs. Wilding.« Mit einem kleinen Lächeln fügte er hinzu: »Das war der einzige Aufruhr, aus dem ich nicht schlau geworden bin.«

Beide lachten, und Maitland ging ins Eßzimmer, wo er das Silber einsammelte und in ein kleines Zimmer einige Türen weiter trug. Dreimal machte er diesen Weg, ehe er sein Jackett auszog und sich eine grüne Leinenschürze umband. Dann ließ er sich in dem Zimmerchen nieder und begann, das Silber zu polieren; eine Arbeit, die eigentlich einem rangniederen Dienstboten oblag. Doch Maitland reinigte das Silber gerne. Jedes Stück war ihm wie ein alter Freund. Die Arbeit in diesem Haus machte ihm jetzt Freude, doch wie lange das noch der Fall sein würde, wußte er nicht. Er ging auf die Vierzig zu, und obwohl ihm sein Alter nicht anzusehen war – er konnte durchaus für einen Mittdreißiger durchgehen –, wurde er nicht jünger. Seit vielen Jahren hatte er sich bestimmte körperliche Bedürfnisse versagt. Wie lange konnte er das noch durchhalten? Mike Talbots Nichte war dreißig. Sie hatte mehrere Jahre auf einen Antrag von ihm gewartet. Er hatte ihr zwar keinen Anlaß gegeben, sich Hoffnungen zu machen, außer gelegentlich mit ihr sowie mit Mike und Kate einen Ball in den Versammlungsräumen oder im Queens Hotel zu besuchen. Doch sie war immer da, wenn er an seinem freien Tag auf dem Rückweg von Newcastle bei ihrem Onkel vorbeischaute.

Maitland hatte stets Wert auf einen geregelten Arbeitsablauf im Haus gelegt, und genauso hielt er es an seinem freien Tag: zwei Stunden in einer Sporthalle in der Stadt, anschließend Mittagessen; am Nachmittag ein Gang durch die Kunstgalerien oder ein Kinobesuch, gefolgt von einem Abendessen im Hotel, das einem seiner Freunde gehörte.

In Newcastle gab es einen Club, der von Männern seiner eigenen Klasse besucht wurde. Er wurde von einem ehemaligen Butler geführt, doch Maitland hatte nie erwogen, ihm beizutreten, da er überzeugt war, man würde ihn dort nach den Vorkommnissen in dem Haus, in dem er diente, fragen. Und wie hätte er seine Herrschaften überhaupt beschreiben sollen? Eine durchschnittliche Familie, keine Arbeiterklasse, nein; Mittelklasse, ja, aber ohne besonderen Status, außer vielleicht in der Geschäftswelt. Der Herr, wie war er? Trotz seiner Unwissenheit ein arroganter Mann, unbelesen vor allem, da sein einziger Lesestoff die Tageszeitung war. Und auch da las er hauptsächlich die Schlagzeilen, während er sein Frühstück aß, und machte Bemerkungen darüber zu sich selbst oder zu jedem, der da war, aber meistens zu sich selbst. Solche Bemerkungen wie »Jetzt nennen sie sich Labour Partei. Und dann? Ich bin auch dafür, daß es allen besser geht, aber was kommt dabei raus? Streiks, jawohl, Streiks.« Oder ein andermal: »Schaut euch diese erste Seite an. Da ist schon wieder von diesem Malthus die Rede, und von jemandem namens Mendel, dabei sind beide schon lange tot. Warum kramt man sie und ihre Theorien jetzt wieder vor? Wissen Sie irgendwas über diesen Mendel, Maitland?« Maitland erinnerte sich, wie er lächeln mußte, als er versucht hatte, Samuel aus seinem eigenen bescheidenen Wissen, das er aus Zeitungsartikeln über Mendel und seine Theorien, aus denen kürzlich die Chromosomentheorie hervorgegangen war, die Angelegenheit auseinanderzusetzen. Anstatt eines Dankes hatte sein Herr ihn gescholten: »Ja, ja, Sie können ruhig aufhören zu grinsen. Sie haben genügend Zeit, auf Ihrem Hinterteil zu sitzen und sich in solche Dinge zu vergraben. Vielleicht wissen Sie eine Menge, aber das verdanken Sie mir, weil die Ordnung im Bibliothekszimmer zu Ihren Aufgaben gehört.«

Bei solchen Bemerkungen verspürte Maitland gelegentlich den Wunsch, mit gleicher Münze heimzuzahlen, doch allmählich gewöhnte er sich daran. Trotzdem mußte er sich oft auf die Zunge beißen, um keine spitze Antwort zu geben. Er war sich bewußt, daß er gewissermaßen eine gespaltene Persönlichkeit war: Auf der einen Seite war er Butler und Haushälter in einer Person, auf der anderen war er der Mentor seines Herrn. Was ihn zornig machte, war das Wissen, daß er die Kenntnisse, die er sich in dieser Bibliothek zu eigen gemacht hatte, vorsichtig an den Mann weiterreichte, dem diese Bibliothek gehörte, der selbst jedoch in zehn Jahren nicht ein einziges Mal ein Buch aus einem Regal genommen hatte. Samuels Tochter machte jedoch einiges wieder gut, denn sie hatte sich aus diesen Büchern weit mehr angeeignet als das, was sie im Konvent gelernt hatte. Maitland mußte sich eingestehen, daß es der Wissensdurst gewesen war, den sie schon als Kind gezeigt hatte, der auch ihn angespornt hatte, sein Wissen zu erweitern, denn er wollte ihr gleichberechtigt entgegentreten.

Seit kurzem machte sich in der Beziehung zwischen Samuel, Janet und Maitland ein neuer Ton bemerkbar: Es erzürnte Samuel, daß seine Tochter, wie er selbst es oft zu tun pflegte, Maitland ins Gespräch zog, wenn dieser bei Tisch aufwartete.

Maitland erinnerte sich an jenen Morgen, als das Gespräch sich völlig unintellektuell um Kleidung drehte. Der Herr, der mit vollem Mund sprach, sagte: »Was soll das nun wieder? Jetzt will man uns die schwarzen Schoßröcke und Zylinder wegnehmen und uns dafür in etwas hineinstecken, das sich Straßenanzug nennt. Na, vielleicht paßt das ja für Leute, die genügend Zeit haben, auf der Straße herumzulungern. Und seht her, hier ist eine Anzeige für einen Seidenhut. Wir wissen doch, wie es damit geht, nicht wahr?« Er nickte seiner Tochter zu. »Ein Regenschauer, und der Hut ist nicht mehr zu gebrauchen. Ich frage mich, wer hinter diesem Modewechsel steckt. Vielleicht dieselben Dummköpfe, die die Soldaten in Khaki stecken wollen? Hast du so was schon mal gesehen? Schmuddelig wie Abwaschwasser sieht das aus. Wozu soll das gut sein?«

An diesem Punkt hatte Maitland eingeworfen: »Dahinter steckt ein guter Gedanke, Sir. Ich könnte mir vorstellen, daß die Männer lieber eine triste Uniform tragen und dafür am Leben bleiben, als in einer leuchtend roten zur Zielscheibe zu werden. Nach meiner Ansicht hätte das schon vor langer Zeit eingeführt werden sollen. Es hätte viele Menschenleben gerettet.«

Als Miß Janet sagte: »Sie haben völlig recht, Maitland, ich bin der gleichen Ansicht«, wurde Samuel ärgerlich. »Passen Sie auf, Maitland«, grollte er, »wenn ich Ihre Meinung hören will, werde ich Sie danach fragen.« Damit erhob er sich vom Tisch und stapfte aus dem Zimmer.

Es war am selben Morgen gewesen, daß Janet sich ebenfalls erhob, um den Tisch herumging und die Hand auf Maitlands Arm legte. Dies war das erste Mal, daß sie ihn berührt hatte. Mit sanfter Stimme sagte sie: »Bitte, machen Sie sich nichts daraus. Er meint es nicht so. Er hat immer noch Schmerzen in der Hand, und da er Ring- und Mittelfinger nicht biegen kann, fällt es ihm schwer, das Messer zu halten. Ich weiß, daß das keine Entschuldigung für ihn ist, und es klingt so undankbar, gemessen an allem, was Sie für ihn und das Haus tun. Aber er ist nicht undankbar, glauben Sie mir. Er hält große Stücke auf Sie. Ich weiß nicht, was er anfangen würde, wenn Sie ihn jemals verließen.« Sie hielt einen Augenblick lang inne. »Ich weiß nicht, was wir beide tun würden, Maitland, wenn Sie uns verlassen würden.«

Da hatte er sie angesehen, ihr richtig in die Augen gesehen, und sie hatte seinen Blick erwidert. Und in ihren Augen hatte er denselben Ausdruck gefunden wie damals in den Augen ihrer Mutter, als sie sich ihm angeboten hatte. Die Mutter hätte er nehmen können, hätte ihm der Sinn danach gestanden, aber die Tochter! Er war vierzig Jahre alt und sie erst zwanzig. Sie war die Tochter seines Herrn, dieses Mannes, der immer abhängiger von ihr zu werden schien; abhängiger, als er es je von seiner Frau gewesen war.

Maitland konnte sich lebhaft vorstellen, was geschähe, wenn er Samuel seine Gefühle mitteilen würde: ›Ich möchte Ihrer Tochter einen Heiratsantrag machen, Sir. Ja, ich weiß, daß ich bereits vierzig bin, aber ich hege schon seit langem eine tiefe Zuneigung zu ihr und hoffe, daß auch sie für mich eine, wenn auch noch so geringe, Zuneigung empfindet.‹

Sich Samuels Reaktion darauf vorzustellen, bedurfte keiner großen Fantasie.

›Wie! Sie und meine Tochter? Bei Gott, das ist eine Frechheit! Frech waren Sie immer schon, aber das schlägt dem Faß den Boden aus. Raus! ... Sie haben mich ausgenutzt! Wenn ich daran denke, wie gut ich Sie all die Jahre behandelt habe. Sie hatten freie Hand in diesem Haus ... Raus! Nein ... ich will verdammt sein, wenn ich mir auch nur noch ein Wort von Ihnen anhöre ... Raus!‹

Ja, so ähnlich würde es ablaufen – wenn nicht viel schlimmer. Maitland zweifelte nicht daran, daß Samuel in einem solchen Fall, wenn er seine rechte Hand noch gebrauchen könnte, ohne weiteres zugeschlagen hätte.

Sein Gedankengang wurde von Sarah unterbrochen, die hereinkam und ihn ansprach: »Sie sollen ans Telefon kommen, Mr. Maitland. Es ist Miß Janet.«

Er nahm die Schürze ab, streifte die Ärmel herunter und griff nach seiner Jacke, die er anzog, während er in die Halle ging. Dort nahm er den Hörer auf, der auf dem kleinen Tisch lag. »Ja, Miß Janet?«

»Maitland.« Janets Stimme war kaum zu hören. Nachdem sie nichts weiter sagte, fragte Maitland nochmals: »Ja, Miß Janet? Ist etwas nicht in Ordnung?«

Immer noch flüsternd sagte sie: »Würden Sie zu den Ställen gehen und sich umsehen, ob Sie Miß Alicia dort finden? Die Klosterschwestern haben eben meine Mutter informiert, daß sie nicht zum Unterricht gekommen ist. Jessie und Fanny sagten, daß sie sie zuletzt im Korridor gesehen hätten, und mehr wüßten sie auch nicht ... Maitland?«

»Ja, Miß Janet.«

»Sehen Sie bitte auch nach, ob Winter dort ist.«

»Winter?«

»Ja, ja, Winter. Man hat ihn des öfteren mit ihr sprechen gesehen. Tatsächlich habe ich sie beide gewarnt, daß ich Vater informieren würde, falls das nicht aufhört. Und ich wollte es heute abend auch tun. Ich kann Winter nicht die alleinige Schuld geben. Jedenfalls mache ich mir große Sorgen, und meine Mutter auch. Würden Sie mich zurückrufen?«

»Selbstverständlich. Ich gehe sofort los.«

Er hing den Hörer an den Haken und rannte, ein völlig ungewohnter Anblick, zur Küchentür. Sarah, Florence und die Köchin blickten ihm verwundert nach, denn noch nie hatte man den würdevollen Mr. Maitland so schnell laufen sehen wie jetzt, da es schien, als wolle er ein Wettrennen gewinnen.

Mike Talbot, der auf dem Rücken unter dem Automobil lag, hob den Kopf. »Ja, Roger, was gibt's?«

»Hast du Winter gesehen?«

»Ja, hab' ich.« Talbot erhob sich. »Was ist los?«

»Weißt du, wo er ist?«

»Ist er nicht in den Ställen?«

»Nein, die Tore stehen weit offen.«

»Na, dann ist er in der Scheune. Wenn nicht, hilft er Tom im Gewächshaus. Im Stall gibt's jetzt nicht mehr so viel zu tun. Was ist überhaupt los?«

Maitland zögerte. »Es geht um Miß Alicia. Sie war heute nicht in der Schule.«

»Ach so. Guter Gott! Fängt das schon wieder an. Aber schau, Roger, Winter ist nicht allein schuld. Oh, ich weiß, welche Sorte Kerl er ist, aber das Mädel ist hinter ihm her wie eine läufige Hündin. Ich dachte, Miß Janet hätte dem ein Ende gesetzt, bevor ihre Mutter ausgezogen ist. Ja, damals schon. Aber nimm dich in acht vor ihm, Roger, er ist schnell bereit, seine Fäuste zu benutzen.«

Maitland gab keine Antwort, sondern eilte durch die Zierbeete zum Küchengarten.

Er fand Winter im Treibhaus, das sich an der Gartenmauer hinzog. Ohne weitere Einleitung fragte er ihn: »Haben Sie Miß Alicia heute morgen gesehen, Winter?«

Jackie Winter, der nun vierundzwanzig Jahre alt und kräftig, aber keineswegs fett war, schob seinen Kopf vor. »Was haben Sie gesagt?«

»Sie haben gehört, was ich sagte, und Sie wissen, was ich meine. Gott stehe Ihnen bei, wenn der Herr sich mit Ihnen befassen muß.«

»Ha! Ich werde Ihnen mal was sagen, *Mr.* Maitland. *Gott stehe Ihnen und dem Herrn bei*, wenn Sie es wagen, die Hand gegen mich zu erheben. Und jetzt beantworte ich Ihre Frage. Nein, ich habe sie nicht gesehen, weder heute noch gestern noch vorgestern. Aber ich sage Ihnen, was sie zu mir gesagt hat, als ich sie zuletzt gesehen habe. Sie sagte: ›Willst du mich heiraten?‹ Genau das hat sie gesagt ... He, ich habe Sie gewarnt: Heben Sie Ihre Hand noch ein wenig höher, und Sie finden sich flach auf dem Rücken wieder ... Und ich erzähle Ihnen, was sie noch gesagt hat: daß ihr Dad kommen und mir eine gute Position anbieten würde, und wenn nicht er, dann ihre Mutter. Wir könnten ganz heimlich heiraten, hat sie gesagt. Wissen Sie, was sie ist? Eine Plage, eine Nutte. Die arme doofe Bella da drüben«, er machte eine Kopfbewegung zur Küche, »ist zehnmal soviel wert wie sie und die ganze Bande, Fräulein Hochnäsig-Janet eingeschlossen. Gerade die! Der würde ich ...«

Weiter kam er nicht, denn Maitlands Faust fuhr ihm in den Magen und gleich darauf ans Kinn. Winter torkelte rückwärts und griff haltsuchend nach einer dicken Weinranke. Er verfehlte sie jedoch und landete unsanft zwischen einigen Kisten, wo er mit verwundertem Gesicht liegenblieb. Nach einigen Sekunden rappelte er sich auf und stürzte sich mit geballten Fäusten auf Maitland. Soviel er jedoch austeilte, soviel mußte er auch einstecken. Plötzlich wich er zurück. Mit einer Hand seine Seite haltend, die eben einen Schlag erhalten hatte, keuchte er: »Sie sind ein Heimlichtuer, was? Schlaues Kerlchen.« Er drehte sich um und hinkte ans andere Ende des Treibhauses, wo seine Jacke lag. Er hob sie auf. »Das zahle ich Ihnen noch heim, also passen Sie auf.« Damit verschwand er.

Maitland lehnte erschöpft an einem Holzgestell und rieb seine Fingergelenke. Er zitterte. Seit Jahren hatte er sich in Selbstverteidigung geübt: Er hatte Gewichte gestemmt und gegen Sandsäcke geboxt; er hatte seine Beine auf einem Laufband trainiert, er war seilgehüpft und hatte geturnt. Außer seiner Betätigung in der Sporthalle hatte er einige Übungen, wie Beugen und Strecken, auch regelmäßig zu Hause gemacht, morgens, ehe er sich mit kaltem Wasser wusch. Doch noch nie hatte er auf solche Weise mit einem anderen Mann gekämpft. Der Zusammenstoß mit Howard vor einigen Jahren war dagegen ein Kinderspiel gewesen.

Maitland dehnte seine schmerzenden Finger. Übungen waren gut und schön, aber wenn es wirklich zur Sache ging, tat es weh. Zwei seiner Knöchel waren aufgeschürft, aber es floß kein Blut, auch nicht in seinem Gesicht, obwohl es schmerzte.

Er blieb noch etwa fünf Minuten im Treibhaus. Dann ging er wieder zum Ziergarten, wo er auf Mike Talbot stieß. Der erschrak. »Geht es dir gut? Dein Gesicht ist ganz zerschlagen. Wie in Gottes Namen hast du das geschafft?«

Maitland fühlte seinen Unterkiefer steif werden und bewegte ihn vorsichtig. Es klang beinahe wie ein Lachen, als er sagte: »Ich vermute, mit Gottes Hilfe und meinen wöchentlichen Sportübungen.«

»Ja, ja, dein Sport. Nun, wenn du Winter schlagen konntest, solltest du im Ring boxen. Der ist eine ziemlich harte Nuß. Er ist gegangen, um seine Sachen zusammenzupacken. Vermutlich will er verschwinden.«

»Das hoffe ich für ihn, denn wenn der Herr kommt, bevor Winter weg ist, wird ihm noch einiges blühen.«

»Wegen des Mädchens?«

»Ja.«

»Na, das überrascht mich nicht. Ich habe mich schon lange gefragt, wie Bella ihm entwischt ist. Aber seit einiger Zeit scheint sie zur Vernunft gekommen zu sein und rennt ihm nicht mehr nach. Was Miß Alicia angeht, hoffe ich, daß es nicht wieder Ärger gibt.«

»Wir müssen nur abwarten, dann werden wir schon sehen, Mike.«

»Tut dein Kinn weh?«

»Ja, und ich glaube, ein Zahn hat sich gelockert.«

Mike musterte ihn genauer. »Man sieht kein Blut.«

»Vielleicht nicht, aber ich fühle innen etwas wackeln.« Maitland ließ die Zunge an seinen Zähnen entlangwandern, dann lächelte er. »Mir wird gerade bewußt, daß ich dem Knaben schon immer mal eins verpassen wollte.«

»Du bist schon ein komischer Kauz, Roger. Ich werde einfach nicht schlau aus dir. Morgen ist doch dein freier Tag, aber ich glaube, für diese Woche hattest du schon ausreichend Körperertüchtigung. Warum legst du dich nicht ein wenig bei mir drüben hin?«

»Wir werden sehen ...«

Im Hof trennten sie sich, und Maitland rief Janet an. »Sie ist nicht hier, Miß Janet. Ich habe mit der fraglichen Person gesprochen, und es scheint, daß er sie seit einigen Tagen nicht mehr gesehen hat. Doch soweit ich über die Vorgänge zwischen den beiden unterrichtet bin, könnte es«, er zögerte, »Konsequenzen haben.«

»O nein, Maitland, nein!«

»Sie müssen Ihren Vater unterrichten, sobald er nach Hause kommt.«

Aus dem Telefonhörer kam keine Antwort.

Samuel kam früher nach Hause als sonst. Er marschierte in die Halle und fragte sofort: »Ist sie hier?«

»Nein, Sir.«

»Wohin, zum Teufel, ist das Flittchen verschwunden? Sie ist in mein Büro gestürmt -- meine Frau, meine ich – und hat mir an den Kopf geworfen, ich sei schuld an allem. Hätte es meine Seitensprünge nicht gegeben, wären die Kinder alle noch behütet unter einem Dach. Und dann sagte sie noch, ich hätte Winter schon vor Jahren rausschmeißen sollen. Was halten Sie davon? Und wo ist Janet?«

»Sie ist noch nicht hier, Sir. Es ist noch nicht zwölf Uhr.«

Samuel stapfte grollend zum Salon. »Noch nicht zwölf, ha? Sie sollte überhaupt nicht in der blöden Bücherei arbeiten, ihr Platz ist hier im Haus. Nie ist sie da, wenn man sie braucht. Bringen Sie mir einen Drink, ja?«

Einige Minuten später, als er sich mit seinem Glas niedergelassen hatte, blickte er zu Maitland auf und fragte: »Was hat das alles zu bedeuten? Können Sie mir das erklären?«

»Ja, Sir. Ich glaube, es gab da eine Verbindung zwischen Miß Alicia und diesem Winter. Ich hatte vorhin eine Auseinandersetzung mit ihm ...«

Samuel sah ihn scharf an. »Auseinandersetzung? Ihr Kinn ist ganz blau. Wollen Sie damit sagen, Sie haben mit ihm gekämpft?«

»Das trifft es wohl, Sir.«

»Sie haben mit Winter gekämpft?«

»Ja, das habe ich.«

»Und Sie sind noch am Leben und munter?«

»Wie ich Ihnen erzählt habe, Sir, habe ich mich seit Jahren einmal in der Woche, und auch sonst immer, wann sich Gelegenheit bot, körperlich ertüchtigt.«

»Und wie ist es Winter ergangen?«

»Viel schlimmer als mir, Sir. Er ist ein Schläger, hat aber keine Ahnung von Selbstverteidigung. Er ist von der Art, die nur blindlings austeilt. Natürlich steckt eine Menge Gewicht hinter seinen Schlägen.«

»Sie erstaunen mich immer wieder aufs neue, wissen Sie das? Aber warum haben Sie ihn geschlagen? Na los, erzählen Sie, und lassen Sie den Kamin in Ruhe, das Feuer brennt von alleine. Also?«

»Wegen gewisser Unterstellungen, Sir. Soweit ich aus seinen Worten verstanden habe, ist Miß Alicia davongelaufen, weil sie Angst hat. Sie hat Angst, weil ... weil sie zu ihm gegangen sein und ihm einen Heiratsantrag gemacht haben muß – den er anscheinend abgelehnt hat ...«

»Sie hat *was*?«

»Sie wollten wissen, warum ich ihn schlug, Sir. Ich sage es Ihnen in seinen eigenen Worten: Sie fragte ihn, ob er sie heiraten wolle.«

Samuel sprang auf. Die Neige seines Whiskys schwappte im Glas. Einen Augenblick sah es aus, als wolle er es mit der gleichen Wucht von sich schleudern, mit der er vor drei Jahren seine Faust in den Spiegel gerammt hatte.

»Dieses verfluchte kleine Flittchen!« Das Glas wurde hart auf den Tisch gesetzt. »Sich so zu erniedrigen. Wenn ich sie ...«

»Sir, Ihre Tochter ist weggerannt, weil sie die Folgen dieser Verbindung fürchtet. Wenn das der Fall ist, so ist der Schaden schon geschehen, und böse Worte oder strenge Behandlung werden ihr nicht helfen und die Lage nicht ändern. Ich denke, zuerst müssen wir versuchen, sie zu finden.«

Samuel ließ sich in seinen Sessel zurückfallen. »Direkt vor meiner Nase«, brummte er. Er sah Maitland an. »Haben Sie davon gewußt, ich meine, daß sie sich trafen?«

»Nein, Sir, bis vor kurzem, als, wie ich glaube, Miß Janet darauf aufmerksam wurde.«

»Janet? Warum hat sie mir nichts erzählt?«

»Ich ... ich glaube, das wollte sie tun, Sir, und ... Ah, hier kommt sie ja.« Maitland ging schnell zur Tür und öffnete sie. Er sah Janet eindringlich an, als wolle er sie warnen vor dem Sturm, der sie erwartete.

Sie brauchte nicht lange zu warten. Ihr Vater ging sofort auf sie los. »Zur Hölle, Mädchen, warum hast du das geschehen lassen? Warum hast du mir nichts gesagt? Weißt du etwa noch mehr? Hast du deine Mutter gesehen?«

Janet antwortete nicht, sondern knöpfte langsam ihren Mantel auf, streifte ihn ab und reichte ihn Maitland. Dann zog sie die Nadel aus ihrem flachkrempigen Strohhut, den Maitland ebenfalls in Empfang nahm. Ihr Vater wurde ungeduldig. »Na los, sag' was. Du bist doch sonst nicht so schweigsam. Sag, was du weißt!«

»Nicht, solange du mich anschreist.« Janet drehte sich zu Maitland um. »Könnte ich wohl etwas zu trinken haben, bitte?«

»Ja, Miß; was hätten Sie gerne?«

»Ich nehme einen Sherry.«

»Gott im Himmel!« Samuel klatschte sich mit der flachen Hand auf die Stirn. »Sind wir in einem gottverdammten Bühnenstück? – Ich nehme einen Sherry, sagt sie, und der Butler geht und holt ihr einen. Aber nur weiter so, ich kann warten. Bringen Sie der Frau ihren Drink.«

Als Maitland das Zimmer verlassen hatte, blickte Janet ihrem Vater ins Gesicht. »Eines Tages wirst du zu laut schreien. Du wirst zu weit gehen, und er wird es satt haben und kündigen.«

»Was ist los mit dir?« Samuel drehte sich in seinem Sessel herum. »Wir sprechen nicht darüber, ob der Butler mit meinen Manieren zufrieden ist, sondern über ein sechzehnjähriges Mädchen, das davongelaufen ist. Und weshalb? Weil, soviel ich bisher mitbekommen habe, der Stallbursche und Gärtnersgehilfe sich weigert, sie zu heiraten ... Aha, das überrascht dich wohl. Es muß auch Seine Lordschaft überrascht haben, denn er hat sich herabgelassen, den Kerl zu vermöbeln. Hast du sein Kinn und seine Knöchel gesehen? Ja, ich schaue mir immer die Fingerknöchel anderer Leute an und überlege, was die wohl mit ihren Händen anstellen ... solche Idioten wie ich ...«

»Dad, hör auf, bitte!« Janet senkte den Kopf. »Ich ... ich habe einen schrecklichen Vormittag mit Mutter hinter mir. Mister Stanford hat mir freigegeben, und ich ging zu Mutters Haus. Sie war fast von Sinnen. Und natürlich haben Howard und ich uns auch wieder gestritten. Mutter hat wie immer zu ihm gehalten. Wir haben uns alle drei wie Hund und Katz' aufgeführt und sind uns beinahe gegenseitig an die Gurgel gesprungen, obwohl es doch eigentlich nur darum ging, wo Alicia ist und was ihr geschehen sein mag. Na, ich bin dann aus dem Haus gerannt und herumgeradelt, durch den Park, Brampton Hill, überall, wo ich dachte, sie könne sich vielleicht verstecken. Jedenfalls müssen wir uns im klaren darüber sein, Dad, daß sie aus Angst weggelaufen ist.«

»Und dazu hat sie allen Grund, denn Maitland erzählte, daß der Lump gesagt hat, sie sei zu ihm gekommen und habe ihn gebeten, sie zu heiraten. Was sagst du nun?«

Maitland trat ein, in den Händen ein kleines Tablett, auf dem ein Glas Sherry stand. »Danke«, sagte Janet, als er ihr das Glas reichte. Sie setzte es an die Lippen und nahm einen kräftigen Schluck. »Sollen wir die Polizei hinzuziehen?«

»Nein, verdammt! Laß uns warten, ob sie nicht am Nachmittag wieder auftaucht.« Samuel blickte Maitland an. »Meinen Sie nicht auch, daß das das beste wäre?«

»Ich weiß es wirklich nicht, Sir. Aber ich glaube, daß alle möglichen Maßnahmen ergriffen werden sollten, um sie zu finden, und zwar so schnell wie möglich.«

»Und Sie meinen, das schließt die Polizei ein?«

»Ich bin nicht sicher. Wenn Sie die Polizei informieren, haben Sie auch gleich die Presse auf dem Hals.«

»Das ist genau, was ich auch denke. Also warten wir noch eine Stunde. Vielleicht ist sie bis dahin zu ihrer Mutter zurückgekehrt. Oh, diese Frau! Es ist kein Verstand«, er sah wieder Maitland an, »oder Logik in dem, was sie sagt. Sie meint, wenn wir uns nicht getrennt hätten, wäre das alles nicht passiert. Dabei war sie es doch, die gegangen ist.«

»Dad!«

»Ja, ja, schon gut. Aber die ganze Angelegenheit ist dazu angetan, einen Mann zur Weißglut zu treiben.« Er stand auf und wollte aus dem Zimmer gehen; doch dann blieb er vor Janet stehen und wies anklagend mit dem Zeigefinger auf sie. »Du trinkst zuviel von dem Zeug. Du solltest dich etwas bremsen.«

Janet fand keine Antwort, sondern starrte ihn nur an. Doch nachdem die Tür sich hinter ihm geschlossen hatte, wandte sie sich an Maitland. »Zuviel von dem Zeug! Ich trinke nur ein Glas davon am Tag, nicht wahr? Ein Glas am Tag, und das am Abend zum Essen. Ich frage mich, ob er sich jemals selbst beobachtet. Zwei doppelte Whiskies am Abend, wenn er zu Hause ist, manchmal drei hintereinander; und für mich soll ein Glas Sherry zuviel sein. Wissen Sie, Maitland, das ist genau das, was einen Menschen in die Trunksucht treiben kann, wie Mrs. Wilding sagen würde.«

Maitland lächelte sie zärtlich an und sagte: »Oh, machen Sie sich keine Sorgen. Ich glaube, das steht nicht zu befürchten.«

»Man kann nie wissen.« Janet leerte ihr Glas und gab es Maitland. »Wo immer Alicia auch sein mag, sie muß sich schrecklich fühlen. Wir haben uns nie gut verstanden, sie und ich. Vermutlich, weil sie so hübsch ist ... Eifersucht.« Sie lächelte schwach, und Maitland schüttelte energisch den Kopf. »Nach meiner Ansicht haben Sie keinen Grund zur Eifersucht. Nicht den geringsten.«

»Oh«, sie bewegte abwehrend die Hand, »Sie würden selbst den Papst anlügen, Maitland.« Niedergeschlagen fügte sie hinzu: »Es ist seltsam. Ich mag meinen älteren Bruder nicht und komme nicht mit meiner nächstjüngeren Schwester aus. Wenn man den Büchern glauben will, bilden gerade diese Geschwister eine Allianz gegen den Rest der Familie, die sie als Eindringlinge betrachten. Aber Eddie und James liebe ich, und das ist merkwürdig«, sie lächelte jetzt wieder, «besonders Eddie. Erinnern Sie sich, wir haben nie nur mit Worten gestritten, sondern auch mit Fäusten und Füßen. Und doch sind wir jetzt die besten Freunde. Gestern habe ich einen Brief von ihm bekommen. Sein Training gefällt ihm. Er muß noch ein Jahr in Greenwich bleiben. Es tut ihm nur leid, daß er James nicht so oft sieht, wie er gehofft hatte. Er sagt, wenn sie Zwillinge wären, hätten sie zusammenbleiben dürfen. Und dann Harry. Gibt es einen netteren Jungen als Harry?« Ohne Zögern stimmte Maitland ihr zu. »Das stimmt, Miß, er ist ein bezaubernder junger Mann, Master Harry. Und auch Miß Jessie und Miß Fanny haben ihren eigenen Reiz, meinen Sie nicht?«

»Ja, ganz besonders Jessie.« Janet lächelte. »Sie ist die einzige in der Familie, die mir ähnlich ist, besonders im Charakter ...«

Es klopfte an der Tür, und beide drehten sich gleichzeitig um. Florence kam herein und ging beinahe auf Zehenspitzen auf sie zu. Sie sah von einem zum anderen. »Darf ich etwas sagen?«

»Natürlich, Florence«, antwortete Janet. »Was gibt es?«

»Nun, Miß, ich ging gerade am Fußende der Treppe zum Dachboden vorbei, da hörte ich etwas wie ein Husten. Es war ein ganz leises Geräusch. Und dann kam ein leichtes Knarren, als wenn jemand vorsichtig in der Rumpelkammer auf und ab ginge. Sie wissen, es ist der einzige Raum da oben, der keinen Linoleumbelag hat. Zuerst dachte ich, es wäre die Katze, aber dann fiel mir ein, daß ich sie gerade unten auf dem Korbstuhl im Wintergarten gesehen habe.«

Janet und Maitland tauschten einen schnellen Blick aus. Wortlos eilten sie aus dem Zimmer, gefolgt von Florence. Oben auf dem Dachboden stieß Maitland die Tür zur Gerümpelkammer auf. Es war ein langer Raum, der mehr als die halbe Länge des Hauses einnahm und mit allen möglichen Dingen vollgestopft war, von einer dreibeinigen Kommode bis zu einer Ansammlung von Kinderspielzeug. Es herrschte nur trübes Licht, aber Janet sah die Gestalt sofort, die zusammengekauert auf einer Matratze in der hintersten Ecke hockte.

Schnell ging sie auf ihre Schwester zu und ließ sich neben ihr auf der Matratze nieder. Dann nahm sie Alicia in die Arme. Beide sagten kein Wort. Janet sah zu Maitland hinüber. »Sagen Sie ihm Bescheid, und versuchen Sie, ihn zu beruhigen ... Sie wissen schon.« Und zu Florence: »Würden Sie uns bitte einen Tee machen, Florence?«

»Aber ja, Miß.«

Die Schwestern waren jetzt allein. Janet versuchte, Alicias Arme von sich zu lösen, doch das Mädchen klammerte sich nur um so fester an sie. »Janet, Janet«, stammelte sie unentwegt.

»Ist ja gut. Komm jetzt, setz dich auf und erzähl mir, was passiert ist.«

Es dauerte einige Zeit, ehe Alicia Janet losließ. Mit hängenden Schultern und gesenktem Kopf sagte sie: »Ich habe Angst, Janet.«

»Ja, Liebes, das weiß ich.«

»Ich ... ich bekomme ein Kind, Janet.«

»Ja. Ja, das weiß ich auch.«

Alicia wandte Janet ihr hübsches, tränenverschmiertes Gesicht zu und flüsterte: »Mam und Dad werden mich umbringen.«

»Nein, das werden sie nicht. Aber du hättest es Mam sagen müssen.«

Das Mädchen schüttelte verzweifelt den Kopf. »Ich konnte es nicht. Ich konnte es einfach nicht! Außerdem ist alles, was

Mam interessiert, Howard – und wie sie ihm eine Arbeit beschafft. Immer nur Howard, Howard!« Die Tränen strömten jetzt über ihr Gesicht. »Immer wieder fliegt er aus einer Arbeitsstelle, und immer wieder verschafft sie ihm eine neue und gibt ihm Geld. Mir nicht. Auch als wir noch hier wohnten, ging es ihr immer nur um Howard. Ich hasse ihn.«

»Da bist du nicht die einzige.«

Alicia schniefte und putzte sich die Nase, dann fuhr sie fort: »Ja, ich weiß, du hast ihn nie gemocht ... Was soll ich jetzt tun, Janet?«

»Geh nach Hause. Und mach dir keine Sorgen, ich werde mit Mam sprechen.«

»Könnte ... könnte ich nicht einfach hierbleiben, falls Dad es erlaubt?«

»Ja, das könntest du, und Dad würde es sicher erlauben. Aber Mam wäre nie damit einverstanden. Komm jetzt, steh auf und richte dein Haar.« Sie strich die Locken aus der feuchten Stirn ihrer Schwester. Dann fragte sie zögernd: »Seit wann ... wie lange ... bist du schon in Umständen?«

»Drei Monate oder etwas länger.«

»Seit über drei Monaten?« wiederholte Janet mit lauter Stimme. Sie biß sich auf die Unterlippe. »Warum hast du es verheimlicht – und wie?«

Alicias Kopf blieb gesenkt. »Ich bin doch sowieso ein bißchen füllig«, murmelte sie, »du weißt, wie gerne ich Süßes esse. Und wenn mir schlecht war, schob Mam es aufs Essen. Und ich habe Korsetts getragen ... O Janet, was soll ich nur tun?«

»Nun, es wird schon alles in Ordnung kommen. Laß uns jetzt hinuntergehen.«

»Nein, Dad wird furchtbar wütend sein.«

»Was hast du erwartet?« Das war wieder die alte Janet, wie Alicia sie kannte. Sie wollte sich abwenden, doch mit weicherer Stimme fuhr Janet fort: »Du mußt doch gewußt haben – und ich hatte dich schließlich gewarnt –, daß dieser Kerl nichts taugt.«

»Nein, Janet, das ist er nicht. Grob manchmal, aber sonst ist er in Ordnung, und« – sie ließ den Kopf noch tiefer hängen – »und ich liebe ihn schon seit Jahren. Er ... er war für mich, was Maitland für dich ist. Na ja, was ich meine, ist, daß man gut mit ihm zusammensein kann. Und ... und wir haben viel miteinander gelacht, und ... und er sagte, daß er mich liebt.«

Janet trat einen Schritt zurück. Ihr war, als hätte jemand einen Schuß auf sie abgefeuert. ›Was Maitland für dich ist‹, hatte ihre Schwester gesagt. Ihr Herzschlag raste, doch dann versuchte sie sich zu beruhigen. Alicia hatte damit bestimmt nur gemeint, daß sie, Janet, seit ihrer Kindheit gern mit Maitland gesprochen hatte. Niemand konnte glauben ... Nein, natürlich nicht. Sie streckte die Hand aus und sagte: »Komm, es wird sich schon alles fügen. Aber du mußt dir klarmachen, daß die Geschichte mit Winter ein für allemal vorbei ist. Der Mann hat dich nur benutzt. Das siehst du doch jetzt ein, oder?«

Von Alicia kam keine Bestätigung. Trotzdem legte Janet den Arm um ihre Schulter und führte sie zur Tür und dann die Treppe hinab. Vom ersten Stockwerk gingen sie Hand in Hand nach unten in den Salon, wo ihr Vater immer noch in dem Sessel hockte, als hätte er sich nicht mehr bewegt, seit er ins Haus gekommen war.

Samuel sah Alicia nicht an, als sie, geführt von Janet, vor ihn hintrat. Statt dessen blickte er angestrengt auf den Teppich, als gäbe es dort etwas besonders Interessantes zu sehen. Erst nach einer Weile sah er zu ihr auf und sagte: »Nun, was hast du zu sagen? All die Aufregung deinetwegen! Du solltest doch jetzt in der Schule sein.«

Er wußte, daß diese Feststellung albern war. Sie alle wußten es, doch schien sie die Spannung in der Luft ein wenig zu mildern. Allerdings nicht für lange, denn Samuel, nun wieder ganz der alte, erhob seine Stimme nun fordernder: »Was hast du zu deiner Verteidigung vorzubringen?«

»Nichts.«

Janet sah ihre Schwester überrascht an. Diese Haltung war völlig verschieden von der, die Alicia erst vor wenigen Minuten auf dem Dachboden gezeigt hatte. Sie war herausfordernd und kämpferisch. Hinter Alicias weichem Äußeren steckte eine Menge von der Härte ihres Vaters.

»Nichts? Nun, wenn du nichts zu sagen hast, ist ja alles in Ordnung. Dann kannst du am Nachmittag zurück in die Schule gehen, nicht wahr, und alles ist wieder, wie es gewesen ist. Kein Skandal, kein Balg unterwegs. Sagte ich Balg? Ein Bastard!«

»Bitte, Dad!« warf Janet ein.

»Du sei still!« fuhr Samuel sie an. »Ein Bastard wird es sein; es gibt kein anderes Wort dafür. Sogar wenn ich es erlaubt hätte – dieser schmutzige, widerliche, stinkende Hund hat es abgelehnt, sie zu heiraten!« Sein Kopf fuhr herum und seine Augen blickten in das erschrockene Gesicht seiner jüngeren Tochter. »Ja, da schaust du, wie? Du bist hingegangen und hast ihm einen Antrag gemacht, das stimmt doch?«

Niemand sagte ein Wort darauf. Maitland ging zum Fenster und schaute hinaus, während Janet sich hinsetzte und den Kopf senkte. Alicia war von dieser Enthüllung verblüfft. Sie konnte sich nicht vorstellen, woher ihr Vater das wußte, es sei denn, Jackie hatte es ihm selbst gesagt, und das konnte sie nicht glauben. Als sie sich jedoch gefaßt hatte, schien der ganze Raum von ihrer Stimme erfüllt, die fast so laut war wie die ihres Vaters: »Ich hasse dich, hörst du? Ich hasse dich!« Sie machte auf dem Absatz kehrt und rannte hinaus, gefolgt von Janet.

Maitland sah nicht mehr aus dem Fenster. Mit zitterner Stimme befahl ihm Samuel: »Rufen Sie ihre Mutter an. Sie soll kommen und sie abholen.«

2

»Sprich nicht, Großmutter, es ermüdet dich.«

»Ich muß jetzt reden, Mädel; später habe ich vielleicht nicht mehr die Kraft dazu. Also komm näher und hör mir zu.«

Janet lehnte sich aus dem Sessel vor, beugte ihren Kopf nahe an die runzlige Wange und lauschte auf das Flüstern.

»Wenn ich nicht mehr bin, wird es eine Menge Überraschungen geben. Dann darfst du keinesfalls nachgeben, oder dir wegnehmen lassen, was dir gehört. Verstehst du mich?«

»Nein«, flüsterte Janet zurück. »Aber sorge dich nicht um Testamente und solche Dinge; du wirst noch lange hier sein, um mir zu sagen, was ich tun soll.«

Mrs. Mason drehte ungeduldig den Kopf auf dem Kissen hin und her. »Janet, du hast außer deiner Bildung immer einen gesunden Menschenverstand besessen. Du weißt so gut wie ich, daß es mit mir zu Ende geht. Eigentlich habe ich schon seit drei Jahren damit gerechnet; seit die zwei Holzköpfe, die du Eltern nennst, sich getrennt haben und eigene Wege gehen. Was immer man von deinem Dad halten mag, er hat sich fair verhalten und Alice das Haus gekauft, es möbliert und ihr doppelt soviel Unterhalt gezahlt, wie ihr gesetzlich zusteht. Und«, sie holte mühsam Luft, ehe sie fortfuhr, »was hat sie damit gemacht? Sie hat damit diesem großen, faulen Lümmel Howard ein bequemes Leben ermöglicht. Der Junge hat es nie geschafft, an einer Arbeitsstelle zu bleiben. Jetzt ist er in einem Schiffahrtsbüro, aber wie lange? Weißt du, letztes Jahr hat sie sich so viele Sorgen um ihn gemacht, daß sie sogar mich gebeten hat, deinem Dad vorzuschlagen, ihn als Produktvertreter einzustellen, oder ihm einen Job im Büro zu geben. Nach meiner Antwort darauf hat sie allerdings nie wieder versucht, über das Thema mit mir zu reden. Der Junge macht deinen Vater in der ganzen Stadt schlecht, und du solltest mal die Geschichten hören, die er darüber verbreitet, weshalb er aus der Schule geflogen ist. Es ist unglaublich! Doch die Leute kommen langsam hinter seine Lügen.«

Wieder rang Mrs. Mason nach Atem. »Hör auf zu schwatzen«, sagte Janet, »und schlaf ein bißchen.«

»Ich will jetzt nicht schlafen, dazu werde ich bald ausgiebig Gelegenheit haben. Aber bevor ich mich auf den Weg mache, möchte ich noch zwei Dinge erledigt wissen. Ich würde gerne noch lange genug hier sein, um mein Urenkelkind zu sehen. Obwohl Alicia ein dummes, hohlköpfiges Madamchen ist, wird sie doch bald Mutter. Aber denk nur, Mädel, was für eine Mutter! Ein uneheliches Kind in die Welt zu setzen; und nicht nur in die Welt, sondern in unsere Familie. Trotzdem, mein Urenkelkind hätte ich gerne noch gesehen. Das andere ist, daß ich dich glücklich verheiratet wissen möchte. Dieser Mr. Stanford aus der Bibliothek scheint ein ganz netter Kerl zu sein. Er ist zwar ein wenig älter als du, aber was macht das schon. Du hast mir selbst erzählt, daß du etliche Male mit ihm aus warst.«

»Ach, Großmutter! Meine Kolleginnen waren doch auch dabei. Eine himmelt ihn schon seit Jahren an, aber sie ist älter als er, und die andere hält ihn buchstäblich für einen Gott. Und dann gibt es da noch Phoebe Carrington; du kennst sie. Sie steht immer kurz vor einem Zusammenbruch und hat eine Mordsangst vor Mr. Stanford. Also, liebe Mrs. Mason, ich gestehe, daß ich einige Male mit Mr. Stanford aus war, aber leider nie allein.«

»Lach du nur; aber hat er die anderen auch zum Ball in Newcastle eingeladen?«

»Nein. Aber wenn er es getan hätte, hätte er sicher keinen Korb bekommen wie von mir. Und jetzt hör auf zu reden. Ich gehe jetzt in die Küche und verabschiede mich von Mam. Sie unterhält sich mit den drei Hexen.«

»Für dich sind es vielleicht Hexen, aber zu mir waren sie immer gut, und ich werde gut zu ihnen sein. Sie werden sich nicht beschweren müssen.«

Als Janet aus dem Zimmer gehen wollte, hob ihre Großmutter die Hand und winkte sie nochmals zu sich. »Noch etwas. Komm her.«

Seufzend gehorchte Janet. »Sie werden mir die Schuld geben, wenn du müde bist.«

»Weißt du, was ich mir oft gedacht habe?«

»Nein, Mrs. Mason, das weiß ich nicht.«

»Nur das: Es ist eine Schande, daß Maitland zweimal so alt ist wie du. Denn Diener hin oder her, er ist ein Gentleman und hat einen klugen Kopf auf den Schultern. Und du hast ihn immer gemocht. Es war beinahe peinlich, wie du als kleines Mädchen ständig hinter ihm hergelaufen bist. Ja, werde nur rot, aber ich weiß, was ich weiß. Und das hat nicht aufgehört, oder? Hast du dich schon einmal gefragt, warum ein gutaussehender Mann wie er all die Jahre bei euch geblieben ist, wenn er nicht einen bestimmten Grund hat?«

»Großmutter, ich bitte dich, was redest du da! Laß ja Mam gegenüber nichts in dieser Richtung verlauten.«

»O nein, das würde ich nicht tun, Mädel.«

»Versuch jetzt zu schlafen.«

»Komm noch näher. Du weißt vielleicht nicht, daß deine Mutter ihn mit Handkuß nehmen würde. Du hättest sie hören sollen, als sie hier ankam, nachdem sie deinen Dad verlassen hatte. Sie schimpfte nicht nur über Samuel, sondern noch mehr über Maitland und den Schaden, den er angeblich dem Haus zugefügt hätte. Jetzt überleg mal, warum er trotz allem bleibt, denn ein Mann wie er könnte sofort eine neue Anstellung in jedem großen Haus in der Grafschaft finden, und mit einem besseren Herrn als dein Dad.«

»Gute Nacht, Großmutter. Morgen früh komme ich wieder. Und weißt du was? Du siehst mehr, als für dich gut ist, und den Rest erfindest du dazu. Maitland, wahrhaftig!« Damit rauschte sie aus der Tür.

Ihre Mutter trat eben aus der Küche. »Gehst du jetzt?« fragte sie.

»Ja«, antwortete Janet. Sie befestigte ihren Mantelgürtel und zog die Handschuhe an. »Großmutter ist sehr müde.«

»Sie ist mehr als das. Es geht zu Ende mit ihr, und das schon seit einiger Zeit. Ich bin völlig erschöpft von dem ständigen Hin- und Herfahren. Ich weiß kaum noch, wo mir der Kopf steht, und niemand hilft mir.«

»Und wessen Schuld ist das?« entfuhr es Janet.

»Fang nicht wieder davon an, ich habe es schwer genug. Du dagegen hast es leicht.«

»Leicht? Ich arbeite den ganzen Tag in der Bibliothek, Mam, und abends, mindestens viermal in der Woche, leiste ich Dad Gesellschaft.«

»Das muß ja sehr schwer sein.«

»O ja, das ist es, wenn man ausgehen und Tennis spielen oder sich einfach nur ein wenig vergnügen möchte, wie alle anderen berufstätigen Frauen es auch tun.«

»Wahrhaftig! Berufstätige Frauen!« Alices Stimme klang spöttisch. »Du weißt gar nicht, wie gut es dir geht. Daß du jetzt die Dame des Hauses spielen kannst, zusammen mit deinem Kumpan, verdankst du nur der Tatsache, daß ich deinen Vater verlassen habe.«

»Mutter, paß auf, was du redest. Sonst werde ich Dinge sagen, die mir hinterher leid tun, dir aber noch mehr. Weißt du, wovon ich spreche?«

Alice wies ihre Tochter nicht zurecht; sie gab überhaupt keine Antwort, doch ihr Gesicht rötete sich. Sie wandte sich ab und begab sich ins Schlafzimmer ihrer Mutter.

Janet ging hinaus zu ihrem Fahrrad, das sie an der efeubewachsenen Mauer abgestellt hatte. Sie stieg jedoch nicht auf, sondern schob es über die Auffahrt zur Straße.

Dort erst saß sie auf und radelte langsam nach Hause. Vieles ging ihr dabei durch den Kopf. Warum zum Beispiel glaubten alle Leute, zwischen ihr und Maitland bestünde eine tiefere Beziehung, als es – zumindest nach außen hin – tatsächlich der Fall war? Noch nie hatten ihre Hände sich berührt.

Jeder vermutete etwas hinter ihrer Beziehung zu Maitland oder ihrer Haltung ihm gegenüber. Mit einer Ausnahme –

ihr Vater. Für ihn war sie immer noch das junge Mädchen und Maitland ein Mann mittleren Alters. Noch mehr jedoch betrachtete er ihn als Diener, obwohl er wußte, daß der Mann ihm geistig überlegen war.

Ihr kam die ganze Situation vor wie die Geschichte von dem Jungen, der für den Diebstahl eines Apfels gehängt wurde: Der Junge hatte den Diebstahl zugegeben, war aber nie in den Genuß des Apfels gekommen, weil ein anderer ihn wiederum von ihm gestohlen hatte. In gewisser Weise erging es Maitland und ihr ähnlich. Nur hatten sie es bisher noch gar nicht gewagt, nach dem Apfel zu greifen, da sie sich der Gefahr bewußt waren. Aber noch eine andere Gefahr lauerte auf Janet, und sie fürchtete, ihr aufgrund der Angst vor vielen leeren Jahren zu erliegen. Diese Gefahr wurde von Mr. Stanford verkörpert, der mehr als einmal seine Sympathie zum Ausdruck gebracht hatte. Und wo lag die Gefahr in Maitlands Leben? Janet wußte es nicht, denn er hatte wenig darüber erzählt, was er in seiner Freizeit trieb. Ihr war nur bekannt, daß er Sport trieb, zum Tanzen ging und seit kurzem auch Tennis spielte. Nun, Sport konnte man alleine treiben und Tennis mit einem männlichen Partner; beim Tanzen war das jedoch anders.

Aber im Augenblick verlor all das an Bedeutung. Ihre Großmutter lag im Sterben, und sie würde Janet sehr fehlen. Denn die Großmutter war ihr mehr Mutter gewesen, als Alice es je hatte sein können.

Sogar Janets Aufklärung, als sie zur jungen Frau wurde, hatte Schwester Monica besorgt, eine unverheiratete Frau und Nonne; und Janet hatte ihr Wissen an ihre jüngeren Schwestern weitergegeben.

Janet hatte sich einmal bei ihrer Großmutter über die Zurückhaltung ihrer Mutter in diesen Dingen beklagt. Mrs. Mason hatte geantwortet: »Es gibt viele Frauen, denen es schwerfällt, über diese Dinge mit ihren Töchtern zu sprechen. Außerdem sorgt die Natur für sich selbst. Sie sagt dir alles, was du wissen mußt.«

War das so? Sagte einem die Natur wirklich, was geschah, wenn man der Flut des Verlangens nachgab, von der man vom vierzehnten Lebensjahr an heimgesucht wurde? Hatte die Natur Alicia gesagt, was passieren würde, wenn sie sich diesem tierischen Mann hingab – daß ihr Körper anschwellen würde, bis sie sich selbst als häßlich empfinden und darüber weinen würde? Sie wollte nach Hause ...

Janet war kaum zur Tür herein, als Maitland sagte: »Der Herr möchte Sie sehen, Miß Janet. Er ist im Arbeitszimmer.«

Janet sagte nichts darauf, warf Maitland aber einen Blick zu, in dem eine Kampfansage lag. Selbstverständlich war ihm klar, daß diese nicht ihm galt. Am liebsten hätte Janet ihn angeschrieen: ›Weißt du, was sie über uns reden? Und wenn sie schon reden, warum tust du dann nicht etwas, um ihnen wenigstens einen Grund dafür zu geben? Es war mir immer zuwider, für etwas beschuldigt zu werden, das ich gar nicht getan habe.‹

Janet atmete einige Male tief durch, bevor sie das Arbeitszimmer betrat, und versuchte sich zu beruhigen. Ihr Vater saß nicht am Schreibtisch, sondern in einem Ledersessel beim Kamin. »Wie geht es ihr?« fragte er als erstes.

»Nicht gut.«

»Weiß sie, wie schlimm es um sie steht?«

»Natürlich.« Janet sprach ungeduldig. »Sie weiß es schon seit drei Jahren, sagt sie.«

»Das ist mir bekannt, Miß. Und nimm die Schärfe aus deiner Stimme. Was ich meine, ist, ob sie weiß, daß ihre Zeit gekommen ist?«

Janets Stimme wurde sanfter. »Ja, Dad, sie weiß es und spricht davon. Und ich konnte es nicht ertragen, ihr zuzuhören.«

»Ist sie noch bei klarem Verstand?«

»O ja, und sie wird bei Verstand bleiben bis zu ihrem letzten Atemzug.« Janet nahm ihrem Vater gegenüber Platz. »Du wolltest mich sprechen?«

»Ja, und du wirst nie darauf kommen, worum es geht.«

»Dann sag es mir.«

»Ich hatte Besuch von einem katholischen Priester, dem, der das Kloster betreut.«

»Der katholische Priester? Was wollte er?«

»Nur die Adoption meines künftigen Enkelkindes.« Samuel betonte jedes Wort einzeln.

»Adoption? Das ist das erste, was ich höre.«

»Ging mir genauso. Für deine Mutter schien es nicht neu zu sein, sie hat anscheinend schon alles geplant, ebenso wie Alicia.«

»Wirklich?«

»Ja, wirklich. Es scheint, daß es die Idee deiner Mutter war, nicht die des Priesters. Dabei, weißt du noch, war sie doch zu Anfang so dagegen, daß ihre Töchter eine Klosterschule besuchen sollten. Und jetzt, was tut sie? Sie geht zu einem Priester. Die katholische Kirche hat, so sagte er mir, eine Gesellschaft, die Adoptionen für kinderlose Ehepaare arrangiert. Und Kinder gibt es genügend. Zwei Mädchen aus meiner Fabrik sind letzten Monat niedergekommen. Sie haben fast bis zur letzten Minute gearbeitet, und nächste Woche fangen sie wieder an, weil ich versprochen habe, ihre Stellen für sie offenzuhalten. Sie sind tüchtige Arbeiterinnen. Über die eine mußte ich richtig lachen. Sie ist ungefähr achtundzwanzig. ›Ich werde vom Pech verfolgt‹, meinte sie zu mir. ›Ich bin aus Irland herübergekommen, um dem Unglück zu entgehen. Ich wollte ein anderes Leben führen. Und was passiert? Ich gehe zu einer Tanzerei, und da gabelt mich einer auf, nicht einmal ein Engländer, sondern so ein glattzüngiger Ire, und ich falle drauf rein. Haben Sie schon mal so was Blödes gehört, Sir?‹«

Janet rang sich ein kurzes Lächeln ab. Dann fragte sie: »Und was hast du zu dem Priester gesagt?«

»Nun, du denkst wohl, ich wäre auf ihn losgegangen, wie? Aber er war sehr höflich und hat mir gesagt, daß meine Frau dahintersteht und die Mutter des Kindes, und daß er meinte, es wäre nur recht, mich davon in Kenntnis zu setzen. Das war doch fair, meinst du nicht? Ich habe ihm in schlichten Worten gesagt, was ich davon halte, das heißt, daß so etwas überhaupt nicht in Frage kommt. Alicia hat sich selbst in den Schlamassel gebracht, nun soll sie auch selbst zusehen, wie sie damit fertig wird. Und da es sich um mein Enkelkind handelt, gleich ob Bastard oder nicht, wird es von niemandem adoptiert, sei er aus der Arbeiter-, Mittel- oder Oberschicht. Der Priester betonte, daß er angesichts unserer Position keine Mühe hätte, das Kind in eine gute Mittelklassenfamilie zu vermitteln. Nun, ich habe ihm eine Botschaft für meine Frau mitgegeben. Eine sehr höfliche, aber endgültige Botschaft. Aber da ist noch etwas, und das macht mir mehr Sorgen als dieses Adoptionsgewäsch. Der Priester hat dauernd von Jessie gesprochen, was für ein gutes Kind sie sei, und daß er natürlich wisse, daß sie einem anderen Glauben angehöre; und wie es ihn um so mehr freue zu sehen, wie gerne sie die Kapelle besuchte. Und ob ich wüßte, was für eine schöne Singstimme sie habe? Ich mußte zugeben, daß mir das neu war. O ja, sagte er, sie würde oft in die Choräle mit einstimmen ... Jetzt frage ich mich, ob deine Mutter davon weiß, und ob ich ihr vielleicht einen Wink geben sollte. Aber du weißt, wie das dann abläuft. Wir haben oft gestritten, als wir noch zusammenlebten, doch seit wir getrennt sind, streiten wir zweimal soviel. Jedesmal, wenn ich ihr Haus betrete, kommt ihr Sohn Howard entweder gerade herein oder geht hinaus. Und da sich das am hellen Tag abspielt, kann man darauf schließen, daß er wieder mal keine Arbeit hat. In meiner taktvollen Art – du kennst mich – spreche ich Alice sofort darauf an, und sie verteidigt ihn bis zum letzten Blutstropfen. Weißt du, Janet, wenn ich zurückblicke, kommt es mir vor, als wäre es dieser Junge, der das Streichholz an das Pulverfaß gehalten hat. Ich weiß, daß ich derjenige war, der ein Verhältnis hatte, aber das kam nur daher, weil ich zu Hause keine Zuneigung gefunden habe, wenn du verstehst, was ich meine.«

»Ja, ich verstehe dich, Dad.«

»Jedenfalls war es so, daß es schon davor immer geheißen hat, Howard braucht dies, Howard braucht das, Howard bekommt nicht genug Taschengeld. Und ich solle doch nicht so mit Howard sprechen. Und Howard lügt nicht. Das hat mich besonders geärgert: ›Howard lügt nicht.‹ Der Junge würde nicht einmal die Wahrheit sagen, wenn er Geld dafür bekäme. Und weißt du schon das neueste? Ich habe es kürzlich erfahren, von sogenannten guten Freunden. Wenn es schlechte Nachrichten zu verbreiten gibt, sind gute Freunde immer sofort zur Stelle. Kennst du Teresa Phillips?«

»Ja, natürlich, die Phillips' sind doch jahrelang hier ein und aus gegangen.«

»Ja, mit Teresas Eltern war ich befreundet. Doch vor einiger Zeit versuchte Teresa vergeblich, sich mir an den Hals zu werfen, und das hat sie mir nicht vergessen. Sie war verrückt nach Männern, doch jetzt ist sie verlobt. Sogar Maitland hat sie schöne Augen gemacht. Den hätte sie auf der Stelle genommen. Da siehst du, was einige sogenannte ›Ladys‹ tun würden, wenn sie einen Diener ...«

Janet ließ ihn nicht ausreden. »Weshalb mußt du von Maitland immer als von einem Diener sprechen?« rief sie mit rauher, heiserer Stimme. »Ich hatte angenommen, daß du ihn inzwischen als Freund betrachtest, denn das ist er für dich und für dieses Haus. Gut, du zahlst ihm ein Gehalt, aber auch der Premierminister und der Erzbischof bekommen Gehälter. Wenn man jemanden bezahlt, heißt das nicht sofort, daß er ein Diener ist. Und wenn er dir die Tür öffnet und deine Wünsche befolgt, heißt das nicht, daß er ein Diener sein muß. Nicht ein Mann wie Maitland! Er kümmert sich um dich und dieses Haus, wie es sonst keiner tun würde. Gott allein weiß, warum er hierbleibt.«

Samuel war vor dieser Tirade verstummt und sah seine Tochter mit offenem Mund an. Als Janet nichts mehr sagte, erwiderte er: »Soso! Wir verteidigen wohl die Dienerklasse, wie?«

»Ich verteidige überhaupt keine Klasse, und so etwas wie

eine Dienerklasse gibt es nicht mehr. Wir leben nicht mehr im vergangenen Jahrhundert. Und gerade du solltest deinen Kopf nicht zu weit aus dem Fenster strecken, denn was waren dein Vater und Großvater? Niedere Arbeiterklasse, Schuhflicker.«

Samuel war aufgestanden. »Halt den Mund!« brüllte er.

»Das werde ich nicht. Ich habe es satt, mir deine Bigotterien anzuhören. Und mit wem gibst du dich überhaupt ab in deinem sogenannten Club? Gemüsehändler, Sattler, Fischverkäufer. Ein Wunder, daß du dich überhaupt mit ihnen befaßt. Laß es dir gesagt sein, Dad, solche Leute wie Maitland könnten dich und deinesgleichen am einen Straßenende auf- und am anderen wieder verkaufen, wenn es um die Intelligenz ginge.« Sie machte eine wilde Kopfbewegung in Samuels Richtung und ging zur Tür. Sie hatte schon die Klinke in der Hand, als sein Wutgebrüll sie fast aus den Schuhen hob. Doch sie blieb nicht stehen, sondern warf die Tür krachend hinter sich zu.

Samuel blieb einige Zeit stehen und starrte auf den Fußboden. Als er sich endlich wieder setzte, legte er seine Hände auf die Knie und beugte sich vor, als würde er jemandem zuhören. Plötzlich warf er sich in dem Sessel zurück und sagte laut: »Nein! Nein! Nein! Er würde sich das nicht trauen. Bei Gott! Nein! Und wenn doch …?«

Samuel sprang wieder auf. Es würde kein ›wenn‹ geben. Nach einigen Schritten in Richtung Tür blieb er wieder stehen. Er konnte den Mann nicht hinauswerfen ohne eine Begründung. Und was sollte er ohne ihn anfangen?

Klar und scharf zeichnete sich in seinem Kopf ein Bild des Hauses ab, wie es ohne Maitland wäre. Und was, wenn seine Tochter in einem Ausbruch des ihr eigenen Temperaments ebenfalls ihre Sachen packte und er sie nicht aufhalten konnte? Dann wäre er allein mit zwei Dienstmädchen und der Köchin, Personen, die er bisher höchstens im Vorübergehen wahrgenommen hatte. Denn sein Sohn Harry würde, sobald er seine letzte Schulprüfung bestanden hatte, nach

Oxford gehen und aus Samuels Leben verschwinden, als wäre er nie dagewesen. Seine beiden anderen Söhne waren bereits bei der Marine, und seine Frau würde die drei anderen Töchter auf jeden Fall bei sich behalten. Er mußte nachdenken, o ja, hier durfte er nichts verkehrt machen.

Er ging zu seinem Sessel zurück und ließ sich hineinsinken. Doch obwohl er lange Zeit darin sitzen blieb, wollte sich die Erleuchtung nicht einstellen. Das einzige, was ihm einfiel, war Willie Phillips' oft zitierter Spruch vom Status quo, was nichts anderes hieß, als alles so zu lassen, wie es war.

3

Mrs. Mason starb am 2. Januar 1911; Samuels Enkelkind, ein Junge, wurde drei Tage später geboren. Samuel und die ganze Familie, allen voran die junge Mutter des Kindes, wünschten, es wäre tot zur Welt gekommen.

Die Wiege des Kindes stand in einem unbenutzten Schlafzimmer in Alices Haus. Als Janet den Kleinen zum ersten Mal sah, preßte sie die Hände an die Schläfen und schloß entsetzt die Augen vor dem winzigen Gesicht, das sich in Schmerzen zu verzerren schien. Jeder Teil des Köpfchens war mißgestaltet, von der kahlen Schädeldecke bis zu der Stelle, wo sich das Kinn hätte befinden sollen. Außerdem, so erfuhr sie, war ein Bein des Kindes verdreht und kürzer als das andere. Ferner, so hatte Dr. Campbell gesagt, besäße es ein schwaches Herz, wofür alle dankbar sein sollten.

Als Alicia ihren Sohn zum erstenmal erblickt hatte, hatte sie angefangen zu schreien und konnte nicht aufhören, ehe man ihr ein starkes Beruhigungsmittel verabreicht hatte.

So etwas komme vor, sagte der Doktor zu Alice, und niemand habe schuld. Die Hebamme meinte jedoch, daß eine zu enge Schnürung des Korsetts solche Mißbildungen sehr wohl hervorrufen könne. Sie habe ähnliche Fälle schon gesehen. Und natürlich war es einleuchtend, daß der Druck der Stahlstützen das Ungeborene böse quetschen konnten.

Alice hatte in der Küche gestanden und die Hände gerungen. »Was denn noch?« fragte sie und benutzte damit unbewußt eine der Lieblingswendungen ihres Mannes. »Auf uns liegt ein Fluch.« Und sie hatte auf Janet gezeigt, als wäre diese dafür verantwortlich. »Nichts gelingt mehr, seit wir in diesem Haus sind. Über zehn Jahre in Sweetbanks Gardens hatten wir ein schönes Leben. Alle waren glücklich. Doch von dem Tag an, als wir in das Haus des alten Lords gezogen sind, ging es bergab. Wenn ich zurückblicke und mich nach dem Grund frage, gibt es nur eine Antwort: Es muß eine böse Aura um dieses Haus sein.«

Janet mußte sich auf die Zunge beißen. Die böse Aura ging von Maitland aus, das war der Sinn von Alices Worten. Gab es nicht ein Sprichwort, daß kein Zorn in der Hölle so schlimm sei wie der Zorn einer zurückgewiesenen Frau? Doch ihre Mutter war eine vernünftige Frau. Warum sollte sie immer noch diese Gefühle hegen?

Und welche Gefühle empfand ihr Vater? Unterdrückte Wut, Ärger und Scham, als wäre er persönlich beleidigt worden. Sein Zorn richtete sich gegen Winter. Er hatte sogar herauszufinden versucht, wo Winter sich aufhielt. Dieser schien die Stadt jedoch verlassen zu haben, was für ihn sicherlich gut war, denn möglicherweise wäre es sonst zu Mord und Totschlag gekommen.

Doch das arme Kind enthob sie aller Sorgen, indem es am selben Tag starb, an dem Mrs. Mason beerdigt wurde. Alice konnte daher dem Begräbnis ihrer Mutter mit einem doppelten Gefühl der Erleichterung beiwohnen. Denn inzwischen hatte sie sich selbst eingeredet, daß nicht nur das ständige Hin und Her zwischen ihrem Haus und dem ihrer Mutter sie erschöpfte, sondern auch die Tatsache, daß Mrs. Mason immer mehr zu einer nörgeligen alten Frau geworden sei. Und das hatte genau zu dem Zeitpunkt angefangen, als Alice Samuels Haus verlassen hatte. An jenem Tag hatte ihre Mutter ihr gesagt, daß sie sie für eine Närrin halte, die ihr Vorgehen noch bedauern würde.

Howard, Jessie und Fanny begleiteten Alice zu Mrs. Masons Haus, um an dem Leichenzug teilzunehmen. Samuel, Janet und Harry waren bereits dort, ebenso wie Mrs. Masons Rechtsbeistand, Mr. Winterbottom, ein rundlicher Mann mit angenehmen Gesichtszügen; er gehörte zu den Glücklichen der Schöpfung, die in ihrem Beruf aufgingen, eine glückliche Seele. Sein Lebensziel schien es zu sein, andere ebenfalls zu dieser Glückseligkeit zu bekehren, seien sie nun von Gemüt gut, schlecht oder gleichgültig; schließlich waren sie alle Teil eines von Gott durchdachten Planes. Man konnte sagen, Mr. Winterbottom sei ein fröhlicher Frommer.

Alice kam es vor, als würde er sie wie Fremde in diesem Haus begrüßen. Sie mochte den Mann nicht, hatte ihn nie gemocht. Ihrer Ansicht nach war er ein Kriecher. Sie sah, wie er den Sargträgern winkte. Mrs. Masons letzte Reise konnte beginnen.

Auf dem Friedhof weinten Maggie, Annie und Kate ungeniert und aus ehrlichem Herzen, denn sie hatten eine gute Herrin verloren; mehr als das, eine Freundin. Alle drei kamen langsam in die Jahre und fragten sich, was die Zukunft ihnen wohl bringen würde.

Auch Jessie und Fannie weinten öffentlich. Ihre Großmutter war stets freundlich zu ihnen gewesen. Immer hatten sie ein wenig Extrataschengeld von ihr bekommen, zusammen mit der Anweisung: ›Sag's nicht weiter.‹ Harry weinte nicht, denn er war schon siebzehn, aber seine Brust krampfte sich schmerzhaft zusammen und in seinem Hals saß ein Kloß. Er hatte seine Großmutter geliebt. Nachdem seine Mutter das Haus verlassen hatte, war seine Großmutter eine Art Ersatzmutter für ihn geworden. Howard stand mit gesenktem Haupt da. Weder weinte er, noch war ihm danach. Für ihn war Mrs. Mason eine alte Hexe gewesen. Sie hätte ihm helfen können, wenn es ihr beliebt hätte, denn sie stank vor Geld; das hatte seine Mutter ihm gesagt. Doch es war nun schon Jahre her, daß er einen Penny von ihr bekommen hatte. Trotzdem fragte er sich, wie er wohl in ihrem Testament abschneiden würde. Sie hatte nur ihre Familie als Erben, und er nahm an, daß eine bestimmte Summe unter allen Enkelkindern gleichmäßig aufgeteilt würde. Es wurde Zeit, daß die Beerdigung zu Ende ging, damit man zum Haus zurückgehen und hören konnte, was der Anwalt mitzuteilen hatte. Howard brauchte dringend Geld; er befand sich wieder einmal in Schwierigkeiten und wollte einer Auseinandersetzung mit seiner Mutter aus dem Weg gehen.

Samuel war traurig. Armes, altes Mädchen. Sie hatte sich immer anständig ihm gegenüber benommen. Er war anfangs dagegen gewesen, sein Eheleben in ihrem Haus zu beginnen. Aber sie war allein und das Haus mit seinen zehn Zimmern und Büros für eine Person viel zu groß. Zumindest war es ihm früher so erschienen. Und anfangs war das Leben dort angenehm gewesen mit drei Dienstboten. Er selbst hätte sich damals geweigert, drei Dienstboten durchzufüttern, obwohl er es sich schon zu jener Zeit gut hätte leisten können.

Man konnte mit Mrs. Mason vernünftig reden. Sie hatte Sinn fürs Geschäft. Sie hatte die beiden Kohlenlager, die ihr Mann ihr hinterlassen hatte, weitergeführt: eines in Fellburn, nahe dem Fluß in Bog's End, das andere in Gateshead. Sechs Zuggespanne mit der entsprechenden Anzahl von Pferden gehörten dazu.

Zwanzig Männer waren bei ihr beschäftigt, als sie später an Dickinson verkaufte, der ihr eine ordentliche Stange Geld geboten hatte. Sie nannte Samuel niemals die wirkliche Summe, dazu war sie zu gerissen. Doch das paßte zu ihr. Sie war auf ähnliche Weise großgeworden wie Samuel: Sein Vater war Flickschuster gewesen, ihrer Kohlenträger. Jedenfalls war genug Geld zum Verteilen da, und es interessierte ihn zu hören, wie sie es wohl aufgeteilt hatte.

Janet weinte nicht, aber ihre Augen brannten und ihr

Herz war schwer. Noch mehr als Harry war Mrs. Mason ihr ein Mutterersatz gewesen. Mit ihr konnte sie reden und lachen. Es gab so wenige Menschen, mit denen sie lachen konnte. Ihrer Großmutter konnte sie lustige Begebenheiten aus der Bücherei erzählen, wie den Fall der Frau, die ein Buch ausleihen wollte, dessen Titel auszusprechen sie sich genierte, und die behauptet hatte, sie brauche das Buch für eine Freundin. Möglicherweise handelte es sich um einen Roman von Elinor Glyn, die nach Meinung vieler Leute ganz schockierende Bücher schrieb. Oder der Mann, der hereingeschlichen kam und keinesfalls von einer Frau bedient werden wollte. Miß Barker hatte gesagt, Mr. Stanford sei im Moment nicht da, aber vielleicht könne sie ihm helfen? Nun, er wolle ein Buch über die Ehe, sagte er, und als sie nach dem Titel fragte, schnappte er zurück: ›Woher soll ich den wissen?‹ Da war Miß Barker zu ihr gekommen und hatte sie gebeten, den schwierigen Kunden weiter zu bedienen. ›Haben Sie eine ungefähre Ahnung von dem Titel des Buches?‹ hatte sie gefragt, worauf er meinte: ›Sie kommen mir ziemlich jung vor. Sind Sie verheiratet?‹ Als sie das verneinte, hatte er sich umgedreht und war aus der Bücherei gerannt.

Mrs. Masons Bett hatte gewackelt, als Janet ihr diese Geschichte erzählt hatte. Sie hatte so viel gelacht an jenem Tag. ›Du hättest den armen Kerl zu mir schicken sollen‹, hatte sie geprustet, ›ich hätte ihm vielleicht ein paar Tips geben können.‹

Janet vermißte ihre Großmutter sehr.

Als die Zeremonie vorüber war, ging sie mit ihrem Vater und Harry zu ihrem separaten Wagen, und sie fuhren nach Sweetbanks Gardens zurück, wo die Dienstmädchen schon vor dem Begräbnis ein kaltes Buffet hergerichtet hatten. Doch nun schien niemand essen oder trinken zu wollen; statt dessen schienen jedoch einige der Anwesenden nach dem Inhalt von Mrs. Masons letztem Willen zu dürsten ...

Mr. Winterbottom saß in der Mitte des Raumes vor einem

Tischchen, das man eigens zu diesem Zweck aufgestellt hatte. Aus einer Mappe zog er ein Dokument und einen versiegelten Brief hervor; dann rückte er seine Brille zurecht und blickte über das gefaltete Pergament hinweg auf die Anwesenden.

Er begann: »Das ist immer ein trauriges, aber interessantes Geschäft. Doch hier handelt es sich um das Testament von Mrs. Mason, das auch die Gespräche mit ihr widerspiegelt, die immer kurz und auf den Punkt gerichtet waren.«

Er verlas nun die übliche Präambel über die völlige geistige Klarheit etc. Als er bei einer Stelle anlangte, die hieß ›Am heutigen Tage, dem 2. Juni des Jahres 1907‹, hob er die Augen vom Papier und sagte: »Mrs. Mason hat zwar ihr Testament an diesem Tage diktiert, hat aber vor drei Monaten noch ein Kodizill hinzugefügt – dazu kommen wir später –, in dem sie alles bekräftigt, was ich nun verlesen werde. Wie es scheint, hat sie ihre Meinung in keiner Weise geändert. Nun, fahren wir fort.« Mr. Winterbottom richtete wieder seine Brille und fing an zu lesen:

»Für Maggie Fawcett, Annie Garrett und Kate McPherson, die drei Frauen, die sich lange Jahre so gut um mich gekümmert haben, hinterlasse ich folgendes: Zuerst für Maggie Fawcett, die am längsten bei mir war, eintausend Pfund. Für Annie Garrett und Kate McPherson hinterlasse ich jeweils fünfhundert Pfund. Dies sollte ihnen helfen, ihre Zukunft in welcher Weise auch immer zu gestalten. Und nun zu meiner Familie. Da ich der Ansicht bin, daß mein Schwiegersohn, Samuel Fairbrother, wohlhabend genug ist, um seine Frau unter allen Umständen gut zu versorgen …« – hier hüstelte Mr. Winterbottom ein wenig, ehe er fortfuhr – »und mit Ausnahme seiner ältesten Tochter, Janet, auch die anderen Mitglieder der Familie. Janet Fairbrother, der ich zutiefst zugetan bin, erhält das Besitzrecht auf dieses Haus mit allem Inventar, da ich glaube, daß sie eines Tages ein eigenes Heim brauchen wird. Ich hinterlasse ihr gleichfalls alles, was an Geldern noch vorhanden und in Aktien und Sicherheiten angelegt ist, die sich zu diesem Zeitpunkt auf einen Wert von zweiunddreißigtausend Pfund belaufen. Dies wird in der Familie sicherlich Unstimmigkeiten hervorrufen, doch es ist mein Wunsch und soll buchstabengetreu erfüllt werden.

Unterzeichnet am Tage des zweiten Juni neunzehnhundertundsieben.«

Mr. Winterbottom nahm seine Gläser ab, putzte sie und blickte auf die erstaunten Gesichter, die ihn in unterschiedlichen Graden des Erstaunens anstarrten. Niemand bewegte sich, als er sagte: »Der Testamentszusatz, datiert vom zweiten November neunzehnhundertzehn, lautet: Die Zeit wird knapp. Ich habe meinem Testament nichts hinzuzufügen. Die Familie weiß, daß ich bei klarem Verstand bin und es hoffentlich bis zuletzt bleiben werde. Ich weiß, daß einige bittere Worte fallen werden über die Art, in der ich über mein Vermögen bestimme. Denk nicht zu schlecht von mir, Alice. Dein Mann wird immer für Dich sorgen. Und sollte er es aus irgendeinem Grund nicht mehr können, so wird es Deine Tochter Janet tun.«

Nach einer kleinen Pause faltete Mr. Winterbottom das Pergament zusammen, hüstelte und erhob sich. Er ging zur Tür, wobei er Samuel zunickte. Samuel erhob sich ebenfalls, als wolle er ihm nachgehen, besann sich dann aber anders. Er wandte sich um und winkte Jessie, Fanny und Harry, mit ihm das Zimmer zu verlassen. Howard blickte er nicht an. Als die Tür sich hinter ihnen geschlossen hatte, standen Janet, ihre Mutter und ihr Bruder allein in dem Zimmer. Es schien, als würden Janet und Alice gleich zusammenbrechen, wenn auch aus unterschiedlichen Gründen. Howards Gesichtsausdruck war nichtssagend. Er starrte seine Schwester an und wiederholte in Gedanken immer wieder die magische Zahl: zweiunddreißigtausend und dieses Haus.

Zweiunddreißigtausend und dieses Haus. Er nahm kaum seine Mutter wahr, die sich vor Janet aufbaute und mit vor Wut beinahe erstickter Stimme zischte: »Du hinterhältige Erbschleicherin. Das lasse ich dir nicht durchgehen. Ich werde Einspruch einlegen! Es ... es gehört mir, alles! Ich wurde in diesem Haus geboren. Von rechts wegen gehört es mir. Und das nach allem, was ich für sie getan habe. Weißt du, ich könnte dich auf der Stelle erwürgen! Und nicht erst heute. Immer schon bist du wie ein Stachel in meinem Fleisch gewesen, damit du es nur weißt. Eine Absonderlichkeit im kurzen Kleidchen, das warst du schon als Kind. Aber so kommst du mir nicht davon. Lieber brenne ich das Haus nieder, bevor ich dich darin wohnen lasse.«

Ihr Zischen war zu einem Kreischen geworden, das Samuel veranlaßte, zur Tür hereinzustürmen und Alice anzubrüllen: »Halt den Mund, Weib! Sei still! Was geschehen ist, hast du dir selbst zuzuschreiben.« Er blieb neben Janet stehen, die vor dem Angriff ihrer Mutter zurückgewichen war. Durch diese scheinbare Komplizenschaft noch mehr erzürnt, fuhr Alice herum, ergriff eine Vase vom Kaminsims und schleuderte sie nach ihnen. Nur dank Samuels schneller Reaktion, der Janet mit festem Griff niederdrückte, wurden sie von dem Wurfgeschoß nicht getroffen.

Die Vase zerschmetterte an der Wand in tausend Scherben. Howard, der sah, daß seine Mutter nach einem weiteren Gegenstand griff, eilte zu ihr und zog sie an sich. »Gib auf, Mutter, halt!« rief er. Er wandte sich seinem Vater zu, der sich ihnen näherte. »Bleib stehen!« schrie er. »Sie hat genug mitgemacht. Es reicht! Es reicht uns allen!«

»Genug ist nichts im Vergleich dazu, was euch noch erwartet. Raus jetzt, alle beide! Schnell!« brüllte Samuel.

Howard mußte seine Mutter, die vor Wut nicht mehr sprechen konnte, förmlich aus dem Raum zerren.

Samuel legte seinen Arm um Janets Schultern. Beide standen schweigend da, bis sie die Haustür mit einem Knall zufallen hörten.

»Setz dich«, sagte Samuel.

Janet gehorchte, während die Tür aufging und Harry Maggie und Annie hereinschob. Maggie fragte: »Geht es Ihnen gut, Miß?« Sie bemerkte die Scherben auf dem Boden und schüttelte den Kopf. »Du liebe Zeit! Ich hätte nie gedacht, daß es so weit kommen würde. Es war für alle ein Schock, für manche ein angenehmer, für andere sehr unangenehm ... Möchten Sie etwas trinken?«

»Nein, danke, Maggie«, antwortete Samuel. »Wir machen uns jetzt auf den Heimweg.«

Harry, der Janet in dem Sessel sah, eilte zu ihr. »Hat sie dich getroffen?«

Janet schüttelte den Kopf. Sie brachte kein Wort heraus, obwohl sich ihre Gedanken überschlugen. Die Reaktion ihrer Mutter hatte sie nicht überrascht, sie war zu erwarten gewesen. Aber was sie sonst noch gesagt hatte, über die Absonderlichkeit im kurzen Röckchen ... War sie absonderlich? War sie anders als die anderen? Ja, das mußte sie wohl sein, denn sonst hätte Mrs. Mason ihr nicht ihr Vermögen hinterlassen. Ihre Großmutter schien damit anzudeuten, daß Janet keine Zukunft hatte, jedenfalls nicht wie normale Leute. War sie so unscheinbar? Nein. Sie hatte sich in den letzten Jahren sehr verändert. Sie war zwar keine auffallende Schönheit, aber auch keineswegs häßlich. Sie hatte eine gute Haltung und zog sich gut an. Und sie hatte Verstand. War es das, was sie absonderlich machte, und was ihre Mutter all die Jahre erzürnt hatte? ...

Es klopfte, und der Anwalt trat herein. Behutsam ging er auf Janet zu. »Ich habe einen Brief für Sie, Miß Fairbrother. Ich wollte ihn während der Testamentseröffnung nicht erwähnen, da ich noch ein vertrauliches Gespräch mit Ihnen führen möchte. Aber das kann selbstverständlich später in meinem Büro stattfinden, sobald Sie Zeit haben. Es sind noch einige Dinge zu besprechen und Papiere zu unterzeichnen. Doch hier ist der Brief von Ihrer Großmutter.« Er reichte ihr den Umschlag, und Janet antwortete leise: »Danke.«

Sie machte keine Anstalten, den Brief zu öffnen. Mr. Winterbottom verabschiedete sich. »Ich gehe jetzt. Machen Sie sich keine Gedanken über Ihren neuen Reichtum. Die Reaktionen darauf waren zu erwarten, alles nur natürlich.« Er wandte sich an Samuel. »Sie werden mir sicher zustimmen, daß sie unter den gegebenen Umständen natürlich waren.«

Damit verbeugte er sich leicht vor den Anwesenden, wandte sich ab und ging.

Maggie fragte: »Was sollen wir drei nun tun, Miß Janet?«

Samuel antwortete für Janet. »Machen Sie einfach weiter wie bisher, Maggie ... als wäre Mrs. Mason noch hier. Meine Tochter wird über alles nachdenken, sobald es ihr etwas besser geht. Aber jetzt fahren wir alle nach Hause.«

Als sie das Haus verließen, drehte Harry sich noch einmal zu den drei Frauen um. »Das Essen war sehr gut, danke«, sagte er.

Als sie im Auto saßen, ging es Janet durch den Kopf, daß Harry der einzige gewesen war, der sich bei den Dienstmädchen für das Essen bedankt hatte. Harry war sehr taktvoll – und nett. Es war seltsam. Er hatte die gleiche Abstammung wie Howard und sie selbst. Wie konnten Menschen, die dieselbe Herkunft hatten, so verschieden sein? Sie selbst war immer anders gewesen und war es jetzt noch mehr, da sie plötzlich eine reiche Frau war. Sie stellte sich lebhaft vor, wie ihr Vater ins Haus stürmte und Maitland die Neuigkeit mitteilte. Welche Barrieren zwischen ihr und Maitland sich bisher auch erhoben hatten, Janet hatte sie nicht als unüberwindbar betrachtet. Doch nun hatte ihre Großmutter, in all ihrer Fürsorglichkeit, eine Mauer um sie errichtet, eine Festung, die einzureißen ein Mann wie Maitland niemals versuchen würde. Ihre Zukunft lag offen vor ihr: die tägliche Arbeit in der Bibliothek, die Abende in Sweetbanks Gardens, und für menschliche, wenn auch seichte Kontakte, ihre Kolleginnen. Das Muster war festgelegt.

4

Janet klammerte sich mit der Hand an den Türgriff, während sie ihren Schuh auf dem eisernen Schuhabkratzer hin- und herbewegte, um die Sohle vom festgebackenen Schnee zu befreien. Sie wollte dieselbe Prozedur eben mit dem zweiten Schuh beginnen, da fiel sie beinahe in die Eingangshalle, weil die Tür sich plötzlich von innen öffnete.

»Oh, das tut mir leid.« Maitland hielt sie mit festem Griff. »Kümmern Sie sich nicht um den anderen Schuh. Kommen Sie herein, Sie müssen ja ganz erstarrt sein vor Kälte. Ich wollte Ihnen gerade entgegengehen. Sie sind heute früh dran.«

Janet blinzelte ihn durch schneegesäumte Wimpern an und stellte fest, daß er seinen Mantel trug und einen Schal um den Hals gewunden hatte. »Danke«, murmelte sie und ließ sich in der Halle in einen der Sessel fallen. Während sie ihren wollenen Hut abnahm und ihn ausschüttelte, kniete Maitland vor ihr nieder und fing an, die Befestigung ihrer Überschuhe zu lösen. Janet entzog ihm ihren Fuß. »Ist schon gut, das kann ich selbst tun.«

Unbeeindruckt hielt Maitland ihren Fuß fest und entfernte die Überschuhe von ihren beiden Füßen. Janet protestierte nicht. »Geben Sie mir Ihren Mantel«, forderte Maitland sie auf und legte seine Hand um ihren Arm, um ihr aufzuhelfen. Als sie den Mantel ausgezogen hatte, rief er nach Florence und befahl: »Nehmen Sie Miß Janets Sachen und hängen Sie sie zum Trocknen auf. Und sagen Sie der Köchin, daß Miß Janet in zehn Minuten ihre Mahlzeit einnehmen wird.«

»Ja, Mr. Maitland ... Ist es nicht schrecklich draußen?« Die letzten Worte hatte Florence an Janet gerichtet. »Ein Wunder, daß Sie es von der Straßenbahn hierher geschafft haben. Wie gut, daß Sie das Rad zu Hause gelassen haben. Der Schnee muß ja schon kniehoch liegen.«

Janet strich sich eine Haarsträhne aus dem Gesicht und lächelte Florence an. »Wo Schneeverwehungen sind, reicht er einem fast bis zur Schulter, Florence. Mein Vater wird ziemliche Probleme haben, nach Hause zu kommen. Der Wagen wird bestimmt steckenbleiben.«

»Der Herr hat kurz zuvor angerufen, Miß«, sagte Maitland. »Er hat eine Verabredung, die bis etwa acht Uhr dauert. Angesichts dieser Tatsache habe ich mir erlaubt, den Tisch für Sie im Morgenzimmer decken zu lassen. Dort ist es viel wärmer.«

»Danke«, erwiderte Janet, die sich schon auf dem Weg nach oben befand. Sie blickte nicht zurück, sondern wiederholte im stillen seine Worte: ›Ich habe mir erlaubt.‹ Warum mußte er immer so steif und korrekt sein? Und doch, wenn sie zusammen waren und niemand sonst zugegen ... Nein, zusammen war nicht das richtige Wort in Beziehung auf sie beide. Es deutete Nähe, Kameradschaft und Verständnis an, doch Nähe und Kameradschaft gab es zwischen ihnen nicht. Aber Verständnis, ja, das gab es.

Janets Zimmer war warm; das Feuer mußte schon vor einiger Zeit angezündet worden sein. Schnell zog sie ihren Sergerock und die weiße Bluse mit der schwarzen Halsbinde aus. Sie wusch Gesicht und Hände in dem heißen Wasser, das jeden Abend in dem Krug für sie bereitstand. Danach wechselte sie die Schuhe. Sie besaß eine große Anzahl feiner Lederschuhe, aus denen sie wählen konnte. Und warum nicht? Ihr Vater stellte sie her, oder ließ sie herstellen, und zwar nicht nur für sie, sondern für jedes Familienmitglied.

Zuletzt holte sie aus dem Wandschrank ihre neueste Errungenschaft, ein mitternachtsblaues Samtkleid, das in gewagter Kürze ein Stück über den Fußknöcheln endete. Das war die neueste Mode, die viel Aufregung verursachte.

Sie hatte das Kleid bisher noch nicht getragen, und wenn ihre Mutter noch im Haus gelebt hätte, hätte sie es auch heute nicht gewagt. Es war zwar dunkel, aber nicht schwarz. Und so mancher hätte sicher eingewandt, daß, wenn jemand Trauer tragen sollte, es Janet sein sollte, da sie schließlich den größten Gewinn vom Tod ihrer Großmutter hatte.

Doch ihr war bewußt, daß sie sich außer der Erbschaft auch den Haß ihrer Mutter eingehandelt hatte, die ihr nie vergeben würde. In deren Augen war sie eine Kriecherin, eine Erbschleicherin, die alles Schlechte verkörperte.

Die Reaktion auf ihre Erbschaft waren unterschiedlich. Alicia war gestern in die Bibliothek gekommen; die Unterredung über die Theke hinweg hatte allerdings nicht lange gedauert. »Ich finde, du solltest mit uns teilen«, hatte Alicia gesagt. »Es ist einfach nicht fair.«

Janet hatte ihr nicht gesagt, daß sie bereits nach Gutdünken geteilt hatte. Nicht einmal ihrem Vater hatte sie erzählt, wieviel sie Eddie und James geschickt hatte, und sie hatte auch die beiden gebeten, Stillschweigen darüber zu bewahren. Ihr Vater würde es also nie erfahren. Auch Harry hatte tausend Pfund von ihr bekommen. Er hatte sich per Telefon bei ihr bedankt. »Gott segne dich, Janet. Eddie und James haben mich angerufen, und ich spreche für uns drei. Wie Eddie sagte: ›Du bist schwer in Ordnung.‹«

Ihre Augen waren naß gewesen, als sie den Hörer aufgelegt hatte.

Jessie und Fanny hatte sie bisher nichts gegeben, da sie wußte, daß ihre Mutter sie zwingen würde, das Geld zurückzugeben.

Und dann war da noch Howard. Sie hatte sich immer wieder sein Betragen am Begräbnistag vor Augen gehalten, als er sich nicht gegen sie gewandt hatte, sondern still geblieben war. Sein Schweigen hatte sie überrascht, denn von allen Geschwistern war er der geldgierigste.

Janet betrachtete sich in dem hohen Spiegel. Sie sah elegant aus, anders als sonst. Der viereckige Halsausschnitt betonte ihre Haut vorteilhaft. Doch ihr Gesicht sah zu blaß aus. Sie setzte sich an den Frisiertisch, nahm aus einer Schublade eine kleine runde Dose und öffnete sie beinahe schuldbewußt. Sie drückte einen kleinen Wattebausch in das rosige Puder und trug die Farbe vorsichtig auf die Wangenknochen auf. Dann näherte sie ihr Gesicht dem Spiegel. War das zuviel? War es bemerkbar? Sie befeuchtete mit der Zunge den Zeigefinger und fuhr damit in einer Aufwärtsbewegung über die dunklen Wimpern. Ebenso verfuhr sie mit ihren Augenbrauen. Zuletzt kämmte sie ihre Locken, wobei sie sie nicht unterdrückte, wie sie es des Morgens, wenn sie zur Arbeit ging, zu tun pflegte, sondern sie auflockerte, so daß sie in natürlichen Wellen über ihre Schultern fielen.

Nachdem sie mit diesen Vorbereitungen fertig war, erhob sie sich und blieb dicht an den Tisch gepreßt mit gesenktem Kopf stehen. »Warum?« fragte sie zwischen zusammengebissenen Zähnen. Doch sie sprach die Antwort nicht aus. Statt dessen befahl sie sich: »Los jetzt, hinunter mit dir!«

Als sie am Fuß der Treppe angelangt war, sah sie Sarah, die ein Tablett ins Frühstückszimmer trug. Und Sarah, die nun eine gesetzte, ruhige Frau in den Vierzigern war, verhielt ihren Schritt so plötzlich, daß das Tablett in ihren Händen gefährlich schwankte. »Oh, Miß!« rief sie. »Was sehen Sie heute prächtig aus!« Gleichzeitig dachte sie jedoch auch, wie seltsam es war, daß Janet nicht mehr Schwarz trug, nach allem, was sie ihrer Großmutter verdankte.

»Prächtig?« lachte Janet ein wenig abfällig, was Sarah aber mit einer Handbewegung abtat, während sie weiterging. »Jawohl, Miß, prächtig.«

Mit ›elegant‹ wäre Janet einverstanden gewesen, doch nicht mit prächtig, auch nicht mit hübsch oder schön. Attraktiv vielleicht.

Falls sie auf eine Bemerkung von Maitland gewartet hatte, so wurde sie enttäuscht. Denn nachdem er ihr einen kurzen Blick zugeworfen hatte, zog er ihr einen Stuhl heran, und als sie sich gesetzt hatte, ging er zur Anrichte und holte einen Teller, den er mit einer weißen Serviette abwischte und dann vor Janet plazierte. Aus der Terrine, die bereits auf dem Tisch stand, tat er etwas Suppe in den Teller. Nach dem zweiten Schöpflöffel hob Janet die Hand, woraufhin er den Schöpfer und die Terrine vom Tisch nahm. »Möchten Sie heute abend Wein trinken?« fragte er dabei.

Janet überlegte. »Ja, das möchte ich«, sagte sie dann. Allerdings hatte sie nicht darüber nachgedacht, was sie trinken wollte, sondern warum Maitland wohl das Wort ›Miß‹ ausgelassen hatte.

Sie aß sich durch das Vier-Gänge-Menü, das aus Suppe, Fisch, gebackenen Lamm und einem Schokoladenpudding mit Weinsoße bestand. Bevor sie den letzten Gang aufgegessen hatte, legte sie Gabel und Löffel beiseite und sprach Maitland über die Schulter hinweg an. »Sie kennen doch sicher die Redensart ›leben wie ein Lord‹?«

»Ja, ich kenne sie«, gab er zurück. »Sie wird oft benutzt, besonders unter den armen Leuten.«

»Wirklich? Ist es nicht merkwürdig, daß ich den ganzen Tag in einer Bücherei arbeite, wo gut die Hälfte unserer Kunden aus armen Leuten besteht, die ich bediene, und dann komme ich abends hierher zurück und lebe wie ein Lord ... oder eine Lady. Da wir von Ladys sprechen, Ihre Ladyschaft hat sich bestimmt immer zum Abendessen umgezogen, nicht wahr?«

»Ja, das tat sie.« Maitland stand hinter ihr, und sie lehnte ihren Kopf zurück. »Und empfanden Sie das als normal?«

»Selbstverständlich.«

»Also deshalb haben Sie nichts gesagt, nachdem ich mich zum erstenmal, seit Sie mich kennen, zum Dinner umgezogen habe? Oder war es, weil Sie genauso erstaunt waren wie Sarah, daß ich nicht mehr Schwarz trage? Erscheint es Ihnen als mangelnder Respekt den Toten gegenüber, besonders, da es sich um jemand handelt, der mir sein Vermögen hinterlassen hat?«

Sie hörte ihn mit dem Geschirr klappern, während sie auf eine Antwort wartete. Plötzlich stand er neben ihr und griff nach ihrem Puddingteller. »Sind Sie fertig, Miß? Möchten Sie Ihren Kaffee im Wohnzimmer einnehmen?«

Janet blickte zu ihm auf, er erwiderte den Blick. Sie senkte zuerst die Augen. Allerdings mußte sie ein Lachen unterdrücken, als er antwortete: »Ladys sollten ihrem Butler keine Fragen stellen, besonders dann nicht, wenn zu erwarten steht, daß andere Bedienstete jeden Augenblick hereinplatzen können. Im Wohnzimmer ist das anders, denn dort wäre der arme Butler in der Lage, sich zu verteidigen, er könnte es sogar wagen, seine Herrin nach dem Grund dieses Ausbruchs zu fragen.«

Mit leicht geneigtem Haupt erhob Janet sich von der Tafel und ging wortlos und gemessenen Schrittes aus dem Zimmer.

Im Wohnzimmer ließ sie sich auf der chintzbezogenen Chesterfieldcouch gegenüber dem flackernden Feuer nieder und lächelte in sich hinein. Zum erstenmal seit dem Begräbnis ihrer Großmutter hatte Maitland eine menschliche Seite gezeigt. Die Steifheit wich aus ihrem Körper. Sie lehnte sich auf der Couch zurück und drapierte den Samtrock um ihre Knie, wobei sie ihn nicht allzuweit über die Waden hinabzog.

Gut fünf Minuten später trat Maitland ein. Er trug ein Tablett, auf dem sich zwei silberne Kannen, eine silberne Zuckerdose sowie eine kleine Kaffeetasse nebst Untertasse befanden. Dieses Tablett stellte er auf dem Beistelltischchen ab und goß Kaffee in die Tasse, so wie sie ihn liebte, zur Hälfte mit Milch gemischt und dazu ein Würfel Zucker. Er reichte ihr die Tasse, wobei er sagte: »Ich finde, Sie sollten immer Samt tragen. Er unterstreicht Ihre Hautfarbe.«

Sie blinzelte erstaunt und schluckte. Dann nahm sie ihm die Kaffeetasse aus der Hand. »Danke«, sagte sie und nippte. »Sarah meinte, ich sehe prächtig aus. Das war wohl nicht das richtige Wort dafür, oder?«

»Das war es wirklich nicht, denn sie sind weder prächtig noch hübsch. Manchmal erscheint Ihr Gesicht sehr schön, manchmal wiederum reizlos. Dies ist dann der Fall, wenn Sie in aggressiver Stimmung sind, besonders während einer Mahlzeit, und von einem mürrischen Gesichtsausdruck kann auch das schönste Kleid nicht ablenken. Ah«, sagte Maitland und streckte die Hand aus, um die schwankende

Tasse festzuhalten, »es gibt noch andere Möglichkeiten, ein schönes Kleid zu verderben.«

Als Janet ihm die Tasse aus den Fingern zog, schwappten einige Tropfen Kaffee auf die Untertasse. Sie richtete sich auf und blickte Maitland beinahe wütend an. »Wissen Sie was? Ich habe den starken Wunsch, Sie mit diesem Kaffee zu übergießen!«

»Daran zweifle ich nicht, Miß; und es wäre nicht das erste Mal. Doch empfinde ich meinerseits den starken Wunsch, Sie auf etwas aufmerksam zu machen. Sie haben seit einiger Zeit die unangenehme Gewohnheit angenommen, Ihre Sätze mit ›Wissen Sie was‹ einzuleiten. Das paßt überhaupt nicht zu Ihnen.«

Janets Mund blieb offenstehen. »Das tue ich nicht!« widersprach sie.

»O doch. Sie haben es gerade eben gesagt.«

Janet mußte sich zurückhalten, um nicht aufzuspringen. ›Was erlauben Sie sich‹, hätte sie am liebsten gesagt. ›Sie sind unverschämt.‹ Doch das hatte sie ja gewollt, einen Streit, einen Zank, irgend etwas herausfordern, um wieder zu dem alten Einverständnis mit ihm zu gelangen. Mit möglichst normaler Stimme meinte sie: »Nun, wenn ich gewöhnlich werde, kehre ich nur zu meinen Ursprüngen zurück.«

»Unsinn.« Er streckte wieder die Hand nach ihrer Tasse aus. »Geben Sie mir das. Ich besorge Ihnen eine saubere.«

Sie ließ sich die Tasse aus der Hand nehmen.

Als Maitland frischen Kaffee in eine neue Tasse goß, ging er zu einem anderen Thema über. »Haben Sie schon entschieden, was Sie mit dem Haus Ihrer Großmutter anfangen?«

Die Frage überraschte Janet, und sie brauchte einen Moment, um zu antworten. »Oh, das ist schon für mich entschieden worden. Wie Sie wissen, hat sie mir einen Brief hinterlassen, in dem sie mich bat, das Haus mindestens fünf Jahre lang nicht zu verkaufen. Ich war überrascht, daß sie das nicht in ihrem Testament erwähnt hatte. Aber dies war eine besondere Bitte von ihr, und auch, daß ich jedes der Dienstmädchen behalten solle, das bleiben möchte. Nun, Maggie kommt in die Jahre und möchte sich gerne zurückziehen. Sie wird bei einer ihrer Kusinen leben. Und Kate, die jüngste, wird sich einen Traum erfüllen, den sie schon lange gehegt hat: ein Geschäft für Handarbeitswaren zu eröffnen. Aber Annie möchte bleiben, und ich bin froh, daß sie sich um das Haus kümmert. Ich habe sie recht gern, und sie liebt das Haus. Und wissen Sie was?« Sie legte die Hand auf den Mund, während ihre Augen Maitland anlachten. Er lächelte breit zurück, und sie lachte nun voll heraus. Langsam und jedes Wort betonend, wiederholte sie: »Wissen Sie was? Was glauben Sie? Das ist Miß Barkers liebste Einleitung, und meistens flüstert sie es. Wir sind doch alle Nachahmer, wie? Außer Ihnen natürlich.« Das Lächeln verschwand von ihrem Gesicht. »Wie schaffen Sie es, immer so korrekt zu bleiben?«

»Ich bin nicht immer korrekt. In der Arbeit selbstverständlich, da gehört es dazu. Aber ich habe auch freie Tage, und da würden Sie überrascht sein ... Junge, wär'n Sie man überrascht!«

Die letzten Worte sprach er in breitestem Geordie-Dialekt. Doch Janet lachte nicht, wie sie es zu einem anderen Zeitpunkt wohl getan hätte. Statt dessen fragte sie ernsthaft: »Wenn Sie morgen von hier fortgehen würden, was würden Sie dann tun?«

»Diese Frage ist leicht zu beantworten. Ich würde eine Ausbildungsstätte für Butler und Diener einrichten, und vielleicht auch für ranghöhere Hausmädchen.«

»Wahrhaftig?«

»Ja. Ich habe schon lange darüber nachgedacht, denn gute Butler sind gefragt. Um eine solche Position gut auszufüllen, sollte man nicht nur das Grundwissen besitzen, wie man die Wünsche seiner Herrschaft erfüllt, Gäste empfängt oder das Personal einsetzt, sondern man muß auch hinsichtlich des Tagesgeschehens auf dem laufenden sein. Das hat

Seine Lordschaft mir beigebracht. Dafür werde ich ihm immer dankbar sein, und sei es nur wegen des Kompliments, das Ihr Bruder mir machte, als er sich um das Stipendium für englische Literatur bewarb, denn ich war in der Lage, die Zeitungsartikel mit ihm zu diskutieren, teilweise zumindest. Ich werde nie vergessen, wie er mich ansah und sagte: ›Maitland, Sie hätten diesen Wettbewerb ohne weiteres gewonnen, wenn Sie die Chance gehabt hätten.‹ Und unbescheiden, wie ich bin« – er schürzte die Lippen – »antwortete ich: ›Ja, dieser Meinung bin ich auch – wenn ich die Chance gehabt hätte.‹ Und ich darf hinzufügen, daß ich bisher niemanden in Ihrer Familie beneidet habe, aber ich werde Master Harry beneiden, wenn er im Oktober sein Studium in Oxford aufnimmt.«

Janet blickte zu Maitland auf und sagte mit sanfter Stimme: »Ich war gerade zehn Jahre alt, als ich hierher kam, und Sie waren dreißig. Damals hielt ich Sie für einen älteren Mann. Jetzt, elf Jahre später, kommen Sie mir jünger vor als damals. Und hier bin ich, noch keine einundzwanzig, und fühle mich alt, so alt. Ich ...«

Sie beendete den Satz nicht, sondern blickte ebenso wie Maitland zur Tür, durch die man die Stimme ihres Vaters aus der Halle hören konnte.

Noch ehe Maitland an der Wohnzimmertür war, flog diese auf, und Samuel stapfte herein. ›Ich frage mich‹, dachte Janet, ›ob er jemals wie ein normaler Mensch zu einer Tür hereinkommen kann.‹

»Es scheint kalt zu sein, Sir.«

»Was denken Sie? Es friert Stein und Bein draußen. Sie wissen gar nicht, wie gut Sie es haben – den ganzen Tag im warmen Haus. Bringen Sie mir einen Drink.« Mit etwas sanfterer Stimme fügte er hinzu: »Etwas Heißes, Suppe oder so.«

»Wie wär's mit einem Toddy, Sir?«

»O ja, das wäre noch besser.«

Samuel ging zum Feuer und ließ sich einige Sekunden lang durchwärmen. »Wie ist es dir ergangen, Janet?«

»Wahrscheinlich noch schlimmer als dir. Ich kam zu Fuß von der Straßenbahn.«

»Daran bist du selbst schuld. Ich habe dir gesagt, du solltest dir ein Automobil anschaffen. Du kannst es dir leisten.«

»Hat dein Automobil dich bis vor die Tür gebracht?« fragte Janet.

»Nicht ganz. Ich mußte es am Pförtnerhäuschen stehen lassen. Ich muß herausfinden, was diese Tagediebe die ganze Zeit über treiben. Die Auffahrt hätte gefegt sein müssen.«

»Das war sie auch zur Essenszeit. Vielleicht ist dir aufgefallen, daß es Wind gibt und daher Schneeverwehungen.«

»Jawohl, Miß, das ist mir aufgefallen. Genau am Tor bin ich in eine hineingetreten.«

»Du erwartest doch nicht, daß die Leute mit Laternen draußen arbeiten?«

»Ich erwarte, daß die Auffahrt gefegt ist, wenn ich heimkomme.«

»Sie haben sie den ganzen Tag über freigehalten ...«

»Schon gut, schon gut! Weißt du, wo ich war?«

»Bei einem Treffen, sagtest du.«

»Ja, bei einem Treffen, und zwar mit deiner Mutter. Kennst du schon die letzte Neuigkeit?«

»Woher denn? Ich kann nicht einmal raten.«

»Sie fängt wieder mit dieser Scheidungsgeschichte an.«

Ein kurzes Schweigen entstand, ehe Janet fragte: »Und warum gerade jetzt?«

»Ja, das kannst du zu Recht fragen. Und sie stellt sogar Bedingungen. Entweder benennt sie die fragliche Person – besser gesagt, die Person, um die es damals ging –, oder ich liefere Beweise in anderer Form, wie es heutzutage üblich ist: in einem Schlafzimmer mit einem halbnackten Flittchen, wo dann plötzlich die Tür aufgeht und jemand dich fotografiert.«

»Das wollte sie doch nicht wirklich!«

»O doch, genau das. Jedenfalls muß ich mir das überlegen. Bisher hatte ich noch keine Zeit dazu. Aber ich glaube, daß es eine Zeitklausel gibt, daß man sich nach einer bestimmten Trennungszeit auf jeden Fall scheiden lassen kann.«

Er ließ sich neben Janet auf die Couch fallen. Während er sich zurücklehnte, bedeckte er seine versehrte Hand mit der gesunden. Mit einer Stimme, die für seine Verhältnisse leise klang, sprach er weiter. »Weißt du was, Janet?« Janet wollte ihn scherzend darauf hinweisen, daß man einen Satz nicht mit diesen Worten beginnen sollte, da man für so etwas zu leicht Nachahmer finden konnte, doch ihr Vater war nicht zum Scherzen aufgelegt. Seine nächsten Worte überraschten sie. »Ich habe immer gedacht, Janet, daß sie eines Tages zu mir zurückkommen würde.« Er wandte Janet sein Gesicht zu. »Ich hatte nie daran gezweifelt. Ich dachte, irgendwann kommt sie zurück, sie wird vergeben und vergessen. Aber nein, sie will die Scheidung, will tatsächlich die Scheidung. Sie hat immer damit gedroht, aber ich weiß, daß getrennt lebende Frauen das zu tun pflegen, um den Mann auf die Knie zu zwingen. Ich habe schon versucht, sie um Verzeihung zu bitten, aber es hat jedesmal mit einer lauten Auseinandersetzung geendet. Hauptsächlich meine Schuld, das weiß ich; aber ich dachte auch, sie müßte mich inzwischen kennen. Wer sonst, wenn nicht sie? Sie weiß, daß ich es, wenn es Familienangelegenheiten betrifft, nicht halb so schlimm meine, wie es klingt. Im Geschäft ist das anders. Dort bleibt es immer bei dem, was ich einmal gesagt habe.« Samuel nickte. »Deshalb stehe ich heute an diesem Platz. Die Leute wissen, daß mein Wort gilt. Weißt du, zuerst konnte ich gar nicht glauben, was Alice mir da so ruhig sagte. Ich dachte, sie wolle mich damit nur erpressen, damit ich diesem großen, faulen Tunichtgut Howard einen Job gebe. Wenn je ein Mann seinen Sohn abgelehnt hat, so bin ich das. Und ich werde ihn nicht einstellen, nicht einmal, wenn sie deshalb die Scheidung einreicht. Und sie meint es ernst. Ich habe darüber nachgedacht, ob ihr vielleicht jemand den Hof macht. Wie du weißt, lebt sie seit vier Jahren sehr zurückgezogen.«

»Hast du je daran gedacht, noch mal zu heiraten, Dad?«

»Was! Ich noch mal heiraten?! O nein, ich nicht! Ich habe mir die Finger schon einmal verbrannt, und meine Hand dazu, sozusagen.« Er grinste Janet an. »Wie heißt die Bezeichnung für ein solches Wortspiel? Ich habe es schon einmal von dir gehört ...«

»Bildlich gesprochen.«

»Ja, genau, bildlich gesprochen.« Samuel hielt seine verkrüppelte Hand hoch und betrachtete sie. Obwohl seine Stimme nicht laut war, als er fortfuhr, klang sie doch bitter. »Als ich die Hand in mein Spiegelbild boxte, habe ich mir eine Heirat buchstäblich aus dem Kopf geschlagen. Dafür habe ich mir etwas Verstand eingetrichtert, und das ganze kann in zwei Worten zusammengefaßt werden: nie wieder. Nein, Mädel, für mich gibt es keine Heirat mehr. Allerdings heißt das nicht, keine Frauen mehr.«

»Aber Dad!« Janet schüttelte in gespieltem Abscheu den Kopf. Samuel lachte und lehnte sich an ihre Schulter. »Solange du hier bist, wenn ich nach Hause komme.« Und dann legte er seinen Mund an ihr Ohr und flüsterte: »Und der Zauberer, der uns allen den Platz zuweist und der wahre Herr im Haus ist.«

Janet schubste ihn sanft von sich weg und lächelte ihn an. »Aber sobald ihm das bewußt würde, bekäme er einen Tritt von dir, nicht wahr?« meinte sie spöttisch.

Samuel lehnte sich wieder an sie und murmelte: »Das ist es, was mir Sorgen macht: Du kennst mich zu gut.«

Maitland kam herein und reichte ihm ein kleines Tablett mit einem dampfenden Zinnbecher. »Ihr Mahl ist bereit, wenn Sie es sind, Sir«, sagte der Butler.

Während Samuel einen tiefen Zug aus dem Becher nahm, stand Janet auf und glättete ihren Rock. Ihr Vater betrachtete sie von oben bis unten und bemerkte: »Also das ist es. Ich wußte vom ersten Augenblick an, daß irgend etwas anders war. Ich will nicht sagen, daß mir das Kleid nicht gefällt, aber seit wann hast du es?«

»Erst seit kurzem.«

»Du hast das Schwarz ziemlich schnell abgelegt, hm?«
»Großmutter wäre es nur recht.«
»Ja, das denkst du. Aber du kannst nicht für sie sprechen; dafür werden andere über dich sprechen, besonders wenn du draußen helle Farben trägst.«
»Dann müssen sie eben reden, denn genau das habe ich vor.«
»Kehrst du wieder die Emanzipierte heraus?«
»Könnte man sagen, Dad.«
»Was halten Sie davon, Maitland?«
Maitland, der bereits auf dem Weg aus dem Wohnzimmer war, drehte sich herum und sagte: »Wenn Sie Miß Janets Kleid meinen, Sir, so würde ich sagen, daß es ihr sehr gut steht.«
Er ging hinaus und schloß die Tür hinter sich. »Hat er vorher auch schon was darüber gesagt?« fragte Samuel.
»Ja, das hat er.«
»Und was?«
»Ziemlich dasselbe wie jetzt.«
»Ja, weil er ein alter Schmeichler ist und ... ich finde, er sieht alt aus in letzter Zeit, meinst du nicht?«
»Nicht älter als du, Dad. Ich würde sogar sagen, daß er nicht so schnell altert.«
Samuel leerte den Becher, stand auf und wischte mit den Fingern die Mundwinkel ab. »Weißt du was?« fragte er. »Ja, ich weiß was«, gab Janet zurück.
»Manchmal möchte ich dein Gesichtchen schlagen, denn du bist ein frecher kleiner Käfer.«
»Ja, ich weiß. Ich glaube, da komme ich nach dir, denn vor einer Weile sagte ich fast dasselbe zu Maitland: ›Ich möchte Sie am liebsten mit diesem Kaffee übergießen.‹«
Sie beobachtete, wie ihr Vater die Augen weit öffnete und das Kinn gegen die Brust drückte. Nach einem Moment brummte er: »Das hast du gesagt? Warum?«
»Ich hatte meine Gründe«, erwiderte sie, drehte sich um und ging hocherhobenen Hauptes aus dem Zimmer. Samuel

lief ihr nach. »He!« rief er. »Warte, das will ich genauer wissen.«

Sie waren in der Halle angelangt, als Janet ihm ruhig antwortete: »Da muß ich dich leider enttäuschen. Du mußt jetzt essen gehen, und ich gehe ins Bibliothekszimmer, um zu lernen. Wir sehen uns nachher.« Sie tätschelte seine Wange und ging, während Samuel ihr mit offenem Mund nachschaute. Er war zutiefst beunruhigt, und diese Unruhe war stärker, als die, die seine Frau ihm verursacht hatte.

5

Arthur Stanford war ein durchaus präsentabler Mann von sechsunddreißig Jahren; über 1,80 m groß, blond, blauäugig und insgesamt gutaussehend zu nennen. Und da er das wußte, konnte er absolut nicht verstehen, warum seine zweite Bibliothekskraft zögerte, seinen Heiratsantrag anzunehmen, ja ihn sogar abwies.

Janets Hand in die seine nehmend, sagte er: »Meine Liebe, dies kommt doch sicher nicht überraschend für Sie. Ich habe Sie immer sehr geschätzt, und Sie wissen sicher, daß die Gefühle, die ich seit fast einem Jahr für Sie hege, mehr als nur freundschaftlich sind.«

Janet senkte den Blick. In gewisser Weise klang er wie Maitland: korrekt, gewissenhaft. Was also fehlte noch? Wartete sie auf jemanden, der war wie ihr Vater, jemand, der kommen und sie im Sturm erobern würde? Angeberisch, zielstrebig und intelligent, aber ohne gute Erziehung? Nein, das war es nicht. Sie wußte, auf wen sie wartete, und daß sie vermutlich noch so lange würde warten müssen, bis etwas Einschneidendes geschah.

»Und was mir sehr wichtig ist«, fuhr Mr. Stanford fort, »meine Mutter hat Sie sehr gern und ebenso meine Schwester; beide würden Sie mit Freuden in unserer Familie willkommen heißen. Selbstverständlich weiß ich, daß Sie selbst aus guter Familie sind und die Leute darüber reden werden, da Ihr Status, finanziell gesehen, weit über dem meinen liegt. Doch das macht mir nichts aus, denn ich bin sicher, daß meine Gefühle Ihnen schon bekannt waren, ehe Sie zu Ihrer Erbschaft gelangt sind.«

»Arthur, ich ... ich mag Sie wirklich gern. Wir kommen gut miteinander aus, da wir über vieles ähnlich denken. Doch über eine Heirat habe ich nie ...«

Mr. Stanford streckte die Hand aus und legte einen Finger auf Janets Lippen. »Sprechen Sie es nicht aus, meine Liebe. Lassen Sie sich Zeit. Ich werde warten, solange Sie es wünschen.«

Sie mußte seinen Finger von ihren Lippen entfernen, indem sie sein Handgelenk packte und seine Hand beiseite schob. »Aber Arthur«, begann sie von neuem, doch da klopfte es an der Tür. Mr. Stanford stand auf, ging zu seinem Schreibtisch und setzte sich dahinter, ehe er rief: »Herein.«

Miß Phoebe Carrington, die vom Lager zum Schalterdienst befördert worden war, verkündete: »Sir, hier ist ein junger Herr, der Miß Fairbrother sprechen möchte.« Mr. Stanford antwortete: »Oh. Ja, nun, selbstverständlich, führen Sie ihn herein.«

Janet drehte sich mit strahlendem Gesicht zur Tür um. Sie erwartete, einen ihrer jüngeren Brüder zu sehen, der vielleicht Urlaub hatte. Es war jedoch Howard, der auf der Schwelle erschien. Das Strahlen verschwand aus ihrem Gesicht. »Würden Sie mich bitte entschuldigen?« bat sie den Bibliotheksleiter. »Ich möchte draußen mit meinem Bruder sprechen.«

»Das ist doch nicht nötig. Sie können mein Büro für die Unterredung benutzen.« Er blieb stehen und schien darauf zu warten, daß Janet ihn ihrem Bruder vorstellte. Da sie jedoch keine Anstalten dazu machte, ging er hinaus und schloß die Tür hinter sich.

Howard stand mit dem Rücken zur Tür und sagte:

»Ich ... ich wußte, daß du einen von den anderen erwartet hast, aber ... du bist die einzige, zu der ich gehen konnte.«

»Gehen wofür?«

»Na ja«, er kam einen Schritt näher, »ich ... ich habe dich zuvor nie um etwas gebeten. Aber ich weiß, wie großzügig du zu den anderen warst. Es ist gleichgültig, woher ich das weiß; ich weiß es eben. Nun, sie besuchen Mam, und sie fragt sie dann nach Strich und Faden aus, und da entschlüpft schon mal was. Jedenfalls, Janet, ich weiß, was du von mir hältst, und ich suche nicht nach Rechtfertigungen. Ich weiß, daß es größtenteils meine eigene Schuld war. Aber jetzt bitte ich dich um deine Hilfe, denn ich stecke in der Patsche, und zwar ganz schlimm.«

Janet hatte ihn noch nie so gesehen. Er wand sich beinahe vor ihr, und sie fragte sich, welcher Howard ihr wohl mehr mißfiele. »Warum fragst du nicht Mam?« meinte sie. »Sie steht sich nicht schlecht.«

»Nein, ich traue mich nicht. Außerdem reden wir kaum noch miteinander, weil ... na ja, sobald sie Jock Dickinson heiratet, ziehe ich aus. Das habe ich ihr gesagt.«

»Sie will Jock Dickinson heiraten?«

»Ja, und wenn sie das tut, ist sie fein heraus. Sie wird dann in seinem Haus in Newcastle leben. Und nur Fanny wird mit ihr gehen, weil Jessie unbedingt ins Kloster eintreten will. Das hat zu Hause einen regelrechten Krawall ausgelöst. Sie sagt, wenn Mam sie nicht gehen läßt, wartet sie einfach bis zur Volljährigkeit. Aber niemand, sagt sie, kann sie davon abhalten, katholisch zu werden. Im Moment ist bei uns die Hölle los. Sei froh, daß du das nicht mitbekommst.«

Janet blickte ihn unverwandt an, während sie dachte, ja, ich bin froh. Nur eines fehlt mir noch zum Glück. Und es stimmte, daß sie den anderen geholfen hatte, nicht aber Howard. In gewisser Weise war das unfair, denn wenn ihre Großmutter den Geschwistern das Geld zu gleichen Teilen hinterlassen hätte, hätte er einen ordentlichen Batzen bekommen. Doch sie fragte nicht ›Wieviel brauchst du?‹, sondern: »Wieviel willst du von mir?« Es klang, als hätte ihr Vater die Frage gestellt.

Howard fuhr sich mit der Zunge über die Lippen, ehe er antwortete: »Fünf ... fünfhundert.«

»Was! Du sagst fünfhundert, obwohl du nur drei- oder vierhundert brauchst. Denk an Nicholas Denvers.«

»Es sind aber fünfhundert, Janet, wirklich. Es hat sich summiert, und jetzt drohen sie mir.«

»Wer droht dir?«

»Die Buchmacher.«

»Du hast gewettet?«

»Ja.« Er ließ den Kopf hängen. »Irgendwie kann ich nicht aufhören. Immer denke ich: nächstes Mal. Und ich habe auch gewonnen, gelegentlich habe ich gewonnen ... dreihundert im vergangenen Jahr.«

»Und jetzt schuldest du fünfhundert?«

»Es tut mir leid, Janet, aber ... es hat mich viel gekostet, hierher zu kommen und dich darum zu bitten.«

Janet betrachtete ihn aufmerksam. Nie hätte sie geglaubt, für ihren ältesten Bruder jemals Anteilnahme empfinden zu können; doch jetzt kam er ihr trotz seines guten Aussehens und seiner eleganten Kleidung vor wie ein Mann, der den festen Halt im Leben verloren hatte. Er wirkte älter als zweiundzwanzig.

Ein wenig grob sagte sie: »Wenn ich dir jetzt das Geld gebe, bekommst du nie wieder etwas von mir. Du brauchst dann nicht mehr zu mir zu kommen und ...«

»Das werde ich bestimmt nicht, Janet. Ich verspreche dir, sobald ich aus dem Schlamassel heraus bin, werde ich mich anstrengen.«

Sie wollte sagen, daß sie das schon früher von ihm gehört hatte. Doch sie brachte es nicht fertig, denn als sie ihn so stehen sah, machte sich ein ganz neues Gefühl in ihr bemerkbar: Mitleid. Er tat ihr leid, und sie dachte an die Zeit, als sie ihn noch gern gehabt hatte. Das war, als sie alle noch bei ihrer Großmutter gelebt hatten. Damals war es immer Eddie gewesen, mit dem sie gestritten hatte. Und doch, dachte sie, liebte sie Eddie jetzt am meisten. Sie liebte sie alle, James, Eddie und Harry. Doch sie konnte sich nicht mehr erinnern, wann sie Howard zum ersten Mal gehaßt hatte. »Du kriegst es«, sagte sie barsch. »Komm morgen früh vorbei, dann gebe ich dir einen Scheck. Aber denke daran, es ist das erste und letzte Mal.«

»Oh, Janet, danke. Danke.« Howard kam näher und ergriff ihre Hand. »Ich verspreche, dich nie wieder zu belästigen, denn ich will mich ernsthaft zusammenreißen, wenn ich aus dieser Patsche raus bin.«

Janet entzog ihm ihre Finger. »Ich hoffe, du hältst dein Versprechen. Weiß Mam Bescheid, daß du in der Klemme sitzt?«

»Nein.« Howard schüttelte den Kopf. »Mam hat sich verändert. Sie hätte Dad niemals verlassen sollen, weißt du. Und ... ich hatte gedacht, sie würde zu ihm zurückgehen. Es hat eine Zeit gegeben, da habe ich mich davor gefürchtet, aber jetzt nicht mehr. Ich wäre allein besser dran gewesen, das weiß ich jetzt.« Er blickte zur Seite, und sein Kopf ruckte in kleinen Bewegungen auf und ab, als wolle er sich selbst von seinen Worten überzeugen.

Janet hatte plötzlich den heftigen Wunsch, dieses Gespräch zu beenden. Sie konnte Howards Selbsterniedrigung nicht länger ertragen. »Ich muß wieder an die Arbeit«, sagte sie.

»Ja, natürlich. Um wieviel Uhr soll ich morgen kommen?«

»Am besten treffen wir uns draußen um zehn vor neun.«

»Ich werde da sein, Janet. Und danke nochmals, danke.« Er machte ein paar Schritte rückwärts, drehte sich dann um und ging hinaus.

Janet stand immer noch am selben Fleck, als Arthur Stanford sein Büro wieder betrat. »Ist alles in Ordnung?« fragte er. »Hoffentlich keine schlechten Nachrichten?«

»Nein, nichts dergleichen.«

»Gut. Nun, Janet, wo waren wir stehengeblieben?«

»Bitte, Arthur, lassen Sie mich Ihnen sagen ...«

»Nein, nein, sagen Sie nichts.« Er wackelte mit dem Zeigefinger. »Wie ich sagte, lassen Sie sich Zeit zum Überlegen. Wägen Sie alles ab. Ich weiß, daß ich fünfzehn Jahre älter bin als Sie, aber gerade das befähigt mich, um so besser für Sie zu sorgen. Und wir haben die gleiche Einstellung und ...«

»Bitte!«

Mit vor Überraschung hochgezogenen Augenbrauen hielt er inne. »Sehr wohl, wie Sie wünschen«, sagte er, als er beiseite trat, um Janet an sich vorbeizulassen.

Sie ging in den Garderobenraum und lehnte sich an die Tür. Ein Heiratsantrag und eine Bitte um fünfhundert Pfund. Mit dem zweiten konnte sie sich abfinden, doch niemals mit dem ersten. Arthur heiraten? O nein. Nicht einmal aus schierer Verzweiflung. Daß Maitland eine zweite Seite besaß, wußte sie; sie hatte es erlebt. Doch Arthur besaß nur eine Seite, und die durfte sie schon während der Arbeitsstunden zur Genüge auskosten. Es war falsch gewesen, das wußte sie nun, seine Einladungen zu diesen Sonntagsunternehmungen und Tennisspielen anzunehmen, auch wenn immer andere dabeiwaren. Doch den ausschlaggebenden Fehler hatte sie gemacht, als sie bei ihm zu Hause den Tee eingenommen hatte. Meine Güte, was für ein Anfang für einen Montagmorgen.

Janets Haß auf Howard kehrte in der folgenden Woche doppelt zurück. Der Schnee war inzwischen geschmolzen; lediglich ein paar schmutzbedeckte Häufchen lagen noch hier und da am Straßenrand oder neben den Parkwegen. Die Sonne strahlte hell, und man konnte sogar einen Hauch von Wärme in der Luft spüren.

Janet radelte mittags von der Bibliothek nach Hause, um ihren Lunch einzunehmen. Dabei kam sie durch die Baintree Road, in der das Kloster und daneben die katholische Kirche lagen. Als Janet Jessie die Treppe herunterkommen sah, hielt sie an und stieg ab. Lächelnd winkten sich die Schwestern zu.

»Ist es nicht herrlich, die Sonne wieder zu sehen?« meinte Jessie. Janet nickte zustimmend. »Es wurde auch langsam Zeit.«

»Stimmt, aber andererseits sind wir ja an dieses Wetter gewöhnt.«

Mehr, um überhaupt etwas zu sagen, und weil sie nicht nach ihrer Mutter oder nach Fanny fragen wollte, erkundigte sich Janet: »Warst du wieder in der Kirche?«

»Ja, war ich. Es ist der einzige friedliche Ort für mich, jetzt, da ich nicht mehr zur Schule gehe.«

»Willst du immer noch ins Kloster eintreten?«

»Mehr als je zuvor, Janet. Es ist so friedlich, auch in der Kirche. Warst du schon mal drinnen?«

»Nein.«

»Du solltest mal reinschauen, die Tür ist immer offen.«

»Sag mal«, Janet lehnte sich über den Lenker, »hat man eigentlich Druck auf dich ausgeübt? Ich meine, haben sie dich überredet, keine Ruhe gegeben?«

»O nein.« Jessie schüttelte den Kopf. »Überhaupt nicht. Aber mir selbst hat es von Anfang an gefallen. Ich bin gern in die Kapelle gegangen. Mir gefiel der Tagesablauf im Kloster ... und die Heiterkeit. Nicht, daß alle da drinnen Engel wären, beileibe nicht.« Sie lachte. »Schwester Benedicta kann einem schon einen heiligen Schrecken einjagen. Manchmal habe ich mich zu Tode gefürchtet vor ihr; aber dann habe ich mich gewehrt, als sie mir mit dem Gummistock über die Hände schlug.« Jessie kicherte jetzt, als sie fortfuhr. »›Meinen Sie nicht‹, habe ich sie gefragt, ›daß eine Peitsche handlicher wäre?‹ Sie gab mir eine Strafaufgabe, für die ich eine Woche gebraucht habe. Wie Father Connell zu sagen pflegt: ›Es gibt Gute und es gibt Schlechte. Und die Guten sind so schlecht wie die Schlechten, und die Schlechten sind so gut wie die Guten, aber alle auf unterschiedliche Art.‹«

»Vielleicht ist es so, wie Dad sagt«, meinte Janet. »›Sie sind schlau, sie lachen dich in ihren Glauben hinein‹«.

»Ach, Dad redet über Dinge, von denen er nichts versteht.

Trotzdem ist er nicht so schlimm wie Mam. Ach, Janet, das Leben ist bei uns so schwierig geworden in letzter Zeit. Mam hat sich sehr verändert, und sie wird Mr. Dickinson heiraten. Ich habe ihr gesagt, an dem Tag, an dem das geschieht, werde ich mit oder ohne ihre Zustimmung ins Kloster eintreten, und dann kann sie zusehen, wie sie mich wieder herauskriegt. Und wenn ich erst einundzwanzig bin, kann ich sowieso tun und lassen, was ich will. Außerdem hat sie wieder Ärger mit Howard. Er ist weg, wußtest du das?«

»Weg? Meinst du, er ist ausgezogen?«

»Ja, weg von Mam. Sie hat ihm so oft aus der Klemme geholfen. Aber diesmal sind zwei Männer ins Haus gekommen und haben ihn gesucht. Er schuldet ihnen dreihundert Pfund, vermutlich Spielschulden. Aber das ist nicht alles. Er hat sich mit einer verheirateten Frau eingelassen, deren Mann zur See fährt. Mam sagte, sie würde ihn hinauswerfen, wenn das nicht aufhörte. Er behauptete, es wäre vorbei. Aber Mam kam dahinter, daß das nicht stimmt. Sie hatte ihm einen Job als Vertreter besorgt, aber er hat sich die meiste Zeit nur bei dieser Frau herumgetrieben. Also hat Mam ihm vergangenen Mittwoch gesagt, er solle zu ihr ziehen. Und als dann die Männer kamen, hat sie ihnen gesagt, daß er nicht mehr zu Hause wohnt und sie ihn suchen sollen.«

Janet traute ihren Ohren nicht. Dreihundert Pfund. Genau wie damals bei der Sache mit Nicholas Denvers. Und sie war darauf hereingefallen. Er hatte so aufrichtig geklungen ... »Was hast du gesagt?«

»Ich sagte, ich bete für ihn, aber es scheint nicht viel zu nützen. Eigentlich gebe ich ihm keine Schuld. Wenn überhaupt jemand schuld ist, dann Dad. Er hätte ihn schon vor Jahren an die Kandare nehmen sollen. Andererseits war er dafür nie oft genug zu Hause, nicht wahr?« Sie lachte unsicher und fügte hinzu: »Die zukünftige Nonne, die ihren Vater verurteilt, der schließlich nur für uns gearbeitet hat. Es ist schon merkwürdig mit unserer Familie: Die einen haben es zu etwas gebracht, und die anderen werden es nie zu etwas bringen. Du und die Jungens, ihr fangt etwas mit eurem Leben an. Und auf der anderen Seite stehen Howard und Alicia, die wirklich hoffnungslose Fälle sind ... und Fanny. Fanny wird immer an Mams Rockzipfel hängen. Und dann ist da noch diese Jessie« – sie zog eine Grimasse – »die sich wegwirft, wie man mir gesagt hat.«

»Ich glaube nicht, daß du dich wegwirfst. Ich verstehe nur nicht, weshalb du ausgerechnet Nonne werden möchtest.«

»Das kann ich dir sagen, Janet. Es ist einfach, weil ich nicht anders kann. Wenn ich keine katholische Nonne würde, würde ich vielleicht eine Schwester der Kirche von England werden und mich zur Missionarin ausbilden lassen. Ich bin eben so. Aber es macht mich froh, daß ich in die katholische Kirche eintreten kann. Dort fühlt man sich warm und geborgen und weiß, wohin man gehört.«

»Hast du bedacht, daß dies ein hartes Leben wird?«

»Je härter, um so besser, so sehe ich es.«

»Glaubst du wirklich so sehr an Gott?«

»Wenn ich das nicht täte, könnte ich keine Nonne werden, nicht wahr?«

»Bist du so sicher, daß es einen Gott gibt?«

»O ja. So sicher wie ich hier stehe, dich ansehe und dich liebe. Ich habe dich immer geliebt, weißt du? Und das ist kein scheinheiliges Gerede. Es hat nichts zu tun mit Priestern, Nonnen oder dem Papst.« Sie lachte. »Ich habe dich wirklich immer geliebt.«

»Ach, sei still!« stieß Janet heiser hervor.

»Aber Janet, wein' doch nicht, bitte. Ich wollte dich nicht zum Weinen bringen.«

Janet schniefte in ihr Taschentuch. Als sie bemerkte, daß ein Passant ihr zuschaute, wandte sie sich ab.

»Weißt du, was du bist, Jessie Fairbrother? Du bist jetzt schon eine ... eine verrückte Nonne.«

»Ja, ja, ich weiß. Allerdings nur verrückt, leider noch nicht Nonne. Aber genau das will ich werden«, ihre Stimme wurde ernst, »eine verrückte Nonne.«

»Wann willst du eintreten?«

»Anfang September, hoffe ich; dann bin ich sechzehn. Aber es wird davon abhängen, ob ich Mam und Dad dazu bringe, sich wenigstens einmal über etwas zu einigen. Mam beschuldigt Dad, weil er mich auf die Klosterschule geschickt hat, und er beschuldigt sie, weil sie mir die Nonnen und Priester nicht ausreichend vom Hals gehalten hat. Und sie wollen wissen, warum die siebenundzwanzig anderen meines Jahrgangs nicht die gleiche Neigung zeigen wie ich. Wahrscheinlich bin ich schwachköpfig, und darum hatte die Kirche leichtes Spiel. So reden sie die ganze Zeit. Aber wir werden schon sehen, Janet. Und sobald es mir gelungen ist, die beiden zu überzeugen, schaue ich bei deiner Bibliothek vorbei und lasse es dich wissen. Auf Wiedersehen, Liebes.« Sie beugte sich vor und küßte Janet auf die Wange. Dann drehte sie sich um und rannte die Straße hinab wie ein Schulmädchen, was sie ja letztlich auch noch war. Aber ein Schulmädchen mit einem festen Ziel vor Augen, und Janet beneidete sie, denn diese kleine Schwester wußte genau, wohin ihr Weg führte und was sie am Ziel vorfinden würde.

Janet hatte im Lesezimmer ihre Bücher und Unterlagen vor sich auf einem Tisch ausgebreitet. Seit drei Stunden lernte sie für die Prüfung zur Bibliotheksassistentin, die ihr demnächst bevorstand. Sie hob den Kopf und blickte zur Uhr auf dem Kaminsims. Fünf Minuten vor elf. Seufzend lehnte sie sich in dem Stuhl zurück und legte die Hände mit gespreizten Fingern auf den Tisch. Sie hatte nicht bemerkt, wie schnell die Zeit verflogen war. Ihr Vater war noch nicht zu Hause. Manchmal blieb er bis zwölf aus, und sie hörte ihn dann mit schwerem, oft ungleichmäßigen Schritt über den Korridor gehen. Wo verbrachte er diese Abende? Er sagte immer, er hätte ein Treffen im Club, doch diese Treffen konnten nicht so lange dauern. Doch schließlich war das seine Sache, und Janet lag nichts daran, ihn auszufragen.

Es war zudem Maitlands freier Tag. Meist kam er dann gegen elf Uhr nach Hause. Oft schlief sie schon, wenn er heimkam, aber sie wußte, daß er dann noch eine Runde durch das Haus machte, bevor er sich in sein Zimmer in dem Anbau zurückzog. Sie streckte die Hand nach dem Weinglas aus; es war noch ein Tropfen darin. Als sie eben das Glas an den Mund führte, öffnete sich die Tür. Janet fuhr herum und sah Maitland auf der Schwelle stehen. Sie mußte zweimal hinschauen, um ihn zu erkennen. Er trug einen hellgrauen Anzug, und als er näherkam, bemerkte sie überrascht, daß sein Hemd blau und seine Krawatte fröhlich gemustert war.

»Sie sind spät auf«, sagte er und ließ das ›Miß‹ weg.

»Ich habe gearbeitet.« Janet setzte das Glas wieder auf den Tisch. Als sie bemerkte, daß er ihre Bewegungen genau verfolgte, fügte sie hinzu: »Jawohl, und das war schon mein zweites Glas heute abend.«

»Du liebe Zeit, das wird ja immer schlimmer mit Ihnen«, lächelte Maitland. Er sah völlig verändert aus. Er klang auch völlig verändert. Janet drehte sich in ihrem Sessel ganz zu ihm herum und fragte: »Hatten Sie einen schönen Tag?«

»Ja, ausgezeichnet, und er endete mit einem sehr schönen Abend.«

»Hatten Sie ebenfalls zwei Gläser ... von was auch immer?«

»Mehr, ich hatte vier von ... was auch immer.«

»Man sieht es an Ihren Augen.«

»Wirklich? Bin ich nicht der gleiche Maitland, der ich gestern und vorgestern war?«

»Nein, heute wirken Sie mehr wie ein menschliches Wesen.«

»Wenn das so ist, muß ich öfter einige Gläser von was auch immer zu mir nehmen, damit Sie mich als menschliches Wesen betrachten.«

»Was haben Sie den ganzen Tag gemacht?«

»Ja, was habe ich gemacht, nachdem ich das Haus verließ?« fragte er sich laut. »Ach ja!« Er richtete seinen Blick auf den Kronleuchter. »Natürlich bin ich in die Sporthalle gegangen. Das konnte ich einfach nicht auslassen. Von dort ging ich zu einem Hotel und nahm ein gutes Mittagessen ein. Anschließend saß ich dort im Rauchzimmer und las die Zeitung, wobei mir eine Anzeige für einen Antiquitätenverkauf in Newcastle auffiel. Also spazierte ich gemütlich die Grey Street hinab und betrachtete die Auslagen auf meinem Weg. Dann kam ich zu dem Haus in der Nähe des Gerichts, wo die Auktion stattfand. Und dort quetschte ich mich zwischen eine Horde von Händlern und hörte mit Staunen, zu welchen Preisen antike Möbel und Gegenstände verkauft werden. Meine Gedanken wanderten zu diesem Haus, und ich dachte, hier sei mehr als ein kleines Vermögen allein an Möbeln versammelt. Wußten Sie das?« Er beugte sich zu ihr. »Ein ganz unauffälliger viktorianischer Rosenholzsekretär ging für dreißig Pfund weg, und ein Klavier für fünfzig. Dann kam eine messingne Skelettuhr, sehr niedlich, für vier Pfund zehn ...«

»Haben Sie etwas gekauft?«

»Ja, das habe ich.«

Als er nichts mehr sagte, fragte Janet: »Nun, und was?«

»Oh, das kann ich Ihnen nicht sagen. Sehen Sie, es ist ein Geschenk für eine Dame.«

»Oh.«

»Aber um auf meinen Tag zurückzukommen: Nach dem Besuch im Auktionshaus ging ich zum Kai hinunter. Ich mag den Kai von Newcastle sehr. Es gibt so viel Interessantes dort zu sehen: Schiffe aller Art, die be- und entladen werden, die Mannschaften aus aller Herren Länder. Manchmal denke ich, ich hätte zur See fahren sollen. Aber man kann in diesem Leben nicht alles haben.« Als Janet schwieg, sprach er weiter: »lassen Sie mich fortfahren mit meinem Tag. Nach meinem Spaziergang am Kai nahm ich ein leichtes Abendessen ein und ging anschließend ins Theater.«

»Ach«, bemerkte Janet mit hochgezogenen Augenbrauen, »waren Sie heute nicht tanzen?«

Maitland schnitt eine lustige Grimasse und antwortete:

»Nein, heute abend nicht. Ich ging ins Theater, aber das Stück hat mir überhaupt nicht gefallen. Also machte ich mich während der Pause davon und ging zurück zum Hotel. Es ist ein sehr gutes Hotel und gehört einem Freund von mir. Ich glaube, ich habe das schon früher erwähnt. Ja, ja.« Er nickte ihr zu. »Dort erinnert nichts an Butler oder irgendwelche Dienstboten, nicht einmal die Kellner sind Dienstboten. Nach einen Drink, vielleicht waren es auch zwei oder drei, und einigen sehr guten Sandwiches und einer angenehmen Unterhaltung nahm ich den Zug von Newcastle nach Fellburn, wo ich ausstieg. Den Weg von dort zu dieser Wohnstätte habe ich zu Fuß zurückgelegt.«

»Um sich auszunüchtern?«

»Nein, Miß, ich nehme niemals soviel Alkohol zu mir, daß ich der Ausnüchterung bedürfte. Ich trinke gerade soviel, daß sich eine angenehme Wärme in mir ausbreitet und ich Lust zum Gehen bekomme ... einfach nur gehen auf einer festen Oberfläche.«

Janet starrte ihn an. Sie wollte lachen und gleichzeitig weinen. Diese Verdrehtheit ihrer Gefühle beunruhigte und verwirrte sie. Weinen und Lachen schienen näher beieinander zu liegen als Liebe und Haß, und nur ein hauchdünner Faden schien sie manchmal zu trennen.

»Nun, das war mein Tag. Wie war der Ihre? Doch bevor Sie anfangen zu erzählen, werde ich mich hinsetzen. Mein freier Tag ist schließlich noch nicht zu Ende. Versuchen Sie also nicht, mich davon abzuhalten.« Scherzhaft wackelte er mit dem Zeigefinger. »Ich habe meine Rechte.«

Janet sah zu, wie er sich am anderen Ende des Tisches einen Stuhl zurechtschob und sich darauf niederließ. Er setzte einen Ellenbogen auf den Tisch und stützte das Kinn auf die Hand. Er sah so anders, so selbstzufrieden aus, so einverstanden mit seinem Leben, daß Janet der Wunsch überkam, ihn aufzuschrecken. Also legte sie den Kopf zur Seite, als würde sie nachdenken, dann begann sie: »Ich werde Ihnen nicht nur erzählen, was heute, sondern was in der ganzen Woche passiert ist. Beginnen wir mit Montagmorgen ... ich bekam einen Heiratsantrag.«

Maitland schien vollkommen ungerührt und zuckte mit keiner Wimper. Er fragte lediglich: »Ja, und wie ging es weiter?«

Es ärgerte Janet, daß ihre Worte so wirkungslos an ihm abglitten. Mit einem herben Zug um den Mund fuhr sie fort: »Mein Bruder, der liebe Howard, kam in einem erbärmlichen Zustand zu mir. Er war in ernsten Schwierigkeiten. Er wollte fünfhundert Pfund, denn sonst, so entnahm ich seinen Worten, würden die Buchmacher ihn zusammenschlagen.«

»Haben Sie ihm das Geld gegeben?«

»Ja.«

»Das überrascht mich, aber fahren Sie fort.«

»Danach drängte man mich wieder zu einer Antwort auf den Heiratsantrag.« Sie wartete einige Sekunden auf eine Reaktion; als keine kam, fuhr sie fort: »Ansonsten habe ich noch erfahren, daß meine Mutter immer noch die Scheidung will und daß sie danach den Mann heiraten möchte, an den seinerzeit meine Großmutter ihr Kohlengeschäft verkauft hat. Ich erfuhr von meinem Vater, daß diese Entwicklung für ihn ganz überraschend kam. Er hatte damit gerechnet, daß meine Mutter eines Tages zu ihm zurückkehren würde, und wurde wütend, was ich meinerseits wiederum nicht verstehe. Ferner kam mir heute zu Ohren, daß mein lieber Bruder Howard zu Hause ausgezogen ist. Meine Mutter hat ihn hinausgeworfen, weil zwei Männer aufgetaucht waren und dreihundert Pfund haben wollten, die Howard beim Wetten verloren hatte ... dreihundert, merken Sie wohl, nicht fünfhundert, die er so dramatisch von mir erbettelt hat. Außerdem lebt er jetzt offensichtlich bei einer verheirateten Frau, deren Mann zur See fährt. Und zuletzt habe ich erfahren, daß nichts meine jüngere Schwester Jessie davon abhalten kann, in die katholische Kirche einzutreten und Nonne zu werden. Das war meine Woche ... Aber nein, das ist noch nicht alles. Mein Vater hat entschieden, daß sein Leben nur lebenswert ist, wenn ich für immer hierbleibe, so daß er jemanden hat, zu dem er abends heimkommen kann. Ich habe also die Wahl! Ich kann den Heiratsantrag annehmen, oder ich kann ewig hierbleiben, um meinen Vater willkommen zu heißen, wenn er spätabends von weiß Gott wo nach Hause kommt. Mir ist, als würde ich langsam dahinwelken, wie ein Weinblatt an einer dürren Rebe.«

Maitlands Hände reichten über den Tisch und umfaßten die ihren mit festem Griff. Leise sagte er: »Du wirst nichts davon tun, mein Liebling, nichts, hörst du? Bald bist du einundzwanzig, dann bist du volljährig, niemand kann dich dann länger herumkommandieren. Noch vor drei Wochen kam mir der Wall zwischen uns unüberwindlich vor, aber heute habe ich mich entschieden, darüberzuklettern.«

Er zog ihre Hand an sein Gesicht, drehte ihre Handfläche nach außen und küßte sie. Tränen stiegen in Janets Augen. »Oh, Maitland«, flüsterte sie. Er stand auf und sagte: »Nicht Maitland – Roger, und ... Janet.«

Sie wußten beide, was gleich geschehen würde, doch in diesem Augenblick hörte man draußen eine Tür aufgehen und wieder zuschlagen. Gleich darauf wurde die Tür zum Lesezimmer weit aufgestoßen.

Samuel war nicht mehr ganz nüchtern, allerdings war er auch nicht zu betrunken, um die ungewöhnliche Spannung im Raum wahrzunehmen, und ebenso fiel ihm auf, daß seine Tochter ihre Augen mit einem Taschentuch tupfte.

»Was soll das?« Samuels Stimme klang belegt. Er wandte sich an Maitland. »Ich dachte, Sie hätten heute Ihren freien Tag. Ihr Platz ist nicht in diesem Teil des Hauses an Ihrem freien Tag.«

»Ich mache vor dem Zubettgehen immer noch eine Runde, Sir, auch an meinem freien Tag.«

»Na gut, aber was ist los? Warum weinst du, Janet?«

»Ich weine nicht, ich bin ein bißchen erkältet.«

»Ah ja? Beim Abendessen warst du noch nicht erkältet. Dagegen bist du mir ziemlich gereizt vorgekommen. Ich konnte kein Wort aus dir herauskriegen. Also, was geht hier vor sich? Es ist schon nach elf.« Er zeigte auf die Uhr. »Haben Sie etwas zu ihr gesagt?«

»Ja, das habe ich. Ich sagte ihr, sie sei eine äußerst intelligente, schöne Frau, und es läge ein anderes Leben vor ihr, wenn ihr endlich der Sinn danach stünde, sich entsprechend zu entscheiden, und daß es ganz in ihren Händen liege, was sie aus ihrem Leben mache.«

»Sieh mal einer an! Das haben Sie ihr gesagt? Und für wen, zum Teufel, halten Sie sich, ihr so etwas zu sagen?«

»Ich bin ein Freund und bin es immer gewesen.«

»Ein Freund? Nun, Freund, raus mit Ihnen und an Ihre Arbeit!«

»Meine Arbeit beginnt nicht vor Mitternacht, Sir, aber trotzdem, gute Nacht.« Maitland verbeugte sich leicht vor Samuel, dann lächelte er Janet an und ging langsam aus dem Zimmer.

»Der Kerl muß gehen. Hast du gehört, was ich gesagt habe?«

»Ja, Dad, der Kerl wird gehen müssen. Und jetzt hör mir zu. Du bist zwar betrunken, aber nicht zu betrunken, um mich zu verstehen: Wenn er geht, gehe ich auch. Gute Nacht.«

Mit einer einzigen Bewegung fegte Janet ihre losen Papiere zusammen und klemmte sie unter den Arm. Dann verließ auch sie den Raum.

Samuel starrte ihr nach. Er starrte noch, als sich die Tür längst hinter ihr geschlossen hatte. Dann ließ er sich schwer auf den Stuhl fallen, den sie soeben verlassen hatte, stützte den Arm auf den Tisch und blickte um sich. Die Regale waren voller Bücher. Er hatte nicht ein einziges gelesen, kaum einmal eines von seinem Platz genommen, aber Maitland hatte sie gelesen. Er hatte das ganze Haus geführt. Er hatte sich in diesem Zimmer gebildet. Und das erst, seit Samuel ihm die Leitung des Hauses übertragen hatte. Seine Lordschaft hätte ihm so etwas sicherlich niemals erlaubt. Samuel war zu nachlässig mit ihm gewesen, zu nachgiebig. Aber das würde jetzt aufhören, jawohl. Was hatte Janet gesagt? Wenn er geht, gehe ich auch. Das konnte sie nicht ernst meinen. Aber es war Janet, die das gesagt hatte, nicht Alice, oder die alberne, nichtsnutzige Alicia, auch nicht die zukünftige Nonne oder die eine, die immer noch am Rockzipfel ihrer Mutter hing. Nein, es war Janet, die den Verstand und die Willensstärke eines Mannes hatte, während sie gleichzeitig ganz Frau war – und die plötzlich sehr attraktiv geworden war. Und wie sie sich in Schale warf, seit sie an das Geld ihrer Großmutter gekommen war. Das Almosen, das sie in der Bibliothek verdiente, hätte niemals ausgereicht, sich solche Kleider zu kaufen. Es war eine Schande, daß sie das Haus und das Geld bekommen hatte, es war das Schlimmste, was hatte passieren können – das Haus. Und was hatte sie gesagt? Wenn er geht, gehe ich auch. Wohin wollte sie gehen? Aber mußte er sich das fragen? Nun, sie hatte ihn ganz schön in die Zwickmühle gebracht. Und wenn Maitland ging und das Haus den Dienstmädchen überließ, was dann? Alles würde den Bach runtergehen, sie waren zu sehr an Maitlands Befehle gewöhnt. Samuel würde jemand anderen einstellen müssen. Aber wo fände sich ein zweiter Maitland? Er hatte sich doch schon einmal in dieser Situation befunden. Er mußte nachdenken. Sein Kopf brummte. Er war nicht allzusehr betrunken, aber das brauchten die beiden nicht zu wissen; er würde morgen so tun, als hätte der Alkohol ihm die Erinnerung an den heutigen Abend vernebelt. Ja, so wäre es am besten. Er wollte vorerst nichts weiter unternehmen, aber er würde die beiden im Auge behalten. Dazu würde er öfter des Abends zu Hause bleiben müssen. Nun, so schlimm wäre das auch nicht. Und wenn er mal ausging, konnte er jederzeit überraschend nach Hause kommen.

Schwerfällig stand er auf und hieb mit der linken Hand auf den Tisch. Was war los mit ihm? Worüber machte er sich

Sorgen? Janet würde Maitland niemals heiraten. Schließlich war er zwanzig Jahre älter als sie und nur ein Dienstbote. Nie würde sie das tun. Dazu war sie viel zu gescheit. Außerdem war da noch der Bibliothekar. Sie hatte Tee getrunken bei seiner Familie, Tennis gespielt und dies und das mit ihm unternommen. Also worüber machte er sich Sorgen? Trotzdem, er würde wachsam bleiben. Außerdem war sie noch keine einundzwanzig.

Gott, war er müde. Zu Hölle mit allem. Manchmal fragte er sich, ob das Leben wirklich lebenswert war.

Als Janet am nächsten Morgen einige Minuten nach ihrem Vater das Frühstückszimmer betrat und ihn mit Maitland sprechen hörte, wurde ihr sofort klar, wie Samuel weiterhin vorgehen wollte. Samuel sagte gerade: »Ich trinke meinen Kaffee heute schwarz. Habe einen Kopf wie ein Kürbis. Muß gestern ganz schön gebechert haben. Aber genau erinnere ich mich nicht mehr.«

Maitland antwortete nicht, sondern begrüßte Janet mit den üblichen Worten. »Guten Morgen, Miß«, worauf sie kurz und ein wenig heiser zurückgab: »Guten Morgen.«

»Bist du erkältet?« fragte Samuel.

»Nein ... nicht daß ich wüßte.«

»Warum krächzst du dann so?«

»Habe ich gekrächzt?« Janet blickte über den Tisch. Maitland stellte eben eine Tasse mit Kaffee vor ihren Vater. »Trinkst du heute schwarzen Kaffee? Das tust du doch sonst nie.«

»Ich habe einen Kater, wenn du es genau wissen willst.« Das war keine Lüge, Samuel hatte einen Kater; doch schlimmer war es, daß Samuel, nachdem er erwacht war und die gestrigen Ereignisse überdacht hatte, auch ein unruhiges Gemüt hatte.

»Kein Schinken heute, nur ein Stück Toast«, sagte er, und Janet dachte, wie gut er seine Rolle spielte, denn gerade das Frühstück war die Mahlzeit, auf die er sonst unter keinen

Umständen verzichtete. Sie konnte sich an keinen Tag erinnern, an dem er nicht seinen Schinken mit Eiern, und dazu oft noch eine Bratwurst und Nieren verzehrt und mit einigen Tassen Tee hinuntergespült hatte. Zuletzt pflegte er noch einen Toast, zentimeterdick mit Butter bestrichen, zu essen.

Als hätte sie laut ›Dieses Spiel kann ich auch spielen‹ gesagt, hob Samuel den Kopf, als Janet Maitland ansprach: »Ich nehme heute ein komplettes Frühstück; ich bin ziemlich hungrig.«

»Niere und Würstchen?« fragte Maitland.

»Nein, nur Würstchen.« Janet hätte beinahe noch um einen Brotpudding gebeten, aber das empfand sie denn doch als zu dick aufgetragen, als würde sie Komödie spielen. Doch dies war keine Komödie. Und über die Entschlossenheit ihres Vaters, ihre Pläne zu vereiteln und sie um jeden Preis ans Haus zu fesseln, gab es nichts zu lachen.

Es klopfte, und Sarah betrat den Raum mit dem Silbertablett, auf dem die Post lag. Samuel begrüßte sie mit den Worten: »Das ist aber spät heute. Geben Sie her.« Sarah hatte die Briefe jedoch bereits gewohnheitsmäßig an Maitland weitergereicht, der sie nahm und schnell durchsah. Danach legte er sechs Umschläge vor Samuel hin und einen vor Janet. Sie erkannte Eddies Handschrift, schlitzte das Kuvert auf und begann zu lesen.

Samuel legte fünf von den Briefen beiseite und öffnete den sechsten, auf dem auch er die Handschrift seines Sohnes erkannt hatte. Er hatte kaum auf das Papier geblickt, als er die Augen von dem Geschriebenen hob und strahlend sagte: »Er hat bestanden. Er ist jetzt Leutnant zur See. Was sagt man dazu?«

Er wandte sich an Maitland, der sofort und aufrichtig erfreut antwortete: »Großartig, Sir. Das ist der Anfang.« Seine Erwiderung wurde jedoch als unzureichend abgetan.

»Was reden Sie da, Mann, über Anfang? Er hat schon vor zwei Jahren angefangen. Er hat bereits die Hälfte hinter sich.«

»Nun, Sir, ich denke nicht, daß man ihn innerhalb von vier Jahren zum Kommandanten eines Schlachtschiffes ernennt.«

»Ich auch nicht. Aber auf Ihren verdammten Sarkasmus kann ich verzichten.«

»Ich meinte das nur als Feststellung, Sir. Ich habe keinerlei Sarkasmus beabsichtigt, da ich überzeugt bin, daß Master Edward sehr bald Erster Offizier an Deck wird, aber natürlich wird das seine Zeit dauern. Das wollte ich damit ausdrücken. Er hat gerade seine Zeit als Fähnrich hinter sich gebracht, und jetzt ist er Leutnant. In zwei Jahren wird er es zum Oberleutnant gebracht haben. Doch bis zum Kapitän-Leutnant wird es noch einige Zeit dauern, und wer weiß, was dann kommt. Man könnte ihm das Kommando über eine Fregatte anvertrauen.«

»Allmächtiger Gott! Manchmal treiben Sie mich zum Wahnsinn. Sie glauben wohl, daß Sie ein wandelndes Lexikon sind, wie?«

»Nein, Sir, ich weiß nur, was ich in Ihrer Bibliothek gelesen habe. Als ich erfuhr, daß die jungen Herren zur Marine gehen würden, habe ich das Verfahren nachgelesen, das ist alles. Wie die Dinge stehen, wird Master Edward sich wohl noch für sieben weitere Jahre verpflichten.«

Janet hatte Maitland beobachtet, während sie immer noch ihren Brief in den Händen hielt und dabei so breit lächelte, als wolle sie jeden Augenblick in ein volles Lachen ausbrechen. Wütend rief ihr Vater: »Du findest das wohl lustig, was? Ich nenne es …«

»Nein, ich finde es nicht lustig. Maitland hat nur weitergegeben, was er gelesen hat. Worüber ich lächle«, sie deutete auf den Brief, der neben dem Teller ihres Vaters lag, »ist, daß Eddie etwas über eine Heirat schreibt.«

»Was? Wen will er heiraten? Worüber redest du?« Sam überflog nochmals den Brief. »Hier steht nichts über ein Mädchen. Er schreibt nur: ›Es war eine anstrengende Sache. Gar nicht so einfach, wie ich mir das ausgemalt hatte. Danach gab es eine große Feier in der Messe. Ich glaube, ich habe ganz schön getankt.‹« Samuel sah Janet an. »Also, was ist das für ein Unsinn?«

»Ach, vielleicht war es nicht der Alkohol, der ihn betrunken gemacht hat. Hier schreibt er«, sie klopfte auf das Papier, »daß auch getanzt wurde, und daß er ein Mädchen kennengelernt hat, eine Australierin. Sie ist zu Besuch bei ihrer Tante, die die Frau eines seiner Lehrer am College ist. Und er hat dreimal mit ihr getanzt. Jawohl, dreimal. Ich lese es dir vor:

›Ich wartete bis zum dritten Tanz, und da sagte ich ihr, daß ich sie heiraten wolle. Ich habe sie nicht gefragt, sondern es ihr einfach mitgeteilt. Sie hat darüber so gelacht, daß wir aufhören mußten zu tanzen und uns hinsetzten. Als ich ihr sagte, daß ich ihr zwei Jahre Zeit geben würde, um ihre Aussteuer vorzubereiten, fingen wir an, aufzufallen. Was für eine herrliche Nacht. Aber ich meine es ernst, Janet, ich werde dieses Mädchen eines Tages heiraten.‹«

»Dieser junge Narr! Dem werde ich was erzählen!« rief Samuel empört.

Janet faltete den Brief zusammen und steckte ihn in den Umschlag zurück. »Er ist ein Mann, Dad«, sagte sie. »Er ist in der Marine. Er wird sein eigenes Leben führen, und du wirst keinen Einfluß darauf nehmen können.«

»Ach, kann ich nicht?«

Janet lachte nicht mehr. »Nein«, sagte sie mit Nachdruck und hieb dabei mit der Faust auf den Tisch. »Schlag dir aus dem Kopf, daß du über jedermanns Leben bestimmen kannst. Du hast Mam verloren, drei deiner Töchter und einen Sohn. Drei Söhne und eine Tochter hast du jetzt noch. Und ich gebe dir den guten Rat, dich nicht in ihr Leben einzumischen, meines eingeschlossen. Verstehen wir uns?«

Sie stieß ihren Stuhl zurück, ergriff ihre Teetasse und marschierte aus dem Zimmer. Zurück blieben die beiden Männer, schweigend und bewegungslos: Samuel, der am Tisch saß und eine Hand über den Brief breitete, während er die andere, versehrte, auf sein Herz preßte, und Maitland, mit dem Rücken zu ihm, vor der Anrichte, wo das Geschirr und die spiritusbetriebene Warmhalteplatte auf dem bestickten Läufer arrangiert waren.

»Das habe ich nicht verdient, wissen Sie.«

Maitland wandte sich langsam zu dem Mann um, der ihn angesprochen hatte und sah ihn an. Samuel schüttelte ratlos den Kopf. »Mein ganzes Leben lang habe ich hart gearbeitet. Ich weiß, daß ich mich wiederhole, aber es ist wahr. Und wofür habe ich das getan? Das frage ich mich in letzter Zeit oft – wofür? Heute nachmittag könnte ich ein Geschäft mit der Armee machen. Ich soll mich mit drei Leuten in Newcastle treffen. Wenn sie mein Angebot annehmen, werden sie dreitausend Paar Stiefel bestellen. Wenn sie nicht zu einem Abschluß kommen wollten, hätten sie sich nicht mit mir in Verbindung gesetzt. Die Unterschrift, die ich heute nachmittag auf die gepunktete Linie setzen werde, wird mir ein hübsches Sümmchen einbringen. Und das könnte weitere Aufträge über Tausende von Pfund nach sich ziehen. Erst gestern dachte ich, wenn es zu einem Krieg käme, könnte ich Millionär werden. Doch im Augenblick frage ich mich, wozu das alles? Janet hatte recht. Ich habe meine Frau und meine halbe Familie verloren. Weshalb?«

Er holte tief Luft, schob seinen Stuhl zurück und stand auf. Grollend meinte er: »Aber weiter wird es nicht kommen. Was ich noch habe, werde ich behalten. Man kann eine Katze auch auf andere Weise umbringen als durch Erschlagen. Verstehen Sie, wovon ich rede, Maitland?«

»Nein, Sir.«

»Dann sind Sie nicht so schlau, wie Sie meinen.«

Samuel ging in Richtung Tür und wies dabei auf die Warmhalteplatte. »Sie können das Zeug zurück in die Küche bringen«, sagte er. »Die Weiber können sich dort damit vollstopfen. Ihr habt alle verdammtes Glück, in diesem Haus arbeiten zu können, also tretet leise auf. Damit meine ich euch alle.« Damit ging er hinaus.

Nachdem sich die Tür hinter ihm geschlossen hatte, ballte

Maitland die Hand zur Faust und drückte sie gegen die Zähne. Sein Kiefer spannte sich an, und für einen Augenblick empfand er den starken Wunsch, die Warmhalteplatte samt allem, was darauf stand, an die Wand zu schleudern.

So konnte es nicht weitergehen, er konnte es nicht mehr ertragen. Er mußte Janet sehen, und zwar allein. Er war ein Narr gewesen, sich nicht früher mit ihr auszusprechen. Doch er hatte nicht das Mädchen gewollt, sondern hatte gewartet, bis sie zur Frau herangewachsen war. Das einzige, was er wirklich bedauerte, war, daß er sich nicht vor dem Tod ihrer Großmutter erklärt hatte. Doch was machte das jetzt noch aus? Er hatte genug gespart, um seine Pläne in die Tat umsetzen zu können, er brauchte dafür nicht einen Penny ihres Geldes. Doch er mußte allein mit ihr sprechen, und zwar außerhalb des Hauses.

6

Janet wußte später selbst nicht mehr, wie sie die folgende Woche überstanden hatte, ohne zu platzen. Sie fühlte sich von allen Seiten umzingelt. Ihre Arbeit in der Bibliothek hatte sie bisher geliebt und sie als Möglichkeit betrachtet, ihrem Zuhause zu entkommen. So war es bis vor zehn Tagen gewesen, als sie Mr. Stanfords Antrag endgültig abgelehnt hatte. Er hatte diese Ablehnung absolut nicht ernst nehmen wollen, und erst, als sie sich gezwungen gesehen hatte, ihre Stimme zu erheben, schien er dem Gehörten Glauben schenken zu wollen. »Dann hätten Sie mich nicht in falscher Hoffnung wiegen sollen«, sagte er anklagend.

Janet betonte, ihm niemals irgendwelche Hoffnungen gemacht zu haben. Seither behandelte er sie bei der Arbeit wie eine blutige Anfängerin. Heute saß sie zusammen mit Miß Stillwater, Miß Carrington, Miß Barker und dem jungen John Inness in Arthur Stanfords Büro, denn es war der Tag, an dem die monatliche Besprechung stattfand, der letzte Freitagabend des Monats, selbstverständlich nach Öffnungsschluß. »Es besteht zur Zeit eine Diskussion unter den Bibliothekaren über das Tragen von Uniformen. Dabei geht es um den Vorschlag, daß alle Bibliotheksgehilfen einen Kittel tragen sollten. Ich begrüße diese Anregung, da, wie Sie selbst wissen, auf dunklen Röcken der Staub sofort zu sehen ist.«

»Aber wir tragen doch bereits eine Art Uniform, meinen Sie nicht? Weiße Bluse, schwarze Halsbinde und dunkler Rock sind doch so etwas wie eine Uniform«, sagte Janet.

Arthur Stanford, der Mann, der ihr vor nicht allzu langer Zeit seine Liebe gestanden hatte, blickte sie kalt an. »Es handelt sich nur insoweit um eine Uniform, Miß Fairbrother, als Sie alle dieselben Farben tragen. Ich stelle jedoch fest, daß Ihre Kleidung aus anderem Stoff besteht als die Ihrer Kolleginnen und insofern auf Ihrem persönlichen Geschmack beruht. Uniform würde bedeuten, daß Sie alle Kittel von gleicher Farbe und Beschaffenheit tragen.«

Hier wurde er von John Inness unterbrochen, der lachend einwandte: »Aber sie haben doch alle unterschiedliche Formen, Sir.«

Der Blick, den Mr. Stanford ihm zuwarf, hätte ihn zu einem Eisblock erstarren lassen sollen, doch Janets unterdrücktes Lächeln und das Kichern der anderen Gehilfinnen machte ihm Mut.

Arthur Stanford zog es vor, den Einwurf zu übergehen, und fuhr fort: »Jedenfalls wird über die Angelegenheit nachgedacht.«

»Dann könnte man uns von den Angestellten in Buchläden nicht mehr unterscheiden«, gab Miß Barker zu bedenken. »Ich habe jedenfalls nicht vor, einen Kittel anzuziehen.«

»Wenn es Vorschrift würde, hätten Sie keine Wahl, Miß Barker. Es gibt Regeln, wissen Sie ... Regeln.«

Miß Barker starrte Stanford herausfordernd an. Sie hatte sehr wohl die Wahl, denn sie würde bald heiraten. Daher hatte sie auch den Mut aufgebracht, ihre eigene Meinung zu vertreten.

Janet fragte: »Haben Sie Miß Reads Artikel im *Librarian* gelesen, Mister Stanford? Über die hundertzwanzig Pfund, die der Londoner Bezirksrat einer Bibliotheksangestellten anbot, obwohl der vorherige Inhaber der Stelle, ein Mr. MacKnight, fünfzig Pfund mehr im Jahr verdiente; und das nur, weil man eine Frau für weniger wert hält als einen Mann, auch wenn sie alle für die Position nötigen Prüfungen bestanden hat? Miß Read wurde von der Bibliotheksgehilfen-Vereinigung gelobt, weil sie die Öffentlichkeit auf diese Ungerechtigkeit aufmerksam gemacht hat ... Haben Sie den Artikel gesehen?«

Die Frage war zu unschuldig gestellt worden.

»Waren Sie bei der Konferenz in Exeter dabei, Miß Fairbrother?« fragte Stanford sarkastisch.

Steif gab Janet zurück: »Ich wäre dabeigewesen, Mister Stanford, wenn Sie mir Urlaub gegeben hätten. Doch ich verfolge Miß Reads Artikel sehr aufmerksam. Sie informiert uns darüber, was vor sich geht, und wie wir, wenn wir uns darum bemühen würden, uns selbst weiterhelfen können, indem wir zum Beispiel Vorlesungen über englische Literatur besuchen et cetera. Doch nun, so schreibt sie, sollen in einigen Städten Kurse angeboten werden über Katalogisierung und Bibliotheksverwaltung.« Das letzte Wort betonte sie besonders. »Und ich beabsichtige um Urlaub einzukommen, um einen dieser Kurse besuchen zu können.«

Eine solche Anfrage war ihr zuvor noch nicht in den Sinn gekommen; auch hatte sie nicht breittreten wollen, was sie aus Miß Reads Artikeln wußte. Doch Stanfords unfreundliche Haltung ihr gegenüber, die er seit einigen Tagen und nun auch vor ihren Kollegen zum Ausdruck brachte, hatte sie geradezu herausgefordert.

Es bereitete ihr Genugtuung zu sehen, wie sein Gesicht rot anlief, und welche Mühe es ihn kostete, seine Stimme weiterhin beherrscht klingen zu lassen. »Legen Sie bitte Ihre Anfrage schriftlich nieder, dann werde ich dafür sorgen, daß sie dem Komitee vorgelegt wird. Ob dieses ihren Antrag genehmigt, wird man sehen.«

»Ich habe bereits beim Komitee und dem Rat ein schriftliches Ansuchen eingereicht.«

Warum in aller Welt hatte sie das gesagt? Nun blieb ihr nichts anderes übrig, als an beide Stellen so schnell wie möglich einen entsprechenden Brief abzuschicken. Jedenfalls war damit Bewegung in die Situation gekommen. Schließlich gab es noch andere Bibliotheken.

Janet bemerkte, daß soviel Kühnheit Miß Stillwater dazu brachte, den Mund aufzusperren, und Nancy Barker und Phoebe Carrington, die Augen aufzureißen. Nur John Inness wagte es, zu ihr herüberzugrinsen. Sie hielt es nicht mehr aus. Sie schaute geradewegs den Mann an, der sie seit Beginn ihrer Arbeit in der Bibliothek bevorzugt behandelt und sich dabei Chancen bei ihr ausgerechnet hatte. In ruhigem Ton sagte sie zu ihm: »Wenn Sie mich bitte entschuldigen, ich muß jetzt gehen. Ich habe eine Verabredung.« Sie stand auf und ging zur Tür. »Das ist schlechtes Benehmen und gibt ein schlechtes Beispiel, Miß Fairbrother«, rief Stanford hinter ihr her.

Janet drehte sich langsam um und sah ihn an. »Wie Sie während der letzten Tage bewiesen haben, Mr. Stanford, wissen Sie ja eine Menge über diese Eigenschaften.«

Sein empörtes Schnauben begleitete sie auf dem Weg aus der Bibliothek. Sie hatte die Brücken hinter sich verbrannt. Trotzdem würde sie wohl die einmonatige Kündigungsfrist einhalten müssen. Doch vorher mußte sie unbedingt mit Maitland sprechen, und zwar privat. Warum sagte sie immer Maitland? Er hieß Roger. In Gedanken nannte sie ihn nun Roger. Doch wo konnten sie sich treffen?

Als hätte sie die Frage laut ausgesprochen, wurde sie von Maitland beantwortet, als er ihr die Haustür öffnete. Er begrüßte sie nicht, sondern half ihr aus dem Mantel. »Ihr Vater ist im Billardzimmer«, sagte er. »Er ist schon seit einer

Stunde da drin. Ich habe meinen freien Tag vorverlegt und werde morgen kurz nach vier Uhr am Bahnhof auf Sie warten.«

Er hatte Janets Mantel über seinen Arm gelegt und hielt ihren Hut in der Hand. »Danke, Maitland«, sagte sie sanft. Er nickte ihr zu, und als er sich zum Gehen wandte, erschien Janets Vater im Korridor.

»Du bist spät dran heute.«

»Wir hielten unsere monatliche Besprechung. Ich bin heute früher zu Hause als sonst. Ich bin gegangen.«

»Was heißt das – du bist gegangen?« Samuel folgte ihr ins Wohnzimmer.

»Man könnte sagen, ich hatte einen Zusammenstoß mit meinem Chef.«

»Dem Bibliotheksleiter?«

»Wer sonst, ich habe nur diesen Chef.«

Samuel lächelte. »Du sagst es. Aber dieser Stanford, nun, ich dachte ... na ja, ich dachte ...«

»Na, was dachtest du denn?«

»Ich dachte, er wäre in dich verknallt.«

»Ja, das war er, aber das ist vorbei. Er hat mir einen Heiratsantrag gemacht, und ich habe abgelehnt.«

»Soso. Soweit ich weiß, war das der erste Heiratsantrag, den du erhalten hast.«

»Ja, Dad, aber hoffentlich nicht der letzte.«

Samuel hatte sich in gewohnter Positur mit dem Rücken zum Kamin aufgestellt. Mit dünnem Lächeln meinte er: »Du machst dir also Hoffnungen?«

»O ja, eine Frau hofft immer. Das solltest du aus Erfahrung selbst am besten wissen.«

»Du bist wieder in der richtigen Laune, wie? Worum ging der Streit?«

»Du würdest es nicht verstehen.«

»Ach, bin ich dafür zu dumm? Ich bin wohl nicht nur ein lauter, sondern auch ein dummer Tyrann.«

»Nein, Dad, du bist nicht dumm. Du bist nur ungebildet

im Sinne des Wortes; ungebildet, aber äußerst intelligent, mit einem eingleisigen Denkmuster. Und dieses Gleis ist so eng, daß du niemanden an dir vorüber lassen willst.«

»Ich mag es nicht, wenn du so redest; ich würde dir dafür am liebsten eine Ohrfeige geben.«

»Das kommt daher, weil du die Wahrheit in meinen Worten erkennst.«

»Wahrheit? Wahrheit? Was weißt du über die Wahrheit? Die Wahrheit tut oft sehr weh. Was würdest du davon halten, wenn ich dir sagte, du seist reizlos, unattraktiv und sauertöpfisch, dafür aber hochintelligent? Wie würde dir das gefallen?«

»Beim letzten würde ich dir zustimmen, aber ich bin weder unattraktiv noch sauertöpfisch. Außerdem – wenn ich so unattraktiv und sauertöpfisch bin, warum suchst du dann meine Gesellschaft?«

»Weil ich sonst niemanden habe, mit dem ich reden könnte.«

»Bis vor ungefähr einer Woche hat es dir nie an Gesprächspartnern gefehlt, denn du warst nie zu Hause. Du hattest deine Geschäftspartner und abends den Club oder andere Vergnügungen. Dad«, Janets Stimme wurde leiser und vertraulicher, »ich wünschte, du würdest aufhören, dich zu verstellen. Das wäre besser für alle.«

»Ach ja? Du weißt nicht, was du sagst. Willst du Mord und Totschlag haben? Du weißt, daß ich dazu fähig wäre.«

»Es ist angerichtet, Sir.«

Beide schauten erschrocken zur Tür. Samuel faßte sich als erster. »Das ist das beste, was ich heute gehört habe. Laß uns gehen.«

Er schritt schnell zur Tür. Janet jedoch blieb mit hängenden Schultern stehen und starrte auf den Fußboden. Ihr ganzer Körper schien geschrumpft zu sein, denn zum ersten Mal in ihrem Leben empfand sie wirkliche Angst. Sie erkannte, daß ihr Vater ein gefährlicher Mann war.

Am Samstagnachmittag radelte Janet nicht zur Bibliothek.

Statt dessen ging sie die Hauptstraße entlang und nahm die Trambahn in die Stadt. Es war kein schöner Tag. Ein leichter Schneeregen fiel, und der Himmel lag bleigrau über den Häusern, doch Janets Welt strahlte. Um zehn nach vier würde sie an der Haltestelle sein, und dann wären sie zusammen, nur sie beide. Sogar in einer Wagenladung voller Menschen, in einer ganzen Stadt voller Menschen, würden sie allein sein. Endlich allein ...

Sie räumte gerade den Tresen auf, als Arthur Stanford auf sie zutrat und leise sagte: »Bevor Sie gehen, möchte ich Sie in meinem Büro sprechen.«

Janet blickte zur Uhr. Es war vier Minuten vor vier, die beiden letzten Kunden gingen eben aus der Tür, und John Inness stand bereit, die Innenriegel vorzuschieben.

»Es tut mir leid, Mr. Stanford«, sagte Janet. »Ich habe eine wichtige Verabredung. Ich muß um vier Uhr gehen.«

»Miß Fairbrother!« Stanford sprach betont leise und langsam. »Dies ist ein Befehl. Ich will mit Ihnen sprechen, bevor Sie gehen.«

Janet beugte sich über den Tresen zu Mr. Stanford. Auch sie sprach leise und langsam, als sie antwortete: »Mr. Stanford, diesen Befehl werde ich heute nicht befolgen, und käme er vom Teufel oder von Gott höchstpersönlich. Ist das klar?« Damit lief sie zur Klappe am Ende des Tresens, hob sie hoch, schritt hindurch und ließ sie mit einem Knall wieder zurückfallen. Sie eilte zum Garderobenraum und holte ihre Sachen. Dann legte sie den Schal um, zog Mantel und Handschuhe an und setzte den Hut auf. John Inness hielt ihr grinsend die Tür auf, als sie an Arthur Stanford vorbeistürmte, dessen Gesicht weiß vor Wut war.

John wußte nicht, was zwischen dem Boß und Miß Fairbrother vorgefallen war, er wußte nur, daß sie es ihm wieder einmal gezeigt hatte. Er mochte sie. »Gute Nacht, Miß Fairbrother«, rief er hinter Janet her, als sie in der beginnenden Dunkelheit auf die Straße trat. »Gute Nacht, John«, rief sie zurück.

Am Ende der Straße stieg sie in die Trambahn ein und fuhr vier Haltestellen bis zum Bahnhof. Als sie ausstieg, mußte sie sich zwingen, nicht über den offenen, gepflasterten Platz zu rennen. In der erleuchteten Schalterhalle standen etliche Leute Schlange vor einem Fahrkartenschalter. Maitland war nicht dabei. Doch dann sah sie ihn auf dem Zugang zu den Gleisen stehen. Er trug einen grauen Anzug und einen Mantel von dunklerem Grau.

Schweigend gingen sie nebeneinander am Bahnsteig entlang. Nach kurzer Zeit nahm er ihren Arm und sagte: »Der Zug kommt jeden Augenblick.«

»Oh«, machte sie nur.

Der Zug fuhr ein, und Maitland hielt Ausschau nach einem leeren Abteil, zu guter Letzt mußten sie sich aber doch zu zwei alten, pfeiferauchenden Männern und einem Ehepaar mit einem greinenden Baby setzen. Wenigstens konnten sie nebeneinander sitzen.

Der Zug hielt dreimal an, ehe er den Hauptbahnhof von Newcastle erreichte. Sie stiegen aus, durchquerten den Bahnhof und waren in der Stadt. Maitland ging jetzt dicht an Janets Seite und hielt ihren Arm. »Laß uns den Tee dort einnehmen, wo ich gewöhnlich zu Abend esse. Es ist sehr hübsch dort. Es gehört Freunden ... ich bin sicher, daß ich schon davon erzählt habe.«

Janet fühlte sich nicht in der Lage zu antworten. Ihr Kopf schien leer zu sein, kein einziges Wort fiel ihr ein.

Sie gingen die Northumberland Street entlang und überquerten Haymarket. Die Geschäfte waren erleuchtet, auf den Straßen drängten sich die Menschen, und alle schienen so schnell wie möglich der Kälte und dem Schneeregen entkommen zu wollen.

Maitland führte sie in ein Hotel; dessen Halle war warm und hell. Der junge Mann an der Rezeption lächelte Maitland an. »Guten Abend, Sir. Was für ein Tag! Soll ich zu Mr. Crawford durchläuten und sagen, daß Sie da sind?« Er unterbrach sich. »Da ist er ja, Sir.«

Ein kleiner, flott angezogener Mann kam auf sie zu. »Nun, nun!« rief er aus. »Du bist heute früh dran! Oh.« Er hielt inne und sah Janet an, als würde er eben erst bemerken, daß sie zu Maitland gehörte. Dieser sagte: »Donald, dies ist Miß Fairbrother. Janet, darf ich dir meinen Freund, Mister Crawford, vorstellen? Ihm gehört dieses Hotel.«

»Wie geht es Ihnen?« sagte Janet und reichte dem Mann die Hand. »Ich bin entzückt, Ihre Bekanntschaft zu machen, Miß Fairbrother«, antwortete Crawford. »Aber legen Sie doch diesen feuchten Mantel ab. Sie möchten vermutlich Tee haben?« Er wandte sich an Maitland. »Zum Abendessen ist es noch zu früh.«

»Ja, nur Tee, Donald.« Maitland half Janet aus dem Mantel und zog seinen ebenfalls aus. Ein Hoteldiener stand bereit und nahm ihm die Kleidungsstücke ab. Mr. Crawford führte sie in den Speisesaal. »Es ist ziemlich voll da drinnen«, meinte er. »Wir haben seit drei Uhr alle Hände voll zu tun. Vermutlich liegt es am schlechten Wetter. Aber ich werde schon ein Plätzchen für euch finden, und wenn ich euch meinen Alkoven überlassen muß.« Er nickte Maitland zu, und der gab zurück: »Ja, das wäre nett.«

»Eben, warum nicht? Ihr nehmt den Alkoven, und ich Armer werde mich in die Küche setzen und meinen Tee zwischen Geschirrgeklapper und Hin- und Hergerenne trinken.«

»Du hast mein Mitgefühl, Donald.«

»Danke, das weiß ich zu schätzen.«

Sie wanden sich zwischen den Tischen durch, von denen manche mit zwei, manche mit vier oder noch mehr Personen besetzt waren. Maitland bedankte sich, als Mr. Crawford sie an einen durch Holzpaneele abgesonderten Tisch führte, auf dem ein Kärtchen mit dem Wort ›reserviert‹ stand.

»Das ist doch selbstverständlich«, meinte Crawford. »Aber jetzt muß ich gehen. Ich werde euch Frank schicken. Schau noch kurz bei mir vorbei, bevor du gehst, Roger.«

»Ja, mach' ich.«

Crawford nickte Janet freundlich zu und eilte davon.

Janet stützte sich auf die samtbezogene Armlehne und betrachtete den Mann, den sie seit elf Jahren beinahe täglich gesehen hatte und der ihr doch in diesem Augenblick völlig fremd erschien. Er war auf du und du mit dem Besitzer dieses hübschen Hotels, und das Personal behandelte ihn wie eine wichtige Persönlichkeit. Und doch war er nur Maitland, der Butler.

»Komm zurück.«

»Wie?«

»Du bist weg gewesen, weit weg. Gib mir deine Hand. Es ist egal, ob uns jemand sieht. Die Leute hier«, Maitland machte eine Handbewegung zum Eingang des Alkovens, »sind mit ihrem eigenen Leben beschäftigt. Wollen wir uns mit unserem Leben beschäftigen.« Er drückte Janets Hand und fuhr fort: »Ach, Janet. Du weißt nicht, was dieser Augenblick für mich bedeutet. Daß wir hier sitzen können wie zwei normale Menschen ... sag doch etwas zu mir.«

»Ich ... ich kann nicht. Nicht jetzt. Ich ... ich bin so überwältigt.«

»O meine liebe, liebste Janet. Daß ich hier sitzen und deine Hand halten kann, ohne Angst zu haben, daß plötzlich die Wohnzimmertür, die Morgenzimmertür, die Lesezimmertür aufgeht, ohne daß ich mit einem Blick angeschaut werde, der sagt: ›Was hast du vor? Was hast du zu meiner Tochter gesagt? Wie kannst du es wagen, sie anzusehen? Wer bist du überhaupt?‹ Es war die Hölle für mich in letzter Zeit. Aber das weißt du sowieso, nicht wahr?«

»O ja, ja ...«

»Guten Abend, Mr. Maitland«, unterbrach eine Stimme.

»Guten Abend, Frank. Wie geht's?«

»Sehr gut, Sir, sehr gut. Das Geschäft läuft. Ist gerade das richtige Wetter dafür.«

»Ist der neue Kellner schon da?«

Der Mann lachte. »Nein, er läßt sich Zeit. Er hätte schon Mitte letzter Woche kommen sollen.«

»Ja, natürlich.« Maitland erklärte Janet: »Frank wartet auf die Geburt seines dritten Sohnes. Es muß ein Sohn werden, denn er will sie alle zu Kellnern ausbilden und dann ein eigenes Hotel eröffnen.«

Frank nickte und stellte ein Teegedeck vor Janet hin. »Mr. Maitland ist ein Spaßvogel. Aber es werden viele Wahrheiten im Spaß ausgesprochen, Miß.« Er beugte sich zu Maitland vor und stellte auch vor ihn ein Gedeck. »Und wenn die Kunden ihre Trinkgelder verdoppeln würden, könnte es wahr werden.« Damit ging er lachend davon.

Janet lehnte sich an die Samtpolsterung und schloß die Augen. »Was ist los?« fragte Maitland.

Janet schluckte und antwortete dann: »Ich möchte lachen. Nicht nur so ein höfliches Lachen, sondern ein echtes, herzhaftes. Ich möchte aufstehen und lachen.«

»Nur zu, tu es. Aber gieß lieber den Tee ein, bevor du anfängst... und schau dir diese Kuchen an! Die reinste Sahne! Na, ich werde jedenfalls zulangen. Und das solltest du auch, du mußt ein bißchen zunehmen... Nein, nein, du mußt nicht; du hast eine wundervolle Figur.« Seine Stimme wurde leise. »Du bist überhaupt wunderschön. Wenn du es nur wahrhaben wolltest. Du bist ganz und gar schön.«

Janet goß den Tee ein und reichte ihm die Tasse, doch sie sagte nichts. Schweigend nahm sie das Butterbrot entgegen, das er ihr reichte. »Was hast du, meine Liebe?« fragte er besorgt.

Janet schluckte wieder, ehe sie antwortete, und senkte den Blick. »Wie kommt es, daß ich jedesmal, wenn ich lachen will, gleichzeitig weinen möchte? Ich strenge mich gerade furchtbar an, nicht in Tränen auszubrechen.« Sie blinzelte heftig, dann blickte sie lächelnd zu Maitland auf. »Und wenn du nicht willst, daß ich vor allen Leuten heule, hörst du besser auf, mir Lügen zu erzählen.«

Maitland antwortete mit ernster Stimme. »Ich glaube nicht, daß ich dich jemals belogen habe. Nicht einmal, als du zuerst in mein Leben getreten bist, ein unauffälliges, dünnes kleines Mädchen, das ständig auf mich eingeredet und mich verfolgt hat. Ich glaube, damals hast du dich in mein Herz gestohlen, obwohl ich es kaum bemerkt habe, denn – um eine Romanphrase zu benutzen – ich litt gerade an einem gebrochenen Herzen. Ich hatte Hoffnungen gegenüber Cissy Moore gehegt, die die Kinderschwester von Lady Irene Boulters kleiner Tochter war. Ich war der Meinung, daß wir uns als Dienstboten auf gleicher Ebene befänden, doch sie wollte höher hinaus. Sie hatte ein Auge auf Colonel Staceys Neffen geworfen. Und doch, folge ich jetzt nicht ihrem Beispiel? Und das alles wegen eines lästigen kleinen Mädchens, das mir ständig hinterherlief.«

»Ich war aufdringlich, nicht wahr? Ich frage mich manchmal, was ich gemacht hätte, wenn du gegangen wärst. Ich durchlitt Höllenqualen bei dem Gedanken, daß das geschehen könnte. Ich wollte immer zu Dad sagen: ›Hör auf ihn anzuschreien, sonst wird er gehen.‹«

Maitland lächelte Janet zärtlich an. »Ich habe wirklich oft daran gedacht, zu kündigen, und habe mich selbst gefragt, warum ich trotzdem bleibe, denn dein Vater hat mich mit seinem unnötigen Getöse oft wütend gemacht. Als ich ihn kennenlernte, war ich so aufgeblasen, mir einzubilden, ich könnte ihn ändern oder zumindest seine rauhe Sprache und sein Benehmen etwas dämpfen. Doch nein, er ist stolz darauf, so zu sein wie er ist. Und als du sechzehn warst und ich erkannte, was wirklich mit mir los war, begann für mich die Hölle. Ich glaubte, es wäre das beste für mich, zu gehen, und doch konnte ich dich nicht allein lassen. Manchmal habe ich dich verflucht. Ja«, er nickte Janet zu, »es gab da nämlich eine Frau in meinem Alter, nur die Einfahrt hinab – Talbots Nichte Sally. Ich bin eingebildet genug, um zu glauben, daß sie nur darauf gewartet hat, daß ich ihr einen Antrag mache. Ich hatte niemals tiefere Gefühle für sie, obwohl sie ein sehr nettes Mädchen war. Vermutlich habe ich sie auf gewisse Weise benutzt. Ich war mit ihr beim Tanzen, im Kino, auf Bootspartien. Natürlich waren Mike und Kate ständig dabei, und ich weiß, daß sie immer darauf gewartet haben, daß ich Sally die berühmte Frage stelle. Manchmal fühlte ich mich ekelhaft.«

»Wartet sie immer noch?«

»Nein. Nach dem Tod ihrer Mutter ist ihr Vater weggezogen, und sie ist mit ihm gegangen ... Aber schau, du mußt etwas essen. Wir müssen mindestens einen Teller leerputzen, sonst kommt Donald und will wissen, ob etwas nicht in Ordnung war.«

Janet suchte sich ein Stück Sahnekuchen aus, dann blickte sie aus dem Alkoven zum nächsten Tisch, wo gerade vier Gäste aufbrachen. Sie zerteilte den Kuchen mit der Gabel, machte aber keinen Versuch, ihn zu essen. »Ist es nicht hübsch hier?« fragte Maitland, und sie antwortete leise: »Ich kann mich an keinen Augenblick meines Lebens erinnern, an dem ich dich nicht geliebt hätte. Ich weiß nichts mehr aus der Zeit, bevor ich zehn war und dich zum ersten Mal in diesem Haus gesehen habe. Ich liebte dich so sehr, daß es mir eine ständige Qual wurde. Diese Liebe hat mir kein Glück gebracht, keine Freude, nur Schmerz und seit einiger Zeit ein starkes Verlangen. Ich ... ich habe mich immer älter gefühlt, als ich bin, und mir kommt vor, als würde ich dich schon viele Menschenalter lang lieben ... Oh, bitte nicht!«

Maitland hatte seinen Platz verlassen und hatte sich neben sie gesetzt. Er drückte ihre Hände an seine Brust und blickte in ihre tränenverschleierten Augen. »Ich möchte dich küssen«, sagte er, »den ersten Kuß. Ich möchte dich so festhalten, daß du in mir versinkst und für immer in mir bleibst. Und das werde ich, aber nicht hier. Ach, meine Liebste!« Er nahm ihr Gesicht zwischen seine Hände und murmelte mit belegter Stimme: »Ich bin betrunken, betrunken vor Liebe zu dir.«

Über seine Schulter hinweg sah Janet einen Kellner, der einem Pärchen den leeren Tisch zuwies. »Es setzen sich Leute drüben hin«, sagte sie. »Laß uns den Tee austrinken und dann gehen.«

Langsam nahm Maitland die Hände von ihrem Gesicht, erhob sich und setzte sich wieder auf den Platz ihr gegenüber.

Janet begann den Kuchen zu essen, und Maitland schwieg, bis sie damit fertig war. »Hilf mir, das wegzukriegen«, sagte er und hielt ihr das Tablett mit den Butterbroten hin. Gehorsam nahm sie eine Scheibe und knabberte daran. »Was machen wir jetzt?« fragte sie ihn.

»Das kann ich dir im Augenblick gar nicht sagen«, antwortete Maitland. »Alles, woran ich denken kann, ist, daß du hier bist und mich liebst, und daß du die Jahre von mir abgestreift hast. Ich bin nicht mehr einundvierzig. Ich bin wieder da, wo ich dich zum ersten Mal gesehen habe.«

»Für mich hast du dich niemals verändert; du siehst immer noch aus wie ein junger Mann, und du darfst nie wieder eine andere Farbe als Grau tragen. Von dem Tag an, an dem du das Haus verläßt, sollst du nie wieder etwas Schwarzes anziehen.«

»Wann werden wir das Haus verlassen?«

Janet schloß fest die Augen. »Morgen. Ich wünschte, wir könnten es morgen tun, aber, Roger ...« Sie streckte die Hand nach ihm aus. »Ich habe Angst. Ich muß zugeben, daß ich Angst habe vor Dad. Doch was immer wir tun, wir werden schnell aus der Stadt verschwinden müssen, weit weg für einige Zeit, bis er sich an den Gedanken unserer Heirat gewöhnt hat. Und ... wir werden doch heiraten, nicht wahr? Gleich?« Es klang wie die Bitte eines Kindes. »Noch heute nacht«, antwortete Maitland. »Wenn es möglich wäre, würde ich Donald bitten, einen Pfarrer anzurufen, dann könnten wir es gleich an Ort und Stelle tun. Jawohl, hier und jetzt.«

Janet nickte. »Ich weiß. Aber ich muß immer an Dad denken. Er ist gefährlich geworden, weil er selbst Angst hat. Er fürchtet sich davor, allein gelassen zu werden. Er weiß, daß die Jungs nicht mehr nach Hause kommen. Von den acht Kindern, die er gezeugt hat, bin nur noch ich übrig. Wenn ...

wenn meine Mutter ihn nicht verlassen hätte, wäre es vielleicht anders. Aber ich weiß es nicht.«

»Hör zu, Liebes, ich fürchte mich nicht vor ihm. Weder er noch jemand anders kann uns trennen. Niemals!« Maitlands Kiefermuskeln spannten sich, und er warf den Kopf zurück. Beinahe drohend wiederholte er: »Niemals! Also laß uns morgen heiraten; denn nun, da ich weiß, was du fühlst und wie du dich vor ihm fürchtest, könnte ich nicht länger in dem Haus bleiben und mir seine Beschimpfungen anhören.«

Janet erwiderte: »Ich darf Großmutters Haus fünf Jahre lang nicht verkaufen. Außerdem könnten wir dort sowieso nicht bleiben, er würde uns finden. Was sollen wir tun?«

»Uns zwischenzeitlich irgendwo anders ein Haus mieten. Und ich könnte meine Butlerschule eröffnen. Weißt du, es gibt eine große Nachfrage nach Butlern in Amerika. Sie schaffen ganze Schiffsladungen hinüber.« Er lachte leise. »Es ist wahr, die Amerikaner sind verrückt nach englischen Butlern. Und es gibt viele reiche Leute drüben.«

»Und was könnte ich inzwischen tun?«

»Nun«, er lehnte sich zurück, »du könntest mir dabei helfen, den Holzköpfen korrektes Englisch beizubringen, während du dich weiterbildest, um Bibliotheksleiterin zu werden.«

»Du möchtest, daß ich berufstätig bleibe?«

»Natürlich, meine Liebe. Du liebst doch deine Arbeit, nicht wahr?«

»O ja, aber das wäre gleichgültig.«

»Das wäre keineswegs gleichgültig. Es ist wichtig, daß du deinen Verstand weiterhin benutzt. Dein Vater«, er schnitt eine Grimasse, »hat mir unabsichtlich die Möglichkeiten geboten, meinen eigenen Verstand zu trainieren. Ich habe soviel in diesem Lesezimmer gelernt, daß meine Zuversicht grenzenlos ist; zumindest soweit es die Sorge für meinen selbständigen Lebensunterhalt betrifft.«

Sich über den Tisch beugend flüsterte er: »Donald und

sein Bruder waren beide Butler. Sein Bruder hat jetzt ein Heim für ältere Gentlemen gegründet.«

»Wirklich?«

»O ja. Für wie alt hältst du Donald?«

»Ich würde sagen, er ist in den Sechzigern.«

»Er ist vierundsiebzig, und er hat das Hotel übernommen, als er schon beinahe sechzig war. Damals starb seine Herrin und vererbte ihm ein nettes Sümmchen. Und was er kann, kann ich auch. Ich werde dafür sorgen, daß du in deinem gewohnten Stil weiterleben kannst. Oh, ich weiß, ich weiß«, er machte eine abwehrende Handbewegung, »aber was dir gehört, gehört dir, mein Liebes, und was mir gehört, gehört dir auch.«

»Ach, Roger.« Janets Stimme klang belegt. »Wie schade, daß wir nur ein Leben vor uns haben.«

»Ja, nicht wahr? Aber weißt du, ich glaube, wir haben schon viele Leben hinter uns. Ich habe oft darüber nachgedacht, besonders wenn ich mich fragte, was es ist, das mich an dich bindet, an dich, ein junges Mädchen, während ich ein Mann in gesetztem Alter bin. Ich habe an dich nie als eine Tochter gedacht, obwohl du das den Jahren nach sein könntest. Ich weiß nur, daß mir die ganze Situation ungewöhnlich vorkam, als du ein kleines Mädchen warst und mich beständig mit Fragen verfolgtest.« Er machte eine ungeduldige Bewegung. »Laß uns gehen. Ich muß noch etwas erledigen.« Damit schüttelte er die kleine Tischglocke. Als gleich danach der Kellner erschien, sagte er zu ihm: »Der Tee war wundervoll, Frank. Aber jetzt müssen wir los.«

Auch Janet bedankte sich, und der Kellner verbeugte sich vor ihr. »Es war mir ein Vergnügen, Miß.« Als sie durch das Restaurant gingen, hörte sie ihn sagen: »Oh, Sir, das ist doch nicht nötig, nein«, worauf Maitland antwortete: »Das ist nicht für Sie, sondern für den zukünftigen Kellner.« Frank lachte laut. »Ich werde es ihm geben, Sir, ganz gewiß.«

Nachdem sie in der Halle ihre Mäntel angezogen hatten, sagte Maitland zum Rezeptionisten: »Mr. Crawford ist sicherlich beschäftigt, aber sagen Sie ihm, daß ich im Laufe der Woche vorbeischauen werde.«

»Jawohl, Sir, ich werde es ausrichten. Gute Nacht, Sir; gute Nacht, Miß.«

Draußen auf der Straße nahm Maitland Janets Arm. »Das Wetter ist besser geworden, laß uns den längeren Weg zum Bahnhof nehmen. Es gibt da einen Garten, den ich dir zeigen möchte.«

»Im Dunkeln?«

»Ja, im Dunkeln. Es ist ein öffentlicher Garten. Ich gehe da oft hin, wenn ich in der Stadt herumspaziere. Dann setze ich mich hinein und träume.« Er drückte ihren Arm, und sie gingen Seite an Seite im Gleichschritt, bis sie zu einer kurzen Straße gelangten, auf der kaum Leute gingen. An ihrem Ende beleuchteten die Gaslaternen zwei Steinsäulen, zwischen denen einst ein Tor befestigt gewesen sein mußte. Maitland führte Janet hindurch und ging mit ihr, ohne etwas zu sagen, den schwach erhellten Weg entlang. Nach einer Weile blieb er stehen, zog Janet langsam in seine Arme und drückte seine Lippen auf die ihren. So standen sie, ohne zu wissen, wie lange.

Als ihre Lippen sich voneinander lösten, sahen sie sich in dem trüben Licht an. Dann, als hätte eine Woge sie erfaßt, flogen sie einander wieder in die Arme. Maitland bedeckte Janets Gesicht mit Küssen, bis er ihren Mund fand. Sie hielten sich so eng umschlungen, daß ihre Körper aus der Ferne wie einer aussahen. Sie schwankten, als würden die Wogen eines Ozeans über sie hinwegspülen.

Janet legte erschöpft ihren Kopf an Maitlands Schulter. Ihr Hut wurde nur noch durch die Nadel, mit der er an ihrem Haarknoten befestigt war, vor dem Herabfallen bewahrt.

»Mein Liebling.« Maitland streichelte Janets Stirn. »Noch vor kurzem wußte ich nicht, was wir tun sollen. Aber jetzt bin ich sicher: Wir müssen heiraten, und zwar bald.«

Sie hob ein wenig den Kopf. »Ja, mein lieber, liebster ... Maitland, bald.«

Dann ließ sie den Kopf wieder auf seine Schulter sinken und fing an zu lachen. Ihr Körper wurde von Lachen geschüttelt, bis das Lachen plötzlich von einem Schluchzen unterbrochen wurde. Maitland drückte sie enger an sich und sagte: »Aber, mein Liebling. Bitte, wein doch nicht. Bitte nicht. Das bricht mir das Herz.«

»Ich bin … ich bin …«

»Was? Was meinst du?«

»Ich bin so glücklich.«

»Du bist so glücklich? Und da mußt du so weinen?« Auch er lachte jetzt.

Nach einigen Sekunden entzog sie sich ihm, richtete ihren Hut und wischte ihr Gesicht mit einem Taschentuch ab. »Ich muß nach Hause und einige Dinge in Ordnung bringen.«
»Ja«, antwortete Maitland, »wir müssen zurückgehen.«

»Nein, Roger, bitte geh' nicht mit mir ins Haus. Zumindest nicht heute nacht, die hoffentlich meine letzte in diesem Haus sein wird. Ich möchte diesen Abend als etwas Besonderes in Erinnerung behalten, ohne das Geschrei meines Vaters und wer weiß was noch. Ja, wer weiß, was noch.«

»Ich werde bis zum Pförtnerhäuschen mitkommen und dann zu Mike hineingehen.«

Gemeinsam verließen sie den Garten und gingen zurück zum Bahnhof, wo sie den Zug nach Fellburn nahmen. Dort stiegen sie in die Trambahn um. Von der Haltestelle aus hatten sie noch ein gutes Stück Weg vor sich. Sie sprachen wenig. Doch ehe sie das Tor erreichten, umarmten und küßten sie sich noch einmal zärtlich. Maitland meinte: »Ich werde heute nacht meine Sachen packen und bei Mike und Kate auf dich warten.«

Janet dachte kurz nach. »Nein«, sagte sie dann. »Geh gleich in Großmutters Haus. Ich werde Annie anrufen und ihr sagen, daß du kommst. Aber wir dürfen nicht zu lange dort bleiben, wir müssen so schnell wie möglich verschwinden.«

»Du hast recht, so ist es besser.«

Noch einmal umarmten sie sich. Dann riß Janet sich los und eilte zum Haus. Sie wußte selbst kaum, was sie fühlte, aber in ihrem Kopf wiederholten sich immer wieder die Worte: »Es ist passiert, es ist passiert, endlich.«

Sie ging nicht geradewegs auf die Eingangstür zu, sondern durch den Hof, um durch die Küchentür zur hinteren Treppe und so zu ihrem Schlafzimmer zu gelangen. Doch als sie die Küche betrat, empfing sie Mrs. Wilding: »Oh, Miß, Miß!«

»Was ist los? Was ist geschehen?« Sie wandte sich zu Florence um, doch die schüttelte nur den Kopf. »Ist etwas mit Vater?« fragte Janet besorgt. Florence schüttelte wieder den Kopf und sagte nur: »Er ... er ist im Lesezimmer, Miß.«

»Ist er krank?«

»Nein, Miß, er ist nicht krank.« Florence blickte hilfesuchend zur Köchin; aber Mrs. Wilding schwieg und starrte auf den Tisch. Janet rannte in die Halle und zog im Laufen Mantel, Hut und Handschuhe aus.

Vor dem Lesezimmer hielt sie inne und sog tief die Luft ein, dann stieß sie die Tür auf. Erstaunt sah sie auf ihre Mutter, die Samuel gegenüber vor dem Kamin saß.

Die Luft schien aus Janets Lungen zu entweichen. Sie hatte nicht gewußt, was sie erwarten würde, hatte eher mit einem Unglück gerechnet als mit dem Anblick ihrer Eltern, die scheinbar einträchtig vor dem Feuer saßen.

Samuel sprang auf. »Wo bist du gewesen?«

»Ich war aus. Was ist los?«

»Um diese Zeit bist du noch aus? Ist er dir bei deiner Streunerei vielleicht über den Weg gelaufen? Weißt du was darüber? War er bei dir?«

»Worüber redest du? Und von wem redest du?«

Janet drehte sich zu ihrer Mutter um, die mit der Hand auf eine aufgeschlagene Zeitung deutete, die auf dem Tisch lag. Janet nahm die Zeitung und sah die fettgedruckte, zentimeterhohe Schlagzeile: MORD IN DEN FRÜHEN MORGENSTUNDEN. Sie starrte darauf, sah ihre Mutter und ihren Vater an, und fing dann an zu lesen:

Heute früh gegen sieben Uhr wurde William Mailston vor den Augen seiner Ehefrau erstochen. Die Tat trug sich in 49 Pike Street zu, einer Pension, die von Mrs. Mailston geführt wird. Mrs. Mailston, die völlig verzweifelt war, konnte lediglich angeben, daß einer ihrer Pensionsgäste, Howard Fairbrother, in ihr Schlafzimmer eingebrochen sei, wo er versuchte, ihr Gewalt anzutun. Nur die Rückkehr ihres Gatten bewahrte sie davor. Es kam zu einem Kampf, in dessen Verlauf Howard Fairbrother Mr. Mailston in den Hals stach. Mrs. Mailstons Schreie brachten einen weiteren Pensionsgast, Mr. Norman Wilmer, auf den Plan. Dieser sagte aus, er sei durch die Schreie geweckt worden, und als er seine Zimmertür öffnete, sah er Howard Fairbrother aus dem Zimmer der Hauswirtin stürmen. Er sei nur unvollständig bekleidet gewesen, und als er an Mr. Wilmer vorüber und in sein eigenes Zimmer rannte, bemerkte dieser, daß Blut von seinem Arm floß. Mr. Wilmer eilte Mrs. Mailston zu Hilfe, die sich in einem Zustand der Hysterie befand. In Mrs. Mailstons Zimmer sah er Mr. Mailston blutbedeckt auf dem Boden liegen. Mr. Wilmer zog sich daraufhin sofort an und holte die Polizei.
Er sagte aus, daß Mr. Fairbrother seit einigen Wochen in der Pension wohnte und, soweit er es beobachten konnte, mit Mrs. Mailston freundschaftlich verkehrte. Die Polizei fahndet nun nach Howard Fairbrother, bei dem es sich um den Sohn von Mr. Samuel Fairbrother, einem in dieser Stadt wohlbekannten Schuhfabrikanten, handelt.«

Die Zeitung raschelte wie ein Fächer in Janets Hand. Als hätte sie sich daran verbrannt, ließ sie sie fallen und stützte sich auf den Tisch. Sie starrte ihre Eltern an, doch sie nahm sie nicht wahr, so sehr war sie von der Wucht dieser Tragödie niedergeschmettert. Ihr schwindelte. O Roger, dachte sie. Ihr schöner Tag war wie ausgelöscht. Die strahlende Zukunft war verloren. Das Wunder, das sie in Rogers Armen empfunden hatte, war nun wie das Überbleibsel eines Traumes, der beim Aufwachen immer weiter entschlüpft. Und dies war die wache Welt – dieser Raum, ihre Eltern, die Zeitung, die auf dem Boden lag.

Janet glaubte, etwas sagen zu müssen, aber was? Sie schaute ihre Eltern an. Sie schienen verändert. Der Gesichtsausdruck ihrer Mutter zeigte keinerlei Aggression, obwohl Janet sich in den vergangenen Wochen, wenn sie an sie dachte, sich immer daran erinnert hatte, wie wütend ihr Gesicht gewesen war, als Samuel sie aus dem Zimmer in Mrs. Masons Haus gezerrt hatte, das Alice als das ihre betrachtet hatte.

Und dann ihr Vater: Er sah ausgepumpt, geschrumpft aus. Doch als sie mit ächzender Stimme fragte: »Hat man ihn gefunden?« antwortete er in vernünftigem Ton. »Ich weiß es nicht. Um vier Uhr nachmittags, als sie hier waren und das Haus durchsuchten, hatte man noch keine Spur von ihm.«

»Sie sind hier gewesen?«

»Natürlich waren sie hier, und auch bei seiner Mutter.« Er bewegte heftig die Hand. »Sie haben praktisch jeden Winkel durchsucht. Mein Gott! Wann hört das endlich auf, frage ich mich oft; was passiert denn noch alles! Aber nie hätte ich gedacht, daß es soweit kommt. Und hier bin ich, sind wir beide«, er gestikulierte aufgeregt, »und sitzen wie auf Nadeln, weil die Polizisten gesagt haben, sie kämen wieder. Wenn Howard verletzt ist, so meinte der Inspektor, dann müsse er sich irgendwo verkriechen ... Es ist schon komisch mit den Leuten.« Er schüttelte den Kopf. »Ich kenne Inspektor Tipple so gut, wie ich dich kenne; wir sind sozusagen miteinander aufgewachsen. Und wenn wir uns im Club treffen, klopft er mir auf den Rücken, als wolle er sagen: Guter alter Sam. Und er erzählt mir jedesmal, wenn seine Frau und die Kinder in einem meiner Geschäfte Schuhe kaufen wollen. Sie kaufen immer in dem Laden in der Bailey Street, wo die vornehmen Leute hingehen. Und noch mehr Schulterklopfen für den guten alten Sam. Und der gute alte Sam benachrichtigt Mrs. Castel, daß Mrs. Tipple und ihre Horde nur das Beste angeboten wird, und daß sie einen Nachlaß erhalten sollen. Doch welch ein Unterschied, wenn Tipple sich in den Inspektor verwandelt. Nun, wie er sagt, ist es der erste Mordfall in der Stadt seit fünfzehn Jahren, und morgen wird es in allen großen Zeitungen im Land stehen.«

Wieder betrachtete Janet ihre Eltern. Alice saß mit gebeugtem Haupt und drückte ein Taschentuch an den Mund. Tränen liefen an ihrer Nase entlang und tropften von der Nasenspitze herab. Janet ging zu ihr hin und legte ihr die Hand auf die Schulter. Sagen konnte sie nichts; was gab es da auch zu sagen? Howard hat immer Schwierigkeiten gemacht, und immer hast du ihn gedeckt? Wenn du zugelassen hättest, daß Dad Howard gelegentlich eine Abreibung verpaßt, wäre er vielleicht anders geworden? ... Aber wäre er das wirklich? ... Wenn das Mark faul ist ... In ihren Eltern, weder in Mutter noch Vater, gab es doch diese Schlechtigkeit und Schwäche nicht. Samuel war ein eigenwilliger und herrschsüchtiger Mann, aber er war kein Mörder. Er würde niemanden niederstechen ...

Wirklich nicht? Und wovor fürchtete sie sich seit Wochen? Eben. Sie ängstigte sich um Rogers Leben, sollte er es wagen, offen zu Samuel über seine Gefühle zu sprechen. Sie fürchtete in diesem Fall sogar um ihr eigenes Leben. Samuel war in einem Wutanfall zum äußersten fähig, davon war sie überzeugt; selbst wenn er seine Tat bis an sein Lebensende bereuen würde. Wer also konnte Howard einen Vorwurf machen?

»Weinen nützt niemandem«, sagte Samuel.

Alice und Janet sahen ihn an. »Was erwartest du von mir?« fragte Alice schluckend. »Daß ich herzhaft lache? Mir wird doch sowieso die Schuld zugeschoben, weil ich ihn verweichlicht habe. Aber nachdem ich ihn so hart behandelt habe wie du, was ist da geschehen? Er läuft davon und lebt bei dieser Frau, solange ihr Mann auf See ist. Und irgendwann ist dieser Mann dann heimgekommen. Ein Jammer, in gewisser Weise. Und ein Jammer, daß ich je deinen Erstgeborenen unter dem Herzen trug oder eines der anderen Kinder, wenn du mich fragst. Denn wo bin ich jetzt, während du immer noch da bist, wo du sein wolltest und den großen Mann spielst?«

Samuel legte die Hand an seine Stirn und wandte sich ab. »Um Himmels willen. Fang doch nicht schon wieder damit an, Alice, nicht jetzt. Wir haben andere Sorgen. Weißt du, was geschehen wird?« Er drehte sich wieder zu ihr um. »Er wird baumeln. Es war Mord. Tipple sagt, der Mann muß fast auf der Stelle tot gewesen sein, da das Messer seine Hauptschlagader aufgeschlitzt hat. Es war Mord, und er wird hängen. Daran müssen wir jetzt denken. Allerdings bin ich im Moment in einer Stimmung, daß ich ihm selbst den Strick um den Hals legen könnte. Bei Gott! Ich könnte ...«

Plötzlich hielt er inne und wandte sich um. In der Tür stand Maitland.

Janet sah ihren Liebsten langsam in das Zimmer kommen. Er sah sie nicht an, sondern blickte auf ihren Vater. »Ich kam am Pförtnerhäuschen vorbei. Dort hat man es mir gesagt. Gibt ... gibt es etwas, das ich für Sie tun kann?«

Samuel seufzte und antwortete, nun wieder etwas ruhiger: »Nein, Maitland, niemand kann etwas tun im Augenblick. Wir können nur warten, bis man ihn findet. Wie es dann weitergeht, weiß Gott allein. Sicher wird es«, er nickte heftig, »eine Hinrichtung geben.«

»Es könnte mildernde Umstände geben, Sir. Möglicherweise war es Notwehr.«

Janet betrachtete den Mann im grauen Anzug. Jetzt war er wieder der Butler. Einen Augenblick lang war sie unsicher, ob sie über diese doppelte Persönlichkeit erfreut oder verärgert sein sollte. Dann entschied sie, sich zu freuen. Er war bewundernswert. Er handelte genauso, wie sie es unter den Umständen erwartete. Aber sie würden das Haus morgen nicht verlassen können. Das neue Leben, von dem sie im Park einen Vorgeschmack empfangen hatte – es würde noch warten müssen. Würde es jemals kommen? O doch, es mußte. Sie mußte sich zwingen, nicht auf Maitland zuzugehen, da sie fühlte, daß er ihren Blick absichtlich mied. Er begrüßte jetzt ihre Mutter: »Guten Abend, Madam.«

Alice gab keine Antwort, deutete aber durch ein Kopfnicken an, daß sie ihn gehört hatte, und wischte ihr Gesicht mit dem Taschentuch ab. Maitland wollte eben etwas sagen, als die Tür aufging und Sarah Johnson hereinkam. »Da ist ein Anruf für Sie, Miß«, sagte sie. »Es ist Annie. Sie ruft aus Ihrem Haus an.«

Janet eilte in die Halle und nahm den Hörer auf. »Ja, Annie?«

Sonst sprach Annie am Telefon immer sehr laut, da sie ein solches modernes Gerät nicht gewöhnt war. Heute jedoch war ihre Stimme nur ein Flüstern, so daß Janet sie auffordern mußte: »Sprechen Sie lauter. Ich kann Sie nicht hören.«

»Ich habe Angst, Miß. Ich bin zum Kohlenhaus gegangen und ... und habe etwas im Lager nebenan rumoren hören. Ich ... ich glaube, es ist jemand dort drin, Miß. Ich habe gar keine Kohlen mitgenommen, sondern bin gleich ins Haus zurückgelaufen. Ich habe mich eingeschlossen. Vielleicht ist es ... Sie wissen schon, wer, Miß. Und sehen sie ...«

»Schon gut, Annie, schon gut. Ich komme sofort. Bleiben Sie, wo Sie sind, und lassen Sie die Tür verschlossen.« Sie legte den Hörer auf die Gabel und ging ins Wohnzimmer zurück. Alle Blicke waren auf sie gerichtet. »Es war Annie«, teilte sie mit. »Sie glaubt, es ist jemand im Lager.« Sie wandte sich an ihren Vater und fügte hinzu: »Dort haben sie sicher nicht gesucht, oder?«

»Nicht daß ich wüßte«, gab er zurück. Weiter sagte er nichts, sondern starrte sie nur an, so daß sie ihn beinahe anfuhr: »Und? Meinst du nicht, daß du hingehen und nachschauen solltest? Oder wenigstens mit mir mitkommen?«

Als käme er jetzt erst wieder zu sich, schnappte Samuel zurück: »Du bleibst, wo du bist, Miß, hier bei deiner Mutter. Maitland, kommen Sie.«

Janet wollte protestieren, als sie einen Blick von Maitland auffing, der unauffällig den Kopf schüttelte. Als habe sie einen Befehl empfangen, trat sie zurück, stieß einen langen Atemzug aus und setzte sich auf einen Sessel.

Sie fühlte sich ungemütlich in Gegenwart ihrer Mutter, die immer noch dasaß und ins Feuer starrte. Warum kniete sie sich nicht neben Alice, legte die Arme um sie und tröstete sie? Sie spürte einfach keine Zuneigung, die sie bewegt hätte, so zu handeln. Zwischen Janet und Alice hatte es nie echte Zuneigung gegeben; Janet hatte ihrem Vater immer näher gestanden. Sie meinte ihn besser zu verstehen, zumindest konnte sie seine Gefühle besser nachvollziehen.

Das Schweigen lastete schwer auf Janet. Irgend etwas müßte getan oder gesagt werden.

Plötzlich redete ihre Mutter sie an. »Du hast ihn nie gemocht, nicht wahr?«

Janet stand auf und ging zum Kamin. Dort hielt sie sich mit beiden Händen am Sims fest und antwortete finster: »Nein, ich habe ihn nicht gemocht, weil er ein Lügner und Betrüger war, und vielleicht auch, weil du nur für ihn Zuneigung übrig hattest. In deinen Augen konnte er nie einen Fehler begehen. Und ich war nicht die einzige, der deine Liebe fehlte, den drei anderen Jungen ging es ebenso.«

»Das stimmt nicht!«

Janet drehte sich um und blickte auf ihre Mutter hinab. »Doch, sie haben es mir gesagt. Und ich sage dir noch etwas: Du hast deinen Ärger an uns anderen ausgelassen, nachdem Dad Howard auf das Internat geschickt hatte. Niemand konnte es dir damals recht machen.«

Alice schüttelte langsam den Kopf. »Lieber Gott! Ich habe mein eigenes Leben aufgegeben, um euch großzuziehen.«

»Ja, großgezogen hast du uns; du hast dafür gesorgt, daß wir immer zu essen und Kleidung hatten. Aber was wir am dringendsten gebraucht hätten, hast du uns nicht gegeben – Liebe.«

»Ich sage dir was, Mädchen: Du warst kein liebenswertes

Kind, du am wenigsten von allen. Dein einziger Vorteil war deine Zunge, und die hast du falsch eingesetzt. Und dann hast du dich wie eine kleine Nutte aufgeführt; und nicht nur als Kind, sondern auch als junges Mädchen warst du hinter dem Butler her.«

Janet preßte fest die Lippen zusammen, um nicht die Worte auszusprechen, die ihr in den Sinn kamen und die, einmal gesagt, eine Kluft zwischen ihr und Alice aufreißen würden, die niemals wieder geschlossen werden könnte. Mochte sie auch als Kind dem Butler hinterhergelaufen sein, so hatte sie doch als junge Frau sich ihm niemals auf eine Weise angeboten, wie ihre Mutter es einmal getan hatte. Ohne ein Wort zu sagen, ging sie aus dem Raum und die Treppe hinauf in ihr Schlafzimmer.

Oh, ihre Mutter! Diese Bitterkeit: Du warst kein liebenswertes Kind, hatte sie gesagt; und nicht nur als Kind eine kleine Nutte, sondern auch als junge Frau …

Das Feuer brannte hell in dem kleinen Kamin, das Bett war aufgedeckt und die Hülle mit dem Nachthemd lag auf der Steppdecke. Der Krug mit dem Waschwasser war mit einem dicken, flauschigen Handtuch zugedeckt. Das Wasser mußte inzwischen kalt sein, denn es war für ihre erwartete Rückkehr kurz nach vier hingestellt worden.

Sie stand in der Mitte des Zimmers und blickte um sich. Dies hätte ihre letzte Nacht unter diesem Dach sein sollen. Auch in Sweetbanks Gardens waren die Schlafzimmer komfortabel, aber altmodisch. Im Vergleich dazu strahlte ihr Schlafzimmer hier und alle anderen Räume des Hauses Luxus aus. Sie hatte hier das Leben einer Dame aus der Oberschicht geführt. Würde es ihr im Haus ihrer Großmutter fehlen, falls sie jemals die Gelegenheit bekam, dort zu leben?

»Nein! Niemals!« Janet ertappte sich dabei, diese Worte laut auszurufen. Alles, was sie wollte, war, dieses luxuriöse Leben hinter sich zu lassen und ein neues, wirkliches Leben mit Roger zu beginnen – nicht mit Maitland. Nie wieder wollte Sie Maitland sehen in seiner schwarzen Dienstkleidung; sie wollte den Mann im grauen Anzug. Aber sie konnte ihn nicht bekommen. Jedenfalls vorläufig nicht, denn er würde ihren Vater nicht im Stich lassen, bis diese Angelegenheit erledigt war. Doch wie konnte man einen Mord erledigen? Nur durch den Galgen. Nur durch den Galgen. Großer Gott, und das war erst der Anfang. Howard mußte gefunden, gefangengenommen, vor Gericht gestellt und verurteilt werden.

Janet ließ sich auf das Bett sinken. Gegenüber war der große Spiegel. Was sie darin wahrnahm, war jedoch nicht ihr eigenes Bild, sondern das Gesicht ihres Bruders, wie es war, als er damals zur Bibliothek gekommen war und Geld von ihr erbettelt hatte. Er hatte ihr Mitleid gewonnen, obwohl er log. Er war der geborene Lügner. Und doch stellte sie in seinen Zügen jetzt noch etwas anderes fest – Furcht. Ja, es konnte nur Furcht sein. Der Mord an Mailston mußte ihn vor Furcht versteinern lassen, denn aus dieser Tat konnte er sich nicht herauslügen.

Zwanzig Minuten später ging sie wieder nach unten. Als sie in die Halle kam, hörte sie draußen einen Wagen knirschend zum Halten kommen. Sie öffnete die Tür für Maitland und ihren Vater. Auf ihren fragenden Blick hin sagte Samuel: »Er war nicht dort. Aber es gibt Anzeichen, daß er dort gewesen ist.« Er fügte hinzu: »Es gab Blutspuren auf einigen alten Lumpen, auf denen er wohl gelegen hat. – Hat jemand angerufen?«

»Nein, niemand.«

Maitland wollte ihm den Mantel abnehmen, aber Samuel lehnte ab. »Nein, ich muß noch die Missis nach Hause fahren.« Er schien unsicher zu sein, ob er Alice als seine Frau oder Mrs. Fairbrother bezeichnen sollte, obwohl ihr beide Titel noch zustanden.

Er begab sich in das Wohnzimmer, wo Alice auf ihn wartete. »Nun?« fragte sie. Samuel schüttelte den Kopf. »Er war nicht mehr da«, antwortete er.

»Guter Gott!«

»Es hat keinen Sinn, sich unnütz aufzuregen. Komm, ich bringe dich nach Hause.«

Gemeinsam gingen sie in die Halle, wo Alices Hut und Mantel auf einem Sessel lagen. Samuel half ihr beim Anlegen. Janet und Maitland wurden von Alice ignoriert.

Beim Hinausgehen wandte Samuel sich an Maitland, als wolle er etwas zu ihm sagen, überlegte es sich dann jedoch anders. Maitland folgte ihm hinaus, öffnete die Wagentür und hielt sie offen, bis beide sich in dem Automobil niedergelassen und Arthur Mears seinen Platz hinter dem Lenkrad eingenommen hatte. Er wartete nicht, bis der Wagen abfuhr, sondern lief sofort ins Haus zurück. Janet ging gerade ins Wohnzimmer, und Maitland folgte ihr. Kurz darauf standen sie auf dem Kaminvorleger und sahen sich an. Maitland meinte: »Der Mensch denkt, und Gott lenkt. Aber sorge dich nicht, Liebste, es ist nur eine Unterbrechung in unserem Plan. Im Augenblick können wir gar nichts tun.«

Janet schüttelte den Kopf und sagte mit gequälter Stimme: »Es war ein so wundervoller Abend; der schönste in meinem ganzen Leben.«

Maitland nahm ihre Hand und drückte sie fest. »Unser gemeinsames Leben ist nur aufgeschoben worden. Denk daran, mein Liebling. Nichts und niemand wird uns trennen. Aber im Augenblick kann ich nicht kündigen und du kannst nicht einfach gehen. Das ist die Lage. Aber vor allem müssen wir uns in acht nehmen, denn wenn dein Vater hinter unsere Pläne kommt, gibt es eine Katastrophe.«

»Aber es kann noch Wochen oder sogar Monate dauern!«

»Ja, möglicherweise. Aber ich habe immer noch meinen freien Tag und meine freien Nächte. Und du wirst Bibliothekszusammenkünfte haben.«

»Ich höre auf; es ist unerträglich geworden dort. Ich wollte dir davon erzählen.«

»Nun, es gibt ja noch andere Bibliotheken. Zufällig habe ich gestern in der örtlichen Zeitung eine Annonce gesehen.

Es gibt einen neuen Schreibwaren- und Bücherladen, der in Gateshead eröffnen wird, ein ziemlich großes Geschäft, soweit ich verstanden habe. Sie werden eine sogenannte Subskriptionsbibliothek führen.«

»Ja, ich habe davon gehört; aber das ist von einer öffentlichen Bibliothek ganz verschieden. Sie haben kein so breites Büchersortiment.«

»Aber es wäre eine Möglichkeit.«

»Ich liebe dich.«

»Und ich liebe dich, meine Liebste, Einzige. Ich möchte dich wieder in den Arm nehmen, aber heute nacht darf es nicht sein.« Er trat einen Schritt zurück. »Florence geht gerade durch die Halle, wahrscheinlich kommt sie hierher, um nach dem Feuer zu sehen.«

»Woher weißt du das?«

»Ich erkenne sie am Schritt. Ihre Füße machen immer flop, flop, flop, wenn sie den Teppich verläßt und das Parkett betritt.

»Ach, Roger, das ist so komisch, daß ich lachen könnte. Gibt es irgendwas, das du über irgend jemanden in diesem Haus nicht weißt?«

In diesem Augenblick ging die Tür auf. »Nicht viel, Miß«, antwortete Maitland, beugte sich nieder und stocherte mit dem Schürhaken im Feuer. Florence rief: »Oh, Mr. Maitland, ich wollte mich eben darum kümmern.«

»Schon in Ordnung, Florence, ich überlasse es Ihnen«, sagte Maitland. Er wandte sich wieder zu Janet: »Kann ich Ihnen etwas bringen, Miß? Etwas Warmes zu trinken?«

»Nein, danke.«

Er verbeugte sich leicht vor ihr und verließ den Raum.

Als die Tür sich hinter ihm geschlossen hatte, meinte Florence, während sie den Staub von ihren Händen klopfte: »Ist das nicht schrecklich, Miß? Wir sind alle so aufgeregt. Wer hätte das gedacht? Was wird wohl mit Master Howard geschehen, Miß?«

»Ich weiß es nicht, Florence.«

»Es heißt, er wäre verwundet, und daß er verbluten könnte, wenn man ihn zu lange nicht findet.«

O Gott, wenn es nur geschehen würde! Es würde sein und ihrer aller Problem lösen. Aber so etwas durfte sie nicht denken.

»Geht es Ihnen gut, Miß? Sie fallen doch nicht in Ohnmacht. Soll ich Ihnen eine Tasse Tee bringen?«

»Nein, Florence, mir geht es gut ... aber es war ein sehr anstrengender Abend.«

Das stimmte nicht ganz; der erste Teil des Abends war wie ein Märchen gewesen. Erst als sie nach Hause kam, wurde es schlimm. Sie mußte sich setzen.

»Ich nehme doch eine Tasse Tee, Florence.« Dies war eine Möglichkeit, das Gespräch zu beenden und Florence aus dem Zimmer zu schicken.

Nachdem sie ihren Tee getrunken hatte, dauerte es nicht mehr lange, bis sie die Stimme ihres Vaters in der Halle hörte. Und dann kam er ins Zimmer.

Beim Kaminvorleger angekommen, beugte er sich vor und wärmte die Hände über dem Feuer. »Sie ist außer sich«, bemerkte er.

Da Janet nicht antwortete, fuhr er herum und wiederholte scharf: »Ich sagte, deine Mutter ist außer sich.«

»Ich habe dich gehört, Dad. Was kann ich dabei tun?«

»Du kannst antworten, wenn ich mit dir spreche.«

»Du hast keine Frage gestellt, sondern eine Feststellung getroffen.«

»Herrgott im Himmel! Belehre mich nicht mit deiner verdammten Grammatik, wenn ich fast von Sinnen bin! Hast du an den Skandal gedacht? Die ganze Stadt rumort davon.«

»Du hast niemanden umgebracht, und ich auch nicht.«

Samuel reckte den Kopf vor. »Nein, aber er ist mein Sohn. So stand es in der Zeitung: ›Howard Fairbrother, der Sohn des Schuhfabrikanten.‹ Wie viele Freunde halten jetzt wohl noch zu mir? Sie werden davonstieben wie aufgeschreckte Kaninchen. O ja, ich kenne sie. Haben Joe oder Martha Atkinson angerufen? Oder Jim Dawson? Dabei habe ich ihn unterstützt, als er sein Sattlergeschäft eröffnet hat. Der einzige, der sich gemeldet hat, ist Willie. Und das ist kein Wunder, er ist mein Rechtsberater und wittert ein Geschäft. Er hat schon die Gerichtsverhandlung vor Augen, damit kann man viel Geld verdienen. Er wird einen Strafverteidiger engagieren. O ja, da ist eine Menge Geld zu machen. Aber was ist mit mir?«

Janet stand aus ihrem Sessel auf und stellte sich vor ihn. »Ja, was ist mit dir, Dad? Du bist schließlich der einzige, der davon betroffen ist, wie? Sogar Mam geht es nichts an, und nicht meine Schwestern und Brüder und mich; nein, nur dich.«

»Ich werde es sein, der die Karre aus dem Dreck ziehen muß, ich muß mich einer höhnischen Öffentlichkeit stellen, denn ihr anderen habt mit der Firma nichts zu tun. Ihr braucht nicht in irgendwelchen Komitees zu sitzen und die grinsenden Gesichter der anderen zu ertragen. Ja, von meinem Standpunkt aus gesehen betrifft es nur mich. Mich, den Emporkömmling, der sich einen Herrensitz leistet, der einen Butler und Dienerschaft hält wie ein Lord, der seiner Familie einredet, sie würde etwas darstellen. Ja, an mir wird alles hängenbleiben.«

Er starrte wieder ins Feuer und stocherte darin herum. Dann sprach er weiter, mehr zu sich selbst als zu Janet. »Ein Sohn ein Mörder, den drei anderen bin ich ziemlich gleichgültig. Oh, ich weiß, was sie denken. Eine Tochter eine junge Schlampe – und es würde mich nicht überraschen, wenn sie auf der Straße enden würde. Die andere will sich in einem Kloster einsperren, ebensogut könnte sie tot sein. Bleibt nur noch Alice mit der jüngsten, und die ist nicht besonders helle, im Gegenteil. Trotz ihrer sechzehn Jahre redet sie und benimmt sich immer noch wie eine Sechsjährige. Sie wird den Rest ihres Lebens an Mutterns Schürzenzipfel hängen. Nun, so bleibt Alice eine Tochter, und mir ist auch eine geblieben.«

Samuels Stimme hatte sich zum Schluß seiner Rede verändert. Das war kein lautes Denken mehr, sondern eine Frage. Er drehte sich zu Janet um und fügte hinzu: »So ist es doch?«

Janet blickte ihm fest in die Augen. »Das hängt von dir ab, Dad«, antwortete sie. »Wenn du die Zügel locker läßt, wirst du immer meine Liebe und Zuneigung besitzen. Doch ziehst du sie zu straff an, wirst du mich verlieren ... Hast du mich verstanden?«

»Jawohl, ich verstehe dich. Aber laß mich dir etwas sagen: Eher bringe ich dich um, als daß ich zulasse, daß du dich erniedrigst. So, hast du *mich* verstanden?«

»Vollkommen. Aber ich habe auch noch etwas hinzuzufügen. Wenn es nicht wegen der Probleme wäre, die wir wegen Howard haben, und wenn es nicht zehn Uhr nachts wäre, würde ich auf der Stelle gehen, denn ich besitze ein eigenes Haus und genügend Geld, um für mich selbst zu sorgen, falls ich nicht jemand anderen für mich sorgen lassen möchte. Denk darüber nach, Dad. Du kannst mich hier nicht gegen meinen Willen festhalten. Du kannst nicht über mein Leben bestimmen. Wenn ich bei dir bleibe, so nur aus freien Stücken, und auch das nur für gewisse Zeit. Jetzt weißt du, woran du bist, und ich frage dich noch einmal: Hast du mich verstanden? Und versuche nicht, Druck auf mich auszuüben, sonst wirst am Ende du der Leidtragende sein. Wenn du in deinem dicken Schädel noch ein wenig Vernunft hast, dann wirst du dich benehmen, wie du es in den letzten Wochen auch getan hast: ganz vorsichtig.«

Janet war sich bewußt, daß sie ihren Vater schockiert, ja verletzt hatte. Er sagte kein Wort, als sie an ihm vorbei aus dem Zimmer ging. Keine Hand streckte sich nach ihr aus, um sie zu packen und herumzudrehen und ihr zu zeigen, wer der Boß sei.

Mit zitternden Beinen erklomm sie die Treppe.

Oben im Korridor war Maitland damit beschäftigt, die Gaslampen niedriger zu drehen. »Gib acht«, murmelte sie ihm im Vorübergehen zu, »er weiß Bescheid.«

Maitland bemerkte, wie blaß und angestrengt Janets Gesicht aussah, sagte aber nichts. Erst als ihre Schlafzimmertür sich hinter ihr geschlossen hatte, stieg er langsam die Treppe hinab und ging in sein Zimmer. Dort nahm er einen Koffer vom Schrank und fing an, Sachen einzupacken, die er nicht täglich brauchte, wie zum Beispiel überzählige Taschentücher und Krawatten, Manschetten- und Kragenknöpfe; denn er war sicher, daß er wenig Zeit zum Packen haben würde, wenn der Tag seines Auszugs käme.

7

Janet hatte eine unruhige Nacht hinter sich. Es hatte lange gedauert, bis sie eingeschlafen war, und dann hatten Alpträume sie gequält, in denen ihr Vater versuchte, Maitland ein Messer in den Hals zu stechen.

Sonntags wurde immer um neun Uhr gefrühstückt, doch heute war Janet bereits um acht fertig angezogen. Es überraschte sie nicht, ihren Vater auf der Treppe anzutreffen.

Samuel begrüßte sie. »Schlecht geschlafen?« fragte er.

»Ja, ich habe schlecht geträumt«, antwortete sie im gleichen Ton.

»Wundert mich nicht. Das Frühstück ist schon fertig. Sie haben es vorgezogen.«

»Ich bin nicht hungrig ... du?« Sie schaute ihn fragend an.

»Nein«, gab Samuel zurück, »aber man muß essen, um zu leben.«

Gemeinsam gingen sie zum Frühstückszimmer, wo Maitland sie in seiner gewöhnlichen Art begrüßte: »Guten Morgen, Miß.«

»Guten Morgen«, sagte Janet und hätte beinahe hinzugefügt: »Roger.« Er hatte sie gebeten, ihn nie wieder Maitland zu nennen, aber es würde ihr schwerfallen, falls diese Charade noch lange andauern sollte.

»Ich nehme nur Kaffee und Toast«, sagte sie, als sie sich gesetzt hatte.

»Ich auch«, meinte Samuel. Er schob ihr den Toastständer hin und fragte: »Was wirst du heute anfangen?«

»Ich werde nach Sweetbanks Gardens radeln und nach Annie sehen. Sie war gestern abend sehr verschreckt.«

»Ja, das war sie. Zuerst wollte sie uns gar nicht reinlassen. Ich mußte brüllen, damit sie mich erkannte.« Er schnitt eine Grimasse, als hätte Annie bestätigt, daß er am besten an seiner lauten Stimme zu erkennen sei. Dann sagte er plötzlich: »Er muß doch irgendwo sein. Eine Reise kann er nicht riskieren, und wenn er schwer verletzt ist, ist er sowieso nicht in der Lage dazu. Aber er ist nicht hier, und auch nicht in Mrs. Masons ... oh, ich vergaß, in deinem Haus, Miß. Vielleicht haben sich einige seiner Buchmacherfreunde seiner erbarmt und ihn versteckt.«

Als Janet sich nach einer Weile vom Tisch erhob, fragte er: »Gehst du jetzt? Ich meine, gehst du aus?« – »Ja«, erwiderte sie, »ich gehe aus.«

»Bleibst du lange weg?«

»Ich weiß nicht. Es ist ein so schöner Tag. Vielleicht fahre ich ein wenig aufs Land, oder ich setze mich in den Park und schaue den Enten zu.«

»Ich habe keine Lust, mir deine Frechheiten anzuhören, nicht heute morgen.«

»Dann fordere es nicht heraus, Dad.« Damit ging sie aus dem Zimmer.

»Geben Sie mir noch eine Tasse Kaffee«, verlangte Samuel. Maitland füllte die Tasse und reichte sie ihm. »Was halten Sie davon?« fragte Samuel. »Haben Sie eine Idee, wo er stecken könnte?«

»Nein, Sir, es tut mir leid. Tatsächlich habe ich ihn nicht mehr gesehen, seit er das Haus verlassen hat.«

»Ja, alle verlassen dieses Haus. Wissen Sie, ich denke daran, das ganze Anwesen zu verkaufen.«

»Wirklich, Sir? Nun, Sie haben sicherlich Ihre Gründe.«

»Natürlich habe ich meine Gründe, Mann. Zwei Leute in diesem riesigen Gebäude, dazu fünf Diener im Haus und vier draußen. Neun, um zwei Leute zu bedienen. Das ist lächerlich. Und ich weiß, daß es Janet nichts ausmachen würde zu gehen. Und ich würde mit ihr gehen und mich in dem Haus niederlassen, in dem ich so viele Jahre gelebt habe. Ich würde außerdem eine Menge Geld sparen, und glücklicher wäre ich auch.«

Maitland schwieg und beschäftigte sich mit dem Besteck, das er in eine der grün ausgeschlagenen Schubladen der Anrichte sortierte. Samuel trank seinen Kaffee in hastigen Schlucken aus, dann schob er seinen Stuhl zurück, erhob sich und starrte Maitland an, ehe er den Raum verließ.

Janet hatte in der Zwischenzeit ihren Hut aufgesetzt und den Mantel angezogen. Dann ging sie in den Hof und holte ihr Fahrrad, das in einem der drei Ställe untergebracht war, die leer standen, seit Samuel sich ein Automobil angeschafft hatte. Als sie das Rad in den Hof hinausschob, lief ihr die Katze über den Weg. Es war jedoch kein Geräusch von der Katze, das sie anhalten und nach oben blicken ließ. Da war es wieder, als hätte jemand ganz leise gesprochen.

Der Stall lag neben der Scheune, und unter dem Dach der Scheune befanden sich ein Heulager sowie zwei Räume, die früher von den Stallburschen bewohnt wurden. Nun gab es aber nur noch Mike Talbot, der in der Pförtnerkate hauste, und Arthur Mears, der sich vom Kutscher in einen Chauffeur und Mädchen für alles verwandelt hatte und nicht auf dem Anwesen wohnte, ebenso wie McBrien und Younger, die beiden Gärtner.

Das Geräusch, das Janet gehört hatte, war eindeutig eine Stimme. Sie lehnte ihr Rad an die Wand und starrte nach oben. »O nein, nein«, stöhnte sie.

Sie blickte sich im Hof um. Es war Sonntagvormittag, nichts rührte sich. Mike und Arthur hatten sonntags abwechselnd frei. Das Auto wurde dann selten benutzt, und heute war sowieso Arthurs freier Sonntag. Sie wollte zurück ins Haus laufen, überlegte es sich jedoch anders. Vielleicht war das Geräusch nur Einbildung gewesen; trotzdem rannte sie in die Scheune und betrachtete die Leiter, die nach oben führte. Dann blickte sie zum Ende der Scheune, wo die Mauer die Abgrenzung zum letzten Stall bildete. In der Mauer befand sich eine Tür, durch die man zu der wackeligen Treppe gelangte, die zu dem ersten der beiden Stallknechtzimmer führte.

Leise öffnete sie die Tür und tastete sich vorsichtig die dunklen Stufen hinauf. Als sie den oberen Treppenabsatz überblicken konnte, gewahrte sie vor sich einen Raum, der lediglich einen alten Küchentisch und einen zerbrochenen Stuhl enthielt.

Behutsam wandte sie sich zur Tür, die in das andere Zimmer führte. Mit zitternder Hand stieß sie sie auf. Ihr Herz wollte stillstehen, als sie ins Zimmer blickte. Dort, in dem schwachen Licht, das durch das staubige, spinnwebverhangene Fenster fiel, kauerte auf einem alten Feldbett ihr Bruder.

Howard lag auf der Seite. Seine Augen schienen aus dem Kopf treten zu wollen. Er versuchte, sich aufzurichten, fiel jedoch kraftlos zurück.

Janet kniete neben ihm nieder und starrte auf sein blutdurchtränktes Hemd.

»Janet.«

»Schon gut, schon gut.« Was für eine blöde Bemerkung – schon gut! Janet mußte herausfinden, wo er blutete oder geblutet hatte, denn das Blut an seinem Hemd fing schon an, schwärzlich zu trocknen.

»Janet.«

»Ist schon gut, alles ist gut.«

»Kann ... ich was zu trinken haben?«

Howards Lippen waren trocken. Janet legte ihre Hand auf seine schweißnasse Stirn. Er hatte Fieber. Seit dem Vorfall mußten schon vierundzwanzig Stunden vergangen sein. »Kannst du dich aufsetzen?« fragte sie.

»Ich ... ich wollte das nicht. Er ist auf mich losgegangen

... er wollte mich umbringen. Es ... es ist auf dem Fußboden passiert; wir sind auf den Fußboden gefallen.«

»Schon gut. Meinst du, du könntest aufstehen?«

»Janet. Janet ... geh nicht weg.«

»Ist gut, ich gehe nicht weg. Aber kannst du aufstehen? Könntest du es die Treppe hinunter schaffen?«

»Ich fühle mich furchtbar ... elend ... Was werden sie mit mir machen? Sie hat geschrien, Janet, geschrien, daß er tot ist. Was werden sie tun? Kann ich ... etwas zu trinken haben?«

»Hör mir zu. Ich werde jetzt zum Haus gehen. Ich hole jemanden, der dir helfen kann. Man muß dich verarzten, verstehst du?«

»Geh ... geh nicht, Janet. Es tut mir so leid ... wegen dem Geld.«

»Vergiß das Geld.« Janet strich ihm die Haare aus der Stirn. »Mach dir keine Sorgen. Bleib einfach still liegen, bis ich wiederkomme.«

»Du läßt sie mir nichts tun? Kannst du sie aufhalten? Es tut mir leid, Janet. Es tut mir leid wegen dem Geld. Ich war ... ich war schlecht. Ich habe darüber nachgedacht.«

»Lieg still, hörst du? Ich bin gleich wieder da.« Sie ging rückwärts aus der Tür und nickte ihm zu. Dann drehte sie sich um und lief, so schnell sie konnte, die wackelige Stiege hinunter und über den Hof. Nicht zur Küchentür, sondern zum Vordereingang. »Dad!« schrie sie, als sie in die Halle stürmte. »Dad!«

Maitland erschien am anderen Ende und eilte ihr entgegen. »Was gibt es? Was ist los?« fragte er. Janet stammelte: »Wo ... wo ist Dad? Oh, Roger! Wo ist Dad?«

»Hier bin ich, was ist passiert?« Samuel war auf dem Korridor erschienen, und Janet rannte ihm entgegen. »Er ist oben im Burschenzimmer. Er ... er ist nicht ganz bei sich, er hat Fieber ... und er ist voller Blut. Er kann nicht stehen. Man muß ihn holen ...«

»Langsam, langsam.« Samuel faßte sie fest an der Schulter. »Howard?« fragte er.

»Ja, natürlich«, rief Janet, inzwischen ungeduldig. »Wer sonst? Aber er kann nicht stehen. Ich glaube, er ist schlimm verletzt.«

»Gott im Himmel!« Samuel wandte sich an Maitland. »Sie kommen besser mit, vielleicht brauche ich Hilfe.«

Zu dritt eilten sie zur Scheune, doch als Samuel am Fuß der Stiege angelangt war, blieb er stehen und biß sich auf die Lippen. »Was kann mich zurückhalten, Hand an ihn zu legen?«

»Er ist verletzt, Dad, schwer verletzt«, zischte Janet wütend. »Und er ist furchtbar verschreckt.«

»Er hat ja wohl auch gute Gründe, verschreckt zu sein, oder nicht?« zischte Samuel zurück.

»Ach, du!« Zähneknirschend schob Janet ihren Vater beiseite und rannte die Stufen hinauf.

Als die drei neben dem Feldbett standen, blickte Howard zu ihnen auf. Sein Blick blieb an seinem Vater hängen und seine Lippen öffneten sich, als versuche er, etwas zu sagen. Dann schloß er die Augen wieder. »Wir sollten versuchen, ihn aufzustellen«, meinte Janet.

Maitland schob seinen Arm unter Howards Achsel und stemmte ihn zuerst in eine sitzende Position und dann auf die Füße. Doch sofort gaben Howards Beine wieder nach. Samuel streckte, offensichtlich widerwillig, die Hände aus, um ihn aufrecht zu halten. Maitland und Samuel halfen ihm bis an den Kopf der Treppe. Dort blieben sie stehen. »Wie sollen wir ihn runterkriegen?« fragte Samuel. »Die Treppe ist kaum breit genug für eine Person.«

Maitland dachte kurz nach. »Ich nehme ihn auf die Schulter, aber ich werde die Treppe rückwärts hinuntersteigen müssen. Sie« – und nun sprach nicht der Butler, sondern der Mann, als den Janet ihn kannte – »Sie gehen vor mir hinunter, ebenfalls rückwärts, und stützen mich. Und Sie, Miß, kommen nach und halten seine Beine, damit ich nicht das Übergewicht bekomme.«

Janet nickte, während ihr Vater ausrief: »Sie wollen ihn

tragen?« Sie haben doch in Ihrem ganzen Leben nie etwas Schwereres als eine Teekanne getragen, hätte er beinahe hinzugefügt. Maitland fuhr ihn an: »Ja, ich werde ihn tragen. Und jetzt verschwenden Sie keine Zeit mehr!« – »Meine Güte!« brummte Samuel. Doch als er sah, wie der Butler die Arme um Howard legte und ihn sich auf die Schulter lud, verstummte er. Er suchte Halt am Treppengeländer und stützte mit der anderen Hand den Rücken dieses Mannes, mit dem er nachher noch ein Hühnchen rupfen würde. O ja, auf jeden Fall!

Als die Treppe überwunden war, stellte Maitland Howard sorgsam auf die Füße. Von beiden Seiten gestützt, wurde Janets Bruder mehr ins Haus geschleift, als daß er selber ging. In der Halle angekommen, rief Janet: »Bringt ihn ins Lesezimmer, dort steht eine Couch. Ihr könnt ihn unmöglich nach oben schleppen.«

Bis sie Howard auf das Sofa gelegt hatten, war dieser schon fast wieder in Bewußtlosigkeit versunken. Maitland, nun wieder ganz der Butler, schlug vor: »Bevor Sie etwas unternehmen, Sir, sollte man den Arzt anrufen.«

»Vermutlich haben Sie recht. Und als nächstes kommt die Polizei, denn schließlich können wir ihn nicht hierbehalten. Gehen Sie schon, rufen Sie an.«

Doch Maitland war noch nicht soweit. »Man wird die Jacke aufschneiden müssen«, sagte er und deutete auf Howards Arm, der von der Couch herabhing. »Würden Sie das machen?« fragte er Janet. »Ja«, antwortete sie. »Bringst du mir bitte eine Schere, Dad?«

Als die Männer aus dem Zimmer gegangen waren, kniete sie sich nieder und legte die Hand auf Howards Stirn. Daraufhin öffnete dieser die Augen. »Janet«, murmelte er.

»Ja, Howard? Alles ist gut, du bist jetzt zu Hause.« Warum hatte sie das gesagt? Nun, schließlich war es sein Zuhause. Sie war überrascht von dem Mitgefühl, das sie plötzlich für ihn empfand. Seine Probleme waren aus seiner Verweichlichung entstanden. Er hatte niemanden gehabt, der ihn an der Hand genommen und von dem Weg weggeführt hätte, den seine Mutter durch ihre schwache Erziehung vorgegeben hatte.

»Janet.«

»Ja, mein Lieber?«

»Bleib ... bleib bei mir.«

»Ja, ich bleibe.«

»Dad. Laß Dad nicht ...«

»Nein, er wird dir nichts tun.« Janet bemerkte erst jetzt, daß ihr Vater neben ihr stand, in der Hand die Schere. Sie nahm sie ihm aus den Fingern und schlitzte den zerrissenen Jackenärmel auf. Der darunterliegende Hemdsärmel wies einen langen, blutverkrusteten Schnitt auf. »Du liebe Zeit, die Wunde muß unbedingt gesäubert werden.« Sie blickte zu Maitland auf.

»Er muß eine Menge Blut verloren haben«, stellte dieser fest. »Seine Kleider sind damit getränkt.« Er wandte sich an Samuel, der ausnahmsweise einmal keine Worte zu finden schien. »Der Arzt kommt gleich.«

Er schob seine Hand unter Janets Arm und half ihr auf die Füße. »Würden Sie eines der Mädchen bitten, eine Schüssel heißes Wasser, Handtücher und einige Bandagen aus dem Medizinschrank zu bringen?« Janet gehorchte sofort.

Maitland drehte sich wieder zu Samuel um. »Ich glaube, wir sollten ihm Hemd und Jacke ganz ausziehen. Würden Sie ihn stützen, Sir?«

Wortlos nahm Samuel seinen Sohn in die Arme und hielt seinen Oberkörper aufrecht, während Maitland vorsichtig zu Werke ging.

»Großer Gott!« rief Samuel aus, als er die schwärzliche Wunde sah. »Der Stich ist beinahe zwanzig Zentimeter lang!«

»Wenn nicht noch länger, Sir. Sobald der Arm versorgt ist, muß Master Howard umgezogen werden. Seine Wäsche ist blutbefleckt.«

»Janet«, hauchte Howard.

Die beiden Männer sahen sich an. Dann beugte Maitland sich vor. »Sie kommt gleich wieder«, sagte er beruhigend.

»Janet. Geh nicht weg, Janet.«

Samuel starrte verwundert seinen Sohn und dann Maitland an. »Er ruft nach Janet! So etwas. Dabei waren sie immer wie Hund und Katz'!«

»Vermutlich erkennt er eine starke Persönlichkeit, wenn er in Not ist.«

»Stark? Wie meinen Sie das?«

»Nun, Sir, Sie wissen sicher selbst am besten, daß Ihre Tochter jene Charakterstärke besitzt, die Ihrem Sohn fehlt. Das scheint er nun zu erkennen. Aber ich weiß nicht, ob es wirklich so ist, vielleicht fantasiert er nur, denn er hat hohes Fieber.«

Florence, die hinter Janet eintrat und eine Schüssel mit Wasser trug, zuckte beim Anblick des Mannes auf der Couch zusammen. Maitland fuhr sie mit strenger Stimme an: »Nehmen Sie sich zusammen, Florence, und hören Sie zu. Gehen Sie jetzt zur Köchin und sagen Sie ihr, sie solle nichts weitererzählen, auch nicht dem Milchmann. War er schon da?«

»Noch nicht, Mr. Maitland.«

Er nickte ihr zu und sie huschte aus dem Zimmer. Janet, die einige der Leinenstücke in das warme Wasser getaucht hatte, kniete neben der Couch nieder und wusch das Blut von der Brust ihres Bruders. Als sie jedoch zu der Armwunde kam, fragte sie: »Was soll ich tun? Wenn die Verletzung naß wird, fängt sie wieder zu bluten an.«

»Ich würde die Wunde dem Arzt überlassen«, meinte Maitland.

In diesem Augenblick ging die Tür auf, und Florence ließ den Doktor ein.

»Guten Morgen.« Der Arzt nickte ihnen zu. »Guten Morgen, Doktor Campbell«, antwortete Maitland, während Samuel brummte: »Ein schöner Schlamassel.« Janet überließ ihren Platz auf der Couch dem Doktor, der sich den Arm einige Sekunden lang besah. »Sehr ärgerlich«, ließ er sich vernehmen. Dann bemerkte er die Schüssel mit dem rötlichen Wasser. »Könnte ich frisches, kaltes Wasser haben?« fragte er, zog sein Jackett aus und krempelte die Hemdärmel hoch. Behutsam nahm er Howards Arm und prüfte die Wundränder durch Daumendruck.

Als Howard die Augen öffnete und ihn ansah, fragte er: »Wie fühlen Sie sich?«

»Nicht gut.«

»Das ist verständlich.« Doktor Campbell griff nach Howards Handgelenk und fühlte den Puls, dann zog er seine unteren Lider herab und blickte ihm in die Augen. Anschließend lehnte er sich ein wenig zurück, als würde er seine weitere Vorgehensweise überdenken.

Maitland kehrte mit einer Schüssel Wasser und einem Schwamm zurück. Vorsichtig wusch der Arzt das trockene Blut von der Wunde. Es zeigte sich ein tiefer, gezackter Schnitt, aus dem Blut zu tröpfeln begann. Der Doktor tupfte eine Flüssigkeit darauf, die einen stechenden Geruch verbreitete. Dann wandte er sich an Samuel: »Ich fürchte, ich kann hier nicht weiterhelfen. Er muß ins Krankenhaus. Die Wunde ist sehr tief, und möglicherweise sind Muskeln oder sogar der Knochen beschädigt.«

»So trocken, Janet«, murmelte Howard.

»Ich bringe dir etwas zu trinken.« Janet eilte aus dem Zimmer, doch in der Halle blieb sie stehen und bedeckte ihre Augen mit der Hand. Woher kamen diese Gefühle? Zum ersten Mal in ihrem Leben tat ihr Bruder ihr von Herzen leid.

Sarah und Florence standen im Korridor. »Können wir irgend etwas tun, Miß?« fragte Sarah.

»Ja ... ja, bitte. Ein Glas Wasser; er hat Durst.«

»Ja, sofort.«

Beide liefen davon, und Janet kehrte ins Lesezimmer zurück. Wenn er ins Krankenhaus gebracht wird, dachte sie, wird auch die Polizei hinkommen. Niemand wird ihn ohne Erlaubnis der Polizei sehen können, auch Mam nicht.

Sie ging direkt auf ihren Vater zu. Leise sagte sie: »Mam sollte herkommen, bevor er weggebracht wird.«

»Ja, du hast recht. Ich rufe sie an.« Er wandte sich an den Arzt: »Es ist doch nicht so eilig, wie? Seine Mutter würde ihn gerne sprechen.«

»Nun, je schneller er behandelt wird, um so besser; andererseits ... bitten Sie sie, so schnell wie möglich zu kommen.«

Eine Viertelstunde später traf Alice ein. Samuel hatte in der Halle auf sie gewartet. Sie blickten sich wortlos an, dann ging Samuel ihr ins Lesezimmer voraus.

Howard war eben dabei, sein Wasser zu trinken, wobei Maitland ihn stützte. Er sah sich nicht um, als die Tür aufging, und blickte auch nicht auf, als Alice zur Couch kam. Fürsorglich ließ Maitland Howard auf die Kissen zurücksinken, dann stand er auf und trat beiseite. Alice kniete neben ihrem Sohn nieder. »Howard, Howard.«

Howard öffnete seine Augen und blickte seine Mutter an. »Mam.«

»Ja, Lieber, ich bin hier.«

»Mir geht's schlecht.«

»Ja, ich weiß. Aber das kommt schon wieder in Ordnung.« Sie legte die Hand auf seine Stirn. »Er hat Fieber«, sagte sie besorgt zu Samuel.

»Ja, er hat viel Blut verloren. Er war seit vierundzwanzig Stunden auf der Flucht, er muß ja Fieber haben. Aber das ist nichts gegen das ...«

»Nicht, Sam. Sprich es nicht aus.«

»Janet ... Janet«, stöhnte Howard.

»Er verlangt nach Janet«, sagte Alice erstaunt zu ihrem Mann.

»Ja, ist das nicht seltsam? Sie scheint die einzige zu sein, die er um sich haben will. Natürlich hat er Fieberfantasien, aber immer ruft er nach Janet.«

Alice drehte sich um und starrte ihre Tochter an.

»Janet«, seufzte Howard wieder.

»Ja, Howard, ich bin hier.« Janet ließ sich vorsichtig neben ihrer Mutter auf der Couch nieder und streichelte Howards Stirn, während Alice sie nun mit offenem Mund anstierte. »Es ist gut, Howard, ruh' dich jetzt aus.«

»Was ... was werden sie mit mir machen, Janet?«

»Nichts, gar nichts, Lieber. Du wirst nur ins Krankenhaus gebracht, damit dein Arm wieder heilt.«

»O nein, nein, Janet.«

Alice stand abrupt auf und ging zum Kamin, wo sie in die hellen Flammen starrte. Sie wußte, daß ihr Sohn fieberte; trotzdem konnte sie nicht verstehen, warum er, Fieber hin oder her, ausgerechnet ständig nach jemandem rief, den er nicht ausstehen konnte und nie hatte ausstehen können. Und wie Janet mit ihm redete – ›Lieber‹.

Der Arzt, der in der Halle telefoniert hatte, kam wieder herein. »Die Ambulanz wird in Kürze hier sein. Sie sollten jetzt anrufen, Mr. Fairbrother.«

»Ja, ja.«

Der Arzt folgte Samuel aus dem Zimmer. Janet blieb mit ihrer Mutter zurück. »Was soll dieses plötzliche ›lieber Howard?‹« fragte Alice unwillig.

»Ich weiß nicht, Mam, warum er nach mir ruft.«

»Ich auch nicht, bei Gott! Oder hast du dich heimlich an ihn herangemacht, hast mir noch einen Sohn weggenommen?«

Janet ließ seufzend den Kopf sinken. »Irgendwas stimmt nicht mit dir, Mam. Laß es dabei: Howard und ich konnten uns nicht leiden, aber aus irgendeinem Grund glaubt er mich jetzt zu brauchen. Und aus irgendeinem Grund, den ich selbst nicht kenne, habe ich den Wunsch, ihm zu helfen. Das ist alles!«

»Wie redest du mit deiner Mutter?«

»Wie sonst kann ich mit dir reden, wenn du dich nicht wie eine Mutter benimmst, sondern wie ein verächtliches ...« Sie hielt inne, bevor sie noch Schlimmeres sagen konnte. Mit schwacher Stimme fragte sie: »Was habe ich dir eigentlich getan, daß du mich so behandelst? Ich möchte es wissen.«

»Frag dich selbst, Mädchen. Es ist deine Art. Du nimmst dich wichtiger, als du bist. Du bist wie der da, der Diener.« Sie deutete mit dem Kopf zur Tür. »Ihr paßt zusammen; ihr kommt euch beide wie etwas Besseres vor.«

»Das ist nicht wahr! Im Gegenteil!«

Der Streit zwischen den beiden Frauen war kaum mehr als ein Flüstern. Plötzlich begann Howard zu sprechen, und beide drehten sich zur Couch um, auf der er lag. »Ich … ich kann nicht … nicht nach Hause gehen, Janet. Sie wird … sie wird …« Er war kaum noch zu hören. Janet starrte ihre Mutter an, dann lief sie aus dem Zimmer.

Die Ambulanz kam, und fast zur selben Zeit traf auch die Polizei ein.

Ein Inspektor und zwei Konstabler betraten die Halle. »Wo ist er? Und wozu die Ambulanz?« waren die ersten Worte des Inspektors zu Samuel. Es war jedoch der Doktor, der antwortete. »Die Ambulanz soll den Patienten« – er legte besondere Betonung auf die beiden letzten Worte – »ins Hospital bringen. Er ist sehr krank. Er ist verwundet und hat viel Blut verloren.«

»Ich muß ihn sehen«, insistierte der Inspektor.

Der Arzt blickte Samuel an, als wolle er seine Zustimmung einholen. Dieser erwiderte: »Sie können ihn sehen.« Er ging voraus ins Lesezimmer, wo Alice neben der Couch kniete.

Sie erhob sich, und der Inspektor deutete eine Verbeugung an: »Mrs. Fairbrother.«

»Sie werden nichts Vernünftiges aus ihm herausbringen«, bemerkte Samuel. »Er fiebert. Wie der Doktor sagte, er ist verletzt und muß ins Krankenhaus.« Der Inspektor gab in leisem, aber scharfen Ton zurück: »Er ist auch ein Gefangener, Mr. Fairbrother. Gestern früh ist ein Mann erstochen worden. Ihr Sohn wird unter polizeilicher Aufsicht stehen, solange er sich im Hospital befindet.«

Und das ist der Mann, den ich zu kennen glaubte, dachte Samuel, während er den Polizisten anstarrte. Aber ich werde mich an ihn erinnern, bei Gott!

Der Patient wurde auf die Trage gehoben.

In der Halle fragte einer der Sanitäter: »Begleitet ihn jemand?« – »Ich«, antwortete Alice sofort. Samuel blickte den Inspektor fragend an. »Sie können mitkommen, wenn Sie es wünschen«, sagte dieser. Samuel nickte. Maitland war bereits neben ihm und reichte ihm Hut und Mantel.

Janet sah von der Tür aus zu, wie die Trage in den Wagen gehoben wurde und ihre Mutter dazustieg. Ihr Vater nahm auf dem Rücksitz des Polizeiautos Platz. Zuletzt stieg der Arzt in seinen Einspänner, und die kleine Kavalkade setzte sich in Bewegung.

Janet schloß die Eingangstür und ging zurück ins Lesezimmer. Maitland folgte ihr und legte den Arm um ihren zitternden Körper. »Ist ja gut, mein Liebes«, tröstete er sie und drückte sie an sich.

Nach einigen Sekunden löste Janet sich von ihm und wischte ihr nasses Gesicht ab. »Es ... es könnte jemand hereinkommen.«

»Macht das noch einen Unterschied? Für mich nicht mehr.«

Janet setzte sich auf die Couch. »Ich ... ich weiß nicht warum, aber er tut mir so schrecklich leid. Es ist, als hätte ich ihn immer gern gehabt, obwohl ich wußte, daß er ein Lügner und Betrüger ist. Ich würde alles dafür geben, um das Geschehene ungeschehen zu machen. Ist es schlimm von mir, wenn ich ihm wünsche, daß er stirbt, obwohl er seine Verletzung wahrscheinlich überleben wird?«

»Nein, Liebste, natürlich nicht. Mir geht es genauso wie dir. Er befindet sich in einem bösen Zustand, und die Gefahr wird größer, je länger er auf medizinische Versorgung warten muß. Wenn ich das Ganze etwas hätte hinauszögern können, hätte ich es getan, denn ... nun, es besteht wenig Hoffnung für ihn, egal von welcher Seite man es betrachtet.«

»Findest du es nicht auch seltsam, daß er immer nach mir verlangt hat?«

»Ja. Aber vielleicht haben sich, wie bei dir, auch seine Gefühle geändert. Dein Mitgefühl muß ihn erreicht und etwas in ihm berührt haben ... ich weiß es nicht. Aber was ich weiß, ist, daß es deine Mutter verärgert hat.«

»Ja, und das ist schlimm. Er lag da auf der Couch, und Mutter und ich haben uns daneben gestritten, und das nur, weil er nach mir gerufen hat.«

»Sie ist eine unglückliche Frau. Sie hätte deinen Vater niemals verlassen dürfen, gleichgültig, was er getan hat. Sie hätte ihn von allen am besten verstehen müssen. Sie kannte ihn am längsten und hat am längsten mit ihm gelebt.«

»Ja, möglicherweise. Doch andererseits hatte sie wohl seine laute, grobe Art satt. Deswegen hat sie sich in dich verliebt ... Ach, schau mich doch nicht so schockiert an. Sie wollte doch, daß du mit ihr weggehst, nicht wahr? Das war, als sie entdeckte, daß mein Vater sie betrog; und du standest auch kurz davor, zu kündigen. Es war damals im Wintergarten, erinnerst du dich?«

»Meine Liebste.« Maitland beugte sich zu ihr hinab und nahm ihre Hände. »Sie hat das nur gesagt, weil sie einsam war.«

»Nein, das war es nicht. Sie war schon seit längerem in dich verliebt, und ich habe es gespürt. Sie scheint mir im stillen vorzuwerfen, daß ich dich seit meinen Kindertagen geliebt habe, und daß das nicht aufgehört hat.«

Plötzlich ging die Tür auf und Florence kam herein. Maitland ließ jedoch Janets Hand nicht los. »Würden Sie bitte Miß Janet eine Tasse starken Kaffee bringen, Florence?« fragte er. »Sie fühlt sich gar nicht wohl.«

»Ja, Mr. Maitland, ja.«

»Du liebe Zeit«, meinte Janet, als die Türe sich wieder schloß. »Mach' dir nichts draus«, tröstete Maitland sie, »früher oder später kommen sie doch dahinter.«

»Ja, ich weiß; aber es wird irgendwie peinlich für uns

beide, wenn es ans Licht kommt – gerade jetzt. Ich ... ich möchte weg von hier, weg aus diesem Haus, ehe sie etwas Bestimmtes wissen.«

»Das verstehe ich, Liebes; mir geht es ebenso. Aber ich glaube, vorläufig werden wir hierbleiben müssen, meinst du nicht auch?«

»Ja. Aber, Roger ...« Sie stand auf und ergriff seine Hände. »Was, wenn sie Howard für schuldig befinden und zum Tod verurteilen? Oder eine lange Haftstrafe verhängen, womöglich lebenslänglich ... wie wird Dad darauf reagieren? Wenn ich gehe, wird er ... nun ...«

Sie ließ seine Hände los. »Janet«, erwiderte Maitland. »Ich sagte dir letzte Nacht, daß nichts uns trennen kann. Wir werden auf jeden Fall zusammenkommen. Dessen bin ich mir so sicher, wie ich hier stehe. Laß den Dingen ihren Lauf. Wir beide wissen, was wir füreinander empfinden, und nichts auf Gottes Erdboden kann das ändern – außer einer von uns stürbe. Aber im Leben oder im Tod, Janet, wir wären immer zusammen. Ich habe nicht so viele Jahre gewartet, um dich ausgerechnet jetzt wieder zu verlieren. Wie immer diese Angelegenheit ausgeht, sie wird unser zukünftiges Leben nicht verändern, glaube mir.«

8

Die Schlagzeilen in den örtlichen Zeitungen befaßten sich nicht so stark mit Howard, wie Samuel befürchtet hatte. Die Kriegsvorbereitungen der Deutschen waren wichtiger. Sir Edward Grey, so konnte man lesen, hatte am gestrigen Tag das Unterhaus mit seinem Bericht über die Vorgänge in Deutschland sehr überrascht. Es sei weniger eine Frage, so hatte er gemeint, ob es Krieg gäbe, sondern eher, wann er beginne. Und würde Europa für oder gegen Deutschland sein? Die ganze Welt sei am Brodeln, verkündete Sir

Edward. Hatte Frankreich Marokko eingenommen? Es besetzt? Es hatte sich Marokko angeeignet, ebenso wie Italien sich Tripolis angeeignet hatte. Das hilflose Osmanische Reich war geteilt worden. Und dann gab es da diesen Lloyd George, der mit seinem Vorschlag einer nationalen Krankenversicherung die Ärzteschaft in Aufruhr versetzt hatte. Und das nur zum Nutzen der Angehörigen der Arbeiterklasse, die medizinisch versorgt werden sollten, wenn sie krank wurden. Kümmerte man sich denn nicht bereits um sie? Schließlich hatten sie ihre Krankenvereine. Wozu also der ganze Zirkus?

Aber da stand es, eingeleitet durch einen Artikel über die Suffragettenbewegung, deren Mitglieder so weit gingen, keine Steuern zu zahlen, sich gegen Besitz auszusprechen, Fensterscheiben einzuwerfen und Geschäftsleute reihenweise in Aufregung zu versetzen. Viele dieser Frauen wurden ins Gefängnis gesteckt, wo die fanatischeren unter ihnen sich weigerten, Nahrung zu sich zu nehmen und daher zwangsernährt werden mußten. Es ging böse zu in England, in dem die Frauen sich glücklich schätzen sollten, ein Vorbild in der guten, toten Königin zu finden und ihr als liebevolle Gattinnen und Mutter nachzueifern. Wohin sollte all das führen? Eine dieser Frauen stand im Mittelpunkt einer Mordaffäre in dieser stillen, kleinen Stadt, wobei der Mörder der Sohn eines bekannten Industriellen war. Die Angelegenheit erregte ebensoviel Aufsehen wie im vergangenen Jahr das Verbrechen des Doktor Crippen, der, nachdem er seine Frau umgebracht hatte, mit seiner Geliebten, einer gewissen Ethel le Neve, versucht hatte, auf einem Schiff nach Amerika zu entkommen. Doch dank der drahtlosen Telegrafie hatte man ihn dort bereits erwartet. Er war später gehängt worden. Crippen war Amerikaner gewesen, der Mörder jedoch, um den es jetzt ging, war der Sohn eines wohlhabenden Schuhfabrikanten. Es schien festzustehen, daß er den Ehemann seiner Geliebten ermordet hatte. Dies war die eine Version der Geschichte. Eine andere Version, die sich auf die Aussagen der Witwe stützte, lautete, daß dieser junge Mann, den sie als Gast in ihre Pension aufgenommen hatte, sie belästigt habe, und zwar nicht zum ersten Mal. Zum Zeitpunkt der Tragödie sei er in ihr Zimmer gestürzt und habe versucht, ihr Gewalt anzutun, doch glücklicherweise – oder unglücklicherweise – war in diesem Augenblick ihr Gatte zurückgekehrt und hatte den Eindringling, Howard Fairbrother, gestellt, war aber daraufhin von diesem niedergestochen worden.

Nachdem Samuel den Bericht gelesen hatte, zerknüllte er die Zeitung und warf sie ins Feuer. »Hure!« rief er.

»Was ist jetzt los?« fragte Janet, die bis dahin stumm am Wohnzimmerfenster gestanden hatte.

Samuel tat einen tiefen Atemzug und antwortete dann: »Wahrscheinlich wird er seinen Arm verlieren. Die Ärzte haben sich stundenlang um ihn bemüht, aber Doktor Campbell meint, nachdem er so viel Blut verloren hat, ist es beinahe ein Wunder, daß er noch am Leben ist. Neben dem Schnitt muß er auch einige heftige Schläge von schwerer Hand eingesteckt haben. Ist es ein Wunder? Der Kerl war Seemann und kräftig gebaut. Soviel mir der Inspektor sagte, war sein Schiff wegen Reparaturarbeiten unplanmäßig in Tyne-Dock eingelaufen. Da das Schiff ins Trockendock mußte, bekam er einen kurzen Landurlaub genehmigt; sein letzter, wie sich herausgestellt hat.«

»Ist Mutter noch bei Howard?« fragte Janet leise.

»Nein, ich habe sie nach Hause gebracht. Es war nutzlos, noch dort zu bleiben, außer für die Polizei. Ein Beamter sitzt an Howards Bett. Wenn man es bedenkt, ist es lächerlich. Er könnte nicht einmal weglaufen, wenn er wollte. Noch dazu hat er hohes Fieber, und wenn er Pech hat, entwickelt sich daraus noch eine Lungenentzündung. Jedenfalls steht er noch unter den Nachwirkungen des Chloroforms. Soweit ich verstanden habe, sind sich die Ärzte über die weitere Vorgehensweise nicht einig. Der Chirurg meinte, man wolle die Möglichkeit eines späteren Wundbrandes vermeiden, da der Arm sonst vielleicht nicht mehr zu retten wäre. Jetzt besteht zumindest noch eine kleine Hoffnung dafür. Wie dem auch sei, da wo er hingehen wird, wird er nicht beide Hände zur Arbeit brauchen.«

»Dad, bitte!«

»Oh, Janet, sieh doch den Tatsachen ins Auge!«

»Das habe ich Dad, noch vor dir. Aber deswegen brauchst du trotzdem nicht so gefühllos daherzureden; schließlich ist er immer noch dein Sohn.«

»Daran mußt du mich nicht erinnern.«

»Scheinbar doch.«

»Manchmal frage ich mich, wie ich dich überhaupt ertrage und warum es mich einen Pfifferling schert, ob du bleibst oder gehst. Aber trotzdem sage ich dir, Miß, daß ich meine Ansichten über gewisse Dinge nicht geändert habe. Vielleicht hat mein Sohn Schande über mich gebracht, aber ich werde dafür sorgen, daß du es nicht auch tust, indem du dich erniedrigst.«

›O mein Gott!« rief Janet aus. »Wenn ich nicht wüßte, daß dir später leid tun wird, was du jetzt sagst, würde ich auf der Stelle gehen. Ich brauche dich wohl nicht darauf aufmerksam zu machen, daß du mich hier nicht einsperren kannst und daß ich mein eigenes Haus und Geld habe. Also sei vorsichtig, Dad. Sei ja vorsichtig.« Sie ging zwei Schritte auf Samuel zu und meinte, nun etwas ruhiger: »Hast du dich eigentlich einmal selbst gefragt, wo du in der Stadthierarchie standest, ehe das mit Howard passiert ist? Du lebst auf dem Anwesen eines Lords, du hast dich seit Jahren von Dienstboten betreuen lassen, aber trotzdem blickt niemand zu dir auf. Du bist immer noch der Abkömmling deines Vaters und Großvaters, eines Flickschusters. Und ich bin immer noch die Urgroßenkelin eines Flickschusters. Du wirst es nie begreifen, daß du denen, auf die du hinabblickst, in vielerlei Hinsicht unterlegen bist. Weshalb schaust du auf sie hinab? Weil sie an Intelligenz und Herkunft über dir stehen. – Warum schlägst du mich jetzt nicht? Ich habe genug gesagt, um dich zur Weißglut zu bringen, also warum versuchst du es nicht?«

Plötzlich streckte sie die Arme aus und warf sich an seine Brust. »Sei fair, Dad«, schluchzte sie. »Bitte sei fair. Ich liebe dich. Weißt du das nicht? Ich liebe dich und will dir nicht weh tun, aber du bist so unfair.«

Samuel erwiderte die Umarmung seiner Tochter. Sein Kopf sank auf Janets Schulter, und beinahe wie ein Kind wimmerte er: »Verlaß mich nicht, Mädel. Verlaß mich nicht. Tu mir das nicht an.«

Leise erwiderte sie: »Ich will dich nicht verlassen, Dad. Aber versuch doch, mich zu verstehen ... uns zu verstehen.«

Janet fühlte, wie Samuels Körper sich versteifte. Er ließ die Arme sinken, schob Janet sanft von sich und wandte sich ab.

Verzagt ging sie aus dem Raum, hinauf in ihr Schlafzimmer. Dort stand sie zitternd, während das Gefühl der Furcht, das sich ihrer bemächtigt hatte, als sie den Widerstand im Körper ihres Vaters gefühlt hatte, langsam wieder abebbte.

Am Montagmorgen kam Janet zur üblichen Zeit in die Bibliothek und ging geradewegs zu Arthur Stanfords Büro. Sie klopfte an die Tür und trat ein. Arthur Stanford, der sich langsam hinter seinem Schreibtisch erhob, schien sichtlich überrascht.

»Guten Morgen«, begrüßte sie ihn kühl.

»Guten Morgen, Miß Fairbrother«, erwiderte er ebenso kühl und fügte hinzu: »Ich hatte sie heute nicht zum Dienst erwartet.« – »Warum nicht?« fragte Janet.

Es war eine kindische Frage, denn vielleicht versuchte Stanford nur freundlich zu sein. Doch nach dem letzten Zusammenstoß war das wohl eher zweifelhaft.

»Ich möchte meine Kündigung einreichen, Mr. Stanford, und werde heute nachmittag meinen Dienst beenden.«

Er machte keine Einwände, sondern meinte nur: »Darf ich Ihnen mein Mitgefühl zu den Geschehnissen in Ihrer Familie ausdrücken?«

Empfand er wirklich Mitgefühl? Eher schien es so, daß er sich beglückwünschte, einer Heirat mit ihr so knapp entkommen zu sein. Janet sagte nichts mehr, sondern neigte nur leicht den Kopf und verließ das Büro. Es zeigte sich, daß ihre Kolleginnen sich ihr nur zögernd näherten und sie wie eine Kranke behandelten.

Einzig der junge John Inness schien unverändert in seinem Benehmen. Er meinte, jedoch ohne sein übliches Grinsen: »Nehmen Sie es sich nicht zu Herzen, Miß. Sie können nichts dafür, es war nicht Ihre Schuld. Was geschehen ist, ist geschehen.«

Janet lächelte ihn an und fuhr ihm über das strubbelige Haar.

Der Morgen schien nicht enden zu wollen, obwohl in der Bibliothek so viel los war wie selten. Einmal bildete sich eine richtige Schlange vor Janets Schalter, was Miß Stillwater zu der Bemerkung veranlaßte: »Ich habe noch nie so viele Kunden auf einmal in der Bibliothek gesehen, die alle Mitglieder werden wollen.«

Janet stellte fest, daß sie Miß Stillwater nicht mochte und nie gemocht hatte, und daß Miß Stillwater diese Gefühle erwiderte. Aber das war nur natürlich, nachdem sie Mr. Stanford so anhimmelte.

Endlich kam die Mittagspause. Janet stieg auf ihr Rad und fuhr direkt zum Krankenhaus.

Am Empfang fragte sie, ob sie Mr. Fairbrother sehen dürfe. »Es ist keine Besuchszeit«, teilte ihr die Schwester mit. »Wie heißen Sie?«

»Janet Fairbrother.«

»Ah ja. Gehen Sie zu Station Sechs und fragen Sie nach Schwester Birkett.«

Auch Schwester Birkett wollte ihren Namen wissen. »Sind Sie eine Verwandte?« fragte sie und blickte sie neugierig an.

»Ich bin seine Schwester.«

»Oh.« Mit etwas mehr Mitgefühl meinte sie: »Kommen Sie mit. Ihre Mutter ist eben gegangen.«

»Wie geht es ihm?«

»Er hat sich erstaunlich gut von der Operation erholt, und das Fieber ist ein wenig gesunken, aber« – sie hielt einen Moment inne – »er ist ein sehr kranker Mann. Ich bitte Sie, nicht länger als fünf Minuten zu bleiben.«

»Danke.« Janet folgte der Schwester in einen großen Krankensaal, dessen Betten zum größten Teil belegt waren. Am Ende des Saales stand ein Bett, dessen Vorhänge zugezogen waren.

Als Schwester Birkett behutsam den Vorhang beiseite schob, erhob sich der Polizist, der auf einem Stuhl daneben saß. »Das ist die Schwester des Patienten, Konstabler. Sie darf fünf Minuten bleiben.«

»Sehr wohl, Schwester.«

Janet trat an das Bett heran und blickte auf Howard nieder. Der eine Arm war dick in Bandagen eingehüllt, der andere lag kraftlos an seiner Seite. Sein Gesicht war gespenstisch bleich, sogar das Blau seiner Augen schien verblaßt.

Howard bewegte schwach die Hand und flüsterte Janets Namen. Es schien Janet, als wäre er bei klarerem Bewußtsein als am gestrigen Tag. Sie fragte nicht nach seinem Befinden, denn das wäre sinnlos gewesen. Sie fand keine Worte; das Mitleid überrollte sie wie eine Woge.

Vorsichtig nahm sie seine zitternden Finger in ihre Hand. Als seine Lippen sich bewegten und er wieder ihren Namen flüsterte, beugte sie sich über ihn. »Ja, Lieber?«

»Mam ... halt sie fern ... von mir«, wisperte er.

Sie konnte ihm nicht sagen, daß das nicht möglich sei. Statt dessen antwortete sie: »Sie macht sich große Sorgen um dich.«

Howard bewegte ein wenig den Kopf in Richtung des Polizisten, der unbeweglich dasaß, den Blick auf den gegenüberliegenden Vorhang fixiert, als würde dies seine Anwesenheit auslöschen. Doch plötzlich sah er Janet über das Bett hinweg an und sagte leise: »Die Leute empfinden es natürlich als unangenehm, Miß, aber ... es ist meine Pflicht. Es gefällt mir auch nicht besser als ... den Leuten.«

Janet nickte verständnisvoll. Vermutlich hatte ihre Mutter versucht, ihn wegzuschicken, was wiederum verständlich war.

»Janet.«

»Ja, was ist?«

»Tut mir ... leid ... das Geld, tut mir leid.«

Janet beugte sich weiter zu Howard vor. »Ich habe dir gesagt, vergiß das. Es ist nicht so wichtig ...« Wie deine Gesundheit, hätte sie beinahe gesagt.

Wozu mußte er gesund werden? Mein Gott, was für eine Lage.

»Ich ... ich habe nicht getan, Janet ... was ich versprochen habe.«

»Sei still, sag nichts mehr darüber. Ich weiß, was du getan hast, und es ist gleichgültig.« Sie sprach leise, aber eindringlich.

Schwester Birkett kam wieder und sah Janet bedeutungsvoll an. Janet, ganz gegen ihre Gewohnheit, beugte sich über ihren Bruder und küßte ihn, nicht nur auf die Stirn und die Wange, sondern auf seinen bebenden Mund. Als sie sich aufrichtete, hatte er die Augen fest geschlossen, ja, zugekniffen. Sanft legte sie seine Hand auf das Bett und ging davon.

Die Schwester begleitete sie den Korridor hinab. »Ihre Besorgnis ist verständlich. Es ist ein sehr, sehr trauriger Fall.«

Janet schluckte und mußte husten, ehe sie antworten konnte. »Wie lange ... wie lange wird er wohl hierbleiben dürfen?«

»Nur so lange, bis es ihm gut genug geht, daß er ins ... ins Gefängnislazarett verlegt werden kann.«

»Wie lange wird das sein?«

»Zur Zeit ist sein Zustand ziemlich schlecht. Zehn Tage, würde ich sagen, vielleicht etwas mehr.«

»Danke. Und danke auch, daß ich ihn außerhalb der Besuchszeit sehen durfte.«

»Das ist in Ordnung. Aber würden Sie mir einen Gefallen tun? Bitten Sie Ihre Eltern, heute nicht mehr herzukommen. Ihr Bruder hatte einen ziemlich anstrengenden Vormittag.«

»Sie stellen mich da vor ein Problem, Schwester. Ich kann meinen Vater bitten, nicht zu kommen, aber ... ist er heute schon hier gewesen?«

»Nein, ich dachte, er käme noch.«

»Vielleicht tut er das, vielleicht nicht. Was jedoch meine Mutter betrifft, so fürchte ich, daß sie einer Bitte von mir keine Beachtung schenken würde. Es wäre besser, wenn Sie selbst oder einer Ihrer Vorgesetzten mit ihr sprächen.«

»Ich verstehe. Nun, wenn es nötig sein wird, werde ich mit ihr reden. Auf Wiedersehen.«

»Auf Wiedersehen, Schwester.«

Draußen blieb Janet unsicher stehen. Sie wußte nicht, wohin sie ihr Fahrrad lenken sollte. Nach Hause zu ihrem Vater wollte sie nicht, denn in seiner gegenwärtigen Stimmung hätte er eine Bitte, Howard heute nicht zu besuchen, als Zumutung abgetan und festgestellt, daß er jederzeit ginge, wohin er wolle.

Sie würde zu Annies Haus fahren – so nannte sie ihr Haus, das vielleicht bald ihr Heim würde, seit einiger Zeit bei sich. Doch wie bald? Und wie sollte das vor sich gehen? Aber damit wollte sie sich jetzt nicht beschäftigen.

Als sie in Sweetbanks Gardens Nr. 19 ankam, öffnete Annie ihr mit einem herzlichen Lächeln die Tür. »Kommen Sie herein, Miß. Sie sehen ganz verfroren aus. Ich habe den Kamin im Wohnzimmer eingeheizt, für alle Fälle. Das mache ich jeden Tag. Haben Sie ihn gesehen? Wie geht es ihm?«

Janet antwortete nicht sofort auf Annies Fragen, sondern ging geradewegs in das Wohnzimmer, in dem sich in den elf Jahren, seit sie ausgezogen waren, nichts verändert hatte. Der Geschmack ihrer Großmutter war noch überall sichtbar. Das war etwas, was ihre Mutter nie geschafft hatte: irgend etwas in dem Haus zu verändern, in dem sie geboren und aufgewachsen war. Janet konnte sich lebhaft an die kleinen Reibereien zwischen ihrer Mutter und ihrer Großmutter über verschiedene Änderungsvorschläge erinnern. Aber es war gemütlich, so wie es war. Es war ihr Zuhause.

Als sie sich auf die Couch gesetzt hatte, neigte Annie sich über sie und meinte: »Sie sehen erschöpft aus, Miß. Aber ich will lieber nicht fragen, wie es Ihnen geht. Nun, was kann ich Ihnen bringen? Ich habe gerade ein paar knusprige Lammkoteletts auf dem Herd.«

»Bring mir nur ein bißchen Suppe, Annie. Ich glaube, das würde mir guttun. Ich habe in den letzten Tagen wenig gegessen.«

»Legen Sie die Füße hoch«, schlug Annie vor, wobei sie gleichzeitig nach Janets Beinen griff und sie auf die Couch plazierte. »Sie ruhen sich jetzt aus. Ich bin gleich wieder da.«

Janet lächelte in sich hinein. Sie hatte Annies Fragen nicht erwidert, und diese hatte wohl auch keine Antwort erwartet. Annie war schwatzhaft, und dabei wie viele dieser Menschen freundlich und fürsorglich. Sie war wie das Haus – heimelig. Wie herrlich wäre es, wenn sie mit Roger und Annie hier leben könnte! Und immer mit Roger zusammensein. War es nicht seltsam, daß sie jetzt ausgerechnet hiergekommen war, obwohl sie sich doch nur glücklich fühlte, wenn Roger in Sichtweite war? Aber sie kannte die Antwort. Sie sehnte sich nach seinem Trost und wußte, daß sie zu Hause diesen Trost bei ihm suchen würde, gleichgültig, wer sie sähe, und sei es ihr Vater. Gleichzeitig war ihr klar, daß sie die Spannung, unter der ihr Vater stand, auf keinen Fall verstärken durfte, nachdem er unterschwellig gedroht hatte, daß alles mögliche passieren könnte.

Janet setzte sich auf, als Annie mit einem Tablett, worauf sich eine Suppentasse und eine Scheibe frisches Brot befanden, das Zimmer betrat. »Ach, das riecht gut, Annie.« Annie blieb neben ihr stehen, bis sie die Suppe gekostet hatte. »Wunderbar, wirklich wunderbar«, lobte Janet und fügte lächelnd hinzu: »Aber Sie waren ja immer schon eine gute Köchin ... wenn man Sie ließ.«

»Sie sagen es, Miß Janet. Aber Maggie hat an ihrem Herd geklebt. Die einzige Möglichkeit, in die Küche zu gelangen, außer um Tabletts rein- oder rauszutragen, war an Maggies freiem Tag, oder wenn sie sich nicht wohl fühlte.«

»Fehlen Ihnen die zwei anderen?«

Annie dachte kurz nach. »Ja, manchmal, in der Nacht. Aber sonst macht es mir nichts aus, allein zu sein, und es ist angenehm, nur eine Chefin zu haben.« Sie grinste. »Aber wir sind immer gut miteinander ausgekommen, und so muß das auch sein. Ich will die Jahre gar nicht zählen, so lange bin ich schon hier. Ich kam ins Haus als ganz junges Mädchen, kurz nach Mrs. Masons Heirat. Zwölf war ich damals. Stellen Sie sich das vor, zwölf! Maggie war damals schon hier, aber Kate noch nicht. O nein, es macht mir nichts aus, allein zu sein. Trotzdem fände ich es nett, wenn Sie wieder hier leben würden, Miß; für immer, meine ich. Glauben Sie, das wird je der Fall sein?«

»Ganz gewiß, Annie. Möglicherweise werden Sie dieser Tage noch eine Überraschung erleben.«

»Wirklich, Miß? Na, dann habe ich jetzt was, worüber ich nachdenken kann. Und ich frage auch nicht, ob Sie allein kommen. Aber wahrscheinlich wollen Sie abwarten, bis sonst alles im Lot ist – Sie wissen, was ich meine?«

»Ja, ich weiß, was Sie meinen, Annie.«

»Haben Sie gehört, wie es ihm geht, Miß?«

»Ich komme gerade aus dem Krankenhaus. Es geht ihm gar nicht gut.«

»Das ist sehr, sehr traurig. Aber er hat mir riesige Angst eingejagt. Es war vermutlich albern von mir, mich so zu fürchten. Aber wissen Sie, Miß«, sie beugte sich zu Janet vor, »ich habe heute morgen ein wenig mit dem Milchmann geklatscht. Er kennt das Weibsstück, hat schon einiges von ihr gehört. Sein Cousin beliefert sie mit Milch, und der sagt, sie sei eine richtige Nutte. Ihr Bruder ist nicht der erste, mit dem sie's getrieben hat. Sie nennt ihr Haus eine Pension, aber der Milchmann meinte, man könne es ebensogut ein Schifffahrtsbüro nennen, wie die Männer sich die Klinke in die Hand geben. Und die Frechheit, zu behaupten, Master Howard habe sie vergewaltigen wollen! Der Milchmann und sein Cousin und die anderen Mieter meinen, daß sie hinter allem hergewesen sei, was Hosen anhatte. Da kann man einiges erfahren.« Sie legte die Hand auf den Mund. »Man hört eine Menge vom Milchmann, wenn man die Ohren offenhält.« Und breit grinsend fügte sie hinzu: »Und nicht zu vergessen der Zeitungsmann und der Kohlenlieferant.«

Janet mußte so sehr lachen, daß das Tablett mit der halbleeren Suppentasse auf ihren Knien gefährlich zu wackeln begann. Annie nahm es schnell weg und stellte es beiseite. Übergangslos empfand Janet den Wunsch zu weinen.

Sie schluckte den Kloß in ihrem Hals und holte tief Luft. Dann zog sie das Tablett wieder zu sich. »Sie konnten mich immer schon zum Lachen bringen, Annie«, sagte sie und lächelte die rundliche ältliche Frau an. »Erinnern Sie sich, wie Sie einmal Rad schlugen, um Eddie aufzuheitern, als er Kopfschmerzen hatte?«

»Und ob, Miß, und ob. Maggie hat mich damals ganz schön zur Schnecke gemacht, weil mir dabei der Unterrock über den Kopf fiel, und man meine ›Unaussprechlichen‹ sah. Wissen Sie, als junges Mädchen habe ich öfter Rad geschlagen. Meine Mutter hat es mir erlaubt, sobald ich krabbeln konnte. Aber essen Sie jetzt Ihre Suppe, Miß, sonst wird sie kalt. Nachher bringe ich Ihnen noch ein Stück Apfelkuchen. Möchten Sie Kaffee oder Tee dazu?«

»Tee bitte, Annie.«

»In Ordnung, Tee. Ich bin auch keine große Kaffeetrinkerin ... Es ist nett, daß Sie hergekommen sind. Bleiben Sie noch ein bißchen?«

»Ja, Annie. Ich glaube, ich muß mich ein wenig ausruhen.«

Janet sah der glücklichen Annie hinterher, als die aus dem Zimmer ging, und empfand einen Anflug von Neid. Wäre es nicht schön, wie Annie zu sein; für einen mageren Lohn zwölf Stunden oder länger am Tag für andere Leute zu arbeiten und dabei doch zufrieden zu sein, da man ein Dach über dem Kopf, ein bequemes Bett und ausreichend zu essen hatte? Sich hin und wieder ein kleines Extra in Form einer Varietéshow oder einer Kinovorstellung zu leisten? Janet war bereit, sofort mit Annie zu tauschen ... wirklich? Hatte Annie jemals ein anderes Buch außer einem Groschenroman gelesen? Hatte sie jemals einen Menschen mit verzehrender Leidenschaft geliebt? Hatte sie jahrelang in den Spiegel geschaut und sich dabei gefragt, warum bin ich so reizlos, warum ist Alicia so schön und sind Jessie und Fanny so hübsch? Doch nun war es anders. Wenn Janet jetzt in den Spiegel blickte, fand sie sich schön, weil Roger sie schön fand. Innerlich bin ich schön, spann sie den Gedanken weiter. Ich bin wie der volle Mond, wie eine sternenhelle Nacht, wie die heraufdämmernde Morgenröte; ich bin wie ein junges Reh, ich bin die Verkörperung aller Poesie, die je erdacht wurde, ich bin Dantes Beatrice; ich bin ...

»Oh, habe ich Sie erschreckt, Miß? Sie waren eingenickt. Das kommt von der warmen Suppe und dem Feuer im Kamin. Essen Sie jetzt Ihren Kuchen, ich habe Ihnen Sahne daraufgetan. Den Tee bringe ich Ihnen später, denn wenn Sie aufgegessen haben, müssen Sie Ihre Beine wieder auf die Couch legen und sich ausruhen. Sie sehen elend aus.«

»Danke, Annie, aber ich sollte nach Hause gehen.«

»Das Haus kann warten, es hat schließlich einen Butler, der darauf aufpaßt. Der kümmert sich schon um alles. Ein feiner Mann. Gut, daß Sie ihn haben.«

»Ja, Annie, da haben wir wirklich Glück.«

»So, jetzt lasse ich Sie in Ruhe. In einer halben Stunde bringe ich Ihnen dann Ihren Tee.«

Janet aß den Apfelkuchen mit Sahne und legte danach wieder die Füße auf die Couch und lehnte sich in die Kissen. O ja, dachte sie, er ist ein feiner Mann, und wir sind glücklich, daß wir ihn haben ... ich bin glücklich, daß ich ihn habe.

Die Stimme ihres Vaters riß sie aus dem Schlummer. »Ja, eine Tasse Tee wäre prima, Annie«, hörte sie ihn sagen. Mühsam öffnete sie die Augen. Samuel stand über ihr und blickte auf sie hinab.

»Was soll das?« fragte er.

»Was soll was?« fragte sie zurück und setzte sich auf.

»Du schläfst am hellichten Nachmittag?«

»Irgendwann muß ich ja schlafen. Letzte Nacht konnte ich es nicht.«

»Da warst du nicht die einzige. Aber warum hast du dich nicht gemeldet?«

»Mich gemeldet?« Janet blinzelte. »Hätte ich Bescheid geben sollen, daß ich ein Nickerchen mache?«

»Nachdem du mittags nicht heimgekommen bist, habe ich in der Bibliothek angerufen. Dann bin ich sogar zum Krankenhaus gefahren.«

»Oh, du bist *sogar* zum Krankenhaus gefahren?«

»Ja. Obwohl die dort anscheinend niemanden von uns haben wollen, besonders nicht deine Mutter. Sie wollten sie nicht wieder hineinlassen, und sie hat sich schrecklich darüber aufgeregt. Es war ein günstiger Zufall, daß ich kurz nach ihr dort angekommen bin. Aber du hast Howard gesehen, nicht wahr?«

»Ja, aber nur für fünf Minuten.«

»Wie sieht er aus?«

»Er ist krank Dad, sehr krank.«

Samuel ließ sich in einen Lehnstuhl fallen und schwieg eine Weile. Dann fragte er: »Warum bist du nicht nach Hause gekommen, wenn du nicht zu deiner Arbeit zurückgehen wolltest?«

»Einfach, weil ich ein wenig Ruhe haben wollte. Außerdem *ist* dies mein Zuhause. Erinnerst du dich? Dies ist *mein* Haus.

»Ja, ja.« Samuel blickte im Zimmer umher, als sähe er es heute zum ersten Mal. »Ja, es ist dein Haus, aber es ist bei weitem nicht das, woran du den größten Teil deines Lebens gewöhnt warst. Du würdest einen schlechten Tausch machen ...«

Janet beugte sich zu ihm vor. Langsam und bestimmt sagte sie: »O nein, Dad, das würde ich nicht. Ich wäre überglücklich, wenn ich auf der Stelle hier wohnen bleiben könnte. Und ich würde es nur verlassen, wenn ich Lust dazu habe.«

Samuel schaute Janet an, dann seufzte er. »Warum kannst du keine Ruhe geben, Mädel? Du weißt, was ich durchmache, aber du verpaßt mir einen Tiefschlag nach dem anderen. Ich brauche dich in meinem Haus, mehr als je zuvor. Weißt du, daß du der einzige Mensch bist, mit dem ich reden und bei dem ich Dampf ablassen kann?« Er rückte näher ans Feuer und fuhr fort. »Früher einmal konnte ich mich bei Alice auslassen; nicht, daß sie auch nur auf die Hälfte von dem geachtet hätte, was ich erzählt habe, aber sie war da, ich konnte zu ihr kommen. Und jetzt – wie hat die Frau sich verändert! Als ich sie nach Hause fuhr – zu *ihrem* Haus –, dachte ich, sie würde durchdrehen. – Komische Sache das; mein Haus, dein Haus, ihr Haus ... – Na ja, plötzlich fing sie an, über die Scheidung zu sprechen. Zu diesem Zeitpunkt! Sie merkt jetzt langsam, daß es gar nicht so einfach ist. Ihr Rechtsberater meint, es hinge davon ab, ob ich sie hinausgeworfen habe oder ob sie aus eigenem Willen gegangen sei. Falls sie aus eigenem Antrieb gegangen sei, würde es schwierig für sie. Also möchte sie, daß ich sage, ich hätte sie hinausgeworfen. Mir wurde gesagt, ich hätte drei Möglichkeiten: Wenn ich sie hinausgeworfen habe, steht es schlecht für mich. Wenn ich den Namen der Frau nenne, mit der ich ein Verhältnis hatte, steht es ebenfalls schlecht für mich. Wenn ich mich zu der Komödie entschließe, eine Hure und einen Fotografen zu mieten, ein Hotelzimmer zu buchen und mich in flagranti erwischen zu lassen, bekommt sie auf jeden Fall die Scheidung, gleichgültig, wie sie sich anschließend verhält. Aber ganz so einfach werde ich es ihr nicht machen. Wenn ich behaupte, daß sie mich verlassen hat und ich sie jederzeit gerne wieder bei mir aufnehmen würde, wenn sie es wünscht, wird sie sich mit der Scheidung schwertun. In jedem Fall wird es sehr lange dauern, bis sie ihre Scheidung erreicht hat. Das war es, womit sie mir während der ganzen Fahrt in den Ohren gelegen hat, und als ich sie ins Haus gebracht hatte, setzte sie sich hin und fing an zu heulen, wie ich es noch nie bei ihr erlebt habe. Aber am Schluß mußte ich beinahe lachen, und weißt du, warum? Meine gottesfürchtige Tochter Jessie, die künftige Nonne, hat mich wüst beschimpft.«

»Jessie?« fragte Janet ungläubig. »Jessie hat dich beschimpft? Niemals!«

»O doch. Sie sagte wörtlich: ›Du bist eine gottverdammte Landplage, Dad. Du verbreitest Chaos um dich, wo du gehst und stehst, du mit deiner ewigen Brüllerei.‹«

»Das hat sie wirklich gesagt?«

»Jawohl, Wort für Wort. Das vergesse ich nie. Über die Landplage und die Brüllerei hätte ich ja noch lachen können, ich kenne schließlich meine Stimme; aber nicht darüber, daß ich Chaos verbreite. O nein. Aber so denkt meine jüngere Tochter über ihren Vater. Ich schreite von einer Erleuchtung zur anderen, Janet, ja ja ... – Ah, da kommt der Tee.« Er drehte sich zu Annie um, die ihm ein kleines Tablett mit einer Teetasse und einem Zuckertöpfchen reichte.

»Wie geht's Ihnen? Fühlen Sie sich einsam?«

»Nein, Sir, kein bißchen. Um die Wahrheit zu sagen, ich fühle mich jetzt richtig in meinem Element.«

Sie ruckte mit dem Kopf und ging zur Tür. »In meinem Element«, wiederholte Samuel, als sie draußen war. »Es ist selten, daß man einen so glücklichen Menschen findet.«

»Du verschüttest deinen Tee.«

»Ah, ja.« Samuel nahm zwei Schlucke, dann meinte er: »Was ich dir eigentlich erzählen wollte, war, daß Harry aus Oxford angerufen hat, nachdem du zur Arbeit gegangen warst. Er wollte sich auf den Weg machen und gegen sechs Uhr abends zu Hause sein. Er war gestern den ganzen Tag beim Rudern und ist erst spät auf sein Zimmer gekommen. Sein Mitbewohner hat ihm heute früh alles erzählt.«

»Es ist sehr lieb von ihm, daß er herkommt, aber was kann er tun?«

»Nichts, genauso wie wir anderen auch. Aber ich habe mich gefreut, daß er sich die Mühe macht. Von Eddie oder James werden wir wohl nichts hören, denn Eddies Schiff soll nach dem neuen schottischen Marinehafen Rosyth auslaufen, und James, na ja ... als er letztes Mal zu Hause war, hat er im Scherz gemeint, daß er das College nur bei einem Todesfall in der Familie verlassen dürfe.«

Es wurde still. Nach einer Weile erhob sich Samuel. »Kommst du nun mit, oder bleibst du hier?«

Janet stand schweigend auf und holte Hut und Mantel. Dann ging sie in die Küche.

»Sie wollen gehen?« fragte Annie. »Es war schön, daß Sie mal hier waren, Miß. Kommen Sie bald wieder, ja?«

»Bestimmt, Annie. Und danke, daß Sie mich schlafen ließen, es hat mir gutgetan.«

»So wie Sie aussehen, brauchen Sie etwas, das Ihnen guttut. Sie sind ja nur noch Haut und Knochen. Wenn Sie bei mir wären, würde ich Sie schon aufpäppeln.«

Janet kam nahe an Annie heran und flüsterte ihr zu: »Wer weiß? Vielleicht bekommen Sie bald Gelegenheit dazu.«

»Dann machen Sie schnell, Miß.«

»Ja, Annie, ich versuche es.«

»Bevor Sie gehen, wollte ich Sie noch fragen, ob meine Freundin ein Wochenende bei mir verbringen dürfte. Sie lebt in Gateshead, und sie ist blind.«

»Natürlich, Annie, gerne. Und sie ist blind, die arme Seele?«

»Sie möchte nicht bemitleidet werden, Miß. Sie hat einen herzerfrischenden Humor und steckt voller Leben.«

»Sie kann Sie besuchen, wann immer sie möchte. Richten Sie ihr aus, daß ich hoffe, sie eines Tages kennenzulernen.«

»Das werde ich ihr sagen, Miß.«

Während Janet zu ihrem wartenden Vater hinausging, dachte sie: Sie hat eine Freundin, die blind ist. Wie wenig wir voneinander wissen. Da kannte sie Annie nun seit so vielen Jahren, und trotzdem hatte sie nicht gewußt, daß diese eine Freundin hatte, die blind war und einen herzerfrischenden Humor besaß.

Harry kam um halb sieben; Samuel holte ihn mit dem Auto vom Hauptbahnhof in Newcastle ab. Als sie zu Hause ankamen, erkannte Janet auf den ersten Blick, wie sehr Harry von der Angelegenheit mitgenommen war.

Nachdem er sich gewaschen und ein Abendbrot eingenommen hatte, teilte er ihnen mit, daß er bereits am nächsten Tag wieder nach Oxford abreisen müsse, da er eine für ihn wichtige Vorlesung am Mittwoch nicht versäumen dürfe. Woraufhin Samuel in seiner bissigen Art fragte: »Warum hast du dir dann überhaupt die Mühe gemacht, herzukommen?« – »Nun«, gab Harry zurück, »ich hatte gehofft, Howard besuchen zu können. Das ist doch natürlich, schließlich ist er mein Bruder. Als du am Telefon sagtest, er sei im Krankenhaus, hatte ich nicht gedacht, daß es so schwierig sein könnte, ihn zu sehen; wenn er ...«

Hier unterbrach ihn Samuel. »Ja, sprich es nur aus: Wenn er einmal im Gefängnis ist.«

»Gut, ich spreche es aus: Wenn er erst im Gefängnis ist, wird es sehr wenig Gelegenheit geben, ihn zu sehen, außer an besonderen Besuchstagen. Und da ich nicht beliebig über meine Zeit verfügen kann ...«

»Schon gut«, winkte Samuel ab, »aber es wird kaum möglich sein, heute abend noch an ihn heranzukommen. Sie haben auch deine Mutter am Nachmittag nicht zu ihm gelassen.«

»Ich werde mitkommen«, sagte Janet zu Harry, »und wir werden es der diensthabenden Schwester erklären. Es wird sicher eine andere sein als mittags, aber wir können es zumindest versuchen.«

»Den Wagen könnt ihr nicht nehmen«, warf Samuel ein, »Arthur ist für mindestens eine Stunde weg.«

»Dann nehmen wir die Trambahn, oder noch besser, ich rufe uns ein Taxi.«

Janet ging in die Halle und erledigte den Anruf. Eine Viertelstunde später war das Taxi da.

»Dad ändert sich wohl nie«, seufzte Harry, als sie eingestiegen waren.

»Er ändert sich schon, aber leider zum Schlechteren.«

»Wie kannst du das nur aushalten? Vor einer Weile dachte ich daran, daß wir drei Brüder ja die meiste Zeit nicht zu Hause und deshalb aus der Schußlinie sind, aber du bist ja immer da.«

»Nicht mehr lange, Harry.«

»Nicht? Hast du irgendwelche geheimen Pläne?«

»O ja, die habe ich. Aber davon sprechen wir ein andermal.«

Auf der Station tat inzwischen eine andere Schwester Dienst. Sie ging auf Janet und Harry zu und fragte, was sie wollten. Es sei keine Besuchszeit. Besuchstage seien Samstag, Sonntag und Mittwoch ...

»Ich bin Howard Fairbrothers Bruder«, antwortete Harry in seiner charmanten Art. »Ich bin extra aus Oxford angereist und muß morgen früh wieder fahren. Ich ... ich mache mir große Sorgen um Howard. Wäre es Ihnen wohl möglich, die Vorschriften ein wenig zu lockern, so daß ich meinen Bruder für ein paar Minuten sehen kann? Ich weiß, daß das viel verlangt ist, aber ich fürchte, daß es unter diesen Umständen das letzte Mal ist, daß ich ihn sehe, bevor er ...« Er verstummte und zuckte leicht mit der Schulter.

Harry hätte nicht extra betonen müssen, daß er geradewegs aus Oxford kam. Sein Benehmen, seine Aussprache – alles entsprach dem Bild, das man sich von dieser Universität und ihrem Ruf machte. Unter anderen Vorzeichen hätte diese Klassenattitüde Janet sofort auf die Barrikaden gerufen, doch diesmal wartete sie die Reaktion der Krankenschwester ab. Diese schürzte die Lippen und holte tief Atem, wobei sich die Medaille, die sie auf ihrem blauen Sergekleid trug, hob und senkte. Dann meinte sie: »Na gut, aber nur für ein oder zwei Minuten. Beachten Sie das bitte.« Sie wandte sich an Janet. »Sie wissen, daß ein Polizist bei ihm sitzt?« – »Ja, das wissen wir«, gab Janet zurück.

»Danke«, sagte Harry. »Vielen Dank, Schwester.«

Beinahe auf Zehenspitzen folgten sie ihr in den Krankensaal zu dem Bett hinter den zugezogenen Vorhängen, verfolgt von den Blicken der anderen Patienten, die noch nicht schliefen.

Ein anderer Polizist saß nun neben dem Bett. Er las in einer Zeitung, doch als er der Krankenschwester ansichtig wurde, stand er sofort von seinem Stuhl auf. Flüsternd informierte sie ihn: »Sein Bruder und seine Schwester. Nur für ein paar Minuten.«

Der Polizist nickte, und die Krankenschwester zog den Vorhang auf. Harry ging zu dem Bett und sah in das Gesicht seines Bruders. Howards Augen waren halb offen, als wäre er eben aus einem leichten Schlummer erwacht. »Hallo, Howard«, sagte Harry leise.

»Oh. Harry.«

»Wie geht es dir?«

»Ganz gut, Harry. Ganz ... gut.«

»Ich habe mich sofort auf den Weg gemacht, als ich hörte, daß es dir schlechtgeht.«

Janet hörte mit gesenktem Kopf zu. Harry war jetzt nicht mehr der überlegene Oxford-Student. Er war wieder ihr jüngerer Bruder, und er wurde von demselben Mitgefühl überwältigt, das auch sie verspürt hatte, als sie Howard zum ersten Mal so verwundet gesehen hatte.

»Alles ... verpatzt.«

Als Harry nicht antwortete, stellte Janet sich neben ihn. Howard blickte sie an, als habe er sie zuvor nicht bemerkt. »Janet«, sagte er.

»Wir sind gegen die Regeln hier, Howard, aber Harry wollte dich sehen.«

»Eddie und James ... alles in Ordnung bei ihnen?«

Harry schluckte und sah Janet an. Janet beugte sich über Howard und antwortete: »Sie haben angerufen. Sie wollen versuchen, sich frei zu machen.«

Es war gut, daß Howard nicht klar genug war, um zu fragen, ob man von einem Schlachtschiff oder einem Marinestützpunkt aus telefonieren dürfe. Wahrscheinlich hatten weder Eddie noch James bisher von der Angelegenheit gehört.

Janet bemerkte, daß Harrys Mitleid mit seinem Bruder immer stärker wurde – einem Bruder, für den er, wie sie selbst, bislang kaum etwas empfunden hatte.

»Kommst ... du ... morgen?«

»Ja, ich komme.« Zum zweiten Mal an diesem Tag küßte sie ihren Bruder, und Harry nahm seine Hand und drückte sie fest. Dann legte er die Hand auf die Decke zurück, als wäre sie etwas Lebloses, berührte Howards Wange mit dem Finger und murmelte: »Auf Wiedersehen, alter Knabe. Man sieht sich.«

»Wiedersehen ... Harry ... danke.«

Janet und Harry gingen aus dem Krankensaal auf den Korridor. Die Schwester schien auf sie gewartet zu haben. Ihre Augen hingen an dem hübschen jungen Mann, der vorhin so nett zu ihr gesprochen hatte; es war jedoch Janet, die sich nun von ihr verabschiedete. Als die Geschwister das Krankenhaus verlassen hatten, begaben sie sich zum Taxistand. Erst als sie in einen freien Wagen eingestiegen waren, fand Harry die Sprache wieder. »Mein Gott!« sagte er. »Das ist schlimm. Schrecklich. Welch eine Art, sein Leben zu beenden. Und sein Leben *wird* zu Ende gehen, ob er nun gesund wird oder nicht. Ich ... ich hätte nie geglaubt, daß ich so für ihn empfinden könnte, Janet.«

Janet nahm seine Hand in die ihre. »Ich weiß, was du meinst. Auch ich habe ihn früher nie gemocht, obwohl ... ich erinnere mich, daß er, ehe er ins Internat ging, immer zu mir kam, wenn er in Schwierigkeiten war. Aber danach waren wir wie Hand und Katze.«

»O Gott!« Harry sank in sich zusammen und ließ den Kopf hängen. »Er wird baumeln; und wenn nicht, dann wird er im Gefängnis zugrunde gehen. Er ist schwach, ist es immer gewesen. Eine lange Gefangenschaft würde er nicht überstehen. Es wäre besser für ihn, wenn er nicht überleben würde.«

»So denke ich auch, Harry. Und was Dad angeht, so wünscht er das nicht nur, sondern betet darum – wenn er überhaupt jemals betet.«

Als das Taxi sich dem Haus näherte, sagte Janet: »Ich möchte mit dir über etwas Persönliches sprechen. Würdest du noch ein wenig aufbleiben, nachdem Dad schlafen gegangen ist?«

»Ja, natürlich. Ich könnte sowieso nicht schlafen, wenn ich jetzt zu Bett ginge.«

Doch als sie ins Haus kamen, teilte Maitland ihnen mit, daß Samuel bereits nach oben gegangen sei. »Der Herr fragte, ob Sie, Master Harry, noch bei ihm vorbeischauen könnten, bevor Sie auf Ihr Zimmer gehen«, fügte er hinzu.

Zum erstenmal, seit er von Oxford abgereist war, lächelte Harry. »Das ist eine wundervolle Übersetzung, Maitland. Die Originalworte lauteten vermutlich: ›Sagen Sie ihm, daß ich ihn sehen will, sobald er zurück ist.‹ War es nicht so?«

»Nicht Wort für Wort, aber so ähnlich.«

Janet war bereits ins Wohnzimmer vorausgegangen, und als Harry nachkam, meinte er: »Maitland ist wirklich einmalig.« – »Ja«, antwortete Janet, »ich stimme dir zu: Er ist einmalig.«

Nachdem sie sich nebeneinander auf die Couch gesetzt hatten, sagte Janet ohne weitere Einleitung: »Ich werde heiraten, Harry.«

»Was, heiraten? Wen? Den Bibliothekar?«

»Nein.« Janet schüttelte lächelnd den Kopf. »Nicht den Bibliothekar. Ich habe ihn abgewiesen, und das hat ihm gar nicht gefallen. Also habe ich in der Bibliothek aufgehört. Nein, ich werde den ...« – sie machte eine Kopfbewegung zur Tür – »ich werde den Einmaligen heiraten.«

Harry, der sich in die Sofakissen gelümmelt hatte, setzte sich kerzengerade auf. »Maitland?« fragte er mit kaum hörbarer Stimme.

»Ja, Maitland.«

»Aber … er ist doppelt so alt wie du, über vierzig. Er ist …«

»Ja, das weiß ich alles. Aber er sieht nicht aus wie vierzig, oder?«

Harry warf sich wieder in die Kissen und grinste. »Ich muß sagen, ich bin erstaunt … na ja, ich bin überrascht; aber eigentlich sollte ich das nicht sein, denn schließlich hast du ihn seit Jahren verfolgt, nicht wahr? Schon, als du noch ein Kind warst.«

»Ja, ich verfolge ihn seit Jahren, und er liebt mich seit Jahren.«

»Wirklich?«

»Ja, aber er hat es verheimlicht.«

»Aber Janet, seine … seine Korrektheit, seine höflichen Manieren, seine …«

»Das ist Maitland. Aber es gibt noch einen anderen namens Roger, der von diesem Maitland so verschieden ist wie der Tag von der Nacht, und mit dem es so schön ist, daß du es dir gar nicht vorstellen kannst.«

»Wirklich? Stimmt das?«

»O ja. Und wenn das mit Howard nicht passiert wäre, wären wir gar nicht mehr hier. Erst am Samstag haben wir alles besprochen. Wir wollten uns heimlich davonmachen, denn ich bin hier ja wie eine Gefangene. Dad läßt mich keinen Moment aus den Augen.«

»Weiß er Bescheid?«

»Ja, obwohl er sich verstellt. Statt dessen macht er versteckte Drohungen, und die nehme ich sehr ernst. In früherer Zeit hätte er mich wahrscheinlich bei Wasser und Brot in meinem Zimmer eingesperrt, bis ich mich bereit erklärt hätte, auf die Bibel zu schwören, daß ich dieses verrückte Vorstellung aufgebe. Und Maitland wäre natürlich gefeuert worden. Aber die Zeiten ändern sich zum Glück. Trotzdem läßt er mich nie lange alleine.«

»Aber er ist doch den ganzen Tag weg.«

»Ja, früher, aber jetzt teilt er sich seine Zeit anders ein. Ich weiß genau, daß er Roger etwas Schlimmes antun würde, sobald ich mich offen erkläre. Aber vielleicht würde es auch mich treffen, denn einmal hat er gesagt, er würde mich lieber tot als so erniedrigt sehen. Doch für mich ist es keine Erniedrigung, Maitland zu lieben oder zu heiraten. Er ist äußerst intelligent und sehr belesen. Ihr habt euch alle herzlich wenig um die Bücher im Lesezimmer gekümmert. Na ja, schließlich wart ihr auf der Schule und hattet dort ausreichend zu lesen. Aber Maitland hat, seit er in diesem Haus arbeitet, jede freie Minute mit diesen Büchern verbracht. Aber das ist nur einer seiner Vorzüge. Er ist auch sehr sportlich.« Als ihr Bruder einen kleinen ungläubigen Laut von sich gab, schürzte Janet die Lippen. »Er ist sehr sportlich. Seit Jahren besucht er an seinem freien Tag die Sporthalle in Newcastle und betreibt dort alle möglichen Übungen. Würdest du glauben, daß er Howard, der wahrhaftig kein Leichtgewicht ist, auf seine Schulter genommen und ihn rückwärts die Treppe vom Reitknechtzimmer hinuntergetragen hat?«

»Er ... er hat ihn getragen?«

»Ja, er hat ihn getragen, als würde er so etwas jeden Tag machen.«

»Gerechter Gott! Da bin ich ehrlich überrascht. Ich hatte angenommen, daß seine Lebensart ihn verweichlichen würde. Nun, du weißt ...«

»Jawohl, und auch ihm ist das schon vor Jahren bewußt geworden, also hat er etwas dagegen unternommen.«

»Aber wovon wollt ihr leben? Ich weiß, daß du ein Vermögen besitzt, aber davon wird er nicht profitieren wollen.«

»Roger hat über alles nachgedacht. Er hat schon vor Jahren geplant, was er tun würde, falls er hier aufhört. Er hatte vor ein paar Jahren ein Angebot von der Witwe Seiner Lordschaft, zu ihr und Lady Irene nach Amerika zu kommen, aber er hat abgelehnt. Statt dessen wird er eine Schule eröffnen, in der Butler, Kammerdiener und ähnliches Personal ausgebildet werden.«

»Eine Schule für Dienstboten? Gibt es so etwas?«

»Das weiß ich nicht, aber das ist jedenfalls sein Plan. Und sollte das nicht klappen, fällt ihm schon etwas anderes ein. Und diese Pläne würde er auch ohne mich durchführen. Aber ich bin sehr dafür, tatsächlich ...« Janet wandte sich von Harry ab und umfaßte ihre Knie fest mit den Händen. »Tatsächlich bin ich für alles, was er vorhat, Harry. Ich liebe ihn so sehr, und ich bin glücklich, weil ich weiß, daß er mich liebt.«

»Da bin ich anderer Meinung, Janet. Du bist nämlich ein sehr attraktives Mädchen. Als Kind warst du ziemlich unscheinbar, aber in den letzten Jahren hast du dich verändert. Du siehst jetzt ganz anders aus, besonders wenn du lächelst. Eddie hat mich darauf aufmerksam gemacht, als ich ihn zuletzt sah und wir über dich gesprochen haben. Schön könntest du sein, meinte er ... und er hat recht.«

»Halt den Mund! Ich weiß, wie ich aussehe.«

»Weiß ... weiß sonst noch jemand über dich und Maitland Bescheid?«

»O nein. Und ich habe nur deshalb mit dir darüber gesprochen, weil du ... nun ja, weil du anders bist. Du bist nicht schwatzhaft, und ich weiß, daß ich dir vertrauen kann. Und du nimmst mich auch nicht auf den Arm, so wie Eddie es in seiner witzigen Art tun würde. Weißt du, als Jessie sagte, sie wolle ins Kloster gehen, war ich überrascht. Aber wenn du gesagt hättest, du wolltest Kleriker werden, hätte mich das nicht so sehr gewundert.«

Harry blickte sie ernst an und sagte: »Es ist seltsam, daß du das aussprichst. Denn ich überlege tatsächlich seit einiger Zeit, ob ich diese Richtung einschlagen sollte. Also, wer weiß ...?«

»Das willst du doch nicht ernsthaft?«

»Warum nicht? Ich habe angefangen, über Fragen nachzudenken, wie: Weshalb bin ich hier, wohin gehe ich, und was geschieht mit den kleinen grauen Zellen hier oben, wenn ich sterbe?« Er tippte an seine Stirn. »Ist der Tod das Ende? Oder ist er ein Wiedereintritt in das Element, aus dem wir gekommen sind? Und was oder wer ist dieses Element? Wenn es ein Ende gibt, muß es auch einen Anfang gegeben haben. In alter Zeit hat der Mensch sich Götter erschaffen, weil sein suchender Verstand erkannte, daß es etwas geben müsse, das größer, mächtiger ist als er, etwas, das ihn in diese Welt gestellt hat. Also wählte er die Sonne zu seiner Gottheit, denn was konnte mächtiger sein; und der Donner war die Stimme dieser Gottheit, denn welche Stimme gab es, die lauter wäre; und dann gab es den Arm, der Blitze schleuderte, die die Welt erhellten ... Sind wir seither so viel weitergekommen? Jede Hautfarbe, jede Rasse hat sich ihren eigenen Gott gesucht ... So geht es mir ständig durch den Kopf, bis ich mir selbst sage: Halt den Mund!«

Janet lehnte ihren Kopf an Harrys Schulter. »Ich kann dich vor mir sehen, wie du auf der Kanzel stehst.« Lachend antwortete Harry: »Eines verspreche ich dir: Es wird keine katholische Kanzel sein, denn ich möchte eine Frau.«

»O ja, Harry, du mußt unbedingt heiraten und viele Kinder kriegen, die genauso werden wie du.«

Es klopfte, und sie rückten ein wenig voneinander ab. Maitland trat ein. »Ihr Vater möchte, daß Sie bei ihm hereinschauen, sobald es Ihnen genehm ist«, sagte er zu Harry.

Harry bemerkte ein Glitzern in Maitlands Augen und meinte: »Sie würden wohl nicht gerne zu ihm gehen und ihm sagen, es wäre mir nicht im geringsten genehm, und ich käme dann, wenn es mir paßt?«

»Doch, Master Harry, genau das würde ich gerne tun.«

Janet erhob sich schnell, ging auf Maitland zu und nahm seine Hand. »Roger, Liebster, ich habe es Harry gesagt.«

Maitland sah erst sie, dann Harry an und atmete hörbar aus. »Nun, dann wissen Sie es jetzt.«

Auch Harry war aufgestanden und ging auf die beiden

zu. »Ich wünsche euch viel Glück, und ich meine es aufrichtig. Und wenn ich Zeit finden werde, darüber nachzudenken, werde ich zu dem Schluß kommen, daß ich niemanden kenne, der mir als Schwager lieber wäre.«

»Danke ... Harry.«

»Gern geschehen ... Roger.«

Alle drei mußten lachen, und Harry meinte: »Eben war ich noch so traurig wegen Howard, und ich bin es immer noch; aber ich glaube trotzdem, daß ein Anlaß wie dieser begossen werden muß. Deshalb werde ich jetzt nach oben zu dem gnädigen Herrn sausen, und dann komme ich gleich wieder herunter.« Er lächelte Janet und Roger an und eilte aus dem Zimmer.

Maitland streckte die Arme nach Janet aus. »Ich weiß nicht, wie die anderen darauf reagieren werden«, sagte er, als er sie im Arm hielt, »aber das ist doch ein guter Anfang.«

Janet antwortete ernst: »Ach, wenn doch nur Howard ...«

»Ja, wenn doch nur Howard«, unterbrach Maitland sie, »aber ich habe das seltsame Gefühl, als gehöre das zu dem Plan für unser zukünftiges Leben. Ich kann es nicht genau erklären, aber ...« Er stockte. »Was für ein Gefühl?« hakte Janet nach. »Was meinst du damit?«

Roger kniff sie zärtlich in die Nase. »Ich weiß es nicht. Aber ich weiß, daß ich einen Drink möchte, und daß Harry gleich zurückkommt. Er ist ein netter Kerl. Und jetzt Schluß mit den tiefsinnigen Gedanken.«

9

Es war Samstagnachmittag und Besuchszeit; Janet war auf dem Weg in den Krankensaal, als ihr auf dem Korridor der Inspektor begegnete. Beide blieben gleichzeitig stehen. »Guten Tag, Miß Fairbrother«, grüßte der Inspektor.

Da Janet nicht antwortete, fuhr er fort: »Ich habe gerade

nach Ihrem Bruder gesehen und ihm mitgeteilt, daß er am Montag verlegt wird.«

»Aber er ist noch krank.«

»Ich habe die Zustimmung des Arztes eingeholt. Er wird im Gefängnislazarett weitergepflegt werden. Die ganze Situation ist ... na ja, ziemlich verfahren.«

Janets bestürzter Blick veranlaßte ihn, hinzuzusetzen: »Machen Sie sich nicht zu viele Sorgen. Ich habe lange mit Howard gesprochen und von ihm eine ganz andere Geschichte gehört als von Mrs. Mailston. Auch der andere Pensionsgast unterstützt jetzt seine Darstellung. Es sieht also nicht ganz so schwarz aus für ihn wie am Anfang.«

»Wann ... wann glauben Sie, wird die Verhandlung stattfinden?«

»Das kann ich im Augenblick noch nicht sagen. Es muß noch viel recherchiert werden. Aber wie schon gesagt, machen Sie sich nicht zu viele Sorgen, denn –« seine Stimme sank zu einem Flüstern herab »– es wird wohl auf Notwehr plädiert werden, und wenn dem stattgegeben wird, sind seine Aussichten gar nicht so schlecht.«

Ja, das wußte sie. Aber das lag alles noch im Ungewissen, und die Gegenwart bedrückte sie. »Danke«, sagte sie trotzdem und verabschiedete sich.

Die Vorhänge um Howards Bett waren noch immer vorgezogen, doch inzwischen konnte er zumindest schon sitzen. Der Polizist – es war wieder ein anderer – nickte Janet zu und deutete eine Verbeugung an. Als sie neben Howards Bett stand, faßte dieser mit schwachem Griff nach ihrer Hand. Er schien sprechen zu wollen, war aber zu aufgeregt und zu entkräftet nach dem Besuch des Inspektors.

Janet zog sich einen hölzernen Stuhl heran und setzte sich. »Es kommt alles in Ordnung«, sagte sie, »die Geschichte hat zwei Seiten, das wissen sie bereits.«

Howard schloß die Augen und schüttelte den Kopf. Mühsam flüsterte er: »Wie es auch ausgeht, Janet, ich ... ich bin dem nicht gewachsen.«

»Na, na.« Janet strich ihm das Haar aus der Stirn. »Dad wird einen guten Strafverteidiger engagieren.« Sie sah zu dem Polizisten hinüber, doch der blickte unbeteiligt vor sich hin, als wäre er blind und taub. »Das wird nichts nützen«, seufzte Howard mutlos, und seine Mutlosigkeit steckte Janet an. Nein, dachte sie, es wird nichts nützen, denn auch wenn er der Todesstrafe entginge, würde er auf jeden Fall eine lange Zeit im Gefängnis verbringen müssen.

Sie mußte versuchen, seine Gedanken von der Zukunft abzulenken. »Mrs. Wilding hat dir ein paar Leckerbissen zubereitet«, sagte sie und deutete auf den Korb, der auf dem Servierwagen am Fußende des Bettes stand. »Eierküchlein und ähnliche Kleinigkeiten. Sie hat sich erinnert, daß du die gerne ißt.« Sie blickte wieder zu dem Polizisten, um zu sehen, ob er von dem Inhalt des Korbes Kenntnis nahm. Ihr war jedoch klar, daß er später, wenn sie gegangen wäre, den Korb gründlich durchsuchen würde, ehe Howard an den Inhalt gelangte.

»James sagte, er habe dir geschrieben. Hast du seinen Brief schon bekommen?« fragte sie.

Howard machte eine Kopfbewegung zu dem Umschlag, der auf dem Nachttisch lag. »Ja, ja. Er ... er will versuchen, Urlaub zu bekommen, um mich zu besuchen, aber« – er schüttelte den Kopf – »er braucht sich nicht zu bemühen, ich werde sowieso nicht mehr da sein.«

»Nun, er kann es auf jeden Fall versuchen«, meinte Janet und fügte zögernd hinzu: »Er macht sich Sorgen, wie wir alle.«

Ein flüchtiges Lächeln erschien auf Howards Gesicht. »Weißt du, Janet, ich empfange jetzt mehr Fürsorge und Zuneigung als in meinem ganzen bisherigen Leben. Dad war ich immer gleichgültig. Und Mams Fürsorge war immer belastet von Besorgnis und Drohungen, was mir zustoßen würde, wenn ... wenn. Und Sie hatte recht mit dem ›wenn‹, o ja. Aber ist es nicht merkwürdig, Janet, daß es jetzt etwas gibt, worüber ich trotzdem glücklich bin, und zwar über dein Verständnis. Von allen Menschen verstehst gerade du mich. Erst letzte Nacht dachte ich, es ist jetzt gerade wie damals, als wir alle noch bei Großmutter wohnten. Damals hast du dich um mich gekümmert. Doch nachdem wir umgezogen sind, wurde alles anders, für uns alle. Findest du nicht auch?«

»Du hast recht, Howard, danach hat sich alles verändert.«

»Wo wir gerade von Umzug sprechen – ich werde am Montag verlegt.«

Howard blickte Janet in die Augen, und sie bewegte leicht den Kopf. »Ja, ich weiß.«

Er ließ sich mit gesenkten Lidern in die Kissen zurücksinken. Plötzlich meldete sich der Polizist zu Wort. »Schön, daß mal wieder die Sonne scheint, nicht wahr, Miß?«

»Ja, Konstabler.«

»Bald kommt der Frühling.«

»Ja, wahrhaftig.«

»Ich mag den Frühling. Den Sommer nicht so sehr, wegen der Hitze. Aber den Frühling und den Herbst.« Er lächelte Janet an. »Winter und Sommer brauche ich nicht unbedingt.«

Es wurde wieder still um Howards Bett, eine Stille, die durch das gedämpfte Gespräch an den anderen Betten um so deutlicher wurde. Doch als Howard fragte: »Hast du eine Feile für mich?« schwang der Polizist auf seinem Stuhl zum Bett herum, nur um zu sehen, wie Howard seine Finger spreizte. »Würdest du mir die Nägel feilen?«

»Ja, ich habe eine Feile in meiner Handtasche.« Janet hob ihre Handtasche vom Fußboden auf und holte ein Necessaire heraus, dem sie eine Nagelfeile entnahm. Dann begann sie sich mit Howards Nägeln zu beschäftigen.

Der Polizist lehnte sich wieder zurück, wirkte aber nicht mehr ganz so entspannt wie zuvor. Er hatte sich so plaziert, daß er sehen konnte, was Janet machte. So blieb er sitzen, bis er feststellte, daß Janet die Feile wieder in ihrer Tasche verstaute.

In diesem Moment schob sich die Krankenschwester

durch den Vorhang und winkte den Polizisten zu sich. Als er sich erhob und halb inner-, halb außerhalb des Vorhangs stand, ergriff Howard Janets Hand und flüsterte: »Gib mir deine Schere!«

»Was?«

»Die Schere.«

Er deutete auf die Matratze. »Steck dein Necessaire da rein.«

Janet sagte nichts, doch das Scharren ihres Stuhls, als sie sich rasch von dem Bett wegschob, war Antwort genug. Bei dem Geräusch drehte der Polizist sich um und starrte die Geschwister an, und sie erwiderten seinen Blick.

Das Gespräch mit der Krankenschwester schien beendet zu sein, und der Konstabler nahm wieder seinen Platz neben dem Bett ein.

Janet sah ihrem Bruder in die Augen. Warum hatte er ihre Schere verlangt? Doch mußte sie sich das wirklich fragen? O nein, das würde er doch nicht tun. Wirklich nicht?

Sie blickte auf seine Hand, die aus dem Bett hing und krampfhaft unterhalb der harten Matratze die eisernen Bettfedern umklammerte. Sie nahm die Hand und streichelte sie. »Es wird alles gut, Lieber. Alles kommt in Ordnung, ich verspreche es.«

Howard antwortete nicht, aber sein Blick schrie um Hilfe.

Mit rauher Kehle und Tränen in den Augen flüsterte Janet: »Mutter wird jeden Augenblick kommen. Ich werde dann gehen. Aber morgen bin ich wieder da.«

»Janet.«

»Ja?«

»Tut ... tut mir leid wegen des Geldes.«

»Oh, Howard, wie oft habe ich schon gesagt, vergiß das Geld. Das ist von allem doch wirklich am unwichtigsten.«

Die Vorhänge wurden aufgezogen und Alice erschien. Janet stand auf und beugte sich über Howard. »Bis morgen, mein Lieber.«

»Auf Wiedersehen, Janet, und danke.«

Sie wollte sein Gesicht zwischen ihre Hände nehmen und fragen: Wovon sprichst du? Was willst du mir sagen? Statt dessen richtete sie sich auf und sah ihn noch einmal an. Dann ging sie wortlos an ihrer Mutter vorbei. Während sie durch den Vorhang schritt, drehte sie sich noch einmal um und sah zum Bett. Howards Blick war auf sie gerichtet, und sie hob winkend ihre Hand. Howard konnte die Geste nicht erwidern, da seine Mutter inzwischen seine gesunde Hand ergriffen hatte, doch er nickte zweimal mit dem Kopf.

Gesenkten Hauptes ging Janet aus dem Krankensaal. Als sie in den Korridor kam, schreckte die Stimme ihres Vaters sie auf. »Du gehst?«

Verstört blickte sie ihn an, ohne zu antworten. »Es ist zwecklos, sich jetzt aufzuregen; die Sache ist noch nicht ausgestanden«, meinte er.

»Mutter ist drin«, sagte Janet leise.

»Ja, ich weiß, ich habe sie hergebracht. Sie lassen immer nur zwei gleichzeitig rein. Jetzt gehe ich auch rein, aber ich bleibe nicht lange. Wenn du warten willst, fahren wir gemeinsam nach Hause. Dann kann ich wieder herkommen und Alice abholen.«

»Nicht nötig, ich habe mein Fahrrad da.«

»Du fährst also gleich nach Hause?«

»Ja.«

Samuel drehte sich abrupt um und ging in den Saal.

Mindestens zwanzigmal während der Heimfahrt sagte Janet sich: Er würde das nicht tun! Ganz bestimmt nicht!

Maitland schien auf sie gewartet zu haben. Sie hatte kaum die Klingel berührt, als er die Tür öffnete. »Du bist frühzeitig zurück«, stellte er fest.

»Stimmt etwas nicht?« Er ließ die Hand auf ihrer Schulter ruhen, als er ihr aus dem Mantel half.

Sie ging ins Lesezimmer, Maitland folgte eine Minute später. Janet saß in dem Lederstuhl vor dem Feuer und wärmte sich die Hände über den Flammen. »Was gibt es, Liebling? Ist etwas passiert?« fragte Maitland besorgt.

Janet blickte zu ihm auf. »Sie verlegen ihn am Montag. Er hat schreckliche Angst und ... er hat mich nach einer Schere gefragt.«

»Schere?«

»Ja.« Sie nickte und erzählte Maitland kurz, was sich zugetragen hatte. »Aber«, fügte sie hinzu, »ich kann mir nicht vorstellen, daß er es tun würde. Er ist nicht stark genug, charakterlich, meine ich. Aber er sah so verzweifelt aus. Dieser Blick!« Sie schloß die Augen und schüttelte den Kopf. »Ich werde diesen Blick mein ganzes Leben lang nicht vergessen. Sogar als ich hinausging und Mutter seine Hand hielt, schickte er mir diesen verzweifelten Blick nach. Es war, als wolle er Lebewohl sagen. Aber er ist doch gewiß nicht fähig, sich etwas anzutun, nicht wahr?«

»Ich glaube nicht. Außerdem sind doch immer Schwestern um ihn herum, und der Polizist läßt ihn nicht aus den Augen, denn er ist auch dazu da, eine solche Tat zu verhindern. Außerdem kann Howard nur eine Hand benutzen, wie sollte er sich also eines gefährlichen Instruments bemächtigen?«

»Er würde eine Gefängnisstrafe nicht überleben, Roger.«

»Der menschliche Körper und der menschliche Verstand können erstaunlich viel verkraften. Und wenn es Notwehr war, wird er nur eine kurze Strafe erhalten; einige Jahre höchstens, aber niemals lebenslänglich.«

»Lebenslänglich. Allein das Wort macht mich krank. Außerdem scheint er sich beständig Sorgen über das Geld zu machen, das ich ihm geliehen habe, obwohl ich ihm immer wieder versichert habe, daß das nicht wichtig ist.«

»Da fällt mir ein, daß James anrief, eben nachdem dein Vater aus dem Haus war. Er wollte wissen, wie die Dinge stehen.«

»Sagte er, er würde nach Hause kommen?«

»Nein, davon hat er nichts erwähnt.«

»Seltsam. Er ist so ganz anders als Eddie und Harry. Wenn Eddie an Land wäre, hätte er auf jeden Fall versucht, Urlaub zu bekommen, und wenn es nur ein oder zwei Tage wären.

Na ja, James könnte sowieso nichts tun. Niemand kann etwas tun. Ich bin so schrecklich traurig, Roger.«

Maitland hockte sich vor sie hin und nahm ihre Hände. »Ich weiß, mein Liebling. Und seltsamerweise scheint die Hauptlast in dieser Angelegenheit auf dich zu fallen, jedenfalls was die emotionale Seite betrifft. Dein Vater betrachtet es als persönliche Beleidigung, und deine Mutter, soweit ich es beurteilen kann, scheint vor Scham gebeugt zu sein. Es ist verständlich, schließlich ist er ihr Sohn. Und doch bist du es, bei der er Trost sucht. Weiß dein Vater, daß du geradewegs nach Hause wolltest, anstatt Annie zu besuchen, wie du es letztes Mal getan hast?«

»Ja, ich habe es ihm gesagt.«

»Nun«, er zog ein bedauerndes Gesicht und erhob sich, »dann mache ich mich besser an die Arbeit, denn ein Duell wäre sicher das letzte, was wir jetzt brauchen.«

Janet blickte zu ihm auf. »Da hast du recht. So etwas könnte ich heute nicht mehr verkraften. Aber weißt du, was ich gerne hätte?«

»Ja, eine schöne Tasse Tee. In einer Minute bekommst du sie, mein Schatz.« Er küßte sie leicht auf die Lippen und ging aus dem Zimmer. In diesem Augenblick war er nicht Maitland, der Butler, nein, ganz gewiß nicht.

10

Aus langer Gewohnheit standen Sarah Johnson, Florence Furness und Bella Forbes morgens um sechs Uhr auf. Sarah und Florence ließen sich Zeit dabei; Bella dagegen beeilte sich ein wenig, wenn auch nicht mehr so sehr wie zu der Zeit, als sie noch Spülmädchen gewesen war. Nach wie vor gehörte zwar das Schuheputzen zu ihren Aufgaben, doch waren jetzt nicht mehr so viele Schuhe zu reinigen wie früher. So konnte sie um halb sieben den Tee aufgießen und der

Köchin eine Tasse aufs Zimmer bringen. Zum selben Zeitpunkt klopften Sarah oder Florence an Mr. Maitlands Tür, um ihn wissen zu lassen, daß sein Tee auf dem Tablett stand, das auf dem stummen Diener ruhte, der im Verbindungsgang zwischen Haus und Anbau stand.

Roger hatte diese Vorgehensweise vor vielen Jahren eingeführt, als er – damals noch ein junger Mann – den Posten des Dieners erhalten hatte und sich des Morgens den amourösen Annäherungen eines Hausmädchens erwehren mußte.

Er trat seinen Dienst pünktlich um sieben Uhr an. Bis dahin waren die Feuerstellen gefegt und frisches Feuer angefacht. Anschließend räumte Sarah das Frühstückszimmer auf, woraufhin Maitland den Tisch für die Familie deckte.

Doch an diesem Morgen wurde die Routine nicht eingehalten. Es war Bella, die zufällig in der Küche das Telefonklingeln aus der Halle hörte. Sie berührte das Telefon niemals, da sie Angst davor hatte. Also huschte sie zum Schlafzimmer von Florence, klopfte an die Tür und rief mit unterdrückter Stimme: »Florence, das Telefon läutet!«

Florence öffnete die Tür und befestigte ihr gestärktes Häubchen auf dem Haar. »Was? Telefonklingeln um diese Zeit? Du träumst.« Sie legte horchend den Kopf auf die Seite. »Du hast recht«, gab sie aber dann zu und eilte in die Halle, wo sie den Hörer abnahm. »Ja, hier bei Fairbrother.«

»Hier ist die Nachtschwester. Ich möchte mit Mr. Fairbrother sprechen.«

»Die Nachtschwester vom Krankenhaus?«

»Jawohl.«

»Mr. Fairbrother ist noch im Bett, aber ich werde ihn holen. Würden Sie bitte warten?«

»Ja, ich warte.«

Florence begab sich jedoch nicht nach oben zu Samuels Zimmer, sondern rannte zum Anbau, wo sie heftig an Rogers Tür hämmerte. »Mr. Maitland! Das Krankenhaus ist am Telefon. Es ist die Oberschwester, sie möchte den Herrn sprechen.«

Maitland erschien in seinem Schlafrock. Er schritt an Florence vorüber in die Halle und ergriff den Hörer. »Hier spricht der Butler. Mr. Fairbrother ist noch im Bett. Kann ich ihm etwas ausrichten?«

Er hörte ein Gemurmel am anderen Ende der Leitung, dann kam die Stimme eines Mannes: »Hier spricht Sergeant Baker. Es ... es hat einen Unfall gegeben. Mr. Howard Fairbrother ... der Gefangene ... es geht ihm sehr schlecht. Mehr kann ich nicht sagen, aber es wäre angebracht, wenn Mr. Fairbrother so schnell wie möglich kommen würde.«

»Ja, ja.« Maitland warf den Hörer auf die Gabel, rannte nach oben und klopfte kurz an Samuels Tür. Ohne eine Antwort abzuwarten, betrat er das Zimmer, wo Samuel noch im Bett lag und kräftige Schnarchgeräusche von sich gab. Maitland rüttelte seinen Herrn an der Schulter. »Sir! Sir! Wachen Sie auf!«

Verwirrt hob Samuel den Kopf aus den Kissen. »Was gibt's? Was ist jetzt wieder los?«

»Es ist Nachricht vom Krankenhaus gekommen, Sir. Soweit ich verstanden habe, gab es einen Unfall, und sie sagen, Master Howard ginge es sehr schlecht, und Sie sollten schnell kommen.«

»Was für einen Unfall?«

»Das wollten sie nicht sagen.«

»Wie kann er einen Unfall gehabt haben, wenn die ganze Zeit ein Polizist neben ihm sitzt?« Samuel stieg aus dem Bett.

»Das weiß ich nicht, Sir. Es ist noch früh. Ich werde ein Taxi rufen; soll man Miß Janet informieren?«

»Ja, sie sollte mitkommen. Florence soll sie wecken.«

Maitland ging hinaus. Nachdem er die Tür hinter sich zugezogen hatte, blieb er einen Augenblick stehen. Florence soll sie wecken, wiederholte er bei sich. Er überlegte, ob er diesem Befehl Folge leisten sollte, doch da erschien Sarah auf der Treppe. »Gehen Sie und wecken Sie Miß Janet auf. Sagen Sie ihr, sie soll sich schnell anziehen; sie wird im Hospital gebraucht ...«

Zehn Minuten später tranken Samuel und Janet stehend ihren Tee in der Halle, während sie auf das Taxi warteten. Janet hatte ihrem Vater nicht geantwortet, als dieser fragte: »Was mag da wohl passiert sein?« Sie meinte zu wissen, was geschehen war: Howard hatte irgendwie versucht, seinem Leben ein Ende zu setzen; doch wie er es getan haben konnte, wußte sie nicht.

Auch Maitland war inzwischen angezogen. Als das Taxi kam, hielt er Samuel und Janet den Wagenschlag auf, wobei er den Fahrer anwies: »Fahren Sie auf schnellstem Weg in das Allgemeine Krankenhaus.«

Samuel widersprach. »Nein, ich muß zuerst meine Frau abholen. Ich zeige Ihnen den Weg.«

Vater und Tochter saßen einander stumm gegenüber. Nach einiger Zeit knurrte Samuel: »Kannst du nicht mal den Mund aufmachen?«

»Was soll ich sagen?«

»Irgendwas, nur sitz nicht so stumm da wie ein Fisch. Du könntest dich zum Beispiel fragen, was passiert sein mag.«

»Ich weiß, was passiert ist.«

Samuels Gesichtsmuskeln spannten sich. »Du weißt es? Was meinst du damit?«

»Ich weiß, daß er einen Selbstmordversuch begangen haben muß, wenn es ihm jetzt so schlecht geht, daß man uns ruft.«

»Selbstmord? Wie soll das möglich sein mit Polizeibewachung rund um die Uhr?«

»Gestern, als der Polizist sich kurz mit der Schwester unterhielt, fragte Howard mich nach einer Schere oder Feile.«

»Hast du sie ihm gegeben?«

»Hättest du sie ihm gegeben?« schnappte sie zurück.

Samuel wandte sich ab, dann antwortete er: »Ich weiß es nicht. Ich weiß es wirklich nicht.« Den Blick wieder auf Janet richtend, fragte er: »Hast du?«

»Nein.«

»Nein, natürlich nicht. Aber wenn er wirklich versucht haben sollte, sich umzubringen, so kann ich nur hoffen, daß er es richtig gemacht hat. Sonst verlängert er die Qual nur.«

Janet sah ihren Vater eindringlich an. »Du bist ein harter Mann«, sagte sie dann.

»Nein, Mädel, das bin ich nicht. Ich denke nur praktisch. Und ich habe schon vor langer Zeit festgestellt, daß Howard nicht viel taugte. Weiß Gott, nach wem er kommt. Nach mir oder meinen Verwandten jedenfalls nicht. Und ich weiß, daß er auch nicht nach Mrs. oder Mr. Mason schlägt. Aber irgendein Weichling in seinem Stammbaum muß ihm seine Eigenschaften vererbt haben.«

»Weichling? Ich finde, man braucht sehr viel Mut, um einen Selbstmordversuch zu begehen.«

»Nein, Mädel, der Ansicht bin ich nicht. Nicht, wenn man schon den Strick vor Augen sieht, oder eine lange Zuchthausstrafe gemeinsam mit dem Abschaum dieser Erde, beaufsichtigt von Rohlingen.«

Plötzlich kurbelte er die Trennscheibe herab und rief dem Fahrer zu: »Können Sie nicht etwas mehr aus dem Wagen herausholen?« Er ließ sich in den Sitz zurücksinken und nickte Janet zu. »Entweder muß ich einen Fahrer anstellen, der auf dem Gelände wohnt, wie es früher üblich war, oder ich muß lernen, den verflixten Wagen selbst zu fahren.«

Bei Alices Haus angelangt, klopfte Samuel heftig an die Tür. Alice öffnete mit verschlafenen Augen. Samuel nahm sich nicht die Zeit für einen Gruß. »Zieh' dich an, und zwar schnell«, befahl er. »Wir hatten einen Anruf vom Krankenhaus. Es klang, als wäre Howard etwas – etwas zugestoßen. Es soll ihm sehr schlecht gehen.«

Alice legte die Hand an die Stirn. »Nun ... ich muß mich anziehen und mich um die Mädchen kümmern, und ...« Samuel unterbrach sie. »Wie lange wird das dauern?«

»Ungefähr zehn Minuten. Ich ... ich weiß gar nicht, wo mir der Kopf steht; ich bin eben aufgewacht.«

»Wenn das so ist, fahren wir gleich weiter. Ich schicke dir dann das Taxi.«

»Könnt ihr nicht warten?«

»Nein. Ich kenne dich, wenn du erst einmal anfängst herumzufuhrwerken.« Damit drehte er sich um und marschierte zurück zum Taxi. »Fahren Sie so schnell Sie können, ja?« wies er den Chauffeur an.

Der Fahrer widersprach auch diesmal nicht. Samuel nahm wieder seinen Platz gegenüber Janet ein und deutete mit dem Kopf nach hinten. »Der ist von der gleichen Sorte wie du: redet nur, wenn ihm danach ist.«

Janet gab keine Antwort. Sie wußte, daß ihr Vater immer schimpfte und grollte, wenn er unter großer Belastung stand.

Als sie etwas später mit der Stationsschwester im Korridor standen, fragte Samuel artig: »Wie geht es ihm?«

Auch die Schwester sprach sanft, als sie ihnen Howards Zustand erklärte. »Er ist bewußtlos, aber noch am Leben. Wir hatten nicht damit gerechnet, daß er so lange durchhält.«

»Wie ... was ist geschehen?«

»Er hat versucht ... nein, tatsächlich ist es ihm leider gelungen, sich die Pulsadern aufzuschneiden.«

»Aber womit? Hatte er ... ein Messer?«

»Nein, es ist erstaunlich, wie er es geschafft hat. Natürlich gab es kein scharfes Instrument in seiner Reichweite, aber er hat sich das Handgelenk an einem Stück Draht an seinem Bett aufgeritzt. Es war kaum einen halben Zentimeter lang und ragte an einer Stelle hervor, wo eine Sprungfeder am Metallnetz der Bettauflage angebracht ist. Leider wurde es nicht sofort bemerkt. Er muß seine Hand unter der Bettdecke verborgen haben. Die Nachtschwester und der Polizist glaubten, er schliefe. Es ... es tut mir sehr leid, was passiert ist.« Sie wandte sich ab und ging ihnen in den Krankensaal voraus. Langsam folgten sie ihr.

In dem Raum herrschte gedämpfte Geschäftigkeit. Einige Patienten wurden gewaschen, andere gingen zum Waschraum oder kamen von dort.

Als die Schwester die Vorhänge öffnete, erhoben sich zwei Polizisten, die dahinter gesessen hatten. Der eine trat vor und grüßte. »Guten Morgen, Sir. Ich bin Sergeant Baker.«

Samuel neigte den Kopf und ließ den Blick über das Bett gleiten, in dem sein Sohn lag. Dann ging er näher heran.

Der Sergeant winkte seinem Kollegen, und gemeinsam verließen sie ihre Plätze am Bett. »Ich bin draußen, falls Sie mich brauchen«, sagte die Schwester leise zu Janet.

Samuel und Janet standen zu beiden Seiten des Bettes und blickten auf die Gestalt unter der Decke – Samuel auf seinen Erstgeborenen, und Janet auf den Bruder, den sie einst gehaßt hatte. Wieder wurde sie von einer Woge des Mitleids erfaßt, doch seltsamerweise nicht so sehr für Howard, sondern für den Mann, der auf der anderen Seite des Bettes stand und weinte.

Langsam ging Janet um das Bett herum und stellte sich neben ihren Vater. Er wandte sich ihr zu, und sie legte beide Arme fest um ihn. Auf ein schwaches Geräusch hin fuhren sie auseinander und blickten auf die Gestalt im Bett.

»Ruf die Schwester«, sagte Samuel und schneuzte sich energisch.

Die Schwester lehnte sich über Howards ausgestreckten Körper und hob sachte sein Augenlid hoch. Anschließend befühlte sie mit der Hand Howards Brust, dann richtete sie sich auf und blickte die beiden an. »Es tut mir aufrichtig leid«, sagte sie.

In diesem Augenblick tauchte Alice auf. Beim Vorhang hielt sie inne, faßte mit der Hand nach ihrer Kehle und schob die Schwester beiseite. Sie beugte sich über ihren Sohn und nahm sein Gesicht in ihre Hände. »Oh, Howard!« flüsterte sie heiser, »Howard, mein Junge, mein Kind!«

Als Samuel bemerkte, daß ihr Körper zu zittern begann, nahm er sie sanft an die Hand und versuchte, sie vom Bett wegzuziehen. Doch sie machte sich los und zischte ihn an: »Jetzt kannst du zufrieden sein, nicht wahr? O ja, du bist zufrieden! Hier hast du ihn sterben lassen, in diesem öffentlichen Saal. Du wolltest ihm nicht einmal ein Einzelzimmer gönnen, wie?«

»Still, Alice. Komm jetzt.«

Überrascht beobachtete Janet, wie ihr Vater den Arm um die Schultern ihrer Mutter legte und diese sich widerspruchslos wegführen ließ.

Janet blieb neben dem Bett stehen. Sie blickte hinunter auf das bleiche Gesicht ihres Bruders. Seine Züge wirkten traurig und doch friedlich. Du warst tapfer, Howard, dachte Janet, und du hast das Richtige getan, denn was noch auf dich zugekommen wäre, hättest du niemals ausgehalten. Ich werde nie vergessen, daß wir zum Schluß Freunde waren und daß du gerade mich gebraucht hast.

Sie bewegte sich nicht, obwohl sie bemerkte, daß ihr Vater zurückgekommen war. Erst als er sagte: »Komm jetzt, wir können nichts mehr tun, der Kampf ist vorüber«, wandte sie sich vom Bett ab und ließ sich, wie zuvor ihre Mutter, von ihm hinausführen. Doch ihr Nachgeben war nur äußerlich. Bei sich dachte sie, ja, der Kampf deines Sohnes ist vorüber, aber der deiner Tochter fängt jetzt erst richtig an. Mein Bruder liegt auf seinem Totenbett, und dieser Mann, der jetzt so sanft erscheint, trägt eine nicht geringe Schuld daran, denn das Leben seines Sohnes war von der Angst vor ihm geprägt. Und seit einiger Zeit habe ich diese Furcht auch kennengelernt. Aber ich werde mein Leben davon nicht beherrschen lassen, und auch das Mitleid mit seiner Einsamkeit, das er in mir zu erwecken sucht, wird mich nicht an seiner Seite halten.

Im Korridor angelangt, murmelte Sam: »Mein Gott, warum mußte er das tun?« Ärgerlich entzog Janet ihm ihren Arm. »Du Heuchler«, zischte sie. »Du hast doch darum gebetet!«

Zornig schritt sie zum Ausgang, während Sam stumm stehenblieb, nicht in der Lage, ihre Worte zu entkräften.

11

Am folgenden Morgen nahm Maitland persönlich die Zeitungen von dem Botenjungen entgegen, der ihn mit weit aufgerissenen Augen anstarrte. Eines der Blätter trug unübersehbar die Schlagzeile *Die Fairbrother-Affäre*, während ein anderes weitaus dramatischer feststellte:

»Unfähig, den Konsequenzen seiner Tat ins Auge zu blicken, nahm sich Howard Fairbrother das Leben.«

Zum erstenmal fragte Samuel nicht nach den Zeitungen und erschien überhaupt den ganzen Tag über sehr niedergeschlagen. Sogar am Montag, als er aus dem Haus ging, um die Beerdigung zu arrangieren, war er noch nicht wieder der alte. Erst als er zurückkehrte, schien er zu sich selbst gefunden zu haben. »Verdammter Amtsschimmel! Ungeweihter Boden, verflucht noch mal!« Mit wilden Augen sah er Maitland an, dessen Antwort – »Hatten Sie das nicht erwartet, Sir?« – keineswegs zu seiner Besänftigung beitrug.

»Nein, das hatte ich nicht erwartet. So etwas passiert mir schließlich nicht alle Tage. Ich habe bisher nie über so etwas nachgedacht, im Gegensatz zu Ihnen.«

»Es ist doch eine bekannte Tatsache, daß jemand, der sich das Leben genommen hat, nicht in geweihtem Grund begraben werden darf.«

»Nun, mir war diese Tatsache nicht bekannt. Ich bin eben ein ignoranter Klotz, wie Sie wissen.« Er wandte sich ab, um zum Wohnzimmer zu gehen. »Wo ist Miß Janet?«

Jedesmal, wenn er mit Maitland über Janet sprach, betonte Samuel das ›Miß‹ ganz besonders.

»Sie ist ausgegangen, Sir.«

»Wohin?«

Maitland zögerte. »Ich weiß es nicht, Sir.«

Im Wohnzimmer angelangt, bezog Samuel nicht seine gewohnte Stellung mit dem Rücken zum Feuer, sondern ließ sich schwer in einen Sessel gegenüber dem Kamin fallen. Als Maitland die Tür schließen wollte, hielt Samuel ihn auf. »Er soll nicht einmal einen christlichen Gedenkgottesdienst erhalten«, sagte er mit einer Stimme, aus der jede Lebendigkeit gewichen war. »Ich hatte schon davon reden hören, aber es so direkt ins Gesicht gesagt zu bekommen ...« Er seufzte, und fügte dann hinzu: »Was sollen wir tun?«

Maitland ging langsam auf ihn zu. »Ich weiß es nicht, Sir, möglicherweise würde ein Priester aus einer unbedeutenden Sekte sich zu einer Andacht bereit erklären.«

»Ja, von einer unbedeutenden Sekte. Aber warum will es kein Priester der Kirche von England tun? Sie umfaßt doch alle diese Ableger. Fragen Sie irgendwen, der noch nie im Leben eine Kirche betreten hat, welcher Religion er angehört, und er wird sagen: ›Natürlich der Kirche von England.‹ Dazu kommt, daß ich durch meinen Sohn, der einen Mann und dann sich selbst getötet hat, Schande über die Stadt gebracht habe. Aber wenigstens weiß ich jetzt, wo meine Freunde stehen. Für Joe Atkinson zum Beispiel hätte ich meine Hand ins Feuer gelegt ... Sie kennen doch Joe Atkinson. Ich habe ihm auf den Platz geholfen, auf dem er heute steht, indem ich ihm Zulieferverträge zugeschanzt habe, und für seinen Sohn habe ich das gleiche getan. Ich habe ihn in sein protziges Anwaltsbüro gesetzt und ihm betuchte Klienten vermittelt. Und was hat Joe nun zu mir gesagt? ›Es ist so schade für die Stadt, denn dies waren der erste Mord und Selbstmord seit Jahren hier.‹ Wenn so was in Gateshead oder Newcastle passiert, ist es gleichgültig, aber doch nicht in Fellburn! Und wissen Sie, was er noch sagte? Er fände es sehr seltsam, daß Howard den Mut zu einem Selbstmord gehabt habe, denn schließlich hätte er doch von jeher einen eher schwachen Charakter gezeigt. Sehr taktvoll! Und da denken Sie, *ich* wäre taktlos. Nun denn!« Er schüttelte heftig den Kopf und setzte dann hinzu: »Aber einen Freund habe ich wenigstens. Jim Dawson war zufällig dabei, und er hätte Joe Atkinson beinahe gefressen wegen seinen Bemerkungen, während mir zum ersten Mal im Leben die Worte fehlten. – Na ja, aber was ist jetzt zu tun? Mir kam in den Kopf, ob nicht ein katholischer Priester die Zeremonie durchführen könnte. Schließlich wird meine Tochter in das Kloster eintreten, und ich habe für drei Töchter die Klosterschule bezahlt und immer großzügig gespendet. Was halten Sie davon?«

Maitland dachte bei sich, daß gerade die katholische Kirche als letzte von der Regel abweichen würde, aber er sprach es nicht aus. Statt dessen meinte er: »Sie können es ja versuchen und mit dem Priester sprechen.«

»O nein, das kann ich nicht selbst tun. Ich müßte Janet schicken.« Er war so verwirrt, daß er das übliche ›Miß‹ vergaß. »Sie könnte zur Mutter Oberin gehen, und das alte Mädel könnte als Vermittlerin fungieren. Je schneller Howard begraben wird, um so besser. Seine Mutter wird fast wahnsinnig. Stellen Sie sich vor, sie wollte ihn nach Hause bringen lassen. Aber dem habe ich gleich einen Riegel vorgeschoben. Und dann wollte sie zurück in die Leichenhalle.«

Samuel lehnte sich in den Sessel zurück und legte die Hand über die Augen. »Maitland«, sagte er leise, »würden Sie mir bitte einen Drink bringen? Und wenn Janet heimkommt, sagen Sie ihr bitte, daß sie zu mir kommen soll. Ich bin in meinem Arbeitszimmer.« Er erhob sich mühsam und ließ sich von Maitland ein Glas Whisky reichen, dann ging er langsam aus dem Zimmer. Maitland folgte ihm. Dies, so dachte er, ist die Seite von Samuel Fairbrother, die man selten zu Gesicht bekommt. Und er fürchtete, daß diese Seite Janets Entschluß ins Wanken bringen könnte.

Janet sah ihren Vater an, der hinter seinem Schreibtisch am Fenster saß. Er hatte ihr gesagt, was er von ihr wollte. Mach dich nicht lächerlich, Dad, hätte sie ihm am liebsten zugerufen, gerade die werden niemals dazu bereit sein. Sie beherrschte sich jedoch und schwieg. »Sag was dazu, Mädel!« forderte ihr Vater sie auf.

»Ich kann es versuchen, aber mach dir keine Hoffnung.«

»Nimm Jessie mit«, schlug Samuel vor. »Vielleicht hilft das dem Priester bei seiner Entscheidungsfindung. Schließlich kann ich ihr den Eintritt ins Kloster immer noch verbieten, bis sie einundzwanzig ist.«

»Und was würdest du in der Zwischenzeit mit ihr anfangen, Dad? Ihr Fesseln anlegen, oder sie bei Mam lassen? Das würde beide zum Wahnsinn treiben, denn Jessie ist mir ähnlich: Wenn sie sich etwas in den Kopf gesetzt hat, läßt sie sich nicht davon abbringen. Aber das ist nicht unser heutiges Problem. Ich werde zu dem katholischen Priester gehen und sehen, was sich tun läßt.«

Sie hatte sich schon zum Gehen gewandt, als Samuel flüsterte: »Schlimme Sache, wie, Mädel?«

»Ja, Dad, es ist schlimm, aber bald wird es vorüber sein. Und, wie Großmutter zu sagen pflegte, was vorbei ist, ist vorbei.«

»Trotzdem werde ich es nie vergessen können, solange ich lebe.«

Wieder wandte Janet sich zur Tür, und wieder hielt ihr Vater sie auf. »Hast du was von den Jungs gehört?« fragte er.

»Ja. Harry sagte, er käme morgen. Von Eddie weiß man nichts Gewisses, außer daß sein Schiff morgen ins Dock kommt. Und James sagte, ich solle ihn anrufen, sobald ich Genaueres über das Begräbnis wüßte.«

»Das Begräbnis«, murmelte Sam, »das Begräbnis. Nun, eines steht fest: Das Küchenpersonal wird sich nicht übernehmen müssen für den Leichenschmaus, denn es werden nicht viele Tausende anwesend sein.«

12

Howard wurde am Donnerstag beerdigt. Samuels Vermutung, es würden kaum Trauergäste anwesend sein, hatte sich bestätigt. Jim und Gladys Dawson waren die einzigen, die außer der Familie den Trauerzug begleiteten.

Doch es *gab* einen Priester am Grab. Janets Gespräche mit den Priestern der verschiedenen Glaubensrichtungen waren ihr eine unvergeßliche Lektion über Liebe und Barmherzigkeit der christlichen Kirchen. Von den unterschiedlichen Reaktionen auf ihr Ansinnen hob sich das von Schwester Mary Therese besonders ab.

Schwester Mary Therese vertrat die Mutter Oberin, die krank zu Bett lag. Jessie hatte die Bitte vorgetragen, und die Nonne hatte die beiden Schwestern fixiert, ehe sie antwortete: »Mein Kind, es wäre vergeblich, wenn du oder ich mit Father McTaggart oder auch mit Father Connell, der ansonsten das sanftmütigste Wesen der Welt hat, darüber sprächen; denn du weißt doch selbst, mein Kind, daß dein Bruder sich so mit Gott überworfen hat, daß er nicht hoffen kann, ihn jemals von Angesicht zu schauen oder Gnade vor ihm zu finden.«

Der Geistliche am Grab war Unitarier. Er stand vor dem Grüppchen der Trauernden und sprach tröstende Worte. Als der Sarg in die ungeweihte Erde gesenkt wurde, sagte er mit klarer Stimme: »Geh hin in Frieden, Bruder. Ruhe sanft, denn Gott erbarmt sich deiner Not.«

Nach der Zeremonie dankte Samuel dem Geistlichen und wollte ihm einige Banknoten in die Hand drücken. Der Priester nahm sie jedoch nicht an. »Nun, Sir«, sagte Samuel einigermaßen überrascht, »dann bleibt mir nur, Ihnen nochmals zu danken. Es hat mich gefreut, außerhalb der großen Kirchen einen Christen zu finden.«

»Alle, die wir Jesus folgen, sind Christen«, hatte der Mann zurückgegeben, »gleichgültig, unter welchem Namen.«

Am Tag vor dem Begräbnis hatte zwischen Alice und Samuel eine hitzige Debatte stattgefunden. Es ging darum, zu welchem Haus die Jungen nach der Zeremonie fahren sollten. Alice hatte sich geweigert, zu Samuel zu kommen, wollte aber trotzdem die Gesellschaft ihrer Söhne nicht missen.

Samuel hatte nachgegeben, und nun standen sie alle in Alices Haus vor dem Eßtisch, der so reichlich gedeckt war, als gelte es einen Geburtstag oder eine Hochzeit zu feiern. Samuel sprach aus, was alle dachten: »Alice, es sieht großartig aus, aber ich kann jetzt einfach nichts essen. Am liebsten wäre mir jetzt ein Drink, und danach eventuell eine Tasse Tee. In Ordnung, Mädel?«

Alice stand mit hängendem Kopf da und gab keine Antwort. »Ist dir etwa danach, dir jetzt den Bauch zu füllen?« fragte Samuel. Er wandte sich an Eddie und Harry. »Seid ... seid ihr hungrig?«

»Nein, Dad«, antworteten sie wie aus einem Mund. »Uns ist auch eher nach einem Drink oder einer Tasse Tee.«

»Also dann. Ich schlage vor, wir gehen ins Wohnzimmer; dort gibt es bequemere Sessel. Nun, Alice?«

»Wie ihr wollt, wie ihr wollt.« Sie ging voraus ins Wohnzimmer, wo auf einem Beistelltisch einige Flaschen und Gläser bereitstanden. »Bedient euch«, sagte sie, drehte sich um und ging aus dem Zimmer, gefolgt von Fanny.

Eddie ging zum Tisch und goß drei Gläser Whisky ein. Nachdem er eines seinem Vater und ein anderes seinem Bruder gereicht hatte, wandte er sich an Janet. »Möchtest du auch etwas?«

»Ja, einen Sherry bitte.«

»Ach, einen Sherry? Na gut.«

Nachdem er ihr etwas widerstrebend den Sherry gereicht hatte, fragte er Jessie mit einem angedeuteten Lächeln: »Und du willst sicher Wasser, wie?«

Jessie warf den Kopf in den Nacken. »Würde es dich überraschen, wenn ich auch einen Sherry möchte?«

»O ja, und du würdest keinen bekommen!« Dies kam von

ihrem Vater. Sanft fragte Jessie: »Und wer hält mich ab, wenn niemand da ist, Dad?«

»Laß dich besser nicht von mir oder deiner Mutter erwischen.«

»Ganz bestimmt nicht, Dad; im Verstecken bin ich geübt.«

»Das kannst du ruhig öffentlich wiederholen.«

Janet hörte dem Wortwechsel unbeteiligt zu. Sie fühlte sich merkwürdig taub. Am Grab hatte sie keine Tränen vergossen, was ihre Mutter dafür um so reichlicher getan hatte. Sie betrachtete ihre Brüder, ihren Vater und Jessie. Dies war ein geteiltes Haus, eine geteilte Familie. Von James war zu erwarten, daß er nie wieder zurückkehren würde. Er hatte ihr am Telefon deutlich gesagt, daß er keinen Sinn darin sähe, dem Begräbnis beizuwohnen. Nach seiner Ansicht hatte Howard sich das Leben genommen, weil er ein Feigling war. Janet hatte ihn nicht von ihrer Ansicht überzeugen können, daß jemand, der sich – wie Howard – getötet hatte, von niemandem Feigling genannt werden dürfe. James' Standpunkt war, daß jemand, der einen Menschen umgebracht hatte und sich dann durch Selbstmord den Konsequenzen entzog, keine andere Bezeichnung als Feigling verdiene.

Harry schreckte sie aus ihren Gedanken auf. »Was ist das mit Alicia und ihrer Erkältung? Als ich letztes Mal hier war, ist sie auch im Bett gewesen.« Janet antwortete: »Vermutlich ist sie noch immer nicht über die Geschichte mit ihrem Baby hinweg.«

Zu dieser Aussage äußerte sich niemand.

Plötzlich waren aus der Küche erregte Stimmen zu hören, was Jessie zu der Bemerkung veranlaßte: »Du liebe Zeit! Geht das schon wieder los.« Janet, gefolgt von ihrem Vater, ging zur Tür.

»Ich fahre heim«, sagte Samuel, »ich ertrage das nicht mehr. Was ist mit dir?« – »Ich komme mit«, antwortete Janet. Und dich werde ich zu Hause auch nicht mehr lange ertragen, dachte sie.

Erst nachdem sie schon eine halbe Stunde daheim war, konnte Maitland sie allein sprechen. »Wie war es?« fragte er.

»Furchtbar. Schrecklich. Aber bei Mutter war es noch schlimmer als auf dem Friedhof. Vater stürzte aus dem Haus und schrie, er könne das nicht länger ertragen, und ich hätte am liebsten gesagt, ich auch nicht. Und ich kann es auch nicht mehr, Roger.«

»Mein Liebling, ich weiß, was du fühlst.« Er zog Janet zur Tür des Frühstückszimmers und lehnte sich mit dem Rücken dagegen. Dann nahm er sie in die Arme und küßte sie. »Ich halte es auch nicht mehr lange aus«, murmelte er. »Ich muß ihm offen ins Gesicht sagen, daß wir gehen werden ...«

»Ich weiß, ich weiß.« Janet strich mit dem Finger über Maitlands Wange. »Es ist mein Traum, durch diese Tür hinauszugehen, ein Taxi zum Bahnhof zu nehmen und dort zwei Fahrkarten nach irgendwo zu lösen.«

»Das werden wir tun, und zwar bald. Am liebsten würde ich auf der Stelle zu ihm gehen und ihm ins Gesicht sagen ...«

»Nein, nein.« Janet schob ihn von sich und wiederholte: »Nein, er würde irgend etwas Verzweifeltes tun. Er würde sich zu einer Tätlichkeit hinreißen lassen.«

»Um so schlimmer für ihn, mein Liebes.«

»Ja, aber das will ich nicht.«

»Nein, natürlich nicht. Ich will es auch nicht. Aber er muß einsehen, daß er dich nicht hier einsperren oder weiterhin an dein Mitleid appellieren kann. Er ist immer noch ein Mann in den besten Jahren. Sobald er geschieden ist, kann er wieder heiraten. Und bis dahin geht er sowieso seinem Vergnügen nach ...«

Er hielt inne und blickte verlegen zur Seite. »Was sagst du da?« fragte Janet.

»Es ist unwichtig, mein Liebes.«

»Du sagtest, er ginge seinem Vergnügen nach. Heißt das ...?«

»Ja, genau. Dein Vater ist ein Mann mit starken Empfindungen, das muß dir klar sein. Du weißt doch, was geschah, nachdem Geraldine Hallberry ihn verließ.«

»Hat er eine andere Frau?«

»Nein, nichts Festes, glaube ich. Darauf wollte er sich wohl nicht wieder einlassen. Ich versuche nur, dir klarzumachen, daß er nicht so einsam und verloren ist, wie er es gerne darstellt. Aber wo es dich betrifft, ist er sehr besitzergreifend. Auch wenn deine Mutter noch hier wäre, würde er sich genauso benehmen. Er würde dich nicht so einfach ziehen lassen. So etwas kommt vor. Jedenfalls, laß uns noch bis Montag warten, aber keinesfalls länger.«

Janet nickte zustimmend. Dann schloß sie lächelnd die Augen und sagte: »Montag. Es ist als würde man einen Stern vor sich sehen und wissen, daß man nach ihm greifen kann.«

»Wir werden ihn ergreifen, mein Liebes; das werden wir.«

Sie hatten sich kaum von der Türe fortbewegt, als diese sich öffnete und Florence hereinkam. »Mr. Maitland, würden Sie bitte zur Köchin kommen? Es ist wegen des Essens. Sie dachte, Miß Janet ...« Sie nickte Janet zu und fuhr zögernd fort: »Sie dachte, Sie und Ihr Vater würden nach der Beerdigung bei Mrs. Fairbrother essen. Und jetzt möchte sie wissen, ob sie schnell etwas zubereiten soll oder ...«

»In Ordnung, Florence«, unterbrach Maitland sie, »ich komme gleich.«

»Jawohl, Mr. Maitland.«

Als die Tür sich hinter ihr geschlossen hatte, fragte Maitland Janet: »Hast du schon etwas gegessen?«

»Nein. Mutter hat eine Menge vorbereiten lassen, aber niemand hat etwas angerührt. Keiner konnte etwas essen.«

»In diesem Fall werde ich mich sofort darum kümmern. Werden die Jungen auch bald zurück sein?«

»Bestimmt. Sie müssen um vier Uhr wegfahren. Es scheint, als könnten sie nicht schnell genug verschwinden. Und daraus kann man ihnen keinen Vorwurf machen.«

»Nein. Trotzdem finde ich es schade, daß sie nicht über Nacht bei ihrem Vater bleiben.«

Ja, es ist schade, dachte Janet, als Maitland gegangen war. Doch es war augenscheinlich, daß auch ihre liebenswerten Brüder nicht bereit waren, die Last des Mitleids gegenüber dem trauernden Vater auf sich zu nehmen. James hatte am Telefon gesagt, daß eine solche Angelegenheit zu niederdrückend wäre, und daß er froh sei, nicht in der Stadt zu sein. Eddie hätte so etwas nicht gesagt.

Jedenfalls war es nun vorbei. Howard hatte seine Ruhe gefunden und vielleicht auch seinen Frieden mit Gott. Sie hoffte es sehr.

13

Janet hatte ihren Rechtsberater aufgesucht, um ein Formular betreffs einiger Anteilscheine zu unterzeichnen, die Mrs. Mason ihr hinterlassen hatte, und fuhr nun mit der Straßenbahn nach Hause. Sie hatte eben auf dem Oberdeck Platz genommen, als sie wieder aufsprang und sich umdrehte, um über die Köpfe der hinter ihr sitzenden Passagiere hinwegzuspähen.

Als sie sich wieder auf ihren Sitz fallen ließ, sagte sie sich, daß sie sich nicht getäuscht haben konnte: Es waren Alicia und dieser Winter. Sie faßte den Entschluß, niemandem etwas davon zu erzählen. Wenn es wirklich Alicia war, würden es sowieso bald alle wissen. Wie sollte es mit diesem Mädchen bloß weitergehen?

Maitland war bereits in der Halle und öffnete ihr die Tür. Während er ihr Hut und Mantel abnahm, sagte er leise: »Dein Vater ist kurz weggegangen. Er kommt zum Mittagessen zurück, in einer halben Stunde etwa. Aber ich habe Neuigkeiten. Ich habe im Speisezimmer zu tun, komm nachher dorthin.«

Janet antwortete nicht, da eben Florence mit einem leeren Kohlenbehälter aus dem Wohnzimmer trat. »Es ist ein schöner Morgen draußen«, bemerkte Maitland, während Janet zur Treppe ging.

»Ja«, erwiderte sie, »sehr schön zum Spazierengehen.«

Sie blieb etwa zehn Minuten auf ihrem Zimmer, dann ging sie wieder nach unten und betrat das Speisezimmer, wo Maitland eben den Tisch deckte.

Er ging sofort auf sie zu und nahm ihre Hand. »Ich hatte heute früh einen Einfall. Erinnerst du dich an Mr. Hatton, den unitarischen Geistlichen? Ich habe ihn angerufen. Die Unitarier sind eine sehr bescheidene Sekte. Also habe ich mich gefragt, wie sie wohl eine Trauungszeremonie durchführen.« Der Griff seiner Hände wurde fester, und er fuhr fort: »Mr. Hatton meinte, es sei sehr einfach. Wir brauchen ein Zertifikat vom Magistrat – keine spezielle Heiratslizenz, nur eine Bescheinigung. Dann ist Mr. Hatton bereit, uns jederzeit zu trauen.« Er lächelte breit. »Es wird nur verlangt, daß man eine bestimmte Zeit in dem Bezirk gewohnt hat.«

»O Roger, wir könnten heiraten, sogar wenn wir noch einige Zeit hierbleiben müßten.«

»Genau das habe ich auch gedacht, jawohl. Doch ich möchte nicht hierher zurückkommen, wenn wir verheiratet sind. Du etwa?«

»Nein. Aber das wichtigste ist, daß wir heiraten, mehr verlange ich nicht im Augenblick – nur mit dir verheiratet zu sein.«

Ihr Gesichtsausdruck war so flehend, daß er einen Schritt von ihr abrückte und mit seiner Maitland-Stimme sagte: »Bleiben Sie lieber auf Abstand, Miß, sonst können Sie mich für keinerlei Freiheiten verantwortlich machen, die ich mir herausnehme, auch wenn Ihr Vater jeden Augenblick eintreffen kann.« Er verwandelte sich wieder in Roger. »Ich werde gleich morgen früh aufs Amt gehen und mich erkundigen.«

Janet wandte den Kopf ab. »Da kommt Dad«, meinte sie, »ich gehe jetzt lieber.« An der Tür drehte sie sich noch mal zu ihm um. »Ich hasse diese Heimlichtuerei.«

»Und ich hasse es, daß du heimlichtun mußt.«

Als Janet in die Halle kam, betrat ihr Vater eben die Treppe. Überrascht drehte er sich um. »Du bist zurück?«

»Wenn ich es nicht bin, muß es mein Geist sein.«

»Schon wieder vorlaut, hm? Wie war es beim Anwalt?«

»Ich habe ein Formular unterschrieben.«

Samuel nahm den Fuß von der Treppe und folgte Janet ins Wohnzimmer. »Du hast wieder deine Bibliotheksmanieren«, bemerkte er.

»Ich besitze keine Bibliotheksmanieren, Dad. Du solltest wissen, daß ich mich immer so benehme.«

Samuel sah seine Tochter an, dann lächelte er. »Stimmt, das sollte ich. Du bist schon ein merkwürdiges Mädchen, und gar nicht leicht zu durchschauen.«

Er stellte sich vor den Kamin und schob mit dem Fuß ein Kohlestück durch das Gitter ins Feuer. »Und wie geht's dir?« fragte er dann.

»Was meinst du damit?«

»Na ja, diese ganze Angelegenheit muß sich doch irgendwie auf dich ausgewirkt haben.«

»Das hat sie, aber das war schon am Tag von Howards Tod. Und es ging mir genau wie dir: Ich war erleichtert, daß er nicht gehängt würde oder eine lange Freiheitsstrafe absitzen müßte. Obwohl er wahrscheinlich nicht lange eingesperrt gewesen wäre, denn er hätte eine lange Gefängnisstrafe nicht überlebt. Früher oder später hätte er sich auf jeden Fall umgebracht.«

»Du hast einen messerscharfen Verstand – so logisch, so praktisch. Und da ich das weiß, kann ich einfach deine andere Seite nicht verstehen. Mir scheint, du hast alle deine Werte durcheinander gebracht. Und über diese Werte müssen wir früher oder später miteinander reden. Stimmst du mir zu?«

»Ja, Dad, wir müssen über Werte reden. Je früher, desto besser.«

»Ach, so ist das?«

»Genau.«

»Hast du auch die Konsequenzen bedacht und meine Reaktion?«

»Ich habe besonders an die Konsequenzen gedacht. Was mich betrifft, so sind sie gut. Und was deine Reaktion angeht ...«

Janet hielt inne, da vor der Tür eine Stimme zu vernehmen war. Es war unverkennbar Alices Stimme, die bereits beim normalen Sprechen einen hohen Tonfall hatte, der sich im Zustand der Erregung noch weiter hinaufschraubte. »Danke, ich kenne den Weg«, sagte die Stimme, und Janet wurde sofort klar, daß sie sich nicht getäuscht hatte: Es *war* Alicia gewesen, die sie im Bus gesehen hatte.

Als Alice eintrat, eilte sie geradewegs auf Samuel zu, der ihr entgegenging.

»Was ist jetzt wieder los, Frau?« fragte er.

»Sie ist weg. Alicia ist weg.«

»Weg? Was soll das heißen? Wohin?«

»Weg – weg! Sie ist mit ihm auf und davon gegangen. Nicht nur, daß ...« Sie blickte sich nach einer Sitzgelegenheit um, wobei ihr Blick Janet streifte. Schließlich ließ sie sich auf einem Stuhl nieder. »Mit Winter?« fragte Samuel ahnungsvoll. »Natürlich mit Winter«, gab Alice bissig zurück. »Mit wem sonst? Und nicht nur das. Sie« – sie schluckte heftig – »sie hat außerdem meine Schublade ausgeräumt; und zwar bis auf den letzten Penny.«

»Was meinst du damit?«

»Dein Scheck; ich hatte ihn eingelöst. Es waren insgesamt zweihundertfünfundsiebzig Pfund in der Schublade. Sie hat alles mitgenommen. Und das hat sie dagelassen.« Alice zog ein doppelt gefaltetes Blatt Papier aus ihrer Manteltasche und reichte es Samuel. Dieser öffnete es langsam und las stirnrunzelnd:

»Versuche nicht, mich zu finden, denn das schaffst Du sowieso nicht. Ich gehe mit ihm, und wir werden irgendwo heiraten. Und wenn er mich nicht heiratet, ist es auch egal. Wenn Dad versuchen sollte, mich zurückzuholen, werde ich bei der ersten Gelegenheit wieder ausreißen. Ich liebe Jackie, das ist alles. Er ist in Ordnung, gleichgültig, was Du sagst oder denkst. Du hast nie verstanden, daß ich kein Kind mehr bin. Ich habe sogar schon ein Baby gehabt. Dein Geld nehme ich mir, weil es sowieso nutzlos gewesen wäre, dich darum zu bitten. Außerdem gibt es dort, wo dieses Geld herkommt, noch mehr davon. Ich bin weggelaufen, weil ich mir sonst vielleicht noch das gleiche angetan hätte wie Howard. Ich halte es nicht aus, dazubleiben, wo niemand ein gutes Wort für mich hat, außer Jessie. Ich war das schwarze Schaf.«

Der Brief war nicht unterschrieben.

Samuel reichte ihn schweigend an Janet weiter. Nachdem sie ihn gelesen hatte, blickte sie ihre Eltern an und sagte leise: »Sie hat recht: Niemand hatte ein gutes Wort für sie. Es muß schlimm gewesen sein.«

Sie war überrascht, als ihre Mutter sie ruhig fragte: »Was kann man bloß tun?«

»Ich glaube nicht, Mam, daß man etwas tun kann. Wie sie sagt, würde sie wieder weglaufen, falls man sie finden und nach Hause bringen würde; und wenn nicht mit Winter, dann mit einem anderen Mann. Aber eines steht fest: Dieser Mann bedeutet ihr etwas, egal was er ist. Und vielleicht ... vielleicht wendet es sich doch zum Guten.«

»Bedeutet ihm etwas, zum Teufel!« warf ihr Vater ein. »Ein Knecht, Abschaum der Erde – jahrelang hat er mit Bella herumpoussiert.«

»Und weshalb hast du ihn eingestellt? Warum hast du ihn nicht im Auge behalten, wenn du wußtest, wie er ist? Aber nein, du warst zu beschäftigt mit deiner Firma. Du mußtest Geld machen und in der Stadt großtun. Eines Tages wirst du aufwachen und dich selbst erkennen, und das wird ein großer Schock für dich sein.«

Schweigend ließ Samuel Janet an sich vorbei aus dem Zimmer marschieren, dann wandte er sich Alice zu. »Was hältst du davon?«

Alice antwortete nicht gleich, sondern nahm den Brief an sich, den Janet auf den Tisch geworfen hatte. Sie steckte ihn wieder in die Manteltasche und stand auf. »Sie hat nicht unrecht. Das gleiche habe ich dir früher auch schon gesagt.« Samuel wollte eine schroffe Erwiderung geben, doch in diesem Augenblick preßte Alice die Hand an den Mund, und Tränen begannen aus ihren Augen zu fließen. »Ich kann nicht mehr«, schluchzte sie, »ich kann einfach nicht mehr.«

»Aber Mädel.« Samuel legte die Hand auf ihre Schulter und reichte ihr ein Tuch, nachdem sie erfolglos in ihren Taschen herumgesucht hatte. Alice rieb sich die Wangen trocken. »Erst Howard«, sagte sie, »und nun Alicia. Und Jessie könnte ebensogut schon Nonne sein, denn sie hält sich die meiste Zeit im Kloster auf. Sie wird auf jeden Fall dort eintreten, mit oder ohne unsere Erlaubnis. Und was bleibt mir? Ein erwachsenes Baby, denn nichts anderes ist Fanny.« Sie blickte Samuel an. »Fanny wird sich geistig nicht mehr weiterentwickeln.«

»Aber du wirst Dickinson heiraten, und wenn du unter allem so leidest, werden wir versuchen, die Angelegenheit zu beschleunigen.«

Alice wandte sich ab. Mit leiser Stimme sagte sie: »Ich werde ihn nicht heiraten. Er läßt mich im Stich.«

»Er hat dich im Stich gelassen?« Samuel war erregt. »Du meinst, er ...«

»Er ... er wollte nichts mit dem Skandal um Howard zu tun haben. Er kam gleich an dem Tag zu mir, als es in den Zeitungen stand. Er sagte, er müsse an seine Zukunft denken. Und ich habe geantwortet ... na ja, du kannst es dir denken. Ich habe mir nicht die Zeit genommen, meine Worte lange zu überlegen.«

»Das tut mir leid, Mädel.«

Alice sah ihn an. »Mir nicht«, meinte sie. »Es hat mich nicht tief getroffen, außer in meiner Eitelkeit. Er und alles, wofür er steht, ist bedeutungslos geworden neben dem, was seither passiert ist. Aber jetzt das! Es ist schlimm genug, daß Alicia davongerannt ist, aber mir auch noch jeden Penny zu stehlen, den ich im Haus hatte!«

»Nun«, beruhigte Samuel sie, »Sie hat recht: Wo dieses Geld herkam, gibt es noch mehr davon. Also mach dir darüber keine Sorgen. Du bekommst jederzeit, was du brauchst, das weißt du doch. Und ich stehe zu meinem Wort, ich werde die Scheidung beschleunigen, damit es für dich leichter wird.«

»Willst du das wirklich?« Alice stand mit dem Rücken zu ihm.

»Das ist es doch, was du willst?« fragte Samuel zurück. »Ich will es jedenfalls nicht. Ich werde nicht wieder heiraten, denn ich habe meine Lektion vor drei Jahren gelernt.«

Langsam ging er auf sie zu und drehte sie an den Schultern zu sich, so daß sie ihn ansehen mußte. »Würdest du zu mir zurückkommen, Alice?«

Alice schien nach Worten zu ringen, dann stieß sie hervor: »Ja, Sam.«

»Ach, Mädel. Das ist das beste, was ich seit langem gehört habe. Wir werden es schon schaffen, schließlich sind wir jetzt älter und klüger. Wir haben beide einiges gelernt, denke ich.« Er beugte sich vor und küßte sie sanft auf die Lippen. Alice legte ihre Hand auf seine Brust, was ihn zum Lächeln brachte. »Wir werden wieder eine Familie sein«, seufzte er glücklich. »Im Haus wird es wieder wie früher werden …«

»O nein, Sam.« Alice löste sich von ihm. »Hierher möchte ich nicht zurückkommen.«

»Nicht? Du meinst …? Aber Alice, ich liebe dieses Haus. Na ja, nicht direkt lieben, aber ich habe mich so daran gewöhnt. Und es ist dein Zuhause, wirklich.«

»Nein, Sam, das ist es nie gewesen. Ich habe nicht hierher gepaßt. Ich liebte Sweetbanks. Dort wurde ich geboren, und dort sollte ich jetzt von Rechts wegen sein. Das weißt du, Sam. Daß Janet jetzt das ganze Geld gehört – alles, was seit den Tagen meines Urgroßvaters erarbeitet und erspart wurde – zweiunddreißigtausend Pfund.«

»Sei fair, Alice. Ein großer Teil des Geldes kam aus dem Verkauf des Geschäfts durch deine Mutter an die Firma, in die du jetzt beinahe hineingeheiratet hättest. Du weißt selbst, daß die zweiunddreißigtausend nicht nur durch Geschäftsgewinne erwirtschaftet wurden, und daß Dickinson deiner Mutter einen guten Preis gezahlt hat. Es nützt dir nichts, nachtragend zu sein. Deine Mutter hat das Geld Janet hinterlassen, und Janet ist großzügig damit verfahren. Sie hat sogar Howard geholfen, obwohl sie ihn nicht leiden konnte. Am Ende allerdings hatte sie für ihn mehr Mitgefühl als wir alle.« Alice wollte etwas einwerfen, doch Samuel ließ sie nicht aussprechen. »O doch«, sagte er, »denn dein und mein Kummer war gemischt mit Bitterkeit über die Schande. Sie hat zwei Seiten, unsere Janet.«

»Das ist ein weiterer Grund, warum ich nicht hierher zurückkehren möchte, Sam. Sie und ich haben uns schon früher nicht gut verstanden, und mir graut davor, wie es in Zukunft sein würde.«

»Nun, was verlangst du von mir?« fragte Samuel rauh. »Ich könnte nicht in deinem Häuschen leben, nachdem ich hier so viele Jahre verbracht habe. Sweetbanks, das wäre etwas anderes gewesen. Dort habe ich schon jahrelang gewohnt, und es war gemütlich. Es ist ein hübsches, anheimelndes Gebäude, aber dein jetziges Haus – o nein.« Er schüttelte den Kopf.

»Nun«, Alice lächelte dünn, »das war's dann wohl. Trotzdem tut es gut zu wissen, daß es hätte anders sein können. Aber zurück zu dem Grund, weshalb ich hier bin. Ich hätte auch anrufen können, aber ich wollte am Telefon nicht über das Geld sprechen. Das wäre gewesen, als hätte ich es in alle Welt hinausposaunt. Was, meinst du, sollen wir tun?«

»Gar nichts. Alicia ist weg und würde wieder weglaufen. Also denk nicht mehr an sie, genauso wie ich. Ich bin sicher, daß sie auch dann nicht zurückkommen würde, wenn er sie sitzenließe.«

»Nein, dazu ist sie zu eigensinnig.«

»Was für ein Leben. Was für ein Leben.«

Alice wandte sich um, um aus dem Zimmer zu gehen, und Samuel folgte ihr. Die Halle war leer. »Wie bist du hergekommen?« fragte Samuel.

»Mit dem Taxi. Es wartet draußen. Ich hatte gerade noch genügend Geld, um die Herfahrt zu bezahlen.«

»Oh, warte einen Augenblick.« Samuel eilte in sein Arbeitszimmer und nahm dort eine Handvoll goldener Zwanzigshillingstücke aus der Schublade. Als er zurückkam, steckte er das Geld in Alices Manteltasche. »Das dürfte vorerst reichen«, meinte er. »Und was das andere angeht, müssen wir irgendeinen Ausweg finden. Der jetzige Zustand ist unhaltbar.«

Alice gab keine Antwort und setzte sich schweigend ins Taxi. »Ich werde mir etwas einfallen lassen«, sagte Samuel ruhig zu ihr. »Es muß eine Möglichkeit geben. Ich komme dann später zu dir.« Alice nickte ihm zu. »In Ordnung, Sam.«

Wieder im Haus, begab Samuel sich schnell zu Janets Zimmer. Er klopfte an die Tür und rief: »Bist du da?«

Die Tür öffnete sich. »Ich möchte mich mit dir unterhalten«, sagte Samuel, während er an Janet vorbei ins Zimmer trat. »Es gibt Neuigkeiten, gute Neuigkeiten für mich. Ich weiß nicht, was du davon hältst, aber deine Mutter und ich wollen uns wieder zusammentun.«

»Oh«, lächelte Janet erfreut. »Das sind wirklich gute Neuigkeiten. Wie schön für dich.«

»Aber es gibt einen Haken. Sie will nicht hierher zurückkommen.«

»Warum?« Noch während Janet die Frage aussprach, wußte sie den Grund. Besser gesagt, zwei Gründe: Maitland und sie selbst.

Sie nagte an ihrer Unterlippe und blickte auf den Teppich.

»Nun«, meinte Samuel, »du weißt, daß du einer der Gründe bist. Alice meint, ihr würdet niemals gut miteinander auskommen.«

»Das ist wahr. Aber ich muß ja nicht bleiben.«

»Doch, du bleibst. Dies ist dein Zuhause.«

»Dad, ich habe meine eigenen Pläne.«

»Kann sein, aber im Augenblick will ich nichts davon hören. Ich habe schon genug um die Ohren.«

»Ich denke, daß gerade jetzt die Zeit ist, davon zu sprechen. Und ich glaube, daß dadurch deine Probleme gelöst würden, denn wenn Mam zurückkäme, wärst du nicht mehr einsam. Ich bin nur deshalb noch hier, weil ich dich nicht alleinlassen wollte.«

»Hör zu!« Samuel trat zwei Schritte zurück und wedelte mit der Hand. »Ich will nichts davon hören, was du vorhast. Laß mich einfach sagen, was ich von dir möchte. Ich will, daß du zu deiner Mutter gehst und ihr sagst, daß du dein Bestes tun wirst, wenn sie zurückkommt, um dich mit ihr zu vertragen ...«

»Dad, manchmal tust du mir richtig leid, denn du kennst weder mich noch meine Mutter. Alles, was für dich zählt, sind deine eigenen Wünsche und Vorstellungen. Du hast einen Sohn verloren, und heute deine Tochter Alicia. Und jetzt kannst du wählen, ob du mich auch verlierst oder nicht, denn wenn du mich nicht gehen läßt, will ich nichts mehr mit dir zu tun haben. Und ich werde auf jeden Fall gehen! Und jetzt laß uns das Versteckspiel beenden.« Sie lief aus dem Zimmer und die Treppe hinab. Dort rief sie in den Korridor hinein: »Roger, Roger!«

Als Maitland in die Halle kam, hatte auch Samuel den Fuß der Treppe erreicht. Er sah, wie seine Tochter ihren Arm durch den dargebotenen Arm des Butlers schob und ihn in die Mitte der Halle zog. Da standen sie nun, und Janet verkündete: »Ich werde diesen Mann heiraten, und zwar so bald wie möglich.«

Während sie diese Worte sprach, legte Maitland den Arm um ihre Schultern und drückte sie fest an sich. »Ich hätte derjenige sein sollen, der es ausspricht«, meinte er. »Das hatte ich mir seit Jahren vorgenommen. Aber jetzt ist es gesagt. Wir wollen heiraten. Wir lieben uns, und dagegen können Sie nichts tun.«

»Nehmen Sie Ihre Hände da weg!« Samuel sprach langsam und überdeutlich.

»Ich habe nicht die Absicht, meine Hände jemals wieder von ihr zu nehmen. Ich liebe Janet von ganzem Herzen und weiß, daß ich wiedergeliebt werde.«

»Janet Sie lieben? Einen besseren Knecht? Denn mehr sind Sie nicht. Ein Knecht sind Sie immer gewesen und werden es bleiben! Sie waren mein Diener, der auf mein Kommando gesprungen ist, und Sie sind in diesem Haus, weil Sie mir von Nutzen waren.«

Janet fühlte, wie Maitland sich versteifte, und sie rief aus: »Hör nicht auf ihn. Ja, du warst von Nutzen für ihn, aus dem einfachen Grund, weil er nicht wußte, wie dieses Haus geführt wird, das viel zu vornehm für ihn ist.«

»Ja, möglicherweise war es zu vornehm für mich, aber das ist es nicht für dich, Miß«, gab ihr Vater wütend zurück. »Du bist als eine Lady erzogen worden, und jetzt willst du dich zu einem wie ihm herablassen, einem Mann, der kaum besser ist als Winter? Und hast du über die Zukunft nachgedacht? Du bist eine reiche Frau, und er – das weiß ich nur zu gut – ist kein Narr. Er ist ein guter Schauspieler. Aber er wird immer ein Diener bleiben. Und jetzt geh beiseite, denn ich werde die Sache mit ihm auf eine Art abmachen, in der er sich für gut hält.«

Janet klammerte sich noch enger an Maitland, was Samuel veranlaßte, auf sie zuzuspringen, um sie von dem Mann wegzuzerren, den er in diesem Augenblick mit geradezu unmenschlicher Wut haßte.

Als Janet aufschrie, schoß Maitlands Faust vor und versetzte Samuel einen Schlag, der diesen ins Wanken brachte.

Hätte er sich nicht an einem der schweren Stühle aus Eichenholz festhalten können, wäre er unweigerlich zu Boden gefallen.

Maitland, dem klar war, daß Samuel sofort zum Gegenangriff übergehen würde, wollte Janet wegschicken. »Geh ins Wohnzimmer, laß uns allein.«

Samuel stürmte mit fliegenden Armen vor. Er war ein starker Mann, und wenn er auch nur eine gesunde Faust besaß, so steckte doch ein beachtliches Gewicht dahinter. Anfangs wehrte Maitland lediglich die Schläge ab, doch dann stieg auch in ihm der Zorn auf und ließ ihn die Selbstbeherrschung verlieren. Er versetzte Samuel einen gezielten Schlag aufs Kinn, der diesen gegen die alte Standuhr taumeln ließ, die sofort zu klingen begann. Samuel faßte sich wieder und ging wie ein wütender Stier mit gesenktem Haupt erneut auf den Mann los, den er vor Zeiten als Freund und Führer durch die Fährnisse der Mittelklassengesellschaft betrachtet hatte, den er jedoch in diesem Moment, hätte er ein Messer zur Hand gehabt, ohne weiteres durchbohrt hätte. Die Wucht seines Angriffs warf Maitland mit dem Rücken an die Haustür. In diesem Moment ertönte die Glocke und unterbrach den Kampf. Janet, die beiden Hausmädchen und die Köchin hatten das Geschehen von der Wohnzimmertür aus beobachtet.

Samuel zog sein Jackett straff und fuhr sich mit den Fingern glättend durch die Haare. Dann stolperte er zum Fuß der Treppe und grollte schweratmend: »Nun, Sie sind doch der Butler, Diener und Mann für alles, also machen Sie die Tür auf.« Dann wandte er sich an die weiblichen Dienstboten und befahl: »Und ihr verschwindet in die Küche!«

Maitland, der ebenfalls sein Jackett in Ordnung gebracht hatte, stellte sich in die Mitte der Halle und starrte Samuel an. »Ich betrachte mich nicht mehr als Ihr Angestellter«, sagte er. »Machen Sie die Tür doch selbst auf.« Er ging zu Janet hinüber, die mit dem Rücken zur Wand stand.

Es läutete wieder, und Maitland schien zu zögern, doch

dann entschied er sich, es zu überhören. Samuel war im Begriff, sich auf eine Fortsetzung des Kampfes vorzubereiten, als es zum drittenmal klingelte. Er stapfte zur Tür und riß sie auf.

Draußen standen zwei Männer.

»Mr. Fairbrother?«

»Ja, das bin ich.«

»Wir möchten mit Ihnen sprechen.«

Samuel stierte sie an und dachte: Alicia, sie haben sie gefunden; sie hat eine Dummheit angestellt. Aber nein, das waren keine Polizisten. »Worum geht es?« fragte er nach einer Weile.

»Dürfen wir hereinkommen? Wir hätten uns gerne privat mit Ihnen unterhalten.«

Einer der Männer war groß, mindestens einen Meter achtzig, und schmal, während sein Gefährte von wesentlich kleinerer, dafür aber kräftiger Gestalt war. Samuel blickte von ihnen zu Maitland, der wieder den Arm um Janet gelegt hatte. Er knirschte mit den Zähnen, doch dann ließ er die Männer ein. »Machen Sie es kurz, ich bin beschäftigt.«

Der Große sah sich mit anerkennendem Blick in der Halle um. »Nun, Sir, es geht leider um Ihren verstorbenen Sohn.«

»Was ist mit ihm? Sie können ihm nichts mehr tun.«

»Nein, nein, Sir, aber sehen Sie, es handelt sich um eine Schuldsache.«

»Schulden? Seine Schulden?«

»Ja. Sehen Sie, er hat spekuliert. Wir haben ihm wieder und wieder Kredit gewährt während der letzten Jahre. Doch leider hat er, wie viele junge Männer, leichtsinnig gesetzt.«

»Gesetzt?« fragte Samuel, während er von einem zum anderen blickte. »Wer sind Sie? Was meinen Sie mit ›gesetzt‹?«

»Wir sind Buchmacher, Sir, lizensierte Buchmacher. Er schuldete uns den Betrag von dreihundert Pfund. Er versprach, an einem bestimmten Termin zu bezahlen, doch er hat ihn nicht eingehalten.«

»Er hat Sie bezahlt, jawohl!«

Alle drehten sich zu Janet um, die diese Worte ausgerufen hatte. Sie machte sich von Maitlands Arm los und rief nochmals: »Er hat es bezahlt. Ich habe ihm das Geld gegeben, sogar fünfhundert Pfund! Er hat es bestimmt bezahlt.«

»Es tut mir leid, Miß, aber er hat nicht gezahlt. Sie können sich gerne unsere Bücher ansehen. Unsere Bücher werden überwacht, wissen Sie; wir sind ein lizensiertes Wettbüro. Aber dreihundert Pfund sind dreihundert Pfund.«

»Mein Sohn ist tot, und mit ihm seine Schulden«, warf Samuel ein. »Sie sind wie Haie. Wenn er fünfhundert Pfund hatte, hat er Ihnen sicherlich die dreihundert bezahlt.«

»Nein, er hat nichts bezahlt.« Der Ton des Mannes wurde unangenehm. »Wahrscheinlich hat er es mit seinem losen Weibsstück durchgebracht. Aber Sie sind ein wohlhabender Mann, und ich meine, Sie sollten die Schulden Ihres Sohnes bezahlen.«

»Raus!«

Samuel hob die Faust, woraufhin der Mann ihn warnte: »Das lassen Sie besser, Sir. Sie wissen nicht, mit wem Sie es zu tun haben.«

»Ebenso wie Sie. Verschwinden Sie!«

»Wir wollen unser Geld. Und wenn Sie nicht zahlen, gehen wir zum Gericht.«

»Meinetwegen können Sie zur Hölle gehen. Und das kann Ihnen schneller passieren, als Sie denken, wenn Sie mein Haus nicht auf der Stelle verlassen.«

Samuels Hand berührte die Schulter des Mannes nicht allzuhart, doch im selben Augenblick landete dessen geballte Faust mit aller Kraft in seinem Gesicht.

Maitland zögerte nur eine Sekunde, dann eilte er Samuel zu Hilfe. Doch der kleinere der beiden Männer stellte sich ihm in den Weg und erklärte: »Halten Sie sich da raus, sonst bekommen Sie auch eine Abreibung.«

Aber noch ehe er ausgesprochen hatte, fühlte er sich von Maitlands Faust, die ihn unter dem Kinn traf, beinahe von den Füßen gehoben. Er brach in die Knie.

Der Große hatte Samuel an die Holzpaneele neben der Treppe gedrückt, so daß dieser nichts weiter tun konnte, als mit den Armen die Schläge, die auf sein Gesicht gezielt waren, abzuwehren. Sein Körper drohte bereits zusammenzusacken, als Maitland den Mann von ihm wegriß und ihm zuerst einen Hieb in den Magen versetzte, dem er sofort einen Schlag ins Gesicht folgen ließ. Der Große befand sich überrascht seinerseits in der Lage, sich seiner Haut wehren zu müssen.

Es hatte den Anschein, als könne Maitland die beiden Eindringlinge in den nächsten Minuten aus dem Haus prügeln. Doch plötzlich schrie Janet auf: Der kleinere Mann hatte die solide Kupferstatuette eines speerwerfenden afrikanischen Kriegers ergriffen, die auf einem Tischchen stand. Noch ehe Janet sich ihm in den Weg stürzen konnte, ließ er die Statuette mit voller Wucht auf Maitlands Kopf niedersausen. Langsam, wie in Zeitlupe, sank Maitland zu Boden.

Mehrere Sekunden herrschte absolute Stille im Raum, und alle starrten auf die ausgestreckte, blutende Gestalt.

»Sie haben ihn umgebracht!« schrie Janet und kniete neben Maitland nieder. »Roger, Roger!« Sie legte ihre Hände auf sein Gesicht und blickte zu ihrem Vater auf. »Ruf einen Arzt, schnell! Und die Polizei, jawohl, die Polizei.« Sie hob den Arm und wies auf die beiden Männer, die zur Tür stolperten.

Benommen starrte Samuel auf Maitland nieder, den er noch vor kurzem hatte töten wollen. Es sah aus, als hätte jemand anders die Tat für ihn erledigt. Wieder schrie Janet ihn an: »Ruf einen Doktor!« Dann rief sie nach Florence und Sarah. Als die beiden Frauen hereinkamen, befahl sie: »Bringen Sie mir Tücher, Laken, irgendwas.«

Janet verspürte das Bedürfnis, hemmungslos zu schreien. Sie kauerte auf dem Boden und hielt Rogers blutüberströmten Kopf im Schoß. Die Vordertür, durch die die beiden Männer verschwunden waren, stand offen. Neben Janet kniete Florence und half ihr, das Blut abzuwischen. Samuel stand wie versteinert neben der Treppe und hielt sich am Pfosten des Geländers fest. »Du hast ihn umgebracht«, schrie Janet ihn an. »Das hast du doch gewollt, nicht wahr? Weil er dir helfen wollte, liegt er jetzt da, und du bist es nicht einmal wert. Hol den Arzt, hörst du? Hol endlich den Arzt!«

»Er kommt gleich, Miß«, sagte Sarah. »Machen Sie sich keine Sorgen, er kommt gleich. Der Herr wird gleich anrufen.«

»Ja. Ja, er soll telefonieren. Jetzt ist er endlich glücklich. Er hat ihn erledigt, jetzt ist er froh. Er hat den einzigen wahren Freund umgebracht, den er je hatte.«

»Nein, Miß, nein, das hat er nicht. Mr. Maitland atmet noch, er kommt wieder auf die Beine.«

»All das Blut. Soviel Blut! Telefoniere, ruf den Krankenwagen. Er muß ins Hospital.«

»Ja, er wird gleich anrufen, Miß.« Sarah blickte zu ihrem Herrn auf, der noch immer den Pfosten umklammerte. »Sie sollten lieber anrufen, Sir. Am besten das Krankenhaus.«

Wortlos löste Samuel sich von seiner Stütze und ging ans Telefon.

Als Dr. Campbell eintraf, blieb er einen Augenblick überrascht unter der Tür stehen und blickte erstaunt auf den Mann, der blutend auf dem Boden lag, und auf das Mädchen, das bei ihm kniete. Schnell entledigte er sich seines Jacketts und rollte die Hemdsärmel hoch. »Wie ist das passiert?« fragte er.

»Sie haben ihn auf den Kopf geschlagen – mit dem kupfernen Speerträger.« Janet wies mit dem Zeigefinger auf die Statuette, die immer noch da lag, wo sie dem Angreifer entfallen war.

»Wer hat ihn geschlagen?«

»Die Buchmacher; es waren die Buchmacher.«

Doktor Campbell hielt in seiner Befragung inne und blickte die Anwesenden – Janet, Samuel, Florence und Sarah – der Reihe nach an, während er mit den Fingern Maitlands Schädel abtastete. Dann drückte er ein Stück dick gefaltetes Leinen auf eine Stelle hinter Rogers Ohr und umwand seinen Kopf mit einer Binde. »Er muß ins Krankenhaus, und zwar schnell«, sagte er.

Florence antwortete: »Der Herr hat schon einen Krankenwagen gerufen.«

Der Arzt stand auf. »Wann haben Sie angerufen?« fragte er Samuel.

»Ich weiß nicht genau ... kurz nachdem ich mit Ihnen telefoniert habe.«

»Wie ist das passiert?«

Samuel schüttelte den Kopf. »Das ist eine lange Geschichte«, murmelte er.

Leise sagte der Arzt: »Das Hausmädchen sagt, er wurde damit geschlagen.« Mit dem Finger wies er auf die Figur. Seine Stimme wurde noch leiser, als er fragte: »Sie sind es doch nicht gewesen, oder?«

Es dauerte einen Augenblick, bis Samuel antwortete. »Nein, ich habe es nicht wirklich getan.«

»Haben Sie es versucht?«

»Nein, nein, das habe ich nicht!« stieß Samuel hervor.

»Schon gut, schon gut. Aber für mich sieht es aus, als hätte etwas, vielleicht diese Sperrspitze, seine Schädeldecke durchbohrt. Es ist keine Platzwunde, dessen bin ich mir sicher.«

»Wenn er stirbt«, schrie Janet ihren Vater an, »werde ich dich hassen, mein Leben lang. Ich werde dich hassen!«

Samuel wandte sich ab, während der Arzt besorgt auf Janet hinabblickte. »Stehen Sie auf, meine Liebe«, sagte er. Sie können da nichts tun; sie sollten gehen und sich das Blut von den Händen waschen.«

»Waschen? Ich wasche mich nie wieder. Wenn er stirbt, will ich mich nie wieder waschen.«

Behutsam faßte Dr. Campbell sie am Arm und versuchte sie aufzurichten. Doch Janet widersetzte sich und kauerte neben Maitland, bis die Ambulanz kam. Erst dann stand sie langsam und schwankend auf. Die Sanitäter legten Maitland auf die Bahre, und der Arzt meinte: »Ich werde im Krankenhaus anrufen, um ihnen zu sagen, daß ich schnellstens nachkomme.« Da rief Janet aus: »Ich werde mit ihm fahren. Geht mir aus dem Weg, ich fahre mit ihm!«

Als sie sich jedoch in Bewegung setzen wollte, knickten die Beine unter ihr weg, und sie saß wieder auf dem Boden. Doktor Campbell ging zu seiner Tasche, entnahm ihr eine Flasche, die er kräftig schüttelte und aus der er eine geringe Menge in ein kleines Glas füllte. Dieses reichte er Janet. »Trinken Sie das«, befahl er. Da sie den Kopf schüttelte, faßte er nach ihrer Nase und hielt sie zu. Als sie daraufhin weit den Mund öffnete, schüttete er ihr den Inhalt des Glases in den Hals. Keuchend und hustend schluckte sie.

Der Arzt wandte sich an die Hausmädchen. »Bringen Sie sie nach oben und säubern Sie sie. Dann legen Sie sie ins Bett; sie wird in kürzester Zeit eingeschlafen sein ...«

Anschließend hörte er sich Samuels stockende Schilderung des Vorfalls mit den Buchmachern an, wobei dieser jedoch den vorausgegangenen Schlagabtausch mit Maitland verschwieg.

»Nun ja«, meinte der Doktor, »Sie müssen unbedingt die Polizei verständigen, denn wenn der Speer dieser Statuette den Schaden angerichtet hat, den ich befürchte, so gibt es für Ihren Butler nicht viel Hoffnung. Auch wenn er nicht stirbt, so kann eine Schädigung des Gehirns zurückbleiben. Das ist ein Fall für die Polizei, und ich würde sie auf jeden Fall sofort auf die richtige Spur setzen.« Er beugte sich vor und verschloß seine Tasche. »Ich werde mich vom Hospital aus bei Ihnen melden, aber Sie sollten hierbleiben, um die Fragen der Polizei zu beantworten.«

Er hatte schon die Hand am Türknauf, als er sich noch einmal zu Samuel umwandte. »Sie machen eine schlimme Zeit durch. Aber Sie sollten sich auch um Ihre Tochter sorgen. Sie scheint Maitland sehr gern zu haben.« Er blickte Samuel fest an, dann öffnete er die Tür und ging.

Samuel blieb in der Mitte der Halle stehen und starrte auf

den Teppich, auf den Maitland gefallen war. Er wies einen blauen Grund mit einem eingestreuten Blumenmuster auf, das schon etwas verblichen war, doch nun befand sich an einer Stelle ein großer dunkler Fleck.

Eine schlimme Zeit, hatte der Doktor gesagt. Was geschah mit ihm? Was geschah mit ihnen allen? War er schuld, an dem, was mit Howard, Alicia, Alice, Janet … und nun Maitland passierte? Er schloß fest die Augen und dachte: Lieber Gott, laß den Arzt sich irren. Es war wie ein Gebet. Schließlich ging er zum Telefon und rief Alice an. Als sie sich meldete, sagte er nur: »Würdest du bitte herüberkommen? Ich bin in Schwierigkeiten.«

14

Samuel kam aus dem Hospital und überquerte den Vorplatz. Als er bei dem Wagen ankam, fragte der wartende Mears: »Wie geht es ihm, Sir?« Samuel schüttelte nur den Kopf. Er konnte nicht wiederholen, was die Schwester ihm barsch mitgeteilt hatte. Sie war es gewesen, die auch Dienst getan hatte, als Howard unter Polizeiaufsicht auf ihrer Station gelegen hatte, und ihr Blick schien zu sagen: Schon wieder du und deine Sippschaft? Entsprechend kurz war ihre Auskunft gewesen: »Ich kann Ihnen nur sagen, daß Mr. Maitland operiert wurde und noch immer in Lebensgefahr schwebt. Wenn Sie morgen wieder anrufen, kann der Arzt Ihnen die Einzelheiten mitteilen.«

»Mike sagt, daß er oft mit ihm und Kate im Theater war«, bemerkte Arthur Mears hinter seinem Steuer. »Sie waren sehr befreundet.«

Samuel wünschte, der Mann würde den Mund halten. Doch er war nicht in der Lage, einen entsprechenden Befehl zu geben. Er fühlte sich elend, und sein Hals schmerzte. Er hatte schon geglaubt, dieser Buchmacherkerl würde ihn erledigen. Und das hätte er wohl auch, er hatte völlig übergeschnappt ausgesehen. Doch warum mußte er ausgerechnet von Maitland gerettet werden, der nun deshalb möglicherweise starb?

Irgend etwas lief schief in seinem Leben. Seine Probleme schienen kein Ende zu nehmen. Wenn Maitland stürbe, würde er ihn für den Rest seines Lebens auf dem Gewissen haben; starb er nicht, so konnte sein Verstand gelitten haben. Wie auch immer, in jedem Fall würde Samuel seine Tochter verlieren.

Als er nach Hause kam, kam Alice gerade die Treppe herab, als wäre sie niemals weg gewesen. Sie kam auf ihn zu und fragte: »Nun?«

Samuel legte den Mantel ab. »Man wollte mir nichts weiter sagen, als daß er operiert worden ist und noch in Lebensgefahr schwebt. – Und wie geht es Janet?«

»Der Doktor war vor einer halben Stunde wieder hier«, antwortete Alice. »Er hat ihr noch ein Beruhigungsmittel dagelassen und gemeint, sie würde vierundzwanzig Stunden schlafen. Jessie ist bei ihr.«

Sie betraten das Wohnzimmer, wo Fanny neben dem Feuer saß, ein Comicheft in der Hand. Sie rutschte unruhig auf dem Stuhl hin und her und lächelte ihren Vater schüchtern an, dann fragte sie Alice: »Gehen wir jetzt heim, Mam?«

»Nein, Liebes, noch nicht. Heute nacht schläfst du in deinem alten Zimmer.«

»Gehen wir morgen nach Hause?«

Zögernd antwortete Alice: »Ja. Ja, morgen gehen wir nach Hause.« Samuel wandte sich ab. »Ich brauche einen Drink«, brummte er. »Wie steht's mit dir?«

»Nein, danke. Ich habe eben Tee getrunken.«

Anstatt sich jedoch einen Drink zu holen, stieg Samuel die Treppe zu Janets Schlafzimmer hinauf, wo Jessie neben dem Bett saß. Auf Zehenspitzen, als befände er sich in einem Krankensaal, ging Samuel auf das Bett zu. »Ist sie schon einmal aufgewacht?«

»Ja, einmal für kurze Zeit. Aber sie scheint einen bösen Traum zu haben.«

»Geh nach unten«, sagte Samuel, »und leiste deiner Mutter Gesellschaft. Ich bleibe eine Weile hier sitzen.«

Als die Tür sich hinter Jessie schloß, nahm Samuel Janets schlaffe Hand und streichelte sie, während ihm die letzten Worte des Arztes durch den Kopf gingen: »In dieser Angelegenheit ist Maitland nicht der einzige Verletzte. Meiner Ansicht nach steuert ihre Tochter auf einen Nervenzusammenbruch zu. Sie scheint in jüngster Zeit unter großer Belastung gestanden zu haben. Wußten Sie, daß sie kürzlich bei mir war und ein Schlafmittel von mir verlangt hat? Ich sagte ihr, ein Mädchen in ihrem Alter sollte ohne so etwas auskommen. Und nun müssen wir sie zum Schlafen zwingen, vorläufig zumindest. – Sie haben über vieles nachzudenken.«

Der Mann nahm kein Blatt vor den Mund. Andererseits konnte man kaum etwas vor ihm verbergen; er hatte schließlich die ganze Familie seit Jahren behandelt. Doch warum sollte er, Samuel, an allem schuld sein, was um ihn herum geschah? Alles, was er getan hatte, war, sich für seine Familie abzurackern.

Er fühlte sich schlecht. Ein Drink wäre jetzt genau richtig.

Er ging auf sein Zimmer und zog an der Kordel, die neben dem Kopfende des Bettes hing.

Als Sarah erschien, wies er sie an: »Sagen Sie Mrs. Fairbrother, daß ich mich hingelegt habe, und bringen Sie mir bitte ein Glas Whisky.«

Er war eben in sein Bett gestiegen, als die Tür sich öffnete und Alice zögernd hereinkam.

»Mein Hals tut weh«, sagte Samuel.

»Das ist kein Wunder. Er sieht ganz rot aus. Du hast gewissermaßen Glück, mit Halsschmerzen davongekommen zu sein. Hier kommt Sarah mit dem Whisky. Morgen wird es dir bessergehen. Ich sehe jetzt nach Janet.«

»Du bleibst also hier?«

»Ja, heute nacht.«

Samuel nickte ihr zu, dann nahm er das Glas von dem Tablett, das Sarah ihm entgegenhielt.

Er leerte das Glas mit einem großen Schluck, dann legte er sich in die Kissen zurück. Alice zögerte einen Augenblick, ehe sie die Daunen um seine Schultern glattstrich. Danach drehte sie die Gasbeleuchtung niedriger und trat hinaus auf den Korridor. Sie blickte zuerst in die eine, dann in die andere Richtung und ging zuletzt zu Janets Zimmer.

Erst am Nachmittag des folgenden Tages erwachte Janet wieder; trotzdem kam es ihr noch immer vor, als träume sie, denn sie sah ihre Schwester neben ihrem Bett stehen. »Jessie?« flüsterte sie.

»Fühlst du dich besser?«

»Besser?« Sie schob sich in den Kissen hoch. Was war los mit ihr? Sie hatte so schreckliche Träume gehabt. Ihr Kopf fühlte sich an wie in Watte gewickelt. Draußen war es heller Tag, und sie lag im Bett. Sie wollte fragen, weshalb bist du hier? Doch da hob sich der dicke, neblige Schleier von ihrem Gedächtnis. Entsetzt schlug sie die Hand vor den Mund und stöhnte: »O Gott, Roger! Wo ... wo ist er?«

»Bitte, bitte, reg dich nicht auf, Liebes.«

Janet starrte Jessie an, dann schob sie sie mit der flachen Hand beiseite, während sie nahezu tonlos die Lippen bewegte. »Er ... er ist tot, nicht wahr?«

»Nein, nein.« Jessie schüttelte den Kopf. »Er ist im Krankenhaus. Man hat ihn operiert, und nun ist das schlimmste überstanden.«

»Wie spät ist es, und welcher Tag?«

»Samstag, Liebes, ungefähr vier Uhr.«

»Samstag?« Janet versuchte sich aufzurichten. »Ich muß aufstehen.«

»Der Doktor sagt, du sollst dich ausruhen.«

Statt einer Antwort warf Janet die Bettdecke zurück. Doch als sie auf den Füßen stand, schwankte sie blinzelnd hin und her und mußte sich am Bettpfosten halten, um nicht zu stürzen. »Siehst du«, rief Jessie, »du bist noch zu schwach, um aufzustehen.«

Janet setzte sich aufs Bett und blickte Jessie bittend an. »Hilf mir, mich anzuziehen.«

»Nein. Ich hole lieber Mam.«

»Mam? Ist sie hier?«

»Ja. Dad hat sie gestern holen lassen, als du zusammengebrochen bist.« Sie lächelte schwach. »Du warst ganz schön am Boden.«

Langsam klärte sich die Erinnerung in Janets Gedanken. Sie ließ den Kopf hängen. Wieder sah sie das blutverschmierte Gesicht ihres Geliebten vor sich. Sie stöhnte. »Jessie«, fragte sie, »ist er wirklich am Leben?«

»Ja«, bestätigte Jessie mit fester Stimme. »Dad war vergangene Nacht im Krankenhaus, und ich habe heute zweimal angerufen. Mike und Kate waren auch schon dort.«

»Mike und Kate?«

»Ja, die Talbots, seine Freunde.«

»War Dad heute noch nicht dort?«

»Nein, er ist im Bett. Sein Hals schmerzt, wo der Mann ihn gewürgt hat, und der Arzt meint, er habe einen Schock erlitten ... ähnlich wie du selbst.«

Janet hatte sich inzwischen angezogen und bat nun Jessie, ein Taxi anzurufen.

»Mears ist da, er kann dich fahren«, schlug ihre Schwester vor. Janet stimmte zu.

Doch Jessie ließ sie nicht sofort weg. »Du mußt erst etwas essen, ehe du irgendwohin fahren kannst. Du warst seit gestern nachmittag im Bett.«

»Ich möchte höchstens etwas trinken.«

»Gut, ich lasse dir etwas bringen, aber du mußt auch etwas essen. Ich gehe nach unten und spreche mit Mam.«

Als Jessie gegangen war, setzte Janet sich wieder aufs Bett. Ihre Schultern sackten nach unten, als sie dachte: Mam wieder im Haus ... Dann schüttelte sie leicht den Kopf. Was macht das schon? sagte sie sich. Bald werde ich nicht mehr hier sein. Wenn nur ... Oh, Roger, ich muß dich unbedingt sehen ...

Alice kam schnellen Schrittes in Janets Zimmer. »Sei nicht albern«, meinte sie, »du solltest noch im Bett bleiben.«

»Es geht mir gut, Mam.«

»Du mußt etwas essen.«

»Ich möchte nur eine Tasse Tee.«

»Soll Jessie mitfahren?«

»Nein, es geht mir schon wieder gut.«

»Der Doktor wird verärgert sein. Er sagte, du müßtest mindestens achtundvierzig Stunden Ruhe haben.«

»Wie geht es Dad?« Janet mußte sich zu der Frage zwingen.

»Ach«, erwiderte Alice leichthin, »er wird es überleben.«

Janet ging langsam zum Wandschrank und holte Hut und Mantel heraus. Ihre Mutter nahm ihr jedoch die Sachen aus der Hand. »Das kannst du nachher auch noch anziehen«, meinte sie. »Komm mit hinunter und trink deinen Tee.« Mit diesen Worten verließ sie das Zimmer, den Mantel über dem Arm. Janet fühlte sich in die Zeit zurückversetzt, als sie vierzehn oder fünfzehn Jahre alt war, und ihre Mutter ihr im Vorbeigehen Befehle erteilte ...

Eine Stunde später stand sie im Korridor des Krankenhauses der Schwester gegenüber, die sich augenblicklich an sie erinnerte. »Wie geht es Ihnen?« fragte sie Janet.

»Danke, gut. Ich wäre schon früher gekommen, aber der Arzt hat mir ein Schlafmittel gegeben.«

»Nun, nachdem, was heute in den Zeitungen steht, konnten Sie ein Schlafmittel gut gebrauchen. Und es wäre gut möglich gewesen, daß einer dieser Ganoven wie Ihr Bruder geendet hätte. Der Mann kann seinem Schöpfer danken, daß er nicht am Galgen landet.«

Janet schloß einen Moment die Augen, dann fragte sie leise: »Und wie geht es ihm wirklich?«

»Den Umständen entsprechend ... Schauen Sie, warum setzen Sie sich nicht?« Sie ergriff Janet an der Schulter, schob sie in ihr Büro und drückte sie in einen Sessel. Dann fuhr sie fort: »Sie stehen sicher noch unter der Nachwirkung des Schlafmittels. Sie hätten nicht kommen sollen. Aber machen Sie sich keine Sorgen. Er ist soweit in Ordnung. Er ist Ihr Butler, nicht wahr?«

Neue Stärke schien Janet zuzufließen, als sie zur Antwort gab: »Nein, er ist nicht mein Butler; er ist mein zukünftiger Ehemann.«

Die Krankenschwester richtete sich kerzengerade auf und zog die Augenbrauen hoch. »Ach, ich verstehe. Nun, dann ... ich kann nur wiederholen, daß er nicht mehr in unmittelbarer Lebensgefahr schwebt. Er hat großes Glück gehabt. Ich spreche von der Operation. Seine Schädeldecke wurde durchbohrt, doch was auch immer durch den Knochen gedrungen ist – die Nachbildung eines Kupferspeers, soweit ich unterrichtet bin –, hat um Bruchteile eine lebenswichtige Arterie verfehlt. Doktor Crabtree meinte, es sei ein Wunder, daß das Gehirn nicht verletzt wurde. Natürlich hat er viel Blut verloren, und es wird eine Weile dauern, bis er genesen ist. Doch er scheint eine kräftige Konstitution zu haben ... für sein Alter.« Bei den letzten Worten blickte sie Janet durchdringend an. »Ich werde eine Pflegerin bitten, Ihnen eine Tasse Tee zu bringen; danach können Sie ihn sehen. Er ist noch nicht lange bei Bewußtsein, und Sie dürfen ihn nicht aufregen. Versuchen Sie nicht mit ihm zu sprechen.«

Janet nickte zustimmend mit dem Kopf.

Der Tee war stark und nur wenig mit Milch versetzt. Es war die dritte Tasse, die sie während der letzten Stunde getrunken hatte.

Maitland lag in einem Bett in einem Nebenzimmer. Obwohl der Raum klein war, kam es Janet vor, als legte sie von der Tür bis zum Bett eine weite Strecke zurück. Maitlands Kopf war mit Verbänden umwickelt, nur Augen, Mund und Nase waren sichtbar. Seine Augen, obwohl offen, hatten einen glasigen Ausdruck, der sich jedoch zu klären schien, als er Janet erblickte.

Sie sagte nichts, sondern setzte sich auf den Rand des Bettes und nahm Rogers Hand. Sie drückte sie an ihren Mund, dann legte sie sie behutsam wieder auf die Bettdecke.

Sie wußte nicht, wie lange sie so saß. Nur einmal sprach sie zwei Worte: »Mein Geliebter.«

Nach einiger Zeit kam die Schwester herein und flüsterte: »Sie sollten jetzt gehen. Er muß schlafen. Morgen wird es ihm bessergehen.«

Janet erhob sich sofort und blickte auf Maitlands fahles, blutleer scheinendes Gesicht hinab. Dann ließ sie sich hinausführen.

»Haben Sie eine Fahrgelegenheit?« fragte die Schwester draußen. »Ja«, nickte Janet, »der Fahrer wartet im Wagen.«

Die Schwester rief eine Pflegerin und unterhielt sich flüsternd mit ihr, woraufhin diese Janet unter den Arm faßte, als wäre sie eine Patientin, und sie durch die Flure nach draußen führte, wo Mears wartete.

Die Pflegerin murmelte Mears einige Worte zu. Dieser nickte, dann half er Janet auf den Beifahrersitz und legte ihr eine Decke um. Wäre sie noch in der Lage gewesen, wahrzunehmen, mit welcher Geschwindigkeit Mears den Wagen nach Hause fuhr, so hätte sie sicherlich Einspruch eingelegt.

Vor dem Haus half er ihr aus dem Wagen. Mit schwacher Stimme bedankte Janet sich. Mears lief voraus zur Tür und läutete. »Miß Janet geht es nicht gut«, sagte er, als Sarah öffnete.

»Ich habe dir gesagt, du solltest zu Hause bleiben«, stellte Alice fest, als sie Janet in Empfang nahm. »Der Arzt war hier und sagte, du stündest noch unter der Einwirkung des Schlafmittels, und es sei eine Narretei gewesen, ins Krankenhaus zu fahren.« Sanfter setzte sie hinzu: »Komm jetzt, ich bringe dich ins Bett.«

Widerspruchslos ließ Janet sich von ihrer Mutter nach oben führen und ausziehen. Dann legte sie sich hin und schlief zwölf Stunden – diesmal ohne Schlafmittel.

15

Die Zeitungen hatten den Vorfall keiner Schlagzeile gewürdigt; allerdings konnte man auf den Innenseiten einiges darüber finden. Trotzdem, hätte sich die Geschichte nicht ausgerechnet im Haus von Mr. Samuel Fairbrother zugetragen, dessen unter Mordanklage stehender Sohn kürzlich Selbstmord begangen hatte, so wäre wohl überhaupt nicht darüber berichtet worden. Daher wurde es Montag, bis James und Harry sich meldeten. James rief zweimal an, Harry dreimal, und jedesmal wurden sie von Florence oder Sarah beschieden, daß der Herr und Miß Janet nicht zu Hause seien. Miß Janet war im Krankenhaus, das war bekannt, auch der Herr sei möglicherweise dort. Genau wußten sie es nicht.

Kurz nach neun Uhr abends – Samuel und Janet waren eben zurückgekommen – klingelte wieder das Telefon. Samuel hob den Hörer ab und vernahm die verärgerte Stimme seines Sohnes: »Bist du das, Dad? Hier ist James. Wo in aller Welt bist du gewesen? Was war los bei euch? Sind alle verrückt geworden?«

»Ja, James, hier spricht dein Vater. Und was los war, hast du sicher in der Zeitung gelesen, daher klingst du auch so mitfühlend. Und wo ich gewesen bin – ich war im Geschäft und auch im Krankenhaus. Und ob wir alle verrückt geworden sind – vermutlich ja. Gute Nacht.«

Er knallte den Hörer auf die Gabel und sagte zu Janet: »Das war dein lieber Bruder James.« Und zu Florence, die daneben stand: »Sagen Sie doch der Köchin, sie möchte uns irgendwas Warmes machen, eine Suppe.«

»Ja, Sir, die Tabletts sind schon hergerichtet, ich hole sie sofort.« Während Florence zur Küche eilte, nahm Samuel Janets Arm und führte sie ins Wohnzimmer. »Komm, setz dich. Ich bringe dir was zu trinken.«

Als sie sich auf der Couch niedergelassen hatte, betrachtete ihr Vater sie eingehend. »Geht es dir gut?« fragte er besorgt. »Fühlst du dich schwach?«

»Nein, alles in Ordnung, aber ein Drink würde mir wirklich guttun.«

Janet lehnte sich in die Sofakissen. Sie fühlte sich schwächer, als sie zugegeben hatte. Ihr war schlecht, vermutlich, weil sie seit dem kargen Frühstück – nur eine Scheibe Toast – nichts mehr gegessen hatte. Dafür hatte sie unzählige Tassen Tee getrunken. Im Krankenhaus war man sehr freundlich zu ihr gewesen und hatte ihr erlaubt, von Zeit zu Zeit zu Roger hineinzugehen. Wie viele Stunden hatte sie dazwischen im Wartezimmer verbracht? Am Schluß schien es ihr, als wäre sie tagelang dortgewesen, so genau kannte sie jeden Block des gebohnerten Parkettbodens, jeden Spruch auf den Plakaten, die an den Wänden hingen.

»Hier, trink aus.«

Janet öffnete die Augen und nahm das Glas. Sie betrachtete den Inhalt. »Das ist kein Sherry.«

»Nein, so wie du aussiehst, brauchst du heute abend etwas Stärkeres.«

»Aber ich mag keinen Whisky.«

»Trink.«

Sie nippte an dem Glas und lehnte sich wieder zurück. Samuel ließ sich in den großen Sessel neben dem Kamin fallen. »Hast du Vorkehrungen getroffen, ihn in einen größeren Raum verlegen zu lassen?«

»Dieses Zimmerchen ist wie eine Streichholzschachtel.«

»Aber vermutlich ist es angenehmer als in einem großen Krankensaal.«

»Wahrscheinlich hast du recht.«

Janet nippte wieder an ihrem Whisky und dachte über ihren Vater nach. Wie konnte er so ruhig über einen Mann sprechen, dem gegenüber er noch vor kurzem so haßerfüllt gewesen war, daß er ihn am liebsten umgebracht hätte? Aber es war, als wäre eine große Woge sowohl über ihn als auch über ihre Mutter hinweggespült.

Samuel schien ihre Gedanken gelesen zu haben, denn er bemerkte: »Es ist schon seltsam mit deiner Mutter und diesem Haus. Ich konnte sie nicht überreden, hierzubleiben. Sie wollte gehen, sobald sie nicht mehr gebraucht würde. Da wir nun beide wieder auf den Beinen sind, ist sie in ihre Wohnung zurückgekehrt. Merkwürdig, daß sie in all den Jahren, in denen sie hier gelebt hat, sich hier nie zu Hause fühlte.«

Die Tür ging auf und Sarah streckte den Kopf herein. »Ich habe den Servierwagen draußen. Soll ich ihn hierher bringen?«

»Ja, Sarah, bringen Sie ihn herein.«

Sarah und Florence schoben den Wagen herein und stellten einen niedrigen Tisch vor die Couch, auf dem sie die Tabletts abstellten. Es gab dampfende Suppe, eine kalte Fleischplatte und Salat. Sarah, die das Besteck zurechtlegte und die Servietten faltete, wie sie es so oft bei Maitland gesehen hatte, meinte: »Es steht noch ein leckerer heißer Schokoladenpudding mit Sauce in der Küche. Ich bringe ihn, wenn Sie läuten, Sir.«

»Sehr gut, Sarah.«

Die beiden Frauen gingen zurück in die Küche, wo Sarah zur Köchin bemerkte: »Es ist komisch; er schreit gar nicht mehr.«

Janet aß ihre Suppe, rührte jedoch das Fleisch und den Salat nicht an. »Wenn du nicht wieder für ein paar Tage das Bett hüten willst«, meinte ihr Vater, »dann solltest du ordentlich essen. Vielleicht ist dir nicht danach, aber es würde dir guttun.« Janet wußte, daß er recht hatte, und gehorchte.

Nach der Mahlzeit saßen sie eine Zeitlang still beieinander. Dann brach Samuel das Schweigen. »Das ist jetzt schon der dritte Tag. Es muß doch langsam eine Änderung in seinem Befinden eintreten. Hat man dir etwas gesagt, ehe du aus dem Krankenhaus weggegangen bist?«

»Nur, daß es ihm den Umständen entsprechend geht.«

Es dauerte wieder eine Weile, ehe Samuel weitersprach. »Wenn er durchkommt, werdet ihr wohl heiraten?«

»Ja, dann werden wir heiraten.«

»Und ... und ihr werdet in Sweetbanks leben?«

»Ja, das haben wir vor.«

Es folgte wieder Stille, dann sprach Samuel, immer noch ruhig, weiter. »Was ist, wenn ... nun, wenn er nicht durchkommt? Wirst du dann trotzdem gehen?«

»Ja, auch dann werde ich in Sweetbanks wohnen.«

»Na ja, das hatte ich schon vermutet.«

Janet blickte ihren Vater unverwandt an, als dieser fortfuhr. »Nun, du kannst dir denken, daß ich hier nicht allein leben möchte. Also werde ich das Haus verkaufen. Es wird leicht an den Mann zu bringen sein, denn es gibt eine Menge Leute mit Geld in der Stadt, und mit großartigen Vorstellungen, so wie ich sie hatte, als ich das Anwesen zum ersten Mal sah. Tatsache ist jedoch, daß ich nicht allein leben kann, und obwohl Alice zu mir zurückkommen würde, tut sie es nur, wenn wir nicht mehr hier wohnen. Ich frage mich, warum sie eine solche Abneigung gegen diesen Ort empfindet. Ich dagegen liebe dieses Haus, aber das würde sich ändern, wenn ich hier alleine leben müßte. Es würde mich verrückt machen. Also werde ich mich nach einem passenden Plätzchen umsehen, denn auf keinen Fall möchte ich in Alices Schuhschachtel einziehen. Sie hat es sich ausgesucht, als sie mich verlassen hat, aber mir hat es nie gefallen. Es steht an einer Straße, und mein Geschmack hat sich so verändert, daß ich unbedingt von Land umgeben sein muß. Wird dir unser Haus nicht fehlen? Ich dachte immer, dir gefiele es.«

»Ich mag es, aber mir gefällt auch Sweetbanks.«

»Ja, deiner Mutter auch. Ich denke, du solltest dich nicht ärgern, weil sie so wütend war, daß deine Großmutter dir das Haus vermacht hat. In meinen Augen war das nicht ganz richtig von Mrs. Mason. Ich weiß, daß ihr dein Wohlergehen am Herzen lag, dabei hat sie ein wenig übertrieben. Sie hat es auch ein bißchen deiner Mutter zum Trotz getan, weil Alice mich verlassen hatte. Und das war ziemlich ungerecht von Mrs. Mason, denn schließlich war es meine Schuld. Na ja, das ist jetzt alles vorbei – beinahe. Jedenfalls gehe ich jetzt schlafen. Du auch?«

Er nahm Janets Arm und half ihr auf die Füße. Dann führte er sie die Treppe hinauf. Und Janet dachte, wenn dieser Mann sein besseres Selbst gezeigt hätte, ehe ihr Geliebter einen solchen Preis dafür hatte zahlen müssen, so wäre sie in dieser Nacht der glücklichste Mensch auf Gottes weiter Welt.

16

Der Tag, ja die Stunde, in der sie erfuhr, daß Roger überleben würde, blieb Janet zeitlebens wie ein Leuchtfeuer im Gedächtnis. Die Schwester hatte sie mit einem Lächeln begrüßt, und die beiden Pflegerinnen der Morgenschicht hatten sie angestrahlt, als sie ihr auf dem Gang begegneten. »Er ist bei sich. Ich meine, er redet wieder vernünftig«, hatte die eine gesagt.

Ebenso wie auch andere Mitglieder des Krankenhauspersonals fanden die zwei Pflegerinnen Janet äußerst interessant. In der jüngeren der beiden erweckte sie sogar ein Gefühl der Romantik, denn war Janet nicht eine reiche junge Frau, die den so viel älteren Butler ihres Vaters heiraten wollte?

Niemals vergaß Janet den Blick seiner Augen. Es war ein überraschter Ausdruck, als wären er und Janet sich nach langer, langer Trennung zum ersten Mal wieder begegnet. Und in gewisser Weise war er ja auch weg gewesen, sehr weit weg. Der Chirurg hatte zu Janet gesagt: »Mr. Maitland ist der größte Glückspilz, den ich seit vielen Jahren gesehen habe. Es stand wirklich auf Messers Schneide. Allerdings wird es noch lange dauern, bis er wirklich ganz gesund ist.«

Das war vor acht Tagen gewesen. Nun saß sie an Rogers Bett, jedoch in einem anderen Raum. Das Zimmer war von Sonnenschein erfüllt und mit Blumen geschmückt. Maitland, der aufrecht im Bett saß, den Rücken von Kissen gestützt, blickte zum Fenster. »Es scheint ein herrlicher Tag zu sein«, stellte er fest.

»Ja, Liebster, ein wunderschöner Tag, in mehr als einer Hinsicht.«

»Da hast du recht.« Er hielt Janets Hand. »Du hast mir nicht erzählt, warum du dich verspätet hast. Schau, es ist schon zwanzig nach elf. Sonst bist du immer punkt elf hier, und ich gerate in Panik, wenn du dich auch nur eine Minute verspätest. Aber heute bist du erst um zehn nach elf gekommen. Also, Miß Fairbrother, was hat Sie aufgehalten?«

Janet drückte seine Hand. »Ich habe Reverend Hutton aufgesucht, und er meinte, daß er nun, da ich die Lizenz habe, jederzeit zu unseren Diensten stehe, sei es Tag oder Nacht.« Sie lachte. »Das waren genau seine Worte. Er ist ein so freundlicher Mann. Also ... Mr. Maitland, wenn das große Ereignis nächste Woche stattfinden soll, müssen Sie den Befehlen gehorchen: ausruhen und nicht zuviel sprechen.«

»O Janet, meine Liebste, meine ...«

Janet legte ihm die Hand auf den Mund. »Wenn du dich aufregst und deine Temperatur wieder steigt, werfen sie mich raus. also hör mir zu, Liebling. Alles ist vorbereitet: Wir werden direkt zur Kapelle der Unitarier gehen und von dort nach Sweetbanks. Ich habe deine Sachen schon dorthin schaffen lassen. Und ich habe schon alles für die Schule geplant.«

Roger lächelte sie zärtlich an. »Weißt du was?« Janet biß sich auf die Lippe und sagte: »Nein, sagen Sie es mir, Maitland.«

»Nun, Miß Janet, ich finde, Sie sind die wundervollste und schönste Frau auf der ganzen Welt.« Janet gab zurück: »Und wissen Sie was, Maitland? Das habe ich schon gewußt. Außerdem weiß ich, daß Sie sehr redegewandt sind und einen Hang zur Übertreibung besitzen.«

»Sie haben in beiden Punkten unrecht, Miß Fairbrother. Aber jetzt«, fuhr er fort, »sollte ich daran denken, daß ich eine reiche junge Frau heiraten werde, daß ich in ihrem Haus leben und meine Schule mit ihrem Geld aufbauen werde. Aber so ist es nicht.« Er wackelte mit dem Zeigefinger. »Vor meinem geistigen Auge steht mein letzter Kontoauszug, der sechshundertsiebenundzwanzig Pfund zu meinen Gunsten anzeigt, und davon kann ich vorläufig mein Weib ernähren und ein Dienstmädchen bezahlen.«

»Mit Müh' und Not, Sir; mit Müh' und Not.«

Maitland nahm Janets beide Hände fest zwischen seine und fuhr fort: »Ich habe keinen Stolz, wenn es darum geht, von dir abhängig zu sein. Ich weiß, daß diese Schule gut laufen wird, wenn ich sie nur eröffnen kann. Und wenn das nicht möglich sein sollte, mach' ich etwas anderes, zum Beispiel ein Heim für ältere Gentlemen.« Er schnitt eine Grimasse. »Da kann ich dann selbst von einem Zimmer zum anderen schlurfen. Der Polizist hat das Wort ›schlurfen‹ vorher auch benutzt. Er kam vorbei, um mich zu fragen, wann ich wohl in der Lage wäre, zum Gericht zu ›schlurfen‹ und meine Aussage zu machen. Ich habe ihm gesagt, daß ich mich an nichts anderes erinnere, als mich mit dem großen Kerl geschlagen zu haben. Danach war alles dunkel. Weißt du, daß du auch als Zeugin gerufen werden wirst?«

»Ja, das macht mir kein Kopfzerbrechen. Es ist nur ...« Janet blickte auf ihre und Maitlands Hände. »Glaubst du, man muß erwähnen, was sich davor zugetragen hat?«

»Natürlich nicht, in keiner Weise.«

»Ich glaube, Dad macht sich große Sorgen darüber, obwohl ich ihm gesagt habe, daß du nicht wolltest, daß ... weißt du, Roger, er ist völlig verändert, und das tut mir leid für ihn. Ich habe ihn seit drei Wochen nicht mehr schreien gehört. Und er sieht so verloren aus. Weißt du, er möchte wieder mit Mam leben, aber sie will nicht in das Haus zurückkommen. Ich kann sie sogar verstehen, denn sie war dort nie glücklich. Und er will nicht in ihrem Haus wohnen, denn es gefällt ihm nicht. Daher sieht er sich nach einem anderen Anwesen um.«

»Das Haus wird ihm fehlen, denn er liebt es. Und irgendwie habe ich mir immer vorgestellt, daß es ein Familienerbe der Fairbrothers würde; nicht für Howard, aber für Eddie oder einen der anderen Jungen. Dieses Haus braucht eine Familie. Wirst du es vermissen?«

»Nein, denn ich habe ja dich.«

Plötzlich ging die Tür auf und die beiden Pflegerinnen kamen lächelnd herein. Die kleinere hatte die lautere Stimme. »Jetzt ist Schluß mit dem Faulenzen, Sir«, sagte sie. »Wenn Miß Fairbrother fünf Minuten aus dem Zimmer geht, hieven wir Sie aus dem Bett, denn ich möchte sie hier nicht mehr sehen.«

»O nein, ich möchte bei Ihnen bleiben.«

Die beiden Schwestern stießen sich gegenseitig in die Rippen, und die kleinere sagte zu Janet: »Das ist ein Schmeichler, Miß, ein richtiger Herzensbrecher. Ich wußte es sofort, als ich ihn zum ersten Mal sah.«

Janet stand auf und zog ein strenges Gesicht. »Ja, das weiß ich«, antwortete sie, »ich hatte deswegen schon eine Menge Probleme mit ihm.«

Alle drei blickten auf den Patienten, der mit geschlossenen Augen dasaß, eine Hand an seinem noch immer verbundenen Kopf. »Unrecht, Unrecht!« rief er aus. Die Pflegerin mit der lauten Stimme gab zurück: »Davon werden Sie noch etwas mehr ertragen müssen. Sobald die Miß aus dem Zimmer ist, werden wir Ihnen helfen, den ersten Schritt zum Krankenhaustor hinaus zu tun. Je schneller, desto besser.«

Janet stand wartend auf dem Korridor zwischen dem Rattern von kleinen Instrumentenwagen und geschäftig hin- und hereilenden, weißgekleideten Gestalten, und wiederholte für sich selbst: O ja, je früher, desto besser.

17

Janet und Roger standen in der schmucklosen Kirche der Unitarier vor dem Priester, der die schlichte Trauungszeremonie vollzog, und beide sprachen an den entsprechenden Stellen ein deutliches, entschiedenes: »Ja, ich will.« Danach unterschrieben sie gemeinsam mit den Zeugen, Mike und Kate Talbot, das Kirchenregister. Von der Familie der Braut nahm niemand an der Feier teil.

Janets Vater hatte am Abend zuvor versucht, die Gründe für seine Abwesenheit zu erklären: »Eigentlich wäre ich gerne dabei, Mädel, aber siehst du ... ich kann einfach den Gedanken an meine früheren Gefühle gegenüber Maitland nicht aus dem Kopf kriegen. Ich käme mir wie ein Heuchler vor, wenn ich dich als Brautvater ihm zuführen würde, obwohl ich inzwischen überzeugt bin, daß du weitaus schlechter hättest wählen können. Er ist ein anständiger Mann und hat die gleichen Ansichten wie du. Aber er war eben jahrelang mein Diener.«

Janet hatte ihn geküßt und gesagt, sie verstände ihn. Und dann hatte Samuel ihr erzählt, daß heute jemand käme, um sich das Haus anzusehen, und daß er sich seinerseits ebenfalls nach einem anderen Haus umgesehen hätte, bislang allerdings erfolglos. Doch er würde sicher etwas Passendes finden; hoffentlich bald, denn er wollte wieder mit Alice leben. Und er war glücklich, daß auch Alice wie er fühlte. Und, so hatte er hinzugefügt, ohne die Belastung der großen Familie – mit Ausnahme von Fanny – würden beide auch Zeit finden, sich besser kennenzulernen als je zuvor.

In diesem Augenblick jedoch standen Janet und Roger vor dem Priester und versprachen, auch weiterhin seine Gottesdienste zu besuchen, und zwar nicht nur aus Interesse, sondern vor allem aus Dankbarkeit. Doch der Priester winkte ab. »Vergessen Sie die Dankbarkeit, versuchen Sie Interesse aufzubringen. Das wäre mir weitaus lieber.«

Etwas später befanden sie sich im Wohnzimmer von

Sweetbanks Gardens, und alle stimmten überein, daß Reverend Hutton ein feiner Mann mit einem großen Herzen sei.

Im Eßzimmer hatte Annie liebevoll die Tafel rund um die Hochzeitstorte gedeckt. Janet gab der ältlichen Frau einen Kuß auf die Wange, woraufhin Annie meinte, indem sie von Janet zu Roger blickte: »Ihr wißt nicht, wie glücklich ich heute bin. Und ich werde mich um euch kümmern, jawohl.«

»Darauf wollen wir anstoßen«, sagte Roger.

Und so ließen sie, gemeinsam mit Kate und Mike, die Gläser klingen ...

Nachdem Mike und Kate sich verabschiedet und Annie sich in die Küche zurückgezogen hatte, gingen Janet und Roger ins Wohnzimmer, wo sie zum ersten Mal in ihrem Leben wirklich zusammen waren, ohne Angst haben zu müssen, entdeckt zu werden.

Als er sie in seine Arme schließen wollte, gab Janet ihm einen Klaps auf die Hände. »Komm und setz dich. Du weißt, daß du dich in den nächsten Wochen noch ausruhen mußt.«

Gehorsam setzte er sich auf die Couch und zog ein schmollendes Gesicht. »Du meine Güte! Was für ein Anfang für ein Eheleben. Noch keine fünf Minuten im Haus, und schon übernimmt die Frau das Kommando.«

Janet ließ sich neben ihn fallen. Sie legten die Arme umeinander und versanken in einen leidenschaftlichen Kuß; dann lehnten sie sich zurück und sahen einander in die Augen.

»Ich kann es nicht fassen. Jahr um Jahr habe ich davon geträumt. Zuerst war es nur wie eine Wunschvorstellung: Ich sah meine Liebe zu diesem jungen, intelligenten Mädchen, das so voller Leben und Fantasie war, so mutig und manchmal doch so ängstlich – ängstlich, ihre Gefühle diesem Mann gegenüber zu zeigen, der so viel älter war als sie; ängstlich vor dem Zorn ihres Vaters, und vor dem, was die Preisgabe ihrer Gefühle aufwühlen könnte und dann auch aufgewühlt hat.« Er strich über ihre Wange und fuhr fort: »Und doch, mein Liebling, war das alles nur Wunschdenken am Tage und Traum bei Nacht bis zu dem Augenblick, als du mir zeigtest, was du für mich fühlst. Wir waren allein im Wohnzimmer und du sagtest etwas, worüber wir lachen mußten. Wir waren uns fast so nahe wie jetzt. Dann hörtest du plötzlich auf zu lachen und bist förmlich aus dem Zimmer gerannt. Erinnerst du dich an jenen Tag?«

»O ja, Liebling, ich erinnere mich genau.«

»Von da an begann ich zu hoffen. Zumindest, bis deine Großmutter starb und du eine reiche Frau wurdest. Dieses Ereignis schien all meine Hoffnungen zunichte zu machen. Und ich weiß, was die Leute sagen werden, besonders jene, die wissen, daß ich mein Leben lang ein Dienstbote war: Diese Frechheit von ihm! werden sie sagen. Wie schlau er mit den Gefühlen eines jungen Mädchens gespielt hat. Wo sie doch das viele Geld hat und dazu noch ein Haus.«

»Ach, Roger. Es ist doch gleichgültig, was irgend jemand sagen könnte. Das spielt für mich keine Rolle. Aber tut es dir weh?«

»Seltsamerweise nicht; denn ich weiß, auch wenn du als Dienstmädchen ins Haus gekommen wärst, hätte ich dich sofort als den Menschen, als das Mädchen erkannt, auf den ich immer gewartet habe. Nein, meine Liebste ...« Er beugte sich vor und küßte sie auf den Mund. Janet streichelte sein Haar und berührte die kahle Stelle, die sich von seinem Ohr bis zum Scheitelpunkt zog. »Dagegen muß ich etwas tun«, sagte Roger. »Ich glaube, ich werde schwarze Schuhwichse darüberreiben.«

»Das Haar beginnt bereits nachzuwachsen. Man sieht schon fast nichts mehr.«

»Das stimmt nicht. Du lügst. Ich habe mich erst heute morgen in einem Handspiegel betrachtet.«

»Schon gut, ich lüge ...« Janet unterbrach sich, da sie das Telefon im Vorraum klingeln hörte. »Das ist unser erster Anruf. Wer das wohl ist? Wahrscheinlich einer meiner Brüder.«

Sie sprang auf und eilte aus dem Zimmer. Als sie den Hörer abhob und sich meldete, sprach eine Stimme: »Meine Glückwünsche, Mrs. Maitland.«

»Oh, Eddie! Wie schön, von dir zu hören.«

»Wie ist es gegangen?«

»Die Hochzeit? Herrlich, einfach herrlich.«

»Wart ihr auf dem Standesamt?«

»Nein, wir waren in der unitarischen Kirche, ein liebenswürdiger Priester hat die Trauung vollzogen.«

»Das ist wirklich schön. Wie geht es Maitland?«

»Sehr gut, aber er muß sich noch eine Zeitlang schonen.«

»Weißt du, Janet, ich freue mich für dich, wirklich. Wie der gute alte Harry zu sagen pflegt: Der Knabe hat mehr Grips im Kopf als wir alle zusammen. Jedenfalls« – seine Stimme wurde ernst – »ich hörte, daß er beinahe gestorben wäre, nur weil er Dad geholfen hat. Dabei habe ich von Harry gehört, der es wiederum vom Küchenpersonal aufgeschnappt hat, daß Dad versucht hatte, ihn umzubringen. Ist das wahr?«

»Ja.«

»Was sagt man dazu. Wie geht es übrigens Dad?«

»Er ist ziemlich niedergeschlagen.«

»War er bei der Hochzeit dabei?«

»O nein.«

»Na ja, sag bitte Maitland meine besten Wünsche. Sag ihm, daß er ein glücklicher Mann ist.«

»Wo bist du denn gerade?«

»Ich bin in Schottland. Wir sind für ein paar Tage im Hafen, und es gibt nur kurzen Landurlaub. Alle scheinen sehr nervös zu sein. Aber ich kann nicht herausfinden, weshalb. Jedenfalls muß ich jetzt Schluß machen, aber ich wollte dir einfach zu deinem neuen Leben ein paar nette Worte von deinem Lieblingsbruder nicht vorenthalten. Mach's gut, Schwesterchen.«

»Auf Wiedersehen, Eddie, und vielen Dank.«

»Ach, übrigens: Wenn du jemals mit deinem Mann Streit hast, versuch nicht, ihn zu erwürgen, wie du es früher bei mir getan hast.«

Eddie legte auf. Lachend und gleichzeitig mit Tränen der Rührung in den Augen ging Janet ins Wohnzimmer zurück.

»Das war Eddie. Er ist für ein paar Tage im Dock. Er schickt dir seine besten Wünsche und meinte, daß Harry immer sagte, du hättest mehr Grips als sie alle zusammen. Womit er natürlich recht hat.« Sie nickte ihm zu. »War das nicht nett von ihm?«

Maitland streckte die Hand nach ihr aus. »Komm, setz dich ganz nah zu mir. Wir haben viel nachzuholen für all die Jahre, in denen wir so korrekt Abstand halten mußten.«

Etwa eine halbe Stunde später läutete wieder das Telefon. Diesmal war es James, und seine Begrüßung fiel anders aus. »Ich hatte eben einen Anruf von Eddie. Er sagte mir, du hast es tatsächlich getan. Bist du sicher, daß du richtig gehandelt hast?«

»Ja, James, ganz sicher. Ich wünschte nur, ich hätte es früher getan.«

»Wie hat Dad es aufgenommen?«

»Wie, glaubst du wohl, nachdem Roger fast sein Leben verloren hat, um ihn zu retten?«

»Auf jeden Fall ist das ein kleines Wunder. Schließlich warst du sein Augapfel. Er hat große Hoffnungen in dich gesetzt und damit gerechnet, daß du für den Rest seines Lebens bei ihm bleibst.«

»Das ist mir bewußt, James, doch ich hatte immer andere Pläne.«

»Ja, natürlich. Jedenfalls hoffe ich, daß du glücklich wirst.«

»Danke, James.«

»Du brauchst nicht so beleidigt zu klingen, Janet. Schließlich war Maitland elf Jahre Diener in unserem Haus, und ist auch davor schon Diener gewesen.«

»James!«

»Ja, Janet?«

»Nach Eddie habe ich dich immer am meisten geschätzt. Aber jetzt werde ich dir etwas sagen: Egal, wie erfolgreich du sein wirst, gleichgültig, was du in deinem Leben erreichen wirst – du wirst Roger Maitland niemals das Wasser reichen können. Du hast weder seinen Verstand, noch seine Manieren und sein natürliches Taktgefühl. Und niemals wirst du etwas von dem Glück erahnen, das er im Moment empfindet.«

»Also, hör mal!«

»Nein, James, hör du! Auf Wiedersehen.«

Sie rang sich ein Lächeln ab, als sie zu Roger zurückkehrte. »Das war James. Eddie hat ihn angerufen. Jetzt muß sich nur noch Harry melden. Es würde mich nicht im geringsten überraschen, wenn er plötzlich vor der Tür stünde. – Liebling, hättest du Lust, mit mir durchs Haus zu gehen und zu hören, wie ich mir die Zimmerverteilung gedacht habe? Es gibt zehn schöne Räume, dabei haben wir früher die beiden Dachböden überhaupt nicht mitbenutzt. Sie erstrecken sich nur über die halbe Grundfläche, der Rest ist abgeteilt worden. Ein Türchen führt hinein, um die Rohre warten zu können. Wenn man diese Rohre verkleidet, gewinnt man zwei weitere Zimmer.«

Roger lächelte ihr zu. »Werde ich jemals aufhören, über dich zu staunen?« fragte er.

»Nun, du kannst es versuchen«, gab sie in geschäftsmäßigem Ton zurück. Dann streckte sie die Hände nach ihm aus. »Komm und sieh es dir an«, forderte sie ihn auf, und Arm in Arm machten sie sich auf zu einem Rundgang.

Und so verging der erste Nachmittag ihres Ehelebens.

Annie servierte den Tee um halb fünf im Wohnzimmer, wo sie lange über ihren Tassen saßen und sich über Gott und die Welt unterhielten. »Wenn es die Ärzte erlaubt hätten, hätte ich dich heute abend gerne ins Theater eingeladen«, meinte Roger. »Wir hätten eine Loge genommen, und nach der Vorstellung hätten wir bei Donald zu Abend gegessen. Übrigens hat er mir als Hochzeitsgeschenk ein komplettes Besteck versprochen. Ist das nicht nett von ihm?«

»Hast du ihm nicht gesagt, daß wir heute heiraten?«

»Nein.«

»Aber warum nicht?«

Maitland blickte auf seinen Teller nieder. »Ich hatte Angst. Mir war, als würde ich das Schicksal herausfordern, mir einen Streich zu spielen, wenn ich laut ausspreche, an welchem Tag ich die Frau heirate, die ich liebe. Aber jetzt möchte ich es hinausposaunen! Ich werde Donald nachher anrufen.«

»Ach, Roger, ich hätte diesen Abend sowieso nicht im Theater verbringen mögen. Ich befinde mich genau an dem Platz, an dem ich diesen wundervollen Tag beschließen möchte; entspannt und friedlich und ohne Angst vor Unterbrechungen und ohne seichtes Geplauder mit fremden Leuten. Nein, heute kein Theater, Roger; nur unser Zuhause und eine Tasse Tee.« Sie griff nach der Teekanne. »Wie möchten Sie Ihren Tee, Sir?«

»In einer Tasse, bitte.«

In ihr Lachen hinein läutete zum dritten Mal das Telefon. Als Janet sich erheben wollte, hielt Roger sie zurück. »Annie hat schon abgenommen, ich höre sie sprechen; oder besser gesagt, schreien.«

»Sie ist ein wenig schwerhörig und mag das Telefon nicht.«

Annie kam zur Tür herein und flüsterte verschwörerisch: »Es ist Mr. Samuel.« Das junge Paar blickte sich an, dann ging Janet in den Vorraum und ergriff den Hörer. »Hallo, Dad. Ist etwas nicht in Ordnung?«

»Nein, nein, Mädel. Alles ist in Ordnung, aber ... wenn ich mehr Takt besäße, würde ich erst morgen davon anfangen, aber irgendwie ... kann ich nicht warten. Also wollte ich fragen, ob ich zu euch kommen und mit dir ... und natürlich auch mit ihm reden kann?«

»Ist es etwas Wichtiges?«

»Ja, es ist für uns alle wichtig, aber ... äh ... du mußt es dir zuerst anhören, bevor du Fragen stellst. Also, kann ich rüberkommen?«

»Ja, natürlich, komm nur.«

»Gut, ich bin in zehn Minuten dort.«

Janet hielt den Hörer noch in der Hand, als ihr bewußt wurde, daß ihr Vater aufgelegt hatte. Langsam ging sie zu Roger zurück. »Dad möchte herüberkommen. Er sagt, er hätte etwas mit uns zu besprechen.« Sie schüttelte den Kopf.

Als Roger nicht antwortete, legte sie ihre Hand auf seine Schulter. Er blickte zu ihr auf. »Hast du eine Ahnung, worum es geht? Irgendein Problem?«

»Den Eindruck hatte ich nicht. Aber er deutete an, daß es mit uns zu tun hätte.«

Mit gezwungenem Lächeln meinte Roger: »Na, eines steht fest: körperlich bin ich ihm zur Zeit nicht gewachsen. Also sollten wir versuchen, in Ruhe mit ihm zu reden. Schau nicht so kummervoll, Liebes; es kann nichts wirklich Schlimmes sein. Es ist schade, daß es ausgerechnet heute abend sein muß, aber wir haben ja noch so viele Abende vor uns.« Dann hob er die Hand, zog behutsam Janets Kopf zu sich herab und fügte sanft hinzu: »Und die Nacht ist noch lang.«

Einen Augenblick lang schwieg Janet, dann küßte sie ihn leicht auf die Lippen und sprach ihm nach: »Ja, die Nacht ist noch so lang.«

Annie öffnete Samuel die Tür. Als Janet die Stimmen hörte, machte sie sich bereit, ihrem Vater entgegenzugehen. »Steh nicht auf. Bleib wo du bist«, flüsterte sie Roger zu. »Ich hatte nicht die Absicht, aufzustehen«, flüsterte er zurück.

Janet öffnete die Tür des Wohnzimmers und erblickte ihren Vater, dem Annie eben Hut und Mantel abnahm. Er zupfte am Revers seines Jacketts, als wäre er nervös. »Hallo, Dad. Komm herein«, sagte Janet.

Samuel betrat den Raum und hielt die Augen auf seine Tochter gerichtet, während er sprach. »Es ist noch ziemlich frisch draußen, aber hier drinnen ist es recht angenehm. In diesem Zimmer hat sich die Wärme immer gut gehalten, soweit ich mich erinnere.«

Janet ging ihm voraus zum Kamin, und langsam folgte er ihr. Zum ersten Mal blickte er auf seinen ehemaligen Butler, seit dieser bewußtlos im Krankenhausbett gelegen hatte. Der Mann, den er jetzt sah, war verändert. Er war nicht mehr der Butler, der sich erhob, wenn Samuel Fairbrother den Raum betrat, um diesem in den Mantel zu helfen, ihm den Staub abzubürsten, den Schal zu reichen, dafür zu sorgen, daß er stets ein sauberes Taschentuch bei sich trug, ihm die zum jeweiligen Hemd passenden Manschetten- und Kragenknöpfe herzurichten, und viele andere Handreichungen zu leisten, besonders seit Alice das Haus verlassen hatte. Und äußerst unwillig hatte Samuel Fairbrother in den vergangenen Wochen festgestellt, wie sehr er diese Dienste vermißt hatte.

»Wie geht es Ihnen?« fragte er Maitland.

»Ganz gut, danke.«

Kein ›Sir‹ mehr, kein Aufstehen.

Janet berichtigte ihn. »Es geht ihm noch nicht so gut. Es wird noch ein paar Wochen dauern, bis er wieder völlig hergestellt ist.« Samuel erwiderte mit einem Anflug seiner alten Bissigkeit: »Kannst du den Mann nicht für sich selbst sprechen lassen? Wenn er sagt, es geht ihm gut, dann geht es ihm gut ... Bietet man mir einen Platz an?«

»Wenn du willst, es liegt an dir«, gab Janet mit einer gewissen Schärfe zurück. Doch da mischte sich Roger ein. »Bitte, setzen Sie sich. Ich hörte, Sie wollten mit uns sprechen?«

»Ja, richtig, also rede ich am besten gleich drauflos. Ihr könnt höchstens nein sagen.«

Er wandte sich an Janet und begann: »Ich komme gerade von deiner Mutter. Eigentlich ist es ihre Idee. Du weißt, daß ich das Haus verkaufen will. Es gibt zwei Interessenten. Dem einen würde ich es nicht verkaufen, auch wenn er mir den dreifachen Preis bieten würde, denn mir gefällt seine Nationalität nicht.« Er sagte nicht, welcher Nationalität der Mann angehörte, sondern fuhr fort: »Der andere scheint ein anständiger Mensch zu sein, aber er versucht zu handeln. Ich erinnere mich, daß ich damals nicht versucht habe, den Preis zu drücken, als ich das Haus von Ihrer Ladyschaft übernahm. Ich gab ihr, was sie verlangte, und das war mehr, als sie von jemand anderem bekommen hätte. Ja, so war das: Ich wollte es und ich bekam es. Und ich habe in mehr als einer Weise dafür bezahlt. Aber um auf deine Mutter zurückzukommen: Ich will nicht aus dem Haus ausziehen, und sie will dort nicht einziehen. Und anscheinend komme ich jetzt langsam zu Verstand, denn Menschen sind mir wichtiger geworden als Mörtel und Ziegelsteine, und ich möchte wieder mit deiner Mutter zusammenleben.« Nun wandte er sich gezielt an Roger. »Aber sie hat ihre Vorlieben und Abneigungen, und ich habe die meinen. Und ich will verdammt sein, wenn ich in ihre Schuhschachtel einziehe. Ich habe mich also umgesehen, aber nichts Passendes gefunden. Nun, soweit ich informiert bin, wollen Sie eine Schule gründen, um Butler und anderes Haushaltspersonal auszubilden, und das wollen Sie hier in Sweetbanks Gardens tun. Wie ich es sehe, ist dieses Haus aber zu klein für einen Butler oder Diener oder andere von der Sorte ...«

»Dad!«

»Sei still, ja? Laß mich meinen Spruch aufsagen.«

Er wandte sich wieder Roger zu. »Meine Frau hatte die Idee, daß der beste Platz für eine solche Schule das große Haus wäre, und da, wie sie es ausdrückte, ihre Tochter jetzt vor Geld stinkt, könnte die es doch vom Fleck weg kaufen und mir dafür Sweetbanks Gardens verkaufen. Denn«, Samuels Stimme wurde leiser, als er sich zu Janet umdrehte, »das ist es, wonach sie sich immer gesehnt hat. Sie wurde hier geboren, weißt du, es war ihr Zuhause. Sie wird nirgendwo anders wirklich glücklich sein. Also, das war's, weswegen ich hergekommen bin. Nicht, daß ich es unbedingt so haben möchte, verstehst du? Aber ich will nicht mehr alleine leben, und daher muß ich Zugeständnisse machen. Und da ist es mir immer noch lieber, du kaufst das Haus statt dieser Preisdrücker, der, wie ich ihn verstanden habe, ein Pflegeheim für ältere Herren daraus machen möchte.«

Roger und Janet tauschten Blicke und begannen zu lachen. Samuel stand mit leicht geöffnetem Mund daneben.

»Ich weiß nicht, was an der Geschichte so lustig war, aber vielleicht sagt ihr es mir, damit ich auch mitlachen kann.«

Roger erklärte es ihm. »Vor einiger Zeit unterhielt ich mich mit einem Bekannten darüber, womit ich in späteren Jahren meinen Lebensunterhalt bestreiten sollte. Der Bekannte meinte, daß es ein äußerst lukratives Geschäft sei, ältere Herren bei sich aufzunehmen, indem man jedem eine kleine Zimmerflucht zuweist und ihm gestattet, seine eigenen Möbel mitzubringen, die der Heimbesitzer beim Tod des Insassen auch noch erben würde. Erst heute nachmittag haben Janet und ich uns entschlossen, zu den alten Herren unsere Zuflucht zu nehmen, falls der Plan mit der Dienerschule sich nach ein oder zwei Jahren als untragbar herausstellen sollte. Ist es nicht seltsam, daß Ihr Hauskäufer das gleiche Unternehmen plant?«

»Ja, wahrhaftig. Nun, was hältst du davon?« Samuel wandte sich an Janet. »Du bist diejenige mit dem Geld.«

Janet schloß die Augen. Ihr Vater mochte zwar in einiger Hinsicht etwas weicher geworden sein, doch der harte Kern blitzte gelegentlich noch immer durch. Daher antwortete sie: »Roger steht nicht gerade mittellos da. Er hat mehr als genug Geld, um Sweetbanks Gardens zu kaufen und neu einzurichten.«

»Das hört man gern. Aber nur du hast ausreichend Bares, um das große Haus zu kaufen.«

»Wieviel verlangen Sie dafür?«

Roger hatte die Frage gestellt. Überrascht antwortete Samuel: »Sechzehntausend Pfund mit allem Inventar.«

»Sie haben nur elftausend dafür bezahlt.«

»Woher wissen Sie ... Ah, ich verstehe. Sie hatten das Vertrauen Ihrer Ladyschaft, nicht wahr? Jedenfalls war der Preis viel zu hoch. Siebentausend wollte sie für das Haus und viertausend für den Inhalt. Wäre es zu einer Versteigerung gekommen, hätte sie von Glück sagen können, wenn sie fünftausend erzielt hätte. Ich gebe zwar zu, daß sich ziemlich viel Silber und eine Menge Möbel in dem Haus befanden, aber die Teppiche und Vorhänge waren verblaßt und sind es noch immer!«

»Es gibt ein großzügiges Lesezimmer mit vielen Büchern, die eine Menge Geld wert sind; denn einige der Bände sind sehr alt und würden auf einem Buchmarkt einen guten Preis einbringen«, warf Janet ein.

»Ja, du hast alles bedacht, aber ich kenne den Wert von Büchern. Außerdem müßtest du einem Agenten eine ziemliche Summe bezahlen. Wenn du also daran denkst, sie privat zu verkaufen, solltest du die Provision für einen Agenten nicht außer acht lassen.«

Roger wandte sich an Janet: »Der Preis, Liebes, sollte keine Rolle spielen. Die Frage ist, möchtest du dorthin zurückgehen? Denk nicht an mich dabei: Mir ist es egal, wo ich mich befinde, solange ich bei dir bin.«

Janet blickte fragend ihren Vater an. »Warum willst du nicht in Mams Haus leben?«

»Weil es mir nicht gefällt. Es klebt direkt an einer Straße, und es fließt eine Menge Verkehr daran vorbei. Außerdem habe ich dir das kürzlich schon erklärt. Weißt du, irgendwie habe ich das Gefühl, als schuldete ich Alice dieses Haus hier. Wie gesagt, du bist durch die Laune einer alten Frau dazu gekommen, und diese Laune war nicht recht. Aber so ist es eben. Übrigens, gibt es hier was zu trinken?«

»Aber ja, natürlich.« Janet sprang auf und ließ Samuel und Roger allein.

Samuel blickte nachdenklich ins Feuer, dann begann er leise zu sprechen. »Ich habe Ihnen zu danken«, sagte er. »Sie haben Ihr Leben aufs Spiel gesetzt, um meines zu retten. Ich habe nicht vergessen, daß ich möglicherweise einen Mord begangen hätte, wenn diese beiden Kerle nicht hereingekommen wären. Gott, wie habe ich Sie in jenem Augenblick gehaßt! Nicht nur, weil Sie im Begriff waren, mir meine Lieblingstochter zu nehmen, sondern einfach, weil Sie sind, wie

Sie sind. Sie haben sich nie zurückgehalten, wenn es darum ging, mir meine Unwissenheit vor Augen zu führen. Und auch noch wegen vieler anderer Dinge. Die Leute haben achtungsvoll von Ihnen gesprochen, während sie auf mich herabblickten, und all das hat in mir den Drang erweckt, Ihnen ein Ende zu bereiten. Wissen Sie, ich kann Ihnen nicht vergeben, daß Sie es waren, der dieses mörderische Gefühl in mir erweckt hat.«

»Das tut mir leid«, antwortete Roger, »wirklich leid, aber alles, was Sie anführen, beruht auf Ihrer eigenen Einbildung. Ich bin im Grunde ein sehr einfacher Mann. Meine Manieren resultieren aus der Schulung, die nötig war, um einen guten Butler, einen guten Diener aus mir zu machen. Ich war der Meinung, das erreicht zu haben. Es war nie mein Ziel, mich über jemanden zu erheben. Ich war korrekt, ja, denn das gehört zu den Pflichten eines Mannes in meiner Position, um den unter ihm stehenden Dienstboten ein Vorbild zu sein. Niemals jedoch wollte ich Überlegenheit gegenüber meinen Arbeitgebern an den Tag legen, denn das würde dem Sinn und Zweck meiner Laufbahn entgegenstehen. Jawohl, der Dienst als Butler ist eine Laufbahn. Und dieses Prinzip möchte ich auch anderen vermitteln, vor allem jungen Männern.« Roger hielt kurz inne, ehe er fortfuhr. »Ich kann Ihre Gefühle mir gegenüber verstehen, die sich aus der Liebe Ihrer Tochter zu mir ergeben haben. Meine Liebe zu Janet wäre wohl jedem völlig überheblich vorgekommen. Was aber meine Haltung und meine Gefühle Ihnen gegenüber betrifft, so sehen Sie diese in einem falschen Licht. Nun, das alles ist Vergangenheit. Trotzdem bin ich beinahe froh, daß alles so geschehen ist, denn wenn diese beiden Gauner nicht in jenem günstigen Augenblick aufgetaucht wären, so würde einer von uns beiden wohl heute nicht hier sitzen. Und dieser eine wäre vermutlich ich, denn ich hätte es nicht über mich gebracht, einen tödlichen Schlag gegen Sie zu führen.«

»Pah! Ist das nicht seltsam«, lachte Samuel bitter, »Sie sagen das alles, damit ich mich besser fühle, aber es gelingt mir nicht. Es zeigt mir nur, daß Sie im Grunde ein besserer Mensch sind als ich, denn ich schwöre bei Gott, ich hätte Sie an jenem Tag getötet. Und nun sitzen wir hier, und Sie sind mein Schwiegersohn. Finden Sie das nicht merkwürdig?«

»Darüber habe ich noch nicht nachgedacht. Vermutlich gewöhne ich mich daran. Aber eines werde ich mit Gewißheit nie wieder tun: Sie mit ›Sir‹ ansprechen.«

»Ach nein? Ha! Und Sie werden mich nie dazu bringen, Sie mit Vornamen anzureden. Sie waren so viele Jahre Maitland für mich, und das werden Sie auch bleiben, ob es Ihnen paßt oder nicht.«

»Es paßt mir nicht«, lächelte Roger, »aber ich werde es ertragen.«

Janet, die mit einem Tablett, auf dem zwei Karaffen und drei Gläser standen, zur Tür hereinkam, staunte, als sie die beiden Männer einander anlächeln sah, als würden sie gleich in ein heftiges Gelächter ausbrechen.

Sie schenkte zwei Whiskies und einen Sherry ein und sagte zu Samuel: »Ich habe nachgedacht.«

»Dann laß mal hören.«

»Nun, ich finde, wenn du zweitausend Pfund Gewinn auf das Haus und das Inventar machst, kannst du von Glück reden. Ich werde dir also dreizehntausend geben, und für Sweetbanks Gardens möchte ich von dir siebenhundertfünfzig haben.«

»Nur dreizehntausend! Du hast Nerven.« Er drehte sich zu Roger um. »Finden Sie nicht auch, daß sie ganz schön keck ist?«

»Ich würde sagen, da Sie über zehn Jahre in dem Haus gelebt und das Inventar genutzt haben, könnte man das als Zinsen für den bezahlten Preis betrachten. So gesehen sind zweitausend Pfund Gewinn wirklich fair.«

»Natürlich, Sie sagen das gleiche wie sie.«

»Ja, und darf ich Sie daran erinnern, daß Sie selbst erwähnten, daß die Teppiche und Vorhänge erneuert werden müssen. Sie sind durch zehnjährige Abnutzung keineswegs besser geworden. Die Perserteppiche sind geradezu fadenscheinig; bei einigen ist nur noch das Muster übrig. Das gleiche gilt für die indischen Teppiche. Wenn ich das Ersetzen der Teppiche und Vorhänge überschlage, wobei ich die Läufer auf den Treppen und Galerien nicht einmal einbeziehe, so würden zweitausend Pfund schnell aufgebraucht sein.«

»Noch etwas«, warf Janet ein. Sie reichte den beiden Männern die Gläser und fuhr fort: »Ich möchte diese Summe nicht auf einmal bezahlen, ich will aber auch keine Hypothek aufnehmen. Statt dessen möchte ich den Betrag in vier oder fünf Raten, verteilt über die nächsten fünf Jahre zahlen, und zwar mit einem Zinssatz von einem Prozent.«

Samuel prustete in seinen Whisky. »Da sieh mal einer an!« rief er. »Wenn ich etwas von deinem Geschäftssinn geahnt hätte, hätte ich dich in die Firma aufgenommen. In einer Bibliothek bist du mit dieser Unverfrorenheit fehl am Platz.«

»Nun, wenn du es so siehst, Dad ... Ich könnte auch eine Hypothek über zehn oder fünfzehn Jahre aufnehmen. Darauf müßte ich zwar drei Prozent zahlen, aber ich würde mein Kapital behalten und darauf mindestens zweieinhalb Prozent bekommen, möglicherweise sogar etwas mehr, wenn ich mich ausführlich erkundige.«

Diesmal war es Roger, der sich verschluckte und von einem Hustenanfall geschüttelt wurde. »Wohl«, sagte Samuel, »an einer solchen Frechheit kann man leicht ersticken. Na gut«, er trank sein Glas aus und stand auf, »ich vermute, ich habe bekommen, was ich wollte, beziehungsweise was deine Mutter wollte. Also mache ich mich wieder auf den Weg.« Er blickte Roger an. »Wie werden Sie sich fühlen, wenn Sie als Hausherr dorthin zurückkehren?«

»Vermutlich so wie immer.«

»Ach, sind Sie sich zuvor auch schon als Hausherr vorgekommen?«

»Ich war dort nur Herr über meine Pflichten, wie ich Ihnen schon erklärt habe. Schließlich haben Sie niemanden darüber im unklaren gelassen, wer der Herr im Haus sei.«

»Ha!« machte Samuel und stapfte aus dem Zimmer. Janet wechselte einen schnellen Blick mit Roger und folgte ihrem Vater.

Während Samuel in seinen Mantel schlüpfte, fragte er Janet leise: »Ich wollte noch etwas von dir wissen. Es geht um das Geld, das du Howard gegeben hast. Es waren fünfhundert Pfund, nicht wahr? Diese Ganoven sagten, er schuldete ihnen dreihundert, aber es sieht so aus, als hätte er nicht einmal die bezahlt.«

»Ja, so ist es tatsächlich; er hat die dreihundert nie bezahlt. Und jetzt verstehe ich auch, warum er sich immer wegen des Geldes entschuldigt hat. Ich glaubte zuerst, es täte ihm leid, daß er mir fünfhundert abgebettelt hat, obwohl er nur dreihundert brauchte. Aber was er versucht hat zu sagen, war, daß er nicht einen Penny seiner Schulden davon beglichen hatte. Wahrscheinlich hat er alles an diese Frau verschwendet. Aber ich wußte, daß es ihm aufrichtig leid tat, und ich habe ihm verziehen; denn schließlich war es nur Geld, und er hat mit seinem Leben dafür bezahlt. Wenn er diese Frau nicht mit Geld versorgt hätte, wäre er kaum von Nutzen für sie gewesen, und er hätte sich daher auch nicht in ihrem Zimmer befunden, als ihr Mann nach Hause kam.«

Samuel legte die Hand auf Janets Schulter. »Du bist ein braves Mädchen. Ich habe es immer gewußt. Deswegen wollte ich dich nicht gehen lassen. Und jetzt werde ich deiner Mutter die Neuigkeiten erzählen und ihr sagen«, er wandte kurz den Kopf zur Seite, »daß ich über Nacht bei ihr bleiben werde. Ich könnte nicht allein bleiben heute nacht. Verstehst du das?«

Janet blickte ihn an, und er wußte, daß sie ihn verstand. »Von morgen an wird alles anders«, sprach Samuel weiter. »Alles wird jetzt glatt verlaufen, hoffe ich. Jedenfalls bin ich mit deinen Bedingungen einverstanden, und je schneller wir das Geschäft über die Bühne bringen, desto eher komme ich zur Ruhe. Wann wirst du soweit sein?«

Janet dachte einen Augenblick nach. »Jederzeit, Dad«,

sagte sie dann. »Ich kann dieses Haus so verlassen, wie es ist, und in das Haus zurückkehren, das so lange meine Heimat war, wenn du dort alles läßt, wie es ist.«

»Oh, ich lasse alles, wie es ist, mach' dir keine Sorgen. Ich werde nichts außer meinen persönlichen Habseligkeiten mitnehmen.« Er beugte sich vor, streifte sie mit den Lippen irgendwo neben ihrer Nase und verschwand.

Janet legte ihre Stirn an die Tür, die sich hinter ihm geschlossen hatte, und kämpfte mit den Tränen. Dann atmete sie tief durch und kehrte ins Wohnzimmer zurück.

Dort zog Roger sie sanft zu sich auf das Sofa und nahm ihre Hand. »Dieser Mann liebt dich beinahe so sehr wie ich«, stellte er fest. »Und das ist eine ganze Menge. – Möchtest du zurückgehen? Willst du das wirklich?«

»Ja, und zwar aus zwei Gründen. Der erste ist, daß meine Mutter dann in dieses Haus zurückkehren kann, und mit der Zeit lernt sie vielleicht, mir zu vergeben. Der andere ist, daß das große Haus ein fabelhafter Platz ist, um unsere Schule zu betreiben. Dort haben wir alles, was wir dafür brauchen.«

»Es wird während der ersten Jahre viel Geld kosten, bis das Geschäft läuft.«

»Ach, darüber mache ich mir keine Sorgen, Mr. Maitland, davon haben wir genug. Tatsächlich mache ich mir über gar nichts Sorgen. Unsere Zukunft ist gesichert, Liebling. Ich kann es selbst kaum glauben.«

Roger drückte sie an sich. »Ich auch nicht. Wahrscheinlich werde ich es nie glauben können. Ich werde alt und tatterig werden und immer noch zweifeln, ob du wirklich mir gehörst.«

Einige Zeit später, als sie Annie schon gute Nacht gesagt hatten und nach oben gehen wollten, klingelte noch einmal das Telefon. Janet hob ab, und eine Stimme sagte: »Hallo, Janet. Darf ich gratulieren?«

»Ja, Harry, das darfst du.«

»Ich habe es früher schon zweimal versucht, aber es war jedesmal besetzt. Wie geht es dir?«

»Wunderbar!«

»Prima. Und Maitland?«

»Ihm auch.«

»Übrigens, ich habe eben mit Mam telefoniert. Sie hat mir erzählt, daß Dad das Haus verkauft. Das war ein Schock für mich. Ich mochte das Haus. Obwohl mir klar war, daß ich in Zukunft nicht viel davon sehen würde, war es schön zu wissen, daß ich immer dorthin zurückkehren könnte.«

»Das kannst du immer noch, Harry.«

»Was meinst du damit?«

»Hat sie dir nicht alles erzählt?«

»Gibt es denn noch mehr zu erzählen?«

»O ja. Wir kaufen es.«

»Was, du kaufst das Haus, so wie es ist?«

»Ja. Wir gründen dort unsere Butlerschule. Und Mam und Dad kommen nach Sweetbanks Gardens zurück.«

»Ach, so ist das. Ich hatte schon das Gefühl, als würde sie mit etwas hinter dem Berg halten. Dann kann ich also ab und zu nach Hause kommen?«

»Betrachte es als dein Heim, Harry.«

»Weißt du, Janet, du bist ein erstaunliches Mädchen.«

»Das sagt mein Ehemann auch.«

»Nun, dann kann ich euch beiden nur alles Gute wünschen. Sag ihm das, ja?«

»Ja, Harry, und danke für deinen Anruf.«

»Gute Nacht, und Gott segne dich.«

»Und dich, Harry.«

Sie legte den Hörer auf und sagte zu Roger: »Harry bat mich, dir alles Gute zu wünschen.«

»Das war nett von ihm. Harry ist überhaupt ein lieber Mensch. Komm.« Er legte den Arm um sie, und gemeinsam stiegen sie die Treppe hinauf.

Er hatte den Tag heraufdämmern sehen und beobachtet, wie das Morgenrot Janets Gesicht beleuchtete. Sie lag auf dem Rücken. Ihr Gesicht war rosig und feucht, sie sah entspannt und wunderschön aus. Ja, sie war schön, ihr Gesicht und ihr ganzer Körper, und nie würde sie wissen, was er für sie empfand, denn es gab keine Worte, die seine Gefühle für sie hätten beschreiben können. Er war einundvierzig Jahre alt. Wie viele Jahre der Liebe würden ihm noch bleiben? Wie lange würde die Leidenschaft, die ihn in der vergangenen Nacht überwältigt hatte, noch anhalten? Er wollte sich vorstellen, daß es immer so bleiben würde, oder zumindest, bis er fünfzig oder sechzig Jahre alt wäre. Doch Liebe änderte sich. Sie hatte viele Gesichter und würde über das Körperliche hinaus in Zärtlichkeit, Verständnis und Freundschaft übergehen. Doch besaßen sie das nicht alles schon? Und trotzdem konnte er es kaum fassen, konnte kaum glauben, daß nicht nur er sie leidenschaftlich liebte, sondern daß sie diese Gefühle, wie sie es doch bewiesen hatte, ebenso stark erwiderte.

Janet regte sich und öffnete die Augen. Mit heiserer Stimme fragte sie: »Du bist schon wach?«

»Ja, ich bin wach.«

»Ich liebe dich.«

»Und ich bete dich an.«

»So etwas darfst du nicht sagen. Schwester Monica hat uns gelehrt, daß man dieses Wort nur im Zusammenhang mit Gott in den Mund nehmen darf.«

»Nun, ich hatte letzte Nacht eine kleine Unterhaltung mit Ihm. Ich fragte Ihn, ob ich sagen dürfe, daß ich dich anbete. Er gab mir seine Erlaubnis auf der Stelle, da du das würdigste aller Seiner Geschöpfe bist.«

»Ach Roger, ich werde dich lieben bis zu meinem Tod.«

»Das reicht mir völlig, Mrs. Maitland. Und es ist seltsam, denn Er meinte, daß du genau das beim Aufwachen sagen würdest.«

Sie hielten sich in den Armen, und ihre Körper bebten. Als sie wieder still waren, blickte Janet Roger in die Augen. »Ich freue mich auf das Leben«, sagte sie. »Und dies ist der erste Morgen, an dem ich aufgewacht bin und diese Freude so rein empfunden habe.«

HEYNE

Nora Roberts

Heiße Affären,
gefährliche Abenteuer.
Bestsellerautorin
Nora Roberts schreibt
Romane der anderen Art:
Nervenkitzel mit Herz
und Pfiff!

01/13265

Eine Auswahl:

Verlorene Liebe
01/9527

Nächtliches Schweigen
01/9706

Schatten über den Weiden
01/9872

Verborgene Gefühle
01/10013

Verlorene Seelen
01/13363

Insel der Sehnsucht
01/13019

Das Haus der Donna
01/13122

Trilogie:
Gezeiten der Liebe
01/13062
Hafen der Träume
01/13148
Tief im Herzen
01/10968

Träume wie Gold
01/13220

Die Unendlichkeit der Liebe
01/13265

Rückkehr nach River's End
01/13288

Tödliche Liebe
01/13289

Der Ruf der Wellen
01/13602

HEYNE-TASCHENBÜCHER